W0194725

Michael Göring

Spiegelberg

Roman einer Generation

Osburg Verlag

Für Maria,
mit der Bitte zu verzeihen

Erste Auflage 2016
© Osburg Verlag Hamburg 2016
www.osburgverlag.de
Alle Rechte vorbehalten,
insbesondere das der Übersetzung, des öffentlichen Vortrags
sowie der Übertragung durch Rundfunk und Fernsehen,
auch einzelner Teile.
Kein Teil des Werkes darf in irgendeiner Form
(durch Fotografie, Mikrofilm oder andere Verfahren)
ohne schriftliche Genehmigung des Verlages reproduziert
oder unter Verwendung elektronischer Systeme
verarbeitet, vervielfältigt oder verbreitet werden.
Lektorat: Ulrich Steinmetzger, Halle
Umschlaggestaltung: Judith Hilgenstöhler, Hamburg
Satz: G&U Language & Publishing Services GmbH, Flensburg
Druck und Bindung: CPI books GmbH, Leck
Printed in Germany
ISBN 978-3-95510-104-6

»Du hast geglaubt, du könntest für immer
weggehen? Das wäre ja noch schöner.
Aber so billig ist es nicht zu haben.«

(Sándor Márai: Die Eifersüchtigen)

Personen und Handlung sind frei erfunden.

1

Martin, Nina, 14. Oktober 2015

Martin drehte den Zündschlüssel. Der alte Volvo ruckelte, stotterte, dann lief der Motor rund. Nina ließ sich auf den Beifahrersitz fallen, schloss die Tür und streckte sich in ihrem schwarzen Wollmantel über den ganzen Sitz. Schon kroch die kühle Frische dieses Herbstmorgens von ihrem auf seinen Platz hinüber und würde bald den ganzen Wagen erfassen. Der kalte Hauch glitt über ihn hin, ernüchternd und belebend zugleich.

Typisch Nina, dachte Martin und schaute sie von der Seite her an. Nina hatte die Lippen kräftig nachgezogen, zu kräftig für eine Beerdigung. Sie hielt die Augen geradewegs nach vorn gerichtet, spürte aber bestimmt, dass er sie ansah. Er bemerkte die Falten am linken Augenwinkel, die von der Kälte leicht rot getönte Wange, das volle kastanienbraun gefärbte Haar, das ihr über die etwas zu großen Ohren bis zum Hals reichte. Nina war in diesem Jahr 60 geworden wie er, und ganz verbergen konnte sie es nicht. Martin legte den Gang ein und fuhr langsam los.

»Jetzt sind nur noch wir beide übrig, nur noch du und ich.« Nina atmete langsam und tief ein, schloss dabei die Augen, die sie erst beim Ausatmen wieder öffnete. Sie schaute ihn auch jetzt nicht an, sondern sah weiterhin starr nach vorn durch die Windschutzscheibe auf die enge Straße, die vom Friedhof zur Hauptstraße führte. »Die ganze alte Fury-Bande«, wiederholte sie noch einmal.

Dann griff sie in ihre Manteltasche und holte eine Packung Camel Filter heraus. »Ich steck dir eine mit an«, murmelte sie und hatte schon zwei Zigaretten zwischen ihren Lippen, während sie das kleine rote Feuerzeug aus der Tasche hervorholte. Auf den Zigarettenanzünder des Wagens wollte sie nicht warten. Wie immer, wenn Nina etwas begann, musste es schnell gehen. Sie reichte Martin eine der angezündeten Zigaretten. »Scheiß Krebs«, murmelte sie. »Warum Wolfgang?«

Nina inhalierte tief und ließ sich dann mit dem Ausatmen des Rauchs viel Zeit. Martin blieb still. Er hatte wenig Lust auf ein Gespräch, war gestern Abend schon lustlos von Köln nach Langenheim gefahren. Die Beerdigung hatte seinen ganzen Stundenplan durcheinandergebracht, und das zu Semesterbeginn, wo er doch gerade erst von der Exkursion zurückgekehrt war.

»Wolfgang war der Erste, der damals den Spiegelberg verließ.« Martin nickte und brummte, um wenigstens irgendeinen Laut von sich zu geben, hoffte aber, dass sie nicht mehr als diesen Laut von ihm erwartete.

Die Friedhofsallee war eine enge Straße, dicht gesäumt von alten Kastanienbäumen, an deren schütteren Zweigen nur noch wenige rostbraun gefärbte und vom Wurm befallene Blätter hingen. Martin überlegte. Wie viele Jahre war es her, als sie Sebastian beerdigt hatten? Damals standen die Bäume voll weißer Blütenkerzen, war die Straße eine Prachtallee im Mai, für ein Fest geschmückt, nicht für den Tod. Martin lenkte den Wagen langsam an der rechten Baumreihe entlang, er musste zweimal in den Buchten zwischen den Bäumen anhalten, um ein entgegenkommendes Auto vorbeifahren zu lassen. »Seine Eltern mochten die Siedlung nicht mehr, konnten's auf'm Spiegelberg nicht länger aushalten, war ihnen nicht mehr fein genug. Erinnerst du dich?«

Martin nickte wieder. Am Straßenrand lagen runde dunkelbraune Kastanien, wie er sie als Kind so gern gesammelt hatte. Ob die Wurmkrankheit auch die Früchte befiel? Es musste doch einen Grund haben, dass die Kinder die Kastanien nicht mehr sammelten. Die große Kehrmaschine würde sie aufsaugen und verschlucken.

»Ich hab' keine Lust auf diesen Leichenschmaus, Nina«, sagte Martin, als er den Wagen aus einer Haltelücke zurück auf die Straße lenkte. »All die Verwandten von Wolfgang, und dann Susanne mit ihrer Trauer.«

Nina drehte ihren Kopf zu ihm hin, wobei sie die Zigarette im rechten Mundwinkel baumeln ließ. Aus irgendeinem Grund mochte Martin diese Geste nicht, die Nina seit ein paar Monaten immer wieder hervorholte. Sie sollte französisch lässig wirken, er aber hielt sie für künstlich. Sie passte in alte Filme, Schwarz-Weiß-Filme, aber nicht zu ihr im Jahr 2015, wo Rauchen ohnehin längst als stillos, ja als prollig galt.

Irgendwas war an diesem Vormittag falsch gelaufen. Er hatte keine Trauer gespürt, nicht einmal dieses Gefühl, das ihn sonst oft bei Beerdigungen beschlich, dass er ja der Nächste sein könnte. Nicht einmal dieses Selbstmitleid war dagewesen. Nein, ein ganz anderes Bild war hochgekommen, als er vor dem Grab stand, die kleine Schaufel ergriff und auf deren metallene Zunge lockere, dunkle, fast schwarze Erde füllte, die links am Rande des Nachbargrabs aufgehäuft war. Die Herbstsonne hatte sich in diesem Moment einen Weg durch die Wolken gebahnt, schien jetzt auf ihn, wie er der schwarzen Erde nachschaute, die auf dem Sarg aufschlug, auf diesem glänzenden Kasten aus dunkelbraunem Holz, der erst wenige Minuten zuvor in das Loch hineingesenkt worden war. Plötzlich – war es die Sonne, war es der Sand? – stand er am Strand von Haifa, hatte eine Kinderschaufel in der Hand, die jemand dort liegengelassen hatte, und erklärte Daila, dass die Kinder in

Deutschland am Strand Sandburgen bauten, die rund um Strandkörbe errichtet wurden. Daila, die auf einem Handtuch saß und ihm zuschaute, lachte und verstand nicht, was er mit Körben meinte, aber sie lachte, und das Lachen war ansteckend. Es machte gar nichts, dass sie offenbar nicht verstehen wollte, was es mit den Körben und Burgen an deutschen Stränden auf sich hatte, sie lachte ihn nur an, hatte mit ihren Händen die angewinkelten Knie umfasst, hatte ihre großen schwarzen Augen auf ihn gerichtet, ihr ganzer Körper lachte, und fast hätte Martin jetzt am Grab von Wolfgang die andachtsvolle Miene zu einem Lächeln verzogen.

Er ging zwei Schritte zur Seite, steckte die Schaufel in den Erdhaufen zurück und spürte mehr als dass er sah, wie Nina sie jetzt ergriff, um ebenfalls Erde auf den Sarg zu werfen. Es war dieser hohle Klang, als die Erde von Ninas Schaufel auf den Sargdeckel fiel, der das Bild vom Strand in Haifa löschte, ein Bild, das zwanzig Jahre alt war, oder waren es schon zweiundzwanzig?

Jetzt im Auto, während Nina noch einmal vom Krebs sprach, rutschte Daila erneut in seinen Blick. Das schwarze Haar, die dunklen Augen, die vollen roten Lippen, die Spitzen ihrer Brüste. Völlig unpassend, dachte Martin, nicht noch einmal Daila, er hatte lange nicht mehr an sie gedacht, was sollte das denn jetzt? Und er schüttelte leicht den Kopf, was er immer tat, wenn er ein inneres Bild loswerden wollte. Er ahnte allerdings, dass diese Bilder von Daila und Haifa etwas mit Ernestos Mail von letzter Woche zu tun hatten, dieser Mail, die noch unbeantwortet war und über die er mit Nina in aller Ruhe sprechen musste. Dringend sprechen musste. Er schaute nach rechts zu Nina, die jetzt still rauchte. Er sollte irgendetwas sagen, dachte Martin und ärgerte sich, dass sich prompt ein Gefühl in ihm regte, als hätte Nina ihn bei etwas ertappt, für das er sich entschuldigen müsste. Für Ernestos Mail war jetzt allerdings nicht der richtige Moment. Das brauchte Vorbereitung, einen günstigen Zeitpunkt, und vor allem müsste er selbst wissen, was er denn wollte. »Ich hatte immer Probleme mit Susanne«, sagte er schließlich, machte eine Pause und fuhr dann fort, »hab' mich immer gefragt, was Wolfgang an ihr fand.« Und als wäre das noch immer nicht genug für Nina, fügte er nach ein paar Sekunden noch einen Halbsatz hinzu. »Susanne, mit ihrem ewigen Verständnis für alles und alle, nervig.«

»Wenn du da mal nicht ungerecht bist«, gab Nina zurück und nahm endlich die Zigarette aus ihrem Mund, »eigentlich sucht ihr doch so etwas.« Sie blickte auf ihre Zigarette, die sie aufrecht zwischen Zeigefinger und Mittelfinger hielt. »Verständnis. Susi war schon genau das, was er brauchte.«

Es klang nicht ganz überzeugend, dachte Martin, klang, als wüsste sie es eigentlich besser. Er zog an seiner Zigarette, genoss die kurze Verwirrung, die das Inhalieren des Nikotins in ihm auslöste, und ließ sich Zeit, den Rauch auszuatmen.

»Wolfgang bringt das jetzt auch nichts mehr, wenn wir alle bei Krögers sitzen und Streuselkuchen essen.« Martin kurbelte das Fenster ein wenig hinunter. »Und worüber werden wir sprechen, Nina? Über alte Kamellen, über 'weißt du noch' und 'als wir damals' … Ich mag's nicht.« Martin machte eine kurze Pause und wiederholte dann noch einmal »Ich mag's einfach nicht.«

Nina nahm den letzten Zug von ihrer Zigarette, noch einmal inhalierte sie tief. »Wolfgang war uns treu geblieben«, sagte sie endlich, ohne auf Martin einzugehen, »auch nach dem Wegzug in die Südstadt.«

Martin verlangsamte das Tempo. Die Ampel stand auf rot. In wenigen Minuten würden sie vor der Gaststätte halten und wie nach den letzten Begräbnissen in Krögers Café an den Tischen sitzen, Streuselkuchen und belegte Brötchen essen und ein paar Bier trinken, der übliche Totenschmaus. Wie zuletzt bei Ilonas Beerdigung und davor bei Sebastian.

Bei Ilona hatten Wolfgang und er zu viel getrunken, hatten Schnäpse zu den Bieren bestellt, hatten sich gestritten und waren laut geworden. Es war ein blöder Streit gewesen. Wolfgang hatte Ilona immer nur ausgenutzt, immer wenn es ihm gerade in den Kram passte. Schon mit 16! Ja, er hatte ihm Missbrauch vorgeworfen. Genau das war's ja auch gewesen. Missbrauch! Wolfgang hatte ängstlich in Susannes Richtung geschaut, sich verteidigt und dann geschickt gekontert. Verdammt geschickt! Wer hätte auch gedacht, dass Ili gerade Wolfgang von den alten Dingen zwischen ihr und ihm erzählt hatte. Am Ende hatten sie sich dann die Rechnung für Ilis Begräbniskaffee geteilt, sich aber nicht die Hand gegeben.

»Die Ampel zeigt übrigens grün, Martin, schon sehr grün, geradezu dunkelgrün.« Martin hasste solche Sätze, es waren Vaters Sätze, nicht die seiner – ja was, Freundin, Frau, Geliebten, Lebensgefährtin? Er legte den Gang ein, ohne Kommentar. Eigentlich hatte er Wolfgang nie gemocht.

»Ilona ist jetzt schon 14 Jahre tot«, sagte Nina, als sie auf die Hauptstraße eingebogen waren. »Wir beide, Martin, wir sind die Letzten, die Allerletzten.« Ninas Stimme hatte diesen eigentümlichen Klang angenommen, mit diesem Nachhall, den sie immer dann wählte, wenn sie dem Gesagten besondere Bedeutung geben wollte. Sie hatte bereits in jungen Jahren diese tiefe Stimme, eine satte Altstimme, die Martin schon mit sechzehn als aufreizend und wahnsinnig schön empfunden hatte. Durch den Zigarettenkonsum war sie über die Jahre noch etwas tiefer gerutscht, und wenn Nina ihrer Stimme, wie jetzt im Wagen, zusätzlich dieses Echo gab, hörte Martin eine Tiefe ohne Boden, die ihn immer ein wenig erschreckte, verunsicherte. Und zugleich anzog. Er schaute zu Nina. Wieder blickte sie ihn nicht an, sondern sah starr nach vorn auf die Straße.

Letztes Silvester hatte er Nina für dieses Jahr eine Entscheidung versprochen. Es würde ihr viel bedeuten, da war er sicher. Und ihm? Seit acht Jahren waren sie jetzt zusammen. Wenn er sich nicht gerade mit seinen Studenten auf Exkursion befand oder im Ausland forschte, kam er fast jeden Freitag und blieb bis Montag früh in Ninas kleiner Mietwohnung, wo er mit seinem Laptop an Julias früherem Schreibtisch saß. Alles provisorisch. Bloß nichts Endgültiges. Rückkehr nach Langenheim? Nina kam nur selten zu ihm nach Köln. Aus irgendeinem Grund mochte sie Köln nicht. Es hatte sich so eingespielt, dass er seit acht Jahren zu ihr und nicht sie zu ihm kam. Gut, seine Wohnung in Köln war noch kleiner, nach der Scheidung damals war nicht mehr drin, und sie war voll von Büchern, Zeitschriften, Manuskripten, eine Arbeitswohnung. Er würde sie auf jeden Fall behalten, auch wenn sie sich zusammen in Langenheim eine »richtige« Wohnung nehmen sollten. Rückkehr nach Langenheim? Irgendetwas revoltierte in seinem Magen. Nina hatte im Sommer die Idee von einem alten Fachwerkhaus in der Innenstadt geäußert. Sie dachte, dass sie ihn damit einfangen konnte. Na ja, beschäftigt hatte es ihn seitdem schon. Sie hatten auch bereits ein Haus in der Fleischhauerstraße ins Auge gefasst, das angeblich Anfang nächsten Jahres verkauft werden sollte. »Dann richten wir es her, Martin, nach unseren ganz eigenen Vorstellungen, bauen uns endlich ein richtig schickes Heim.« Heim war ein Nina-Wort. Ein Sehnsuchtswort.

Damals in München hatte sie es erstmals gesagt. »Wer weiß, wir kennen uns seit unserer Kindheit, Martin, eines Tages, es mag lange dauern, kommen wir zusammen und schaffen uns ein Heim, wir beide, gemeinsam.« So oder so ähnlich hatte sie damals geredet, einen Tag nach ihrer Magisterfeier, zu der sie gemeinsam mit Thomas eingeladen hatte. Und dann war Thomas beim Repetitor, und sie waren zusammen im Bett. Er dachte immer wieder an diesen Tag zurück, der eine Grundlage geschaffen hatte, die ihm damals natürlich nicht bewusst war. Aber gemeinsam in Langenheim ein Haus kaufen? Er hatte diese Frage schon unzählige Male in seinem Kopf gewälzt und war am Ende doch zu keinem Ergebnis gekommen. Wenn es nicht gerade Langenheim wäre! Und Ernestos Mail machte die Entscheidung nicht leichter. Wie ernst konnte er dessen Anfrage überhaupt nehmen? Ernesto hatte es damals richtig gemacht, war erst gar nicht nach Bologna zurückgekehrt, war einfach in Haifa geblieben, und schon drei Jahre später war Ernesto in Chicago. Er dagegen war brav an sein altes Institut in Köln zurückgekehrt, war immer noch dort, während Ernesto erst am berühmten Geography Department der Chicago University arbeitete und ein paar Jahre später ans MIT in Boston berufen wurde als Professor of Urban Planning.

»Komm, mach nicht so ein Gesicht, Martin. Jeder sieht dir an, dass du keine Lust hast.«

Martin brauchte einen Moment, um wieder in der Gegenwart zu sein. »Es ist ja auch nicht gerade 'ne Lustparty, Nina, sondern ein Begräbnis«.

Martin hielt vor Krögers Café. Bei Daila hätte er mit der Entscheidung nicht gezögert. Nein, mit ihr wäre er sogar nach Langenheim zurückgekehrt, sogar gleich damals. Aber Daila wusste nicht einmal, wo Langenheim liegt. Daila! Unfair, dachte Martin und schüttelte wieder den Kopf, dieses Mal heftiger als vor wenigen Minuten. Einfach unfair.

Es standen einige Wagen am Straßenrand, Männer und Frauen in Schwarz gingen langsam von ihren Autos zum Eingang des Gasthofs. Martin fuhr ein Stück weiter und parkte den Volvo auf dem Hof der Gastwirtschaft vor einer Buchenhecke.

»Wolfgang hat mir vor einigen Jahren zu meinem Geburtstag ein altes Foto von uns zugemailt. Er habe es im Album seiner Mutter gefunden und abfotografiert, schrieb er. Ich habe es heute morgen wiedergefunden und hatte sogar noch die Mail von damals in meinem Postfach abgespeichert. Schau, ich hab's noch mal etwas größer ausgedruckt.« Nina holte ein Blatt Papier aus der Innentasche ihres Mantels, faltete es auseinander und reichte es Martin, gerade als er den Schlüssel aus dem Lenkradschloss zog und der Motor erstarb. Sie hatte das Foto auf einen DIN-A4-Bogen vergrößert, den Martin jetzt auf dem Lenkrad auseinanderfaltete. »Da sind wir noch alle zusammen«, sagte Nina, »alle Furies. Sogar Paul, das war also noch vor der großen Flut. Das muss im Frühjahr 65 gewesen sein. Vor fünfzig Jahren also, kaum zu glauben.«

Martin sah auf das Foto. Es war ein Farbfoto, etwas matt in den Farben. Es zeigte sieben Kinder, alle zwischen 9 und 11 Jahren, die auf der hölzernen Einfassung eines Sandkastens saßen. Die fünf Jungen trugen die typischen kurzen Lederhosen, zwei solche aus schwarzem Glattleder, die Hosen der drei anderen waren aus dunkelbraunem Wildleder, alle mit den ledernen Trägern, unter denen karierte oder gestreifte kurzärmelige Hemden hervorsahen. Alle Jungen hatten sehr kurze Haare, einer hatte einen Mecki-Schnitt, dass man meinte, er habe eine Glatze. Die beiden Mädchen waren im Rock, darüber gemusterte Blusen, Kniestrümpfe an den Füßen, die eines der Mädchen heruntergerollt hatte. Dieses Mädchen hatte ihr Haar zu zwei langen braunen Zöpfen geflochten, das andere seine Haare hochgesteckt zu einem Dutt. Ganz rechts im Bild saß Paul. Martin erkannte ihn gleich. Paul trug ein rotkariertes Hemd und auf dem Brustbügel, der die beiden ledernen Hosenträger vorn miteinander verband, prangte ein weißlich gelbes Oval. Martin wusste sofort, dass dieses Oval aus nachgemachtem gezackten Geweihknochen bestand.

»Und guck dir nur die Göre an, da in der Mitte, noch keine ganze 10 und so unschuldig.« Ninas Finger fuhr über das Foto, verdeckte Paul für einen Moment und zeigte auf das Mädchen mit den langen dunkelbraunen Zöpfen und der violett geblümten Bluse in der Mitte des Sandkastens. »Ich kann mich gar nicht mehr daran erinnern, dass damals mal ein Foto gemacht wurde.«

Jetzt schob sie ihren Finger weg und Paul war wieder zu sehen, das rotkarierte Hemd, das schwarze, kurzgeschnittene Haar, der geöffnete Mund, die weit aufgerissenen Augen, die frech in die Kamera blickten, und das Oval aus diesem weißlich gelben Material, von dem Paul damals gesagt hatte, es sei echter Geweihknochen von einem Hirsch. Martin sah wieder das Innere des Ovals, in dem, daran erinnerte er sich ganz genau, auf dem Leder das Profil eines schwarzen Pferdekopfes klebte, ein Pferdekopf, blank poliert, umrahmt von dem weißlich gelben Zackenkranz. Er hatte Paul um diesen polierten Pferdekopf im Oval vor seiner Brust beneidet.

»Heiner schaut schon damals aus, als sei er bekifft«, fuhr Nina fort, »und Ili, guck mal, mit diesem kurzen Rock, na ja, die war erst 11 damals und hat sich sicher nichts dabei gedacht, aber ganz schön kurz; und hier Basti, unser Melancholiker, unser Messdiener, sitzt da neben Wolfgang mit gesenktem Kopf und mit 'nem Mecki-Haarschnitt. Sieht ja fürchterlich aus!« Nina lächelte. Dann verflog das Lächeln mit einem Mal, und sie schaute direkt in Martins Augen. »Und jetzt Martin?« Nina machte eine kleine Pause, schnäuzte sich einmal kurz in ihr Taschentuch, dann schaute sie wieder auf das Blatt mit dem Foto. »Du, Martin, hast die große Schaufel in der Hand, du, der Jüngste unter den Jungen. Du wirst als Letzter von uns gehen, der Mann mit der Schaufel. Du musst uns alle begraben.«

Nina brabbelte weiter, hatte zu Wolfgang und Ilona noch einige weitere Kommentare, doch die hörte Martin gar nicht mehr. Er sah immer wieder auf die gleiche Stelle des Fotos, auf diesen Jungen mit dem weit geöffneten Mund und dem rotkarierten Hemd, dachte gar für einen Moment, der Junge würde sich bewegen, würde nach hinten aus dem Bild weggesogen. Martin vergaß die Zigarette in seiner Hand. Ein Stück Asche fiel auf seinen schwarzen Mantel. Sein Blick klebte an dem rotkarierten Hemd mit dem ledernen Brustbügel.

2

Martin, 1963

»Die kriegt ihr, die kriegt ihr!« Martin schreit laut, hebt die Arme, hat beide Hände zu Fäusten geballt. Aber Maria ist schnell. Gerd kommt nach vorn und hetzt neben Stefan hinter dem rennenden Mädchen her.

»Sie stinkt, stinkt wie 'n Schaf!«, ruft Gerd in die Klasse. Gerd und Stefan lachen. Und nur weil sie beim Laufen so laut lachen, sind sie nicht schnell genug, Maria einzuholen. Vielleicht wollen sie das gar nicht, vielleicht wollen sie Maria einfach nur jagen. Jetzt lachen auch die anderen Kinder der Klasse, die meisten jedenfalls, vor allem die Jungen. »Komm, Martin«, ruft Stefan, »mach mit, die kriegen wir. Maria stinkt! Stinkt wie 'n Schaf!«

Sie sind in der großen Aula, alle 56 Kinder der Klasse 2a, und warten auf Frau Klumpe, die Klassenlehrerin, die noch immer nicht da ist. Die meisten Kinder stehen an der Fensterseite des Raums im hellen Licht der Maisonne und beobachten, wie die drei Jungen Maria auf der großen leeren Fläche zwischen ihnen und der Längswand im Kreis vor sich her treiben. Von der Längswand schauen zwei Herren auf Schwarz-Weiß-Fotografien hinter Glas und im Silberrahmen auf das Treiben der Kinder herab. Das sind Herr Adenauer und Herr Lübke, hatte Frau Klumpe schon mehrfach erklärt, aber Martin hatte gleich wieder vergessen, wer wer war und warum die hier hingen.

Die Jungen an der Fensterseite spornen die drei Läufer an. »Die kriegt ihr, die Stinkerin«, rufen die einen, »die schnieft ja schon, die kann bald nicht mehr«, rufen die andern.

Alle Jungen lachen. Nun hetzt auch Burkhard neben Martin hinter Maria her. Martin lässt Burkhard ein wenig Vorsprung, denn Burkhard ist der Stärkste in der Klasse, stärker noch als Gerd.

Maria läuft, läuft, was sie nur kann. Sie dreht sich nicht nach ihren Verfolgern um. Maria ist klein, aber drahtig. Sie trägt, obgleich es schon Ende Mai ist, eine dunkelgrüne, an beiden Knien mit leicht hellerer Wolle gestopfte Strumpfhose. Die beiden Stopfstellen sehen wie Wunden aus. Bis zu den Knien reicht Marias Rock, ein gestrickter Wollrock, der dem kleinen Mädchen zu groß ist und durch ein ziemlich träges Gummi an der Taille zusammengehalten wird. Jetzt im Laufen will der Rock immer wieder hinunterrutschen. Wieder zieht Maria ihn hoch. Blaue und rote Streifen wechseln sich in ihrem Rock ab. Die Wolle ist nicht mehr glatt, sondern pelzig und stumpf. Ihre beiden älteren Schwestern haben den Rock zuvor getragen. Jeder in der Klasse weiß, dass Maria noch fünf Geschwister hat. Sie trägt ein buntes Hemd mit großen blauen und roten Karos. Maria schämt sich für das Hemd. Es ist ein Jungenhemd von ihrem größeren Bruder, und es ist schon wieder aus dem Rock gerutscht.

Martin kommt jetzt nah an Maria heran. Burkhard ist nicht mehr neben ihm. Martin schaut auf ihr dunkelblondes Haar, das in Strähnen herunterfällt. Zwischen den Strähnen sieht er kleine runde Schweißtropfen auf ihrem Nacken und gelbe Flecken auf dem Hemdkragen. Als er im Laufen den Blick kurz über Marias Schultern hebt, sieht er Burkhard, der stehen geblieben ist und darauf wartet, dass Maria im Kreis wieder bei ihm ankommt. Er stellt sich ihr in den Weg, und gerade als sie um ihn herumlaufen will, hebt er das Bein. Maria fällt auf den Dielenboden, rutscht nach vorn und bleibt bäuchlings auf dem Boden liegen.

»Jetzt bist du fällig, du alte Stinksau!«, ruft Burkhard und setzt sich auf Maria.

Ihr Atem geht schnell, ihr Rücken wölbt sich bei jedem Atemzug. Schnell führt sie ihre Hände über den Kopf. »Nicht schlagen«, flüstert sie, »nicht schlagen.«

»Dreh dich um!«, befiehlt Gerd. Burkhard stützt sich mit den Beinen ein wenig ab, sodass sich Maria unter ihm auf den Rücken drehen kann. Martin steht neben Burkhard, sieht Marias grünlich braune Augen, die ängstlich flackern, etwas Rotz läuft ihr aus der Nase. Sie hat weiterhin die Arme vor die Stirn gelegt.

»Nicht schlagen«, murmelt Maria erneut, »bitte nicht«. Ein paar Tränen steigen ihr in die Augen.

»Sie heult ja schon«, ruft Burkhard, »schaut mal her, die Stinkerin heult!«

»Wir hauen sie«, sagt ein Junge aus der Menge, »dreh sie wieder um, wir hauen sie alle.«

Da hebt sich Burkhard ein wenig an. »Dreh dich«, ruft er Maria zu, und sie dreht sich zurück in die Bauchlage. Burkhard rutscht nach vorn, setzt sich auf Marias Rücken, sodass ihr bunter Rock frei ist.

Der Junge, der gerade »wir hauen sie« gerufen hat, ist nun der Erste, der seine rechte Hand zweimal auf Marias Rock niederfahren lässt, dann schlägt Stefan zu, dann Martin, alle beide je zweimal.

Maria weint, aber ihr Weinen wird vom Grölen der Jungen übertönt.

Die Mädchen werden stiller, drücken sich nah an den steinernen Fenstersims, nur wenige schauen auf Maria, die meisten starren in die andere Richtung, sehen aus dem Fenster auf den Schulhof, der leer in der Sonne dieses späten Maitages liegt. Jetzt fliegen zwei Elstern auf den Hof, schimpfen laut miteinander. Die Mädchen lassen sich gerne ablenken und schauen wie gebannt auf die beiden Vögel. Stefan kniet nun vor Maria und schiebt ihren Wollrock hoch. Martin sieht, dass die Strumpfhose oben zwei große Löcher hat, durch die das Weiß der Unterhose zu sehen ist.

»Sie stinkt, weil sie Löcher in der Hose hat«, ruft Burkhard. Alle Jungen lachen. »Zeig mal die Löcher.«

Jetzt starrt der ganze Pulk auf die beiden weißen Flecken in der dunkelgrünen Strumpfhose. »Vielleicht hat sie auch Löcher in der Unterhose«, ruft Werner. Alle lachen.

»Löcher in der Unterhose!« Gerd stellt sich vor Maria auf, stampft ein paar Mal mit den Beinen und beginnt einen schnellen Tanz, bei dem er immer wieder »Löcher in der Unterhose, Löcher in der Unterhose« ruft.

»Mal sehen, ob wir die Löcher treffen.« Stefan kniet sich, ballt die Hand zur Faust und lässt sie zweimal auf die weißen Löcher niedersausen. »Jetzt du, Martin!«

Martin kniet und schlägt kräftig mit der Faust zu. Maria zuckt, ihr entfährt ein kurzes »Au!«, dann sieht Martin, wie sie die Lippen zusammenpresst. Und noch einmal lässt er die rechte Faust auf ihren Hintern niedersausen, dorthin, wo das größere der beiden weißen Löcher ist. Erneut zuckt Maria, wieder spannen sich die Oberschenkel kurz an und lösen sich dann wieder. Martins rechte Hand fährt ein drittes Mal hoch. Mutter hatte ihm eingeschärft, Andrea nie hauen zu dürfen, und er wusste, dass das nicht nur für seine Schwester galt, sondern für alle Mädchen. Nur Jungen kriegen Haue, wenn sie frech sind oder nicht gehorchen. Das hatte Vater erst letzte Woche zu ihm gesagt, als Martin in der Badewanne saß und Vater, der ihn waschen wollte, zweimal Wasser ins Gesicht gespritzt hatte. Der hatte ihn wütend hochgezogen und ihm zwei kräftige Schläge auf den nassen Po gegeben. Er hatte geweint.

»Fester! Martin, hau noch fester! Die Maria muss das richtig spüren!« Martin schlägt zu und freut sich über Marias Zucken.

»Frau Klumpe!«, ruft eines der Mädchen. »Frau Klumpe kommt!«

Sofort lassen die Jungen von Maria ab, laufen schweigend zu den Mädchen an der Fensterseite. Martin mischt sich tief in die Gruppe und sucht einen Platz direkt am Fenster, weit weg von der Mitte der Aula, wo Maria liegt, weiterhin auf dem Bauch, weinend, mit einer Hand am Kopf, mit der anderen an ihrem Rock, den sie jetzt nach unten schiebt.

»Was ist mit Maria? Warum liegt sie am Boden?« Frau Klumpe eilt in die Mitte der Aula. Keiner sagt etwas. »Was ist los? Warum seid ihr alle so still?« Frau Klumpe schaut auf ihre Klasse am Fenster. Ihr Blick währt nur kurz, aber jedes Kind hat den Eindruck, Frau Klumpe habe jeden Einzelnen genauestens fixiert. Dann wendet sie sich Maria zu.

»Maria ist gefallen«, sagt Gerd.

»Gefallen?« Frau Klumpe legt die Stirn in Falten.

»Ja, ich bin gefallen.« Marias Stimme ist leise und noch deutlich vom Weinen gekennzeichnet. Sie steht auf. Einzelne Tränen laufen ihre Wangen hinab.

»Frau Klumpe, Maria stinkt.«

Die Lehrerin schaut zu Stefan. »Das bildest du dir nur ein.« Dann wendet sich Frau Klumpe wieder Maria zu, als wolle sie sie trösten. Doch als sie nur wenige Zentimeter vor dem Mädchen steht, stoppt sie ihre Bewegungen.

»Maria wohnt in der Torfkuhle, Frau Klumpe, da haben sie keine Badewanne.«

»Da haben sie auch kein richtiges Klo«, sagt Gerd.

»Das weißt du doch gar nicht.« Frau Klumpe schaut Gerd mit strafendem Blick an, gibt sich einen Ruck und streckt jetzt ihre Hand Richtung Marias Haare aus. Doch

als ob ein unsichtbarer Schild das Haar des Mädchens umgeben würde, hält Frau Klumpe erneut inne und bewegt
die Hand nicht weiter. »Stell dich mal nicht so an, Gerd.«

»Ich will aber nicht mehr neben ihr sitzen. Sie stinkt.«

»Du bleibst, wo du jetzt sitzt. Maria wollte ich ohnehin
ganz rechts in die erste Reihe holen. Sie sitzt dann neben
Hildegard.« Hildegard ist die Tochter des Bäckers. Sie
riecht nach Hefekuchen.

3

Martin, Nina, 14. Oktober 2015

Susanne saß am Tisch in der Mitte des Raumes, im schwarzen Kostüm mit schwarzer, hochgeschlossener Bluse, neben ihr die beiden Töchter und deren Ehemänner oder vielleicht auch nur Partner, Martin war sich da nicht sicher. Sie nickte schweigend hierhin und dorthin, ohne Lächeln, ganz die trauernde Witwe. Wenn sie überhaupt einmal sprach, dann kurz mit der jüngeren Tochter, die – wie Martin sich erinnerte – Lara hieß. Er müsste heute noch irgendwann auf Susanne zugehen und kondolieren.

Martin legte das Brötchen zurück auf den Teller. Es war immer dasselbe in diesen westfälischen Gaststätten, immer zu viele und zu dicke Zwiebeln auf dem Mett. Er leerte das Bier in zwei Zügen. Es schmeckte schal. Die Bedienung hatte es bereits gezapft, bevor die Trauergäste das Café betreten hatten.

Als Wolfgangs ältester Freund gehörte es sich wohl, dass er ein paar Sätze mit ihr wechselte. Was aber sollte er sagen? Susanne hatte nie auf ihn gewirkt. Nicht dass sie hässlich war, eher durchschnittlich, aber für ihn ohne Reiz. Irgendwas von Freundschaft und Erinnerungen, die bestehen blieben, auch über den Tod hinaus. Martin griff wieder zu seinem Brötchen.

Wolfgang hatte es ihr nicht leicht gemacht, das wusste er. Ili war nicht Wolfgangs einziger Seitensprung gewesen, weiß Gott nicht, sogar Nina hatte ihn ja erhört. Gut, das war, bevor sie sich zusammentaten, aber es wurmte ihn dennoch. Er musste aufstoßen. Wahrscheinlich war das Mett zu fettig.

Oder er würde Susanne von Bildern erzählen, die unauslöschlich in der Erinnerung gespeichert blieben, Bilder aus ihrer gemeinsamen Jugend. Bilder vom strahlenden Wolfgang. Vor Jahren, nach einer langen Nacht mit viel Bier und ein paar Whiskeys im Goldenen Hahn, hatte Wolfgang ihm einiges erzählt. Auf der Herrentoilette, an der Pinkelrinne. Geprahlt hatte er. Nina hatte er dabei nicht ausgelassen. Scheiß Männergeschwätz. Nach diesem Abend hatte er keine Lust mehr gehabt, Wolfgang zu treffen. Fury hin oder her. Sie hatten irgendwann noch mal zu viert gemeinsam bei Fellini zu Abend gegessen, Wolfgang hatte diesen Edel-Italiener gewählt, wollte angeben. Er hatte den Abend fürchterlich gefunden, und es blieb bei »Hallo« und »Wie geht's«, wenn man sich später zufällig auf dem Markt oder auf der Straße traf.

Die Zwiebeln knirschten laut, ein Stück blieb zwischen seinen Zähnen hängen, unten rechts, wo diese Lücke war, die ihn schon seit einem halben Jahr ärgerte. Immer blieb da was hängen. Er fragte sich, warum er überhaupt zu dieser Beerdigung gekommen war. Nur weil sie damals diese gemeinsame Bande hatten und weil Nina und er bisher zu allen Beerdigungen der Furies erschienen waren. Das Zwiebelstück saß verdammt fest. Bilder von früher. Wolfgang, der mit Ili zum Großen See fährt und mit ihr rumknutscht und in der Badehose kann es jeder sehen. Das konnte er Susi nun wirklich nicht erzählen. Zahnstocher gab's hier auch keine, er müsste es mit der Zunge versuchen. Dieses blöde Stück Zwiebel. Bilder von früher. Paul. Ihre Fahrt mit den Rädern über die überschwemmten Pättkes, als die Deiche brachen. Damals, 1965, bei der großen Flut, da war Wolfgang dabei, wenigstens am Anfang.

Nein, darüber würde er nicht sprechen. Darüber ganz bestimmt nicht. Auch wenn jetzt die Erinnerung plastisch wurde, all diese Bilder hochkamen, Wolfgang und Heiner, die vor ihm radelten. Über die Brücke mit den Absperrungen. Nein! Nicht weiter! Er sieht Paul, noch auf dem Fahrrad, dann auf dem Brett im Wasser, er blickt in seine Augen, Paul hat ihn »Tinchen« gerufen. Tinchen!

Martin spürte, wie er zu schwitzen begann. Er meinte, sein weißes Hemd klebe bereits an seinem Körper. Er müsste das Jacket ausziehen. Wieder sah er das karierte Hemd von Paul, so ein Hemd wie auf dem Foto, das Nina ihm vor einigen Minuten gezeigt hatte. Martin löste den Knoten seiner schwarzen Krawatte. Es war viel zu heiß bei Krögers, die hatten die Heizung bestimmt schon auf Winterbetrieb umgestellt, viel zu früh. Mit dem rechten Zeigefinger fuhr er zwischen Hals und Hemdkragen. Der Finger wurde richtig feucht. Warum hatte Nina nur dieses Foto dabei? Mit dem Oval aus Geweihknochen!

Auch Nina schien jetzt zu schwitzen, zog die schwarze Strickjacke aus und hängte sie über die Stuhllehne. Sie trug das festliche Schwarze mit den Spitzen an den Armen, unter denen Martin die Narbe in der linken Beuge sah, diese rote Wulst, die die Kleiderspitzen nicht verdecken konnten. Wie so oft, wenn er die Narbenwulst erblickte, sah er auch die kleinen feinen Striche am Oberarm, die Zeugen all der Stiche, die außer ihm sicherlich keiner mehr wahrnahm.

Wolfgang hatte ihr das Foto zugeschickt. Es war ein Gruß von Wolfgang. Natürlich! Er würde nicht mit Susanne sprechen. Kein einziges Wort. Das konnte ja Nina übernehmen. Nein, er hatte ihn nicht zurückgestoßen, Pauls Brett hatte sich mit der Welle plötzlich vor ihm aufgebäumt und war dann zurückgeprallt, zurück in die Flut. Das war nicht er! Er versuchte, die Szene zurückzuholen, genau zu rekonstruieren, wie es damals geschah. Das war die Welle gewesen, der Sog der Flut! Die Zunge war nicht spitz genug, um das Zwiebelstück zwischen den Zähnen zu lösen. So ein hartnäckiges Stück!

Frau Urbanski nickte ihm zu. Von Nina kam ein böser Blick. Ja, er hatte sich bislang nicht am Gespräch beteiligt, hatte dem Vierertisch überhaupt keine Beachtung geschenkt, kein einziges Wort gesagt, kein Wunder, dass Nina jetzt sauer war, aber er kannte die Urbanskis ja auch kaum, eine alte Frau von damals, vom Spiegelberg, das wusste er, die ihn schon als Jungen erlebt hatte, was sollte er da zuhören. Frau Urbanski hatte mit einer Geschichte über irgendeine Nathalie begonnen und redete eindringlich auf Nina ein, während Herr Urbanski still auf sein Glas Bier starrte, dabei ab und an den Kopf hob und ihn wieder senkte. Die Bedienung brachte neue Biere, auch eins für Martin, dieses Mal ein frisch gezapftes. Er dankte kurz, aber sein Blick und seine Gedanken waren nicht beim Bier, waren auch jetzt nicht bei Frau Urbanski, die mit ihrer gleichmäßigen Stimme den Raum am Tisch füllte.

»Diese Schreie waren einfach unerträglich, Frau Renker«, sagte sie zu Nina gewandt, »so ein kleines Mädchen, und muss schon so viel erleiden.«

Martin stand abrupt auf. Er musste endlich dieses Stück Zwiebel zwischen seinen Zähnen loswerden, er hatte das Gefühl, der Kampf mit diesem blöden Zwiebelrest hatte ihn richtig ins Schwitzen gebracht. Er ging Richtung Kuchentheke, dahinter waren die Toiletten.

Frau Urbanski war Nina gut bekannt, auch wenn sie sich sehr selten sahen. Immer wenn Nina sie traf, flackerte auf, wie Frau Urbanski sie damals als kleines weinendes Mädchen vor dem Geschäft entdeckt hatte, in dem sie als Verkäuferin arbeitete.

Heute hatte sie ihr graues Haar hochgesteckt zu einem runden Dutt. Sie war jetzt bestimmt schon Mitte siebzig, trug eine silberne Brille, hinter der ihre wachen, braunen Augen weich und gütig blickten. Frau Urbanski hatte dezent ein wenig Puder aufgelegt und die Lippen mit einem zarten Hellrot nachgezogen.

Als Nina sie vor zwei Stunden in der Friedhofskapelle erblickt hatte, war ihr nach dem kurzen Moment der Erinnerung an die Scham von damals eingefallen, dass Frau Urbanski ja die Hauptzeugin im Fall der kleinen Nathalie war. Doch erst in der Kapelle war ihr aufgegangen, dass der Tatort Spiegelberg Nummer 70, wo Frau Urbanski wohnte und wo in der unteren Wohnung die kleine Nathalie misshandelt worden war, dasselbe Haus war, in dem auch Wolfgang mit seinen Eltern gewohnt hatte. Vielleicht gar in der Wohnung, in der Nathalie gelitten hatte. Sie durfte nicht vergessen, Frau Urbanski noch danach zu fragen.

Jetzt am Tisch bei Krögers, dachte Nina, konnte jeder sehen, dass Frau Urbanski früher in einem Damenmodegeschäft in der Stadt gearbeitet hatte. Die alte Dame trug eine ausgesprochen elegant geschnittene Jacke aus feinstem schwarzem Stoff mit einem kleinen modischen Kragen, darunter die bis oben geknöpfte Bluse aus weißer Seide. Frau Urbanski wusste, wie man sich kleidete, und achtete auch mit Mitte siebzig auf sich. Nina mochte das. Sie überlegte, wie lange es wohl her war, dass Wolfgangs Eltern den Spiegelberg verlassen hatten. Das musste 1967 oder 68 gewesen sein. Es fiel ihr wieder ein, wie damals die Stimmung umschlug, als Wolfgang bei einer Geburtstagsfeier plötzlich mit der Nachricht rausrückte, sie würden vom Spiegelberg wegziehen. War es nicht sogar auf Martins Geburtstag gewesen?

»Wir haben ja schon viel erlebt auf dem Spiegelberg, Frau Renker, glauben Sie mir, da kommt viel zusammen, wenn man 54 Jahre in der gleichen Siedlung wohnt.«

Nina nickte. Als sie Frau Urbanski in der Friedhofskapelle erblickte, hatte sie schon geahnt, dass Nathalies Geschichte irgendwann heute hochkommen würde. Martin kannte die Geschichte noch gar nicht, er war ja die ganze Zeit mit seinen Studenten auf Exkursion in Holland gewesen und letztes Wochenende gegen ihre sonstige Absprache in Köln geblieben. Da hatte sie noch keine Gelegenheit gehabt, ihm vom Fall Nathalie zu erzählen.

»Ich höre also das kleine Mädchen schreien«, fuhr Frau Urbanski fort, »schreien wie am Spieß, sag ich Ihnen. So was hatte ich noch nie gehört, Frau Renker. Da hab ich zu meinem Werner gesagt, ʼWerner, da stimmt doch was nicht, das halte ich nicht aus, da geh ich runter!ʼ Dann habe ich die Wohnungstür zum Treppenhaus geöffnet, und da höre ich das Schreien des Mädchens noch lauter, nur manchmal übertönt vom Brüllen des Stiefvaters, dieser Russe oder was der ist, der mit der Mutter der kleinen Nathalie seit ein paar Monaten zusammenlebt.«

Nina sah, wie Martin langsam von der Kuchentheke zurück in Richtung Tisch ging. Er sieht schlecht aus, dachte sie, blass, bewegt sich irgendwie alt. Sie müsste bald mit ihm reden, da war doch irgendwas. Sonst würde er sich nicht so seltsam benehmen.

»Also, ich muss schon sagen, Frau Renker, ein bisschen mulmig war mir ja doch zumute, als ich die Treppen runterging. Ich hab sogar noch mal überlegt, ob ich nicht lieber umdrehen sollte. Doch dann hörte ich wieder das Mädchen, es war jetzt kein Schreien mehr, eher ein Wimmern, ein schrecklich hohes Wimmern. Da gehe ich die letzten Stufen hinunter und stehe vor der Tür. In diesem Moment höre ich einen Plumps und dann war da Stille, einfach kein Geräusch mehr, wie abgestellt. Ida, hab ich zu mir gesagt, Ida, jetzt stehst du hier, jetzt willst du auch sehen, was mit dem Mädchen ist. Also habe ich geschellt und als sich nichts tat, immer wieder vor die Tür gehämmert und wieder geschellt.«

Erst jetzt bemerkte Frau Urbanski Martin, der etwas umständlich Platz nahm. Sie nickte einmal kurz in seine Richtung, schien etwas unsicher dabei und schaute dann wieder auf Nina, deren Blick auf Martin ruhte. Was war nur mit ihm?

»Da kam dann auch mein Werner dazu und der Mann von der Frau Canova, wissen Sie, die Italiener, die schräg über uns wohnen, nette Leute, sind schon seit zwanzig Jahren da, mindestens. In der alten Wohnung, in der früher Wolfgang und seine Eltern wohnten. Also der Canova stellt sich neben meinen Werner. Und dann hat dieser Russe, oder was der ist, endlich aufgemacht. 'Alles gut', hat er gesagt, 'alles okay'. War aber nicht, das sah ich doch gleich, und dann sah ich die Beine von Nathalie da auf dem Boden, ihre nackten Beinchen, die ragten aus der Küche in den Flur und bewegten sich nicht. Da bin ich einfach rein, hab den Mann zur Seite gedrängt und bin rein in den Flur. Da lag sie, war bewusstlos, Kopf und Oberkörper auf dem Küchenboden, und ich sah die rechte Hand, sah es sofort. Es war grausam, Frau Renker, so grausam.«

Frau Urbanski machte eine Pause, schluckte zweimal, wollte einen Schluck Kaffee nehmen, aber ihre Hände zitterten so sehr, dass sie Kaffee über den Rand der Tasse verschüttete.

»Alles rot, Frau Renker, Haut hing da, rohes Fleisch habe ich gesehen. Ich schrie auf, ging zu dem Mädchen, tätschelte ihre Wange, keine Reaktion, schickte Werner gleich nach oben zum Telefon, 'Krankenwagen!', rief ich nur, 'Krankenwagen, Notarzt'. Da lag dieses Mädchen, nur Schlüpfer und ein Hemdchen an, ein dicker blauer Fleck an einem Oberschenkel und die Hand, offen, Frau Renker, alles offen, verbrannt.«

Während Frau Urbanski noch sprach, schloss Nina kurz die Augen, spürte einen Moment lang die Narbe in ihrer linken Armbeuge, ein ziehender Schmerz, dann sah sie den Mann im blauen Trainingsanzug vor sich, wie er im Besprechungsraum des Untersuchungsgefängnisses gesessen hatte. »War scheiß gelaufen, scheiße, weiß auch nicht.« Der Mann im blauen Trainingsanzug zog hastig an seiner Zigarette.

Der Vertreter der Staatsanwaltschaft justierte noch das Aufnahmegerät und nickte. »Nati immer geheult. Will nichts essen. Njet! Nur geheult. Weil Mama weg. Nicht essen, nicht TV, nichts. Ich kein böser Mann, aber Nati nur geheult und Mama, Mama geschrien. Mama!«

Nina hatte Nathalie vor drei Tagen zum zweiten Mal im Krankenhaus besucht. Nicht um sie zu befragen, sondern um Kontakt zu ihr aufzubauen, um das Vertrauen des Kindes zu wecken. Die Aussagen des Mädchens zum Tathergang würde sie später einholen, das hatte noch Zeit, jetzt musste die Haut von Schenkel und Wade, die man an Nathalies Innenhand transplantiert hatte, erst einmal gut angenommen werden und die gesamte Hand schmerzfrei werden.

Als Leiterin des Jugendamtes hatte sie bei den Befragungen des Täters als Gast dabei sein können. Juri Kaparov war 26, groß, sportlich, kurze schwarze Haare, seit über einem Jahr in Deutschland, legal, Studentenvisum, war an der FH in Dortmund eingeschrieben, dort schon lange nicht mehr aufgetaucht, hatte ein Praktikum in einem Werk in Langenheim gemacht, jobbte gelegentlich in der Stadt und war vor drei Monaten zu Frau Pritzke, der Mutter von Nathalie, auf den Spiegelberg gezogen.

»Ich selbst Vater, ich selbst bin guter Vater, kleiner Sascha, in Nishni Nowgorod. Guter Vater. Ich nicht gewusst, dass Platte heiß, ich nichts gewusst! Sollte ruhig sein, kleine Nati, nur ruhig, nicht mehr schreien, kein Heulen, aber Nati immer heulen, immer Mama, kein Essen, nichts.« Der Mann sprach schnell, hastig, die Zigarette im Mund. Die Innenseiten seiner Hände streifte er dabei beständig an seiner Trainingshose ab, als wolle er sie waschen. Sie kannte diese Geste von ihrem Vater. Sie hasste sie. Als der Beamte von der Staatsanwaltschaft weiter fragte, hatte Juri plötzlich wild mit dem Kopf geschüttelt. »Ich nichts sagen. Nur Advokat, mit Advokat, ich hier nichts sagen!« Das Gespräch war nach diesem Satz zu Ende gewesen.

»Zum Glück kam der Krankenwagen dann ja schnell.« Frau Urbanski schluckte wieder, schaute vor sich auf ihre weiße Tasse. Ihre linke Hand fuhr über den Tisch in Richtung auf Ninas Hand, die ihr entgegenkam und sie tröstend drückte. »Dieser Mann hatte die Hand des Mädchens tatsächlich auf die heiße Herdplatte gedrückt. Können Sie sich das vorstellen, Frau Renker, ein Mädchen, gerade mal drei Jahre alt, und die Hand, das kleine Händchen auf die glühende Kochplatte. Er muss Nathalie eigens hochgehoben haben, damit sie überhaupt an die Herdplatte reichte.«

»Lass uns gehen!«, schrie Martin.

»Martin, nicht so laut.«

Die Gäste an den umliegenden Tischen wurden still, wandten ihre Köpfe Martin zu. Frau Urbanski schaute erschrocken auf ihn.

»Tschuldigung, Herr Professor«, sagte sie dann leise und verunsichert, »aber es ist alles noch so frisch, wissen Sie«.

Frau Urbanski holte ein weißes Taschentuch aus ihrer kleinen schwarzen Ledertasche. Nina blickte in Martins geweitete Augen, in denen sich Schrecken, Ungeduld und

Unbeherrschtheit spiegelten. Frau Urbanski wischte sich mit ihrem glatt gebügelten Taschentuch, das an den Rändern mit feinen Spitzen versehen war, die Tränen aus den Augen. Die anderen Gäste wandten sich wieder ab, sprachen dem Kuchen und den Brötchen zu. Nina schaute auf Martin.

»Ist schon gut, Frau Urbanski«, sagte sie leise, »Herrn Schrader geht es heute schon den ganzen Tag nicht gut.«

»Ist ja auch hart für Sie, Professor, und für Frau Renker.« Frau Urbanski machte eine Pause. Ihre Hand zitterte leicht, als sie die Tasse Kaffee zu ihrem Mund führte. »Jetzt auch noch der Wolfgang.« Sie nahm einen kleinen Schluck Kaffee und setzte die Tasse wieder vorsichtig ab. Dann holte sie erneut das Taschentuch hervor, tupfte ihre Augen damit und schnäuzte sich ganz leicht, nachdem sie lange zögernd auf das Tuch geblickt hatte. »Sie waren doch mal 'ne ganze Bande, das weiß ich noch, jagten immer mit den Rädern durch die Siedlung. Da war dieser nette Junge, Sebastian aus Nummer 52, der später Arzt wurde, den hab ich gern gemocht, der hat in der Kirche ausgeholfen, als der alte Küster damals den Herzinfarkt hatte. Und dann ist der Sebastian selbst so früh gestorben, viel zu früh.« Wieder führte sie ihr Taschentuch an die Nase, hielt es dort einige Sekunden lang, während sie vor sich auf den Tisch starrte. »Wie hieß noch mal der Erste, der damals starb, der in der Flut blieb? Dessen Namen habe ich vergessen.«

»Paul hieß der Junge«, sagte Nina.

»Ja richtig, Frau Renker. Paul. Paul Weltermann, genau.«

»Ich muss hier raus, Nina«, Martin war nah an sie herangerückt, so nah, dass sie die kleinen Schweißperlen über Martins Oberlippe sehen konnte, »ich kann hier nicht länger sitzen, diese Geschichten hören und dazu noch Brötchen und Streuselkuchen essen. Ich kann auch nicht Susanne irgendwas Tröstliches zum Tod von Wolfgang sagen. Ich kann überhaupt nicht mehr sprechen, ich kann auch nicht mehr denken, Nina. Ich muss hier raus! Ich fang' an zu schreien!«

Martin war von Satz zu Satz immer lauter geworden. Nina drückte fest seine Hand, hoffte, dass diese Berührung ihn beruhigen und ihn vor allen Dingen dazu veranlassen würde, leiser zu sprechen. Frau Urbanski schaute betreten vor sich auf den Kuchenteller, beschäftigte sich mit ihrem Kaffee und dem Stück Streuselkuchen, von dem sie still ganz kleine Stücke mit der Gabel abbrach und langsam zum Mund führte.

Das Ehepaar am Tisch rechts hatte sich bei Martins lauten Worten erneut zu ihnen umgedreht und schaute jetzt gebannt auf ihn. Martin klang ernst. Nina stand auf, ging um die Tische herum zu Susi, erklärte ihr, dass Martin gesundheitlich angeschlagen sei und sie deshalb leider eher gehen müssten. Susi nickte, suchte Martin mit ihren Augen, fand ihn nicht. Da sah Nina, wie Martin schon den Mantel gegriffen und den Weg zur Tür eingeschlagen hatte, ohne sich auch nur einmal umzudrehen. Es ist wirklich dringend, dachte Nina, er wird sich bestimmt übergeben müssen.

Tatsächlich stand Martin an einem Baum am Rande des Parkplatzes und würgte. Er würgte lange und erbärmlich, Nina stellte sich neben ihn. War es die Geschichte der kleinen Nathalie gewesen, die Martin so mitgenommen hatte? Nathalie war noch immer im Krankenhaus. Sie würden nächste Woche im Amt darüber beraten, ob das Kind der Mutter zurückgegeben werden könne. Nathalies Peiniger, dieser Juri Kaparov, verblieb in U-Haft, er würde wegen schwerer Kindesmisshandlung vor Gericht kommen, aber wenn er der Partner von Frau Pritzke bliebe, wäre das Kind gefährdet, könne also nicht in die Wohnung zurück. Nina hatte mit Nathalies Mutter gesprochen. Rancho, so nannte die Mutter ihren Freund, sei halt leicht aufbrausend. Sie wisse auch nicht, warum der vor zwei Wochen so durchgedreht sei. Sie liebe ihn aber weiterhin und sie blieben zusammen, er komme hoffentlich nicht ins Gefängnis, hatte Frau Pritzke noch hinzugefügt. Für nächste Woche hatten sie ein weiteres Gespräch vereinbart, einen Ortstermin im Spiegelberg Nr. 70.

Nina atmete tief ein. Die Sache mit Nathalie war zu einem schwierigen Zeitpunkt gekommen. Man hatte der Stadt vorletzte Woche knapp zweihundert weitere Flüchtlinge zugewiesen, 24 davon waren Jugendliche ohne Begleitung. Der Bürgermeister hatte beschlossen, sie in der Turnhalle der Waldschule unterzubringen, was sofort zu ziemlichen Reibungen mit den Eltern der Grundschüler geführt hatte. Sie war im Tageblatt angegriffen worden, weil sie kein Konzept für die syrischen Jugendlichen hätte, und gleich am Tag darauf war Nathalie misshandelt worden und wieder hatte die Zeitung ihr schweres Versagen vorgeworfen. Von den jugendlichen Flüchtlingen hatte sie Martin am Telefon erzählt, die Angriffe auf sie hatte sie verschwiegen. Sie wollte Martin auf der Exkursion nicht beunruhigen.

Nina schaute auf ihn, der sich jetzt regelrecht krümmte. Als er beim Würgen seinen langen Oberkörper nach vorn beugte, sah sie die lichte Stelle auf dem Kopf, die Martin so ärgerte. Sechzig war er im Mai geworden, und da er, wenn immer möglich, morgens seine Runden drehte, hatte er seine Figur einigermaßen gehalten, konnte noch immer seine Hosen Größe 102 von der Stange kaufen, ohne dass der Schneider etwas ändern musste.

Sie liebte diesen groß gewachsenen Mann, den sie seit ihrer Kindheit kannte. Gut, es war nicht mehr diese Art

Liebe, wie man sie mit zwanzig empfindet, nicht mehr so unbedingt herzzerreißend wie früher, aber jedes Wochenende, das er nicht bei ihr in Langenheim verbrachte, achtete sie auf jede Regung ihres Handys, ob nicht doch eine neue SMS eingegangen war oder bei WhatsApp eine Nachricht auf sie wartete.

Wie oft las sie dann noch einmal den Verlauf der letzten Nachrichten. Und waren diese noch so lakonisch, ja banal, so eröffneten sie ihr doch immer wieder die Gewissheit ihrer Gefühle füreinander, zeigten ihre gegenseitigen Rücksichtnahmen, ihre Freude aneinander. Ja, es war ein engmaschiges Netz, das sie in diesen acht Jahren gewoben hatten, war mehr als ein Netz, war ein Nest geworden, und es würde noch dichter geflochten, wenn sie und Martin erst einmal in ihrem Haus wären. Er wusste ja noch gar nichts von ihrer Besichtigung in der Fleischhauerstraße, von dem Gespräch mit dem Makler, ein richtiges altes Fachwerkhaus voller Charakter, ihr künftiges Heim, nichts Provisorisches mehr, sondern ein schönes geräumiges Haus für sie beide. Sie würde die Zwischendecke zwischen Erdgeschoss und erster Etage wegnehmen, sodass sie einen großzügigen Eingangsbereich über zwei Etagen hätten. Der Makler hatte gesagt, es ginge.

Sie nahm sich vor, Martin bald von den Vorwürfen in der Zeitung und von ihrer Besichtigung und ihren Plänen zu erzählen, am besten heute noch. Sie wusste, Letzteres würde ihm guttun. Sie hatte schon seit Langem den Eindruck, dass er ein Projekt brauche außerhalb der Geografie und außerhalb des Seminars in Köln. Sie sah doch, dass er nach den vielen Jahren als Professor am gleichen Institut an der gleichen Universität müde geworden war, was er allerdings bestritt, wann immer sie es ansprach. Da könnte doch so ein Hausprojekt neue Energien wachrufen. Sie zumindest verspürte diese Energie, wann immer sie an das Haus dachte.

Nina legte ihm sacht die Hand auf die Schulter, doch Martin schüttelte sie unwirsch ab. Sie ging langsam die wenigen Schritte zum Auto, ließ Martin mit dem Würgen allein. Ein paar Minuten später folgte er ihr. »Was habt ihr mit diesem Schwein gemacht?«, fragte er. »Warum hast du mir nichts von dieser Sache erzählt?«

»Der kriegt 'n Verfahren.«

»Und lebt solange weiterhin bei seiner Freundin und deren Kind und schlägt es eines Tages tot, nur weil das Kind ihn beim Fußballschauen stört oder weil es Husten hat.«

»Er ist in U-Haft und kommt vor Gericht, Martin.«

»Locht ihn auf jeden Fall ein, der darf nie wieder mit einem Kind alleine sein!«

Nina blieb still. Martin schaute sie kurz an und öffnete die Fahrertür des Volvos. Er streckte sich gleich nach rechts hin und Nina erwartete, dass er ihre Tür von innen öffnen würde. Stattdessen sah sie, wie er als Erstes das DIN-A4-Blatt griff, auf dem sie das Foto vom Spielplatz 1965 ausgedruckt hatte und das noch von der Hinfahrt auf dem Beifahrersitz lag.

Kaum hatte Martin darauf geschaut, stockte alle weitere Bewegung. Martin saß auf seinem Sitz, in das Foto versunken. Er vergaß, den schmalen schwarzen Stecker in der oberen Türverkleidung hochzuziehen. Stattdessen verfärbte er sich, ergriff die Fotoseite mit beiden Händen, und Nina meinte zu sehen, wie Martins Hände dabei zitterten. Er starrte mehrere Sekunden lang intensiv auf das Foto, zerknüllte dann die Seite, entfaltete sie wieder und begann, sie zu zerreißen. Ein jeder Riss, so schien es ihr, ging jetzt durch einen der sieben Kinderköpfe, erst Paul, dann Ili, Heiner, Wolfgang, sie selbst. Die vielen kleinen

Schnitzel fielen auf Martins schwarzen Mantel und auf den Wagenboden. Martin hatte das Foto mit einem Eifer zerstört, der Nina ratlos machte. Erst als sie an die Scheibe klopfte, schien er sich ihrer zu erinnern und entriegelte die Tür, während der letzte Papierschnitzel mit Sebastians Kopf darauf langsam auf den Beifahrersitz hinabschwebte.

»Darf ich dich daran erinnern, dass das mein Foto war?«, sagte Nina beim Einsteigen. Als sie saß und die Tür geschlossen hatte, schaute sie ihn von der Seite an. »Was machst du eigentlich, Martin?« Er antwortete nicht, schaute stur nach vorn. Und weil er nichts erwiderte, fügte sie nach ein paar Sekunden verärgert hinzu: »Ich kann mir das Foto ja jederzeit wieder ausdrucken.«

Martin ließ den Wagen an, drückte etwas zu stark auf das Gaspedal, der alte Motor heulte kräftig auf. »Ich würde gern noch einmal zurück zu den Gräbern fahren und ganz still, ohne zu reden, über den Friedhof gehen. Ist das okay?«

Nina nickte.

4

Martin, Paul, September 1964

Sie haben Glück mit dem Wetter: Schon um 9 hat die Sonne die Wolken verdrängt. Die vereinzelt stehenden Weiden, Eschen und Pappeln spenden kaum Schatten auf dem Uferweg an der Lippe entlang. Frau Schmidtchen und einige Mädchen tragen noch eine leichte Jacke oder einen Anorak, die Jungen aber haben die Jacken längst um ihre Schultern gelegt. Zum zweiten Mal begegnen ihnen schon die alten schwarzen Sandkähne auf dem Fluss. »Erdmanns Sandbaggerei« steht in altertümlicher Schrift auf Emailschildern am Bug der Boote.

Die Kinder bleiben stehen und beobachten, wie das Schaufelrad am Bootsende, das von einem knatternden Diesel angetrieben wird, Flusssand in den Kahn hebt, der schwer und feucht auf den Boden des Bootes klatscht und von einem Mann mit einer Schaufel über den ganzen Rumpf des Kahns verteilt wird.

Auch Frau Schmidtchen hat mittlerweile ihre Jacke abgelegt. Sie trägt ein helles weites Sommerkleid mit großen roten Punkten und erklärt ihnen, dass der Flusssand besonders feinkörnig sei, weil er aus ganz alter Zeit stamme und der Fluss die Steine gemahlen habe, bis sie zu winzigen Sandkörnern geworden sind. Martin versucht, sich das vorzustellen. Dass ein Fluss mahlen kann wie eine Mühle, dass er so große Steine zerkleinern, zertrümmern, vernichten kann, bis sie fast so fein werden wie Mehl, will ihm nicht einleuchten. Soviel Kraft kann Wasser doch gar nicht haben, denkt Martin. Frau Schmidtchen hat bestimmt übertrieben.

Martin mag die neue Lehrerin. Er will ihr gefallen und meldet sich oft. Dann lobt sie ihn, und wenn ein anderes Kind eine Frage nicht beantworten kann oder einen Fehler macht, fragt sie Martin, dem solche Fehler nicht passieren. Die anderen mögen das nicht. Ist das blamierte Kind ein Junge, kann Martin sicher sein, dass der ihn in der nächsten Pause kräftig anrempeln wird. Lehrerliebling! Vor Gregor muss er sich besonders in Acht nehmen, der hat immer ein rotes Gummiband in der Tasche, so ein Gummiband, wie Mutter es für die Weckgläser braucht. Ehe sich Martin versieht, hat Gregor ihn mit dem Band an der Hinterseite seiner Oberschenkel oder sogar an seinem Hals getroffen. Das tut weh. Manchmal lassen ihn die Jungen in beiden Pausen beim Rüberlaufen einfach stehen, wie sie Kalle, den Dicken, immer stehen lassen. »Kannst ja mit den Mädchen laufen!«, rufen sie Martin dann zu. Und wenn er ganz allein rüber rennt, zeigen die anderen mit Fingern auf ihn, nennen ihn »unsern Klugi« und lachen ihn aus. Paul ruft dann »Tinchen, der Kleine« und wieder lachen alle. Er hat schon keine Lust mehr auf die Pausen, freut sich, wenn es regnet und sie im Klassenraum bleiben dürfen. Er überlegt, ob er Frau Schmidtchen bitten könnte, ihn nicht mehr zu loben.

Frau Schmidtchen mag vor allem Heimatkunde. Martin macht es großen Spaß, mit den Buntstiften die von ihr vorgezeichneten Karten auszufüllen, hellgrün für Felder, dunkelgrün für Wald, die schmalen Zebralinien für die Eisenbahnen, blau für Flüsse und Bäche, ein zartes Hellrot für bebaute Flächen, schwarze Kästchen für offizielle Gebäude wie Bahnhöfe, das Rathaus, die Schulen. Vor drei Wochen, kurz vor Beginn der Sommerferien, hat Frau Schmidtchen alle Heimatkundehefte der Klasse eingesammelt, um sie durchzusehen. Noch vor den Ferien gab sie sie zurück. Bei

Martin hat sie nichts gesagt, sondern das Heft nur still vor ihn hingelegt und auf ganz besondere Art gelächelt. Während sie die weiteren Hefte austeilte und dabei die Leistungen der einzelnen Kinder laut besprach, ging Martin Seite für Seite seines Heftes durch. An den Seitenrändern standen in roter Tinte Frau Schmidtchens Ausrufezeichen und Bemerkungen wie »sehr schön«, »gute Karte«, »sehr geschickt gezeichnet« und ganz am Schluss: »Solch ein Heft habe ich von einem Drittklässler noch nie erhalten. Aus dir wird einmal ein richtiger Geograph! Weiter so Martin: sehr gut.«

Am Abend hatte Martin seine Mutter gefragt, was ein Geograph ist und was er tut. »Einer, der die Welt beschreibt«, hat Mutter geantwortet, »einer, der alles, was er sieht, in Karten und Atlanten packt und so die Welt im Griff hat.«

Jetzt haben sie Hellinghausen, das Ziel ihres Ausflugs, erreicht. Sie laufen noch ein paar hundert Meter weiter an der Kirche vorbei zur neu erbauten Volksschule am Dorfrand, wo Frau Schmidtchen für den Vormittag einen Wettkampf der beiden dritten Klassen organisiert hat. Die Hellinghäuser Schüler haben an diesem Tag mehr Glück und mehr Kraft. Sie entscheiden den Staffellauf für sich und beim Sackhüpfen ist der dicke Kalle gerade dem strohblonden Toni unterlegen. Während die Kinder der Dorfschule noch jubeln und Toni hochleben lassen, schlendert Paul mit zwei weiteren Jungen aus der Waldschule zu dem noch immer im Sack liegenden Kalle. Einer der drei blickt sich verstohlen nach Frau Schmidtchen um, die unter einer Schatten spendenden Eiche mit zwei Mädchen spricht. Paul tritt zweimal kräftig gegen die Stelle im Jutesack, an der er Kalles Hinterteil vermutet. Kalle zuckt, lässt ein kurzes »Au!« hören. Dies »Au!« lockt einen weiteren Schüler an, der sogleich Spucke im Mund sammelt und sie satt auf den Sack entlädt. »Dieser Punkt, Dicker, der hätte es ge-bracht. Dann hätten wir gewonnen. Aber du bist eben zu blöd, einfach zu blöd.« Dann spuckt er noch einmal, jetzt aber nicht mehr auf den Jutesack, sondern auf Kalles Ge-sicht. Die Spucke trifft sein Haar, klebt schleimig an den Haarspitzen und verteilt sich langsam von dort.

Martin sieht die vier Klassenkameraden und zwischen ihren Beinen den Jutesack. Kalle ist sein Banknachbar und eigentlich ganz nett, nur eben dick und schwerfällig und auch nicht sehr klug. Letzte Woche haben sie beide in der Turnhalle am Reck nachüben müssen, während alle anderen schon in der Umkleide waren. Als sie sich dann eine Viertelstunde später umzogen, bemerkte Martin dicke rote Striemen an Kalles Oberkörper. Jetzt sieht Martin, wie einer der vier noch einmal vor den Jutesack tritt. Kalle heult auf.

Erst da fällt Frau Schmidtchens Blick auf den Pulk der Jungen und sie ruft: »Nun helft ihm endlich aus dem Sack!«

Eine Stunde später sind sie wieder unterwegs. Einen knappen Kilometer müssen sie noch laufen bis zur Lippe-wiese am Hellinghäuser Wehr, wo Frau Schmidtchen die Mittagspause geplant hat. Die meisten sind hungrig und ärgern sich noch über die Niederlage gegen die Dorfschü-ler. Kalle hat in Martins Gummibärchen-Tüte greifen dür-fen und zu seinem stillen Gleichmut zurückgefunden.

Frau Schmidtchen sorgt sich wegen der niedergedrück-ten Stimmung. »Ist doch alles nur ein Spiel, Kinder«, ruft sie, »das sind doch alles Bauernlümmel hier, die kommen schon im Kartoffelsack auf die Welt. Ist doch klar, dass die besser hüpfen können als ihr. Ihr seid eben Stadtkinder, ihr könnt besser rechnen und besser schreiben, und darauf kommt es später an.«

»Wir kommen nicht aus der Stadt«, sagt Ingrid.

»Was meinst du damit?«, fragt Frau Schmidtchen verblüfft.

»Wir kommen vom Spiegelberg, und das ist was anderes als die Stadt«, erwidert Ingrid. »Sagt meine Mutter jedenfalls«, fügt sie hinzu, als sie Frau Schmidtchens erstaunten Blick wahrnimmt.

Martin und Kalle trödeln. Sie folgen als Letzte der Gruppe in Richtung Lippewiese. Als der Wind etwas auffrischt, rascheln die hohen Pappeln, die den Weg säumen. Es ist ein eigenartiges Geräusch, denkt Martin. Wenn er sich umdreht, sieht er die Rückseite der Blätter, die silbern im Wind flattern, und er überlegt, ob wohl von diesem Silber das eigentümlich harte Rascheln der Pappeln ausgeht. Frau Schmidtchen, die vorn die Gruppe führt, beginnt zu singen. »Im Frühtau zu Berge, wir zieh'n fallera«. Martin hat keine Lust auf Singen. Er hat Hunger. Ob sie nach dem Essen noch mit den Füßen ins Wasser können? Ob das Lippewasser warm genug ist?

Martin hat in den Sommerferien Schwimmen gelernt. Zwar erst, nach Ende des Schwimmkurses, als Mutter mit ihm und Andrea bei endlich wärmeren Temperaturen noch mehrere Male ins Freibad gefahren war, damit er mit ihr üben konnte. Da plötzlich gelang es. Im Nichtschwimmerbecken brauchte er auf einmal keine Bodenberührung mehr. Er konnte sich jetzt einfach ohne Angst dem Wasser anvertrauen, begann langsam mit den Bewegungen, ließ sich dabei ein klein wenig treiben, streckte die Arme, drückte das Wasser zur Seite und grätschte gleichmäßig mit den Beinen. Das war alles, und es ging ganz einfach! Im letzten Drittel der Sommerferien hatte er fast jeden Tag im Freibad verbracht, schwamm bald schon zehn, dann zwanzig Meter im Nichtschwimmerbecken. Kurz vor Schulbeginn ging Mutter zum ersten Mal gemeinsam mit ihm die fünf Treppenstufen ins große Becken hinunter. Als Martin sich von der fünften Stufe abstieß, hatte er die Angst vor dem tiefen dunkelblauen Wasser verloren. Wie schön es war, im klaren Wasser schwebend durch gleichmäßige Bewegungen voranzukommen, ohne jede Angst das Wasser vor sich zu teilen und zu wissen, dass es trägt. Bald schon legte er bei den Bewegungen den Kopf zur Seite, spürte das kalte Wasser an der Spitze seines Kopfes, von wo ein Impuls durch seinen Körper fuhr, ein kalter elektrischer Fluss, der ihm mehrere Sekunden lang vom Kopf bis in die Füße schoss, bis sich sein Körper an das kalte Wasser gewöhnt hatte.

Das Schwimmenkönnen war nicht der einzige Triumph dieses Sommers. Am letzten Tag der Ferien hatte die Spiegelberg-Gruppe Martin zum Fury ernannt. Er hatte sich die Mitgliedschaft allerdings doppelt verdient.

Sebastian hatte ihn am Vormittag auf dem Fahrrad angehalten, als er gerade vom Milchladen kam und mit anderthalb Litern in der offenen Kanne am Lenkrad nach Hause fuhr. Paul sei zwar noch immer nicht überzeugt, dass sie neue Mitglieder bräuchten, sagte Sebastian, aber die anderen wollten die Bande gern vergrößern und Martin könne dabei selbst ein wenig nachhelfen. »Wie?«, hatte Martin gleich gefragt. Er habe doch den Matchbox-Bus, meinte Sebastian, diesen roten kleinen Büssing-Bus, bei dem man in der Mitte die Türen aufmachen könne. Er wüsste, dass Paul diesen Bus besonders gern mochte. Martin könne ja heute um sechs Uhr den Bus einfach mal so dabei haben, wenn sich die Bande wieder am Spielplatz in der Siedlung trifft.

Er hatte den Büssing-Bus tatsächlich dabei, als er um kurz vor sechs am Spielplatz erschien. Doch die Fury Bande brauchte lange, bevor sie sich entschied. Noch um halb sieben war nicht klar, ob Christian oder Martin aufgenommen würde. Eigentlich hätte Martin um diese Zeit zu Hause sein müssen, weil Vater immer um kurz nach sechs von der AOK zurück war und sie dann alle gemeinsam zu Abend aßen. Doch Martin konnte jetzt unmöglich die Gruppe verlassen und gehen. Sie würden ihn dann niemals wählen. Er bot den Bus als Eingangsgeschenk an. Der Bus würde dann allen Furies gehören, sagte Sebastian, wie die kleine Blechtrompete und das Schneeglas mit dem Eiffelturm, was zwei andere zu ihrem Einstand eingebracht hatten und was als gemeinsamer Besitz vom jeweiligen Bandenführer aufbewahrt und nur zu besonderen Treffen mitgebracht wurde. Martin wurde mit dem Fahrrad noch einmal um den Block geschickt, damit die Bandenmitglieder in seiner Abwesenheit entscheiden und abstimmen konnten. Zehn Minuten später war Martin zurück am Spielplatz und hörte das erlösende Ja der Gruppe. Paul hielt die Hand hin für den roten Bus. Es tat gar nicht weh, ihn abzugeben.

Als Martin um kurz nach sieben vor der Wohnungstür stand, empfing ihn seine Mutter mit hochrotem Kopf: »Was fällt dir eigentlich ein, so spät zu kommen!« Mutter atmete schwer. »Wo bist du gewesen? Auf dem Spielplatz habe ich dich nicht gesehen!« Vater stand hinter der Tür mit dem großen hölzernen Löffel in der Hand, den Mutter alle zwei Wochen benutzte, wenn sie in der Waschküche im Keller im großen Bottich Wäsche wusch.

Martin musste die Lederhose ausziehen. »Diese Schläge sollst du spüren«, sagte Vater. Die ganze Nacht über schmerzte sein Po, er schlief auf dem Bauch, aber seit diesem Tag war er ein Fury.

»Essenszeit!« Martin hört Frau Schmidtchens laute Stimme. Sie haben jetzt eine gute Stunde Zeit für ihre Rast auf der Lippewiese. Um halb zwei erst ist die Klasse beim

Pfarrer von Hellinghausen angemeldet, der ihnen das Geheimnis der drei steinernen Brote erzählen will. Um drei Uhr fünf würden sie vom Kirchplatz den Bus nach Hause nehmen.

Frau Schmidtchen ist mit dem Ausflug zufrieden. Verlieren zu können gehört ihrer Meinung nach zur Erfahrung, die jedes Kind, auch in der Gruppe, einmal machen muss. Sie lockert den breiten weißen Gürtel ihres Kleides, nimmt ein Karamellbonbon, das ihr eines der Mädchen anbietet, und zögert nicht, den Kindern zu erlauben, nach dem Essen die Füße ins kalte Lippewasser zu stecken. Alle ziehen Schuhe und Strümpfe aus, auch Frau Schmidtchen. Das Wasser ist im Uferbereich weniger kalt als erwartet und ganz seicht. Hier seien sie sicher, erklärt Frau Schmidtchen, hier am Flachhang der Lippe, die einen letzten weiten Bogen mache, bevor sie das Wehr erreicht. »Ihr müsst aber immer am Rand bleiben, nicht weiter rein, höchstens zwei Meter vom Ufer weg!«

Martin genießt das kalte Wasser an den Beinen und schaut auf die Mitte des Flusses. Hier könnte er jetzt allen Kindern zeigen, wie gut er schwimmen kann. Aber es ist verboten, das Wasser ist wahrscheinlich zu kalt, und eine Badehose hat er auch nicht dabei. Aber einfach nur durchs Wasser zu waten, ist ziemlich langweilig. Er sieht Paul an, der plötzlich neben ihm steht und offenbar etwas Ähnliches denkt.

»Ziemlich öde für 'nen Fury«, sagt Paul leise zu ihm, holt dann einen flachen Stein aus seiner Hosentasche und schleudert ihn in Richtung auf das gegenüberliegende Ufer über das flache Wasser, wo er zweimal wieder aufspringt, bevor er in der Mitte des Flusses versinkt. Martin sieht, wie Frau Schmidtchen ihr schönes weißes Kleid mit den roten Punkten behutsam ein wenig rafft und den Gürtel so stramm schnallt, dass sie gute zwanzig Zentimeter zusätzliche Beinfreiheit gewinnt. Nun nimmt sie die beiden kleinsten Mädchen an die Hand und watet mit ihnen am flachen Flussrand entlang, während sie mit ihrer hellen Stimme »Wem Gott will rechte Gunst erweisen« anstimmt. Paul kann er nicht mehr entdecken, er ist schon nicht mehr neben ihm. Martin singt nicht mit.

Die meisten Jungen haben mittlerweile ihre Hemden und Unterhemden ausgezogen und am Ufer abgelegt. Solange sie am äußersten Rand der Zweimeterlinie, die Frau Schmidtchen vorgegeben hat, entlanglaufen, sind sie höchstens bis zu den Waden im Wasser; ihre kurzen Hosen werden nicht nass. Von den Mädchen bleiben einige auf der Wiese zurück, die meisten aber schreiten im Wasser nah am Ufer entlang, wobei sie wie ihre Lehrerin die Röcke raffen. Nur Ulla trägt als Unterwäsche einen rosa Badeanzug, hat Rock und Bluse abgelegt und mischt sich als Einzige unter die Jungen. Sie ist die Erste, die von einem der Jungen nassgespritzt wird, sie spritzt schnell und heftig zurück, und ehe Frau Schmidtchen sich versieht, beginnt unter zunehmendem Gekreische und Gejohle eine Spritzschlacht. Den Jungen macht es nichts aus, wenn sie nass werden, die Mädchen kreischen und zetern, haben Angst um ihre Röcke, versuchen sich zu wehren, scharen sich um Frau Schmidtchen oder laufen auf die sichere Wiese zurück.

Frau Schmidtchen hört auf zu singen. »Nun lasst schon ab«, sagt sie, aber es klingt wenig überzeugend und hat auch keine Wirkung auf die Jungen. Im Gegenteil: Die Spritzschlacht nimmt an Stärke zu und einige Jungen sind bereits jenseits der Zweimeterlinie im tieferen Wasser aktiv. »Eure Hosen werden ja ganz nass«, ruft Frau Schmidtchen, als ein größerer Spritzer unbekannter Herkunft ihr weißes

Kleid mit den großen roten Punkten erreicht. Mit »Schluss jetzt!« und »Hört auf!« geht sie auf die Wiese zurück.

Gerade als sie sich zu dem Wasserfleck auf dem Kleid hinunterbeugt und den Stoff ein wenig auswringen will, ruft ein Kind: »Kalle liegt im Wasser!«

Frau Schmidtchen fährt hoch. Rund fünf Meter von der Uferlinie entfernt und ein paar Meter flussabwärts drischt Kalle mit den Händen auf das Wasser ein. Er hat offenbar den Halt verloren, ist wahrscheinlich mit den Füßen in eine Eintiefung geraten oder in Matsch, der nachgibt. Auf jeden Fall rudert er mit den Händen auf der Wasseroberfläche, versucht sich wieder aufzurichten, sein Hemd klebt nass an seinem Körper. Da fällt er mit der Fließrichtung des Flusses nach vorn, rollt ein Stück auf die Seite, schreit »Hilfe!« und »Kann nicht schwimmen!«

Bald scheint es, als würde er Halt finden, aber schon kippt er wieder längs ins Wasser, das ihn langsam in Richtung Flussmitte und Wehr treibt. »Himmel, Herrgott!«, ruft Frau Schmidtchen, »Karl-Heinz, Karl-Heinz, bleib doch stehen, bleib stehen, was mach ich nur, mein Kleid, ich komme Karl-Heinz, ich komme!«

Da stapft Paul mit großen Schritten hinter Frau Schmidtchen aus dem flachen Wasser ans Ufer zurück, streift schon im Gehen die ledernen Träger und den schwarzen ledernen Mittelbügel mit dem gezackten cremeweißen Oval herab, lässt die Lederhose fallen, rennt einige Meter flussabwärts am Ufer entlang, bis er Kalle überholt hat, läuft dann geradewegs in den Fluss hinein und auf Kalle zu.

Frau Schmidtchen, die ihren Gürtel abgelegt und gerade begonnen hat, den Reißverschluss ihres Kleides zu öffnen, hält in ihren Bewegungen inne und verfolgt Paul mit ihren Blicken. Wenige Meter vor Kalle stößt Paul sich vom Boden ab, macht vier oder fünf kräftige Züge und hat ihn erreicht. Kalle schlägt mit aller Kraft seiner Arme auf das Wasser und heult dabei angstverzerrt. Paul schwimmt nun um Kalle herum, lässt ihn an sich aufprallen und stößt ihn dann mit den Händen Richtung Ufer. Alle verfolgen mit angehaltenem Atem die Szene im Wasser. Paul hat offenbar eine seichte Stelle im Fluss gefunden, denn er steuert genau auf diesen Punkt rund zwei Meter flussabwärts zu. Alle hören, wie er beständig auf Kalle einspricht, aber sie können vom Ufer aus nicht genau verstehen, was er sagt. Nun haben beide die seichte Stelle fast erreicht. Paul schwimmt um Kalle herum, richtet sich auf und stellt sich direkt vor ihn. Kalle scheint zunächst vor ihm zu knien, hustet, schüttelt sich, wischt sich die Augen und richtet sich dann ganz langsam auf. Beiden reicht an dieser Stelle das Wasser nicht einmal bis zur Taille. Kalle atmet schwer. Das Hemd klebt an ihm. Paul nimmt ihn an die Hand, schreitet langsam in Richtung Ufer, jeden Schritt testend. Zweimal noch reicht ihnen das Wasser bis zum Bauchnabel, Kalle stolpert, doch beide bleiben aufrecht, dann haben sie endlich flaches Wasser erreicht. Kalle hält noch immer Pauls Hand, als beide bei der Klasse ankommen und vor Frau Schmidtchen stehen.

»Herrgott, Jesses Maria! Danke! Du bist mein Retter«, sagt Frau Schmidtchen. Als sie Kalle fragt, wie er denn überhaupt soweit in den Fluss hineingeraten konnte, schüttelt der nur den Kopf. Wichtiger ist jetzt, dass er möglichst schnell das nasse Zeug vom Leib bekommt. Zwei Kinder haben Handtücher dabei, Martin leiht Kalle sein Unterhemd. Die Lederhose ist völlig durchtränkt. Zwei Mädchen geben Paul ihre Unterhemden, damit auch er sich abtrocknen kann.

Frau Schmidtchen schickt Elvira und Ingrid zum Rektor der Hellinghäuser Schule mit der Bitte um ein paar trockene Sachen für Kalle und Paul. Zum Glück scheint die Sonne kräftig, und nachdem Frau Schmidtchen Kalle mit den beiden Handtüchern trocken gerieben hat, lässt dessen Frösteln allmählich nach.

Eine halbe Stunde später steckt er in einer blauen wollenen Turnhose und trägt ein grünes Turnhemd dazu, das an seinem Bauch etwas spannt und einem Fünftklässler aus Hellinghausen gehört. Der Hellinghäuser Rektor selbst ist zur Lippewiese geeilt, hat zuvor noch auf die Schnelle in der Turnhalle ein paar liegen gebliebene Kleidungsstücke gegriffen, sodass auch Paul die nasse Unterhose gegen trockene Kleidung austauschen kann.

Der Rektor erklärt den Kindern, dass die Lippe am großen Bogen sehr tückisch sei, der Flachhang würde abrupt enden, und weil das Wehr häufig runtergelassen wird, habe der Fluss mehrere Priele gebildet, in denen das Wasser tief stünde, auch wenn das Wehr geschlossen oder nur halb geöffnet sei. Die Kinder begreifen nicht ganz, was der Rektor meint. Auch Frau Schmidtchen hat nicht alles verstanden, sie ist nur froh, dass alle Kinder wieder trocken sind und Karl-Heinz nichts zugestoßen ist. Sie nimmt mit spitzen Fingern dessen durchtränkte Lederhose auf, steckt sie in ein Einkaufsnetz, verspricht dem Rektor, dass Turnhose und Turnhemd zurück in die Hellinghäuser Schule gebracht werden, und zieht dann langsam mit ihren 34 Kindern von der Lippewiese in Richtung Kirche. Die nassen Kleidungsstücke im Einkaufsnetz tropfen und hinterlassen auf dem Weg zum Kirchplatz eine Spur, die sich in der Sonne kurze Zeit später wieder auflöst.

Frau Schmidtchen singt keine Lieder mehr. Martin fällt auf, dass sie bei der Geschichte des Pfarrers in der Kirchenbank wie geistesabwesend vor sich hinstarrt. Martin kennt das Geheimnis der Brote schon. Vater war mit ihm auf dem

Fahrrad im Frühjahr nach Hellinghausen gefahren und sie haben in der Kirche die drei steinernen Brote betrachtet, die dort auf einem Tischchen vor dem Altar liegen und an eine geizige Frau im Dorf erinnern, die nichts den Armen geben wollte. Gott hat sie dafür bestraft, indem er ihre drei Brote im Brotschrank zu Stein werden ließ.

»Der liebe Gott bestraft den Geiz«, sagt der Pfarrer. Genau das hatte auch Vater dazu erklärt. Mutter gibt sonntags immer 50 Pfennige in den Klingelbeutel für die Armen, das weiß Martin, und die Kaninchen vom Nachbarn Franke bekommen immer ihre Kartoffelschalen. Der liebe Gott sieht das hoffentlich.

Überhaupt komisch, denkt Martin, da macht der liebe Gott Brot zu Stein und die Flüsse mahlen bei Hochwasser die Steine zu ganz feinem Sand. Er überlegt, ob er dazu eine Frage stellen soll. Doch da lädt der Pfarrer schon alle Kinder zu einem Stück Butterkuchen ins Pfarrheim ein. Als sie zum Gemeindesaal gehen, sieht Martin Frau Schmidtchen noch immer in der Kirche vor der Marienstatue stehen, vor der sie sich gerade mehrfach bekreuzigt.

5

Martin, Nina, 14. Oktober 2015

Martin und Nina gingen den breiten Hauptweg entlang, ließen den großen steinernen Sarkophag, das Denkmal für den unbekannten Soldaten, hinter sich, bogen nach rechts auf einen schmalen Weg ein und standen ein paar Minuten später vor dem Grab von Martins Vater. Martins Mutter hatte nach ihrem Wegzug zu Andrea nach Hannover die Grabpflege einer Friedhofsgärtnerei übergeben, die sogar den Sandboden zwischen der Grabeskante und dem Weg harkte, sodass Nina und er sich nicht trauten, bis an den Rand des Grabes zu treten. Martin ärgerte sich wieder einmal, dass seine Mutter damals bei Vaters Tod auf dem schwarzpolierten Grabstein unter den Namen Hermann Schrader »Versicherungs-Oberinspektor« hatte eingravieren lassen, und zu allem Überfluss sagte Nina jetzt nur dieses eine Wort »Versicherungsoberinspektor« laut und langsam vor sich hin. Nur dieses, sonst nichts.

Dann gingen sie schweigend zurück auf den Hauptweg. Zwei Bilder kreisten in Martins Kopf, das der verbrannten Hand der kleinen Nathalie und das mit dem rotkarierten Hemd und dem Lederbügel. Dann war da noch etwas Drittes: das Gespräch wegen Ernestos Mail. Doch das konnte warten. Er hatte ja schon entschieden, das erst einmal wegzuschieben, bis er den Kopf wieder frei hatte. Jetzt war er mit seinen Gedanken bei Paul und ihrer Radtour damals an den überfluteten Lippewiesen entlang. »Wir nehmen uns ein Brett und nutzen es als Floß!«

Es war fünfzig Jahre her, aber er hörte die helle Jungenstimme, als würde sie ihn jetzt rufen. Es tat ihm gut, dass zur Mittagszeit kaum Menschen auf dem Friedhof waren. Sie hatten den Ort für sich. Die Bilder verdichteten sich, als wollte ein Film beginnen. Da war die Welle, die sich kräuselnde Wellenkuppe mit ihrem leichten Surren, die näher und näher kam. Ein leichter Herbstwind fuhr durch die Zweige der Ahornbäume, die den Weg in regelmäßigen Abständen säumten. Er schüttelte sacht den Kopf. Der Film war schon wieder zu Ende. Sie gingen weiterhin still nebeneinander, Martin jetzt mit leicht gesenktem Kopf. Nein, er war sich nicht mehr sicher, ob das Brett sich vor ihm aufgebäumt hatte, er sah nur, wie es in den Strom hineingesogen wurde. Da setzte der Film wieder ein. Er hörte das Rauschen der abziehenden Welle, das Saugen des Wassers, und er sah Paul auf seinem Brett, wie er sich umdreht und ihn anstarrt.

Nina bemerkte, wie Martin beide Hände still zur Faust ballte. Der wird richtig eigenartig, dachte sie. Was ist nur mit ihm los? Acht Jahre waren sie jetzt ein Paar, vierzehn Jahre waren seit Martins Scheidung vergangen, ihre eigene lag schon Ewigkeiten zurück. Julia war damals drei, vor ein paar Wochen war sie 33 geworden. Nina lachte still in sich hinein. Sie war stolz auf ihre Julia, die in London verheiratet war. Ob Julia glücklich war? Es war ein Jahr her, seit sie sie das letzte Mal in London besucht hatte.

»Paul war nicht mehr zu retten gewesen.«

Nina stutzte. Sie hatte gerade noch das Bild von Julia vor Augen, wie sie vor dem Boat House im Hyde Park steht, diese wunderschöne dunkelblonde junge Frau mit dem leicht frechen Blick, den sie von Thomas geerbt hatte, da sprach Martin plötzlich von Paul.

»Wie auch?«, antwortete Nina, ohne näher über Martins Satz nachgedacht zu haben. Es ging ihr plötzlich durch den Kopf, dass sie vor Jahren schon einmal ein sehr seltsames Gespräch über Pauls Tod geführt hatten. Wann war das nur?

»Warum ziehen wir nicht einfach weg? Warum ziehst du nicht doch zu mir nach Köln, Nina? Wir könnten dieses ganze fürchterliche Langenheim endgültig hinter uns lassen. Wir könnten sogar«, Martin zögerte, »könnten sogar eine Zeit lang ins Ausland ziehen, vielleicht nach Amerika, aber mal weg von hier, weg! Dass du überhaupt jemals aus München fortziehen und in diese langweilige, verkrustete Kleinstadt zurückkehren konntest!«

Nina stutzte. Was war denn das? Waren sie sich nicht seit Jahren einig, dass spätestens mit Martins Pensionierung Langenheim ihr gemeinsamer Ort werden würde, und hatten sie nicht erst jüngst besprochen, dass sie nicht so lange warten wollten und schon möglichst bald eine größere Wohnung oder ein Haus beziehen sollten? Wie dieses Fachwerkhaus, das sie sich letzte Woche angeschaut hatte. Warum kam er jetzt mit so was? Seit Jahren verbrachte er fast jedes Wochenende mit ihr in ihrer Wohnung in der Friedrichstraße im Zentrum dieser – wie hatte Martin gerade gesagt – »verkrusteten, langweiligen Kleinstadt«. Enge Freunde hatte er nicht in Köln, das wusste sie, nur Kollegen. Lukas und Philipp waren längst erwachsen. Denen genügte es schon seit Langem, wenn sie ihren Vater ein- oder zweimal im Jahr sahen. Die wohnten ja schon gar nicht mehr in Köln, und Manuela hatte es nach der Scheidung glänzend verstanden, die beiden ihrem Vater zu entfremden. Was sollte das jetzt mit Köln? Dass sie da nicht hinziehen würde, war doch schon längst geklärt. Was sollte sie dort auch? Hier war ihr Mittelpunkt, hier in Langenheim. Hier war sie aufgewachsen, hier waren sie beide aufgewachsen, und hier lebte sie wieder seit mehr als zwanzig Jahren, hier hatte sie ihren Job, und es war ein guter Job, immer noch. Und irgendwo anders hinziehen, ganz woanders hin? Was meinte er denn mit Amerika? Nina spürte, wie es in ihr kochte, und wie immer, wenn es in ihr kochte, rührte sich die alte Wunde in der linken Armbeuge. Schon hörte sie ihren Vater: »Ich werde mich nicht für dich einsetzen, nie.« Sie sollte jetzt sachlich bleiben, durchatmen, ihre Wut zurücknehmen, Martin ganz professionell beruhigen. Der Tod von Wolfgang musste einiges in ihm aufgewirbelt haben. Amerika! Wie denn? Hörte sich an wie Flucht. Nein, sie würde versuchen, sich nichts anmerken zu lassen. Von der Besichtigung des Fachwerkhauses würde sie erst einmal nichts erzählen. Das Bild des Vaters verschwand.

»Warum wir hier leben, Martin, weißt du genau.« Sie machte eine kurze Pause, atmete noch einmal ruhig durch. »Ich habe noch fünf Jahre im Amt, ich kann mich jetzt nicht pensionieren lassen, und ich will es auch gar nicht. Schließlich bin ich die Amtsleiterin.« Es war ihr tatsächlich gelungen, unaufgeregt zu sprechen, leise und sachlich, sie hatte nur Amts-lei-te-rin etwas überbetont. »Ich möchte nicht nach Köln. Auch später nicht. Das weißt du längst. Ich war damals sehr froh, Bayern verlassen zu können und in unserem alten Langenheim die Stelle im Jugendamt zu bekommen. Das war ein Glücksfall für Julia und für mich. Ich fühle mich hier wohl.«

»Du bist nie vom Spiegelberg weggekommen, Nina. Erst hast du selbst drin gewohnt, und jetzt ist es eines deiner Haupteinsatzgebiete, einer deiner Brennpunkte. Wie sich doch manchmal die Kreise schließen und die Menschen glücklich dabei sind.«

Nina hasste es, wenn Martin zynisch wurde. Das erinnerte sie immer sofort an Thomas. Martin wusste das. Wollte er sie verletzen? Warum?

»Darf ich dich daran erinnern, Martin, wo du einst groß geworden bist? Aber der Professor für Sozial- und Wirtschaftsgeografie hat das wohl schon vergessen.« Sie hoffte, dass ihr letzter Satz auch ein wenig verletzend gewirkt hatte, doch Martin reagierte nicht, sagte nach einiger Zeit nur: »Da ist heute soviel Gewalt auf dem Spiegelberg.« Er klang müde.

»Da war immer Gewalt auf dem Spiegelberg, Martin.«

»Nicht so.«

»Oh doch. Denk nur an Ili, an Heiner, denk an die Prügel, die du selbst bekommen hast.«

»Prügel. Das war was anderes.«

»Weiß ich nicht.« Und nach einer Pause fügte sie hinzu: »Da war immer noch mehr als nur Prügel. Bestimmt hast du als Kind auch mal selbst einem anderen Kind Gewalt angetan, hast es längst vergessen, aber Gewalt war immer da.«

Er zuckte mit den Schultern, murmelte »Ich war kein Schläger« und ging still weiter. Auch Nina schwieg. Eigentlich, dachte sie, gab es gar keinen Grund, am Tag von Wolfgangs Beerdigung in Streit zu geraten. Sie überlegte, wie sie das Ganze wieder hinbiegen könnte. Aber Martin schien so sehr mit sich beschäftigt zu sein.

»Er hat auch damals dieses rotkarierte Hemd getragen.«

6

Martin, Paul, Juli 1965

»Fahr ruhig mit ihnen zurück, Tinchen, ich fahr allein weiter!«

Paul hat ihn wieder Tinchen genannt. Zum zweiten Mal heute! Martin schüttelt den Kopf. »Ne, ne, Paul, ich fahr mit dir. Macht doch gerade erst Spaß!« Und wie zur Bestätigung radelt er gleich los, an Paul vorbei mit erhobenen Beinen durch die nächste Pfütze auf dem Traktorweg. Richtig ist es nicht, denkt Martin, als er bemerkt, wie tief der Vorderreifen ins Wasser eintaucht. Eigentlich wäre es jetzt vernünftig gewesen, zurück zu radeln. Heiner und Wolfgang haben ja recht. Es wird zu Hause viel Ärger geben.

Aber er muss doch Paul zeigen, wie mutig er ist, mutiger als die anderen Furies, eben kein Tinchen! Und dann ist da das Hochwasser, ein Hochwasser, wie er es noch nie zuvor erlebt hat. Da kann er doch jetzt nicht einfach zurück radeln. Da muss er mit Paul weiterfahren, jetzt, wo er der Einzige ist, auch wenn er dann auf keinen Fall um fünf, nicht einmal um sechs zu Hause sein wird. Ja, eine Tracht Prügel wird es kosten, eine gehörige sogar. Aber die ist es ihm wert!

Das Wasser der Lippe war in den letzten Tagen beständig gestiegen, selten hatte es in einer Juliwoche so viel geregnet wie in diesem Jahr. Im Radio hieß es, die Altstadt von Langenheim sei in Gefahr, überflutet zu werden. Doch heute hat der Regen gegen Mittag plötzlich aufgehört. Dann ist die Sonne durchgekommen, der Himmel wechselte von grau zu blau, und als Martin kurz nach eins aus der Schule kam, war bei allen die Zuversicht groß, dass die Gefahr gebannt sei.

Gleich nach dem Mittagessen radelten sie los, alle sieben Furies, die Glocken von Sankt Elisabeth läuteten zwei Uhr. Martin hatte eine gewisse Zeit gebraucht, bis seine Mutter zustimmte. Er hatte gelogen, als er ihr sagte, sie wollten nur bis zu den Toten Armen radeln, er wusste, sie hatten mehr vor, es sollte Lippe-aufwärts gehen. Um fünf, spätestens um sechs müsse er wieder zurück sein, hatte Mutter ihm noch zugerufen.

Paul gab im rotkarierten Hemd das Tempo vor, er war von allen der Kräftigste und hatte seit seinem 10. Geburtstag ein Hercules-Rad mit Dreigangschaltung und einem kleinen runden Tachometer, um den ihn alle Jungen beneideten.

Als sie von der Anhöhe des Stadtwaldes erstmals auf die Auenwiesen schauen, halten sie unwillkürlich an. Die Lippe ist tatsächlich ein breiter Strom geworden. Alle Wiesen haben sich zu einer einzigen Wasserfläche vereinigt, die silbrig grau wie ein riesiger Spiegel schimmert. Nur in der Mitte, im eigentlichen Flussbett, hat die Lippe ordentliche Strömung, an den breiten Rändern auf den Wiesen liegt das Wasser seeartig flach mit nur wenig Bewegung. Die Toten Arme sind gar nicht mehr einzeln auszumachen. Holzbalken, Äste, Geländer, Fässer, Plastikschüsseln treiben im Wasser.

Sie waren schon oft mit den Rädern unterwegs gewesen auf den schmalen Traktorwegen, den Pättkes, die am Rande der Wiesen der Lippe folgen. Sie kennen sich hier aus. Aber so einen Anblick haben ihnen die Lippewiesen nie zuvor geboten.

Die sieben fahren weiter, Richtung Osten, die Lippe aufwärts. Die Sonne hat Kraft, die Heiterkeit des Tages scheint

Martin im Gegensatz zur ungewöhnlichen Wassermenge zu stehen, die Wiesen, Wege, Zäune, Ufermauern unter sich verbirgt. Nur einige kleine bauschige Wolken spiegeln sich in der silbrig trägen Masse des Wassers. Ein paar Mal sind sie gezwungen, auszuweichen und den Weg am Auenrand zu verlassen, weil er bereits überflutet und manchmal sogar abgesperrt ist. Dann radeln sie einen Umweg und gelangen nach ein oder zwei Kilometern wieder auf den Traktorweg, der dem Lippeverlauf folgt.

Plötzlich beginnen in den Dörfern am Fluss die Sirenen zu heulen. Die Kinder halten an. »Das ist Katastrophenalarm!«, ruft Paul und jubelt. »Da wird jetzt noch mehr Wasser kommen!«

Martin lacht wie alle sieben, aber der Heulton der Sirenen hat doch etwas Unheimliches, das ihm Angst macht. Das An- und Abschwellen des Tons erfasst nach einiger Zeit seinen ganzen Körper, er passt unwillkürlich seine Atmung dem Auf und Ab an. Dabei ist ihm, als kralle sich das Sirenengeheul um seine Lunge, sodass er schon bald nicht mehr richtig atmen kann. Er schaut in die Gesichter der Freunde, vielleicht ist er ja nicht ganz allein mit seiner Furcht.

Aber die anderen lassen sich wie Paul nichts anmerken. Martin schluckt ein paar Mal. Sie radeln weiter. Die Sirenen verstummen.

Nach einiger Zeit jedoch, als sie gerade wieder eine überflutete Stelle durchfahren haben, hält Sebastian unerwartet an. Von einer Dorfkirche sind die Glockenschläge gerade erst verklungen, halb vier haben sie geschlagen, und jetzt, nur eine Minute später, beginnt es erneut zu läuten. Und die Glocken schlagen unentwegt. »Das tun die nur, wenn wirklich Gefahr droht«, sagt Sebastian, »ich fahr nach Hause.« Nina und Ili schließen sich ihm an.

»Und du?«, fragt Paul und schaut auf Martin. Der verneint sofort. Ab jetzt sind nur noch Martin, Wolfgang und Heiner mit Paul unterwegs.

Die Glocken von den Dorfkirchen bimmeln ununterbrochen. Paul spielt den Großen, den Bandenführer. Martin brauche keine Angst vor dem Hochwasser zu haben, ruft er, sie seien ja zu viert und er sei da, da könne ihm nichts passieren. »Wir suchen uns eine schöne Stelle, wo wir ins Wasser gehen können, bis zu den Knien auf jeden Fall, wo doch jetzt die Sonne so schön scheint.«

Martin nickt.

Dann wird Paul leiser, aber nicht leise genug. »Tinchen kriegt heute noch Angst, wetten? Wenn's so richtig losgeht«, sagt er zu Wolfgang und zu Heiner und lacht dabei. Martin schweigt, versucht den Spitznamen zu überhören, den niemand außer Paul benutzt. Aber »Tinchen« sitzt tief und klingt in seinem Kopf immer wieder nach wie ein Echo, das nicht verstummt. Er ist Martin und nicht Tinchen! Tinchen klingt nach Mädchen! Er hat Paul vor Monaten schon gebeten, diesen Spitznamen nicht mehr zu benutzen. Ja, er ist ein kleines bisschen jünger als die andern, aber soviel Mut wie sie hat er allemal.

Die Wege stehen an einigen Stellen über viele Meter unter Wasser. Die Jungen nehmen jedes Mal viel Schwung, steigen voll in die Pedale, und hinter ihnen teilt sich wie bei einem Boot die Wasserspur. Doch der Schwung reicht oft nicht, dann müssen sie wieder trampeln und ihre Sandalen und Füße werden nass.

»Ihr habt hier nichts zu suchen«, bedeutet ihnen der uniformierte Feuerwehrmann, der hinter seinem roten Feuerwehrauto hervorkommt, das kurz vor Esbeck quer auf dem Traktorweg steht. »Es wird immer mehr mit dem Wasser, macht, dass ihr nach Hause kommt!«

Die Jungen nicken und steigen ab. Doch als der Mann sich wieder mit einem Kollegen an die Sandsäcke macht, die sie vor einer Toreinfahrt aufstapeln, schieben sie schnell die Räder um das rote Auto herum, steigen auf und fahren weiter. Es sei viel spannender dort, wo die Wiesen nicht mehr so breit sind und die Flussufer höher liegen, ruft ihnen ein junger Kerl zu, der ein paar hundert Meter weiter auf seinem Moped vor ihnen anhält. Wo der Fluss in sein engeres Bett gezwungen sei und mit wilder Kraft voranschießt, da sei was los. Da seien die Straßen fast alle schon überflutet und einige Häuser stünden bereits unter Wasser. Ein ganzes Dorf drohe abzusaufen, die Feuerwehr hätte schon Schlauchboote aufgepumpt, die auf den überfluteten Dorfstraßen verkehren sollten. Und das sei erst der Anfang der großen Flut, sagt der Kerl und startet wieder sein Moped.

Pauls Augen leuchten. Von einem Dorf klingen vier tiefe Glockenschläge zu ihnen herüber. Der Weg steigt um einige Meter an. Sie blicken auf die Lippe, die hier ordentliche Strömung hat und viel Holz mit sich führt. Sie sehen drei, vier Paletten, die wie Flöße auf dem Fluss tanzen.

Paul jubelt. »Das ist's!«, ruft er, »wir bauen uns ein Floß!« In diesem Moment bremst Wolfgang, stoppt, druckst herum, blickt auf seine Sandalen, die von den Fahrten durch die tiefen Pfützen nur so von Wasser triefen, schaut dann auf Martin, auf Heiner und zuletzt auf Paul. »Ich dreh hier um«, sagt er. »Wenn meine Eltern im Radio hören, was hier am Fluss los ist, machen die sich wahnsinnige Sorgen. Die haben ja gar nicht gewusst, was sie mir erlaubten, und ich hatte sie auch nur gefragt, ob ich mit euch zu den Toten Armen radeln darf, mehr nicht.« Bei der Erinnerung an die Lüge mit den Toten Armen wird Wolfgangs Stimme ganz dünn.

Heiner schließt sich Wolfgang an. »Ich sollte besser pünktlich um sechs wieder zu Hause sein. Gibt sonst Zoff«, sagt er. Jeder weiß, was Zoff bedeutet. Martin schaut nach unten, auf die Erde.

In diesem Moment fragt Paul ihn zum zweiten Mal. »Und du, Tinchen?« Und Martin entscheidet sich zum zweiten Mal fürs Weiterfahren. Seitdem ist er mit Paul allein.

Immer häufiger treiben nun in der Mitte des Flusses Holzbalken, Baubretter, Paletten, Fässer, Mülltonnen. Sie entdecken sogar zwei tote Kälber und eine Ziege im Wasser. Hinter Esbeck stehen Feuerwehrleute vor der Brücke, die hier über die Lippe führt. Sie halten die beiden an. Paul lügt. Sie seien auf dem Heimweg zu ihren Eltern, er nennt den Namen des nächsten Dorfes, Mettinghausen. Deshalb müssten sie unbedingt noch über die Brücke. Der Feuerwehrmann lässt sie durch, sagt ihnen aber, dass sie gleich nach ihnen die Brücke für den Verkehr sperren würden, weil sich viel Holz vor den Bögen angesammelt habe und der Druck der Strömung auf die beiden Mittelpfeiler schon jetzt sehr groß sei. Paul nickt. Sie bräuchten ja gar nicht mehr zurück, sagt er, sie führen ja zu den Eltern.

Zweihundert Meter weiter hält Paul an. Er habe jetzt einen Superplan, sagt er und schaut eindringlich in Martins Augen. »Wir stellen dein Rad hier ab, radeln auf meinem gemeinsam noch einige Kilometer weiter flussaufwärts, kapern dort eine Palette, ein großes Baubrett oder Ähnliches und lassen uns auf dem Wasser bis zur Brücke zurücktreiben.« Martin ist skeptisch. Doch Paul fährt mit leuchtenden Augen fort. »Wenn wir hier wieder an Land sind, holen wir mein Fahrrad und radeln zurück zum Spiegelberg.«

Martin bekommt gar keine Gelegenheit, etwas zu erwidern. Paul hat es eilig. Auf der schmalen Straße kommt ihnen niemand entgegen. Man hat offenbar wegen der Brücke schon weiter oben abgesperrt. Die beiden fahren ganz allein auf Pauls Rad, und Paul ist so voller Energie, dass sie trotz Sommerhitze und manch langer und tiefer Pfütze gute Fahrt machen.

Immer wieder zeigt Paul auf das viele Holz, das in der Flussmitte schwimmt. »Wir nehmen uns das Beste von den Brettern, lassen uns einfach treiben, liegen drauf in der Sonne und brauchen nichts zu tun.« Paul strahlt. »Das gibt's sonst nirgends, Martin!« Seine Augen leuchten. Und er hat ihn wieder Martin genannt!

An einer Weggabelung halten sie an. Da steht neben einer mächtigen Esche ein Wegkreuz mit Corpus und einer Inschrift, auf der an einen Bauernsohn erinnert wird, der 1936 an dieser Stelle vom Blitz erschlagen wurde. Vor dem Kreuz geht rechts ein kurzer Schotterweg ab, der höher aufgeschüttet ist und zwischen zwei überschwemmten Wiesen direkt zum Fluss führt.

Auf den letzten Metern ist der Weg überflutet, schlanke Pappeln ragen an seinem Ende aus dem Wasser. Paul stellt sein Fahrrad hinter dem Kreuz ab und sichert es mit dem Schloss.

»Echt super, die Stelle, Martin!« Sie laufen in Richtung Flussufer. Paul entdeckt ein langes schmales Baubrett, das eingekeilt schräg zwischen zwei Bäumen liegt. »Das ist es, das holen wir uns! Das trägt uns beide!«

Sie waten durchs Wasser. Das Brett ist dünn und glatt, gute 50 cm breit und weit mehr als einen Meter lang. Sie befreien es aus den beiden Pappeln. Paul schwingt sich als Erster drauf. Das Brett schaukelt. Als Martin aufsteigt und hinter ihn rückt, gibt es sofort nach, taucht tief unter.

»Hol' dir besser 'n eigenes Floß, Martin, das klappt nicht zu zweit«, sagt Paul. »Wir machen dann ein Wettrennen bis nach Langenheim.« Paul legt sich auf sein langes Brett, balanciert es aus, sodass es kaum noch schaukelt.

»Willst du wirklich bis in die Stadt, Paul?«

»Warum nicht, Dummi!« Paul lacht. »Bis zur Esbecker Brücke schaffen wir's auf jeden Fall! Wer zuerst da ist, hat gewonnen! Abgemacht?«

Martin nickt, ärgert sich still über »Dummi«, findet es aber nicht so schlimm wie Tinchen.

»Gib mir mal das kleine Brett da, das kann ich als Ruder nutzen. Du brauchst auch so was! Zum Abstoßen und zum Steuern. Mach schon!« Paul will los. Aus jedem Satz spricht seine Ungeduld.

Martin schaut sich um. Vor der Pappel zur Flussseite hin liegt eine alte Palette, mindestens 60 cm breit und fast doppelt so lang, Martins Herz beginnt kräftig zu schlagen. Mit ihrem dünnen blanken Boden, aufgestützt auf zwei Querbalken vorn und hinten, scheint die Palette recht stabil zu sein, genau das richtige Floß für ihn. Schon schubst er sie mit dem Fuß in Richtung Flussmitte und legt sich von hinten darauf: perfekt! Sie trägt! Es macht nichts, dass die Lederhose nass ist. Von nun an wird er trocken auf dem Fluss vorankommen. Von einer zweiten Palette, die sich gerade in mehrere Einzelteile zerlegt, löst er zwei schmale Bretter zum Rudern und Steuern.

»Kann losgehen, Paul!«

Martin stößt sich mit dem linken Bein vom Untergrund ab, Paul lässt den Ast los, rudert mit dem kleinen Brett. Sie liegen auf ihrem Holz, so verteilt sich das Gewicht besser. Dass in diesem Moment in den nahe gelegenen Dörfern die Sirenen erneut losheulen, stört Martin nicht. Sie sind jetzt Begleitmusik zu einem Abenteuer.

Die Fahrt geht gemächlich los. Die Strömung treibt sie an die Ränder zu den Flusswiesen hin, die hier 30 oder

40 cm tief unter Wasser stehen. Zweimal blockieren ein Pfahl und Stacheldraht ihren Weg. Sie befreien ihre Bretter von der Blockade, wobei Martin sich am Stacheldraht den Mittelfinger aufritzt, zum Glück ist es nur eine kleine Wunde. Es geht schleppend weiter, viel langsamer, als sie erwartet hatten.

»Wir müssen unbedingt mehr in die Flussmitte kommen, wo es schneller wird«, ruft Paul, der sein langes Brett geschickter mit den Füßen steuern kann als Martin die breitere Palette. »Juchhe!«, jubelt er, als sein Brett endlich an Fahrt gewinnt, und legt sich ganz flach bäuchlings auf sein Holz. »Mach schon, Tinchen, gib ihr mehr Schwung!« Paul lacht. Martin drückt sich flach auf die Palette, lässt die Beine über das Holz ragen, und da nimmt auch er Fahrt auf. Tinchen, warum nur wieder Tinchen?

Paul fährt jetzt gut dreißig Meter vor ihm. Martin sieht auf das rotkarierte Hemd und den schmalen Lederbügel, der hinten die Träger von Pauls Lederhose zusammenhält. Er dreht sich um, will sehen, wie weit sie schon gekommen sind, da scheint es ihm, als würde von ganz hinten langsam eine Welle näher rollen. Er schaut noch einmal genau hin. Ja, das ist tatsächlich eine Welle. Nicht besonders hoch, aber eindeutig eine Welle. Er ruft Paul, der hört ihn nicht oder will ihn nicht hören. Er ruft noch einmal, ruft, so laut er kann, doch Paul dreht sich nicht um. Da wird Martins Floß von der Welle gepackt. Sie hebt es kräftig an, bringt es aber nicht zum Kippen. Die Palette fängt vorn etwas Wasser, als sie nach dem Wellenkamm wieder in die Flut eintaucht. Hemd und Hose werden nass. Martin klammert sich mit den Händen links und rechts an den Rand der glatten Holzschicht, von der das Wasser schnell wieder abläuft. Die Palette gewinnt mit der Welle an Fahrt. Martin schreit noch einmal zu Paul hinüber, aber da hat die Welle längst Pauls Brett erreicht. Es steigt hoch, wird überflutet, droht zu kippen. Fast wäre Paul vor Martins Augen ins Wasser geglitten. Aber blitzschnell hat er die Situation erkannt, presst sich so flach wie möglich auf das Holz und umgreift es von beiden Seiten. Dadurch bietet er wenig Widerstand und stabilisiert zugleich das Brett. Es kippt nicht.

Paul erreicht mit der Welle tatsächlich die Mitte des Flusses und wird nun richtig schnell. Er hebt Kopf und Brust kurz vom Holz, schaut sich nach Martin um. Der ist erstaunt, als er Pauls breites Lachen sieht. Paul hat keine Angst in den Augen, zeigt nicht einmal Überraschung, sondern strahlt vor Freude, ruft ihm etwas zu, das Martin jedoch nicht versteht.

Auch Martin gefällt, dass seine Palette jetzt schneller dahingleitet, doch zwischen ihm und Paul sind mindestens 50 Meter. Schon nähern sie sich dem nächsten Bogen des Flusses. Gleich dahinter türmen sich Teile eines in die Fluten gerissenen Holzstegs auf, der sich mit zwei Baumstämmen verkantet hat. Auch ein altes Fahrrad und mehrere Holzfässer werden hier zwischen Stamm und Steg festgehalten. Paul, mit den Augen aufs Ruder, das er in schnellen Schlägen ins Wasser taucht, rast auf das Hindernis zu. Als er die Gefahr sieht, kann er nicht mehr ausweichen. Der Aufprall ist heftig, Paul schleudert es nach vorn, aber er kann in letzter Sekunde das Holz fassen, klammert sich daran und bleibt auf dem Brett. Er schürft sich bei dem Stoß an der rechten Hand die Haut auf, die zu bluten beginnt.

Martin hat das Hindernis rechtzeitig gesehen und weil seine Palette langsamer ist, kann er mithilfe des Ruderbrettes und seines ausgestreckten rechten Beins um die Stämme und um Pauls Brett herum steuern. Er hat Glück. Paul hingegen arbeitet mit der linken unverletzten Hand verbissen daran, das lange Baubrett vom Hindernis zu befreien. Das von hinten ständig nachschießende Wasser durchnässt Hose und Hemd. Paul spürt das kaum. Als es ihm endlich gelingt, das Brett aus der Verkantung zu drücken, kippt er dabei fast ins Wasser. Doch jetzt ist das Brett frei und Paul folgt Martin.

Der hat mit seiner Palette einen Vorsprung von 40 Metern. Martin lächelt. An eine mögliche weitere Welle denkt er nicht mehr, schaut sich auch nicht nach Paul um, sondern streckt sich über seine Palette hin und genießt deren schnelle Fahrt. Wenn ihn doch nur die anderen sehen könnten, wie er vor Paul dahin gleitet! Vor Paul! Doch auf den Traktorwegen ist keiner. Sie sind allein auf dem Fluss, ohne Zeugen.

Mitten in das Hochgefühl hinein beginnt Martins Holz erneut zu wippen, schaukelt mehrmals vor und zurück, von hinten spült Wasser über die Palette, sie schwankt weit nach rechts, dann nach links, dippt vorn tief ins Wasser. Voller Schreck schluckt Martin einen Schwall Wasser, würgt, hustet und bekommt für einen Moment keine Luft. Er kennt dieses Husten ohne Luft aus den Tagen im Schwimmbad, als Herr Hagemeier ihm das Schwimmen beibringen wollte. Irgendwo hat er gelesen, wie es ist, wenn man ertrinkt. Dass es eigentlich ein Ersticken ist, man erstickt am Wasser. Er schluckt noch einmal, zweimal, sein Kopf ist über Wasser, er atmet durch die Nase.

Martin kann es gar nicht glauben: Noch vor wenigen Sekunden schwamm die Palette ruhig auf der Lippe dahin, jetzt dippt sie, dreht sich, er hat Wasser in der Speiseröhre, seine Lunge ist wie ein verkrampfter Klumpen in seiner Brust, er versucht, sich freizuhusten, der Husten ist schwerfällig, tut weh, das Wasser kommt jetzt von rechts, überspült ihn, sein ganzer Körper ist nass, die Kleidung wiegt schwer, er fürchtet, wenn er von der Palette fällt, wird ihn sein nasses Zeug unter Wasser drücken. Wieder dreht sich die Palette, taucht vorn ein, jetzt wird sie kentern! Er müsste sich von ihr stoßen, schwimmend sein Glück versuchen.

Martin schickt ein Stoßgebet zum Himmel, da taucht die Palette wieder aus dem Wasser auf, er krallt die Hände an den Rand des Holzes, presst Körper und Kopf auf das Holz, hält die Füße ins Wasser, hofft, sie könnten die Palette ein wenig stabilisieren, und wird eins mit diesem Stück Holz, das nach weiteren angsterfüllten Sekunden allmählich ins Gleichgewicht kommt. Martin liegt obenauf, atmet durch Mund und Nase.

Und Paul? Ist Paul gekentert? Erst nach einer Weile wagt Martin, sich umzudrehen. Paul ist nicht gekentert, nein, der völlig durchnässte Paul schießt auf seinem Brett geradewegs in die Mitte des Flusses hinein. Martin schaut noch einmal hin. Er kann es nicht glauben. Paul unterstützt mit seinen rudernden Händen den Weg dorthin. Er will unbedingt in die Mitte, wo der Fluss am schnellsten ist, wo er ihn überholen kann. Soll er doch! Es ist Martin jetzt völlig egal.

Die zweite Welle hat alles verändert. Wie viele Wellen werden noch kommen, und wie heftig werden sie sein? Er wird ins Wasser fallen und müsste dann sehen, wie er bei dieser Strömung mit der schweren Lederhose, mit Hemd und Sandalen schwimmend ans Ufer käme, vielleicht käme er nie ans Ufer.

Martin will nur noch eins: aufhören. Er ruft Paul zu, dass sie Schluss machen sollen. »Die Wellen sind zu gefährlich, Paul!«, schreit er über die 20 Meter hinweg, die sie trennen. Er sieht, wie Pauls rotkariertes Hemd an seinem Körper klebt.

»Nee, Martin, hätt'ste wohl gern! Ich geb doch jetzt nicht auf, wo du führst!«, schreit Paul zurück. »Dummi! Weiter geht's!«

»Das ist doch blöd, Paul, lass uns aufhören! Mach Schluss!«

»Nee, bis Esbeck schaffen wir's allemal, sogar du, Tinchen.«

Tinchen! Aber auch das ist jetzt egal. Fast egal. Er schaut nach vorn und ans rechte Flussufer. Er sucht nach einer Stelle, wo er anlanden könnte. Er spürt, wie seine Angst wächst, blickt sich noch einmal um, ob nicht bereits die dritte Welle im Anlauf ist. Alle Lust auf Abenteuer ist dahin. Zum Glück ist er abseits der Strommitte, aber auch hier hat die Palette noch ordentlich Fahrt. Doch nur wenige Meter nach rechts trennen ihn von der nächsten seichten Wiese. Da würde er stehen können, würde 20 oder 30 Meter weiter landeinwärts waten und wäre dann wieder auf trockenem Grund. Egal, was Paul zu ihm hinüberschreit, für ihn ist Schluss!

Er beginnt zu überlegen, was er seinen Eltern sagen wird, wenn er derart nass und viel zu spät nach Hause kommt.

7

Martin, Nina, 14. Oktober 2015

Die Frau, die keine dreißig Meter vor ihnen vom Kapellen-
gang auf ihren Weg einbog, war mittelgroß, trug eine blaue
Jeans und eine kurze weiße Windjacke. In ihrer rechten
Hand hielt sie einen Blumenstrauß, der in weißes Papier
eingewickelt war.

Das war alles andere als auffällig, aber die Gestalt, das
dunkelblonde Haar mit dem rötlichen Schimmer, der etwas rundliche kräftige Po in der Jeans und der schnelle
Gang mit eher kleinen Schritten ließen beide für einen
Moment innehalten.

»Ili«, sagte Martin.

»Kann nicht sein«, antwortete Nina, »so frappierend das
auch ist.« Sie machte eine Pause. »Vielleicht ist es Ilis Tochter. Aber was macht die um diese Jahreszeit auf dem Friedhof hier in Langenheim?«

»Das ist Ili, die geht genau wie Ili.«

»Vergiss es, Martin!«

»Heute Morgen ist überall Spiegelberg, Nina. Erst Wolfgangs Beerdigung, dann kommst du mit dem alten Foto
von uns Furies, dann die Urbanski mit ihrer grausigen Geschichte, und jetzt rennt Ili vor uns zwischen den Gräbern.
Der Spiegelberg lässt uns nicht los, Nina, er holt uns wieder
ein!«

Nina lachte kurz auf, aber sie war alarmiert. Martin hatte völlig ernst geklungen, war am Ende gar laut geworden,
schien gehetzt, zugleich ein wenig ängstlich, als fühle er
sich tatsächlich bedroht. Nur sachlich bleiben, dachte
Nina, damit kriegst du ihn am ehesten wieder ein.

»Warum machst du eigentlich die Siedlung nicht mal zu einem Projekt für dich und deine Studenten? Würd' doch passen.« Während sie das sagte, war Nina selbst überrascht, wie vernünftig ihr Vorschlag war. Dass ihr das nicht schon früher eingefallen war! Da sollte sie lieber gleich nachsetzen. »Dann würde der Spiegelberg schnell das Bedrohliche verlieren. Ich mein'«, sie zögerte ein wenig, »er ist nichts anderes als eine alte in die Jahre gekommene Wohnsiedlung wie so viele in dieser Republik.«

Martin blieb still. Nina sah die Siedlungshäuser vor sich. Die ältesten, die noch aus der Hitlerzeit stammten und heute längst nicht mehr dem üblichen Standard entsprachen. Sie sah den mittleren Teil aus den fünfziger Jahren, schnell errichtet für die vielen Flüchtlinge damals, aber vor acht Jahren ganz passabel renoviert. Dann war da der neue Teil, erbaut zwischen 1960 und 1963. Martin reagierte immer noch nicht. »Insgesamt 400 Wohnungen, Martin, 400 Mietparteien und wahrscheinlich 30 oder 40 verschiedene Nationen. Ständig ziehen Menschen weg und neue kommen hinzu und verteilen sich auf über 40 Gebäude.« Nina flog jetzt in Gedanken wie ein Vogel über die Siedlung und sah alles unter sich, kein Haus höher als vier Stockwerke, im Lauf der Jahre alles angepasst, die Kohle-Öfen raus, das Ferngas rein, auf den Freiflächen die Garagen, drei Spielplätze, am Siedlungsrand der Supermarkt, der die kleinen, alten Geschäfte aus der Anfangszeit ersetzt hat, vor acht Jahren die Generalüberholung mit Wärmedämmung und Neuanstrich. So schlecht war das alles nicht, was sie sah, vor allem nicht im mittleren und neuen Teil. »Aber du, Martin, du arbeitest ja lieber irgendwo in Jakarta oder sonstwo in der Welt.« Nina hatte sich geärgert, als Martin ihr vor drei Wochen von einem neuen Forschungsvorhaben in Indonesien berichtete, zu dem man ihn als Experten eingeladen hatte. Es würde bedeuten, dass er Anfang nächsten Jahres wahrscheinlich für zwei Monate fort sein würde. »Den Spiegelberg hättest du vor der Nase, Martin, du mit deinen Ideen zu humaner Siedlungsgestaltung und Umstrukturierung urbaner Räume.« Nina bemühte sich, Martins Geografenjargon zu imitieren. Sie glaubte auch, ein ganz kurzes feines Lächeln um seinen Mund wahrzunehmen, das erste Lächeln an diesem Tag.

»Ich weiß, Nina, dir gefällt das Ciliwung Projekt nicht, aber mir gefällt der Spiegelberg nicht.« Martin stoppte den Schritt, machte eine kleine Pause, kramte die Schachtel aus der Manteltasche, entnahm ihr eine Zigarette und hielt sie Nina hin. Sie zündete erst ihre Zigarette an und gab dann Martin Feuer. Martin inhalierte tief. »Was war das, Nina, was die Urbanski bei Krögers erzählt hat?« Mit dieser Frage setzten sie den Weg wieder fort.

»Schwere Kindesmisshandlung in Haus 70. Du hast die Geschichte ja gehört.«

»Wie kann ein Mann das tun? Wie kann jemand, der selbst ein Kind hat, die Hand eines Mädchens nehmen und sie auf …? Ich begreif' diese Gewalt nicht, Nina!« Martin kickte mit viel Wucht gegen einen Stein. »Was tut ihr eigentlich auf dem Spiegelberg dagegen? Oder lasst ihr die Siedlung verkommen?«

Nina ärgerte sich über die letzte Frage. Natürlich ließen sie den Spiegelberg nicht verkommen. »Der Spiegelberg ist nicht so schlimm, Martin. Wir hatten den Hartz IV-Anteil schon auf unter einem Drittel, bis wir jetzt freiwerdende Wohnungen auch für die Flüchtlinge bereitstellen müssen. Fast die Hälfte der Zwölfjährigen besucht die Realschule oder das Gymnasium, die Hälfte!«

»Gute Arbeit, Frau Renker! Die Kriminalitätsrate geht wahrscheinlich auch gegen Null, und Gewalt an Kindern gibt es mit dieser einen kleinen Ausnahme aus Haus 70 auch nicht mehr. Alles im Griff! Glückliches Langenheim.«

Nina hasste diese Form von Ironie, die Martin mit der grenzenlosen Arroganz des Besserwissers und mit leiser Stimme vortrug. Und er wusste, dass sie es hasste und es war auch nicht das erste Mal heute. Aber noch blieb sie ruhig.

»Die Kriminalitätsrate, Martin, geht tatsächlich seit Jahren in kleinen Schritten zurück oder stagniert zumindest.«

»Weil ihr da jetzt immer mehr Rentner habt. Die kloppen sich nicht so oft und klauen auch nicht mehr täglich. Und die Kinder? Schlagen sich die jungen Türken nicht mit den jungen Russen und die wieder mit den Afghanen? Und jetzt kommen die Syrer und die Afrikaner, da geht die Klopperei gleich wieder los.«

»Der Spiegelberg ist nicht Köln-Chorweiler, Martin, ist auch nicht Neubiberg in München oder Mümmelmannsberg in Hamburg. Es ist eine in die Jahre gekommene Wohnsiedlung mittlerer Größe in einer westfälischen Mittelstadt. Natürlich haben wir es da immer mal wieder mit Gewalt an Kindern zu tun. Wir haben am Spiegelberg nun einmal viele junge Alleinerziehende mit häufig wechselnden Partnern, ja scheiße, da rastet immer mal jemand aus.«

»Und schlägt sein Kind halbtot oder drückt dessen Hand auf die heiße Herdplatte. Sei ehrlich Nina, hast du in den letzten beiden Wochen noch mehr Kinder retten oder ins Heim schicken müssen?«

Nina biss die Lippen zusammen. Erneut kamen die Bilder hoch, die Frau Urbanski in Krögers Café wachgerufen hatte. Nina versuchte, den Blick des Mädchens wieder beiseite zu schieben, diesen Blick, dem sie fast nicht hatte standhalten können, als sie letzten Mittwoch im Krankenhaus mit dem Kind und deren Mutter sprach. Dieses Mädchen suchte Hilfe, suchte Schutz. Dabei versuchte Nathalie die ganze

Zeit, von ihrer Hand abzulenken, so gut es die Schmerzen erlaubten. Nathalie schämte sich für die Hand, schämte sich für das, was man ihr angetan hatte, als ob sie die Schuldige für die Tat sei und nicht dieser Juri. Nina nahm einen tiefen Zug von der Zigarette.

»All diese Gewalt an Kindern, Nina. Das kannst du doch nicht vergleichen mit dem Klaps auf den Hintern aus unserer Zeit.«

Nina ließ den Rauch langsam aus Mund und Nase entweichen. »Noch mal, Martin, da wäre ich mir nicht so sicher. Die Familienverhältnisse waren damals stabiler, scheinbar stabiler, es gab noch nicht so viele Scheidungen und Alleinerziehende, und die meisten Frauen waren nicht ganz so überfordert. Aber die Erziehung der Kinder, das wissen wir beide doch selbst gut genug, war gespickt mit Gewalt. Was haben unsere Eltern nicht alles auf uns abgeladen, die ganze Scheiße aus dem Dritten Reich«, Nina war laut geworden, »und das zuallermeist mit Holzlöffel oder Teppichklopfer. Und wenn uns unsere Eltern nicht geschlagen haben, dann haben wir es untereinander getan, bei denen, die schwächer waren als wir oder ängstlicher oder ärmer.« Für einen Moment hielt sie inne, fuhr dann ganz leise fort: »Nein, soviel leichter hatten wir es nicht. Da machen wir uns was vor.«

Sie gingen noch immer den Hauptweg entlang und hatten jetzt den alten Teil des Friedhofs erreicht. Links und rechts standen große Grabstätten, einige sahen aus wie die Eingangsportale kleiner Kapellen mit dünnen Säulen an den Seiten und einer schwarzen Tafel in der Mitte, auf der die Namen der Verstorbenen eingraviert waren. Viele Grabmäler erinnerten an Verstorbene, die schon Anfang oder Mitte des 19. Jahrhunderts hier begraben worden waren, und wie auf einem Stammbaum konnte man die Familie verfolgen bis zu denen, deren Namen man erst jüngst hinzugefügt hatte. Viele Namen waren Martin und Nina bekannt, gehörten zu den alten Langenheimer Familien, den Langenheimer Bunken, wie man sie in der Stadt nannte.

Nina und Martin waren wieder still. Jeder hing seinen Gedanken nach. Manchmal verlangsamte einer von ihnen den Schritt, schaute auf einen der Namen an den Grabmälern, dann hielten beide für einen Moment inne und gingen kurz danach gemeinsam weiter. Noch immer lief die junge Frau mit ihren schnellen kleinen Schritten vor ihnen her, sie war ihnen jetzt gut 50 Meter voraus. »Sollen wir ihr folgen«, fragte Nina? »Vielleicht geht sie ja zu Ilis Grab?«

»Kann ja eigentlich nicht sein. Wahrscheinlich sehen wir schon Gespenster, Nina. Weißt du noch den Weg zu Paul?«

»Zu Paul? Denke schon«, erwiderte Nina und fügte noch hinzu: »Wenn das nicht schon längst eingeebnet ist.«

8

Martin, Paul, 1965

»Piss dir nicht in die Hose, Tinchen!« Pauls Stimme klingt trotz der Entfernung laut und scharf. »Nur Mädchen geben auf. Mach weiter! Wer zuerst an der Brücke ist!«

Aber Martin ist sich sicher. Er macht nicht weiter. Die Palette ist jetzt schwer zu steuern. Seit den beiden Wellen ist das Hochwasser wilder geworden, der Fluss ein reißender Strom. Die Bäume an den Wiesenrändern scheinen noch tiefer im Wasser zu stehen als zuvor. Die Wellen haben alles verändert.

Martin hört, wie Paul näher heran kommt. »Nur nicht schlapp machen, Tinchen. Gib nicht auf!«

Verzweifelt bemüht sich Martin, die Palette aus der ärgsten Strömung herauszulenken. Tinchen! Er will nur noch ans Ufer. Er will weg vom Fluss und endlich nach Hause radeln.

Da entdeckt er in einer leichten Linkskurve einen schmalen, aufgeschütteten Weg, der asphaltiert zum Fluss führt. Obwohl sich sein Ende auf den letzten Metern unter Wasser befindet, scheint er bis direkt an die Ufereinfassung zu reichen. Dort, wo er das ursprüngliche Ufer vermutet, steht ein Schild mit einem großen geschwungenen »E«.

Das könnte die Rettung sein. Martin versucht alles, um mit dem ausgestreckten Bein und dem als Ruder benutzten Brett so weit wie möglich nach rechts zu steuern. Jetzt kann er den ganzen Schriftzug auf dem Schild lesen: »Erdmanns Sandbaggerei – Entladestelle«. Er hält hart auf das Schild zu, das auf zwei Pfosten aus dem Wasser ragt. Gleichzeitig dreht er sich zu Paul um, will ihm zurufen, dass er hier

76

aufhören wird. Doch sein Blick wird von etwas anderem gefangen genommen.

Vielleicht hundert Meter hinter Paul wölbt sich die nächste Welle auf. Ihre Krone ist höher als die der beiden vorherigen. Auch Paul dreht sich nun um, und als er wieder nach vorn schaut, erkennt Martin, dass sich Pauls Gesichtsausdruck verändert hat. Da ist erstmals Angst in seinem Blick. Panik steigt in Martin auf. Wild schlägt er das Paddel auf der linken Seite ins Wasser, er muss nach rechts, schnell, muss zu der Mauerkante, die sich hier irgendwo unter der Wasseroberfläche verbergen muss. Es muss gelingen! Lieber Gott!

Plötzlich geht ein Stoß von unten durch die Palette. Ein paar Meter vor dem Schild schrubbt das Holz auf Steinen entlang und bleibt stecken. Die Mauer! Er kann sie jetzt sogar unter der Wasseroberfläche sehen. Hier ist das eigentliche Ufer der Lippe. Ein Schauder der Erleichterung überkommt ihn.

»Mach Platz, Martin!«, ruft Paul hektisch. »Mach mir Platz!«

Martin dreht sich um und sieht den schnell näher kommenden Paul. Kurz hinter ihm rast die neue Welle heran. Als Pauls Brett direkt auf ihn zu steuert, nimmt Martin alle Kraft zusammen. Er stützt sich mit den Händen auf die Palette, federt Pauls Brett mit den Füßen ab und stößt es dann mit aller Kraft in einer ruckartigen Bewegung von sich weg. Tatsächlich wird das Brett gut zwei Meter in den Fluss zurückgedrückt. Genau in diesem Moment erfasst es die heranrasende Welle. Sie schleudert Paul weit nach vorn, von dort treibt er auf dem Brett in die Flussmitte zurück.

Gleichzeitig erreicht die Welle Martin, überflutet die Palette und schiebt sie auf den Mauersteinen entlang. Martin sieht, wie Paul sich auf seinem Brett aufrichtet und sich dabei umdreht. Weit aufgerissene Augen schauen Martin an. Während seine Palette nach links zu kippen droht, sieht er Pauls rotkariertes nasses Hemd, den Bügel des Hosenträgers mit dem gelbweißen Oval und blickt dann noch einmal für eine kurze Sekunde in Pauls Augen, die vor Wut leuchten. Dann dreht Paul ab, presst sich auf sein Holz, die Welle spielt mit dem Brett, lässt es hin und her wippen, es dippt vorn gewaltig ins Wasser. Pauls Körper ist für einige Sekunden ganz von der Welle überspült, aber er taucht wieder auf und bleibt wie angeklebt auf seinem Brett liegen, das schnell weiter stromabwärts drängt.

Auch Martins Palette schaukelt, droht, von der Mauer weg zurück in den reißenden Fluß zu kippen. Martin streckt die Hände zum Schild aus. Als die Palette tatsächlich kippt, gelingt es ihm, mit der rechten Hand die Kante des Schildes zu greifen. Die Palette wird vom nachschießenden Wasser sofort weggespült. Martin hängt an dem Schild, unter ihm zischt das Wasser, bricht sich an der Steinmauer, schäumt auf, spritzt, wirbelt und folgt dann wieder der Fließrichtung. Er schaut noch einmal zu Paul, sieht das Brett, das auf der Welle mehrmals auf und nieder wippt und jetzt sehr schnell in der Mitte des Flusses stromabwärts treibt, wo es sich aus Martins Blickfeld entfernt.

Das Wasser wird allmählich ruhiger, gurgelt um die Pfosten des Schildes. Martin hängt noch immer mit beiden Armen an der Kante des Schildes, lange darf das nicht mehr dauern, weiß er, soviel Kraft hat er nicht. Im Nachgang der Welle nimmt die Wasserhöhe ab, Martin lässt die Füße hinab, bis sie Berührung haben mit den Steinen. Er ist erleichtert, es sind vielleicht 30 cm, er kann stehen, ohne Angst haben zu müssen, von der Mauer gespült zu werden. Er löst sich vom Schild und tastet sich langsam auf der Mauer vorwärts. Er hat Glück. Die Sandbaggerei hat einige Meter weiter eine Rampe gebaut, die bis zum Mauerrand reicht. Auf dieser Rampe kann er es wagen. Sie ist flach geneigt, das Wasser reicht ihm noch einmal bis übers Knie. Er macht kurze Schritte. Erneut überfällt ihn Angst. Reichen seine Kräfte? Er schwankt, stoppt, seine Knie zittern, er besinnt sich, sagt halblaut »Ich bin sicher, ich bin gerettet« und watet weiter. Mit jedem Meter, den er vorankommt, umspült weniger Wasser seine Beine, dann hat er endlich trockenen Boden erreicht. Er schüttelt das Wasser aus den Sandalen und geht die ersten Schritte auf dem sicheren Grund des schmalen Teerwegs, der die Entladestelle mit der Uferstraße verbindet. Pauls Augen, dieser starr auf ihn gerichtete Blick, verfolgen ihn.

Martin dreht sich um, setzt sich erschöpft und völlig durchnässt mitten auf den Asphalt, winkelt die Beine an, legt seinen Kopf auf die Knie. Er kann an gar nichts denken, schaut nur leer auf das Schild. Es drängen Tränen in seine Augen, dann hört er wieder »Tinchen!«, er weint und sieht, wie Paul die Lippen zu diesem Wort formt, er heult, es schüttelt ihn. Er schaut am Schild vorbei auf den Fluss, wo Paul nicht mehr zu sehen ist. Aber sein erstauntes Gesicht, die aufgerissenen Augen, das Hemd, das ihm an der Brust klebt, wollen nicht weichen, nicht einmal, als Martin die Augen schließt. Er lässt sie geschlossen, auch als die nasse Kleidung an seinem Körper ihn frieren lässt. Er beginnt zu zittern.

Martin steht endlich auf. Ihm ist kalt, doch die Sonne scheint noch immer kräftig, sie wird ihn allmählich trocknen. Eine Kirchturmglocke schlägt, er zählt, es sind fünf Schläge. Aus weiter Entfernung kommt das Tatütata eines Feuerwehrwagens. Er läuft die Uferstraße flussabwärts. Er sieht Pauls weit aufgerissene Augen, diesen erschrockenen Blick. Wollte Paul bei ihm anlanden? Wollte er ihn von dem sicheren Platz wegstoßen, vertreiben? Ihn zwingen, weiterzumachen, den Wettstreit nicht aufzugeben? Martin zuckt mit den Achseln. Es ist ihm egal. Paul wird seinen Sieg über ihn feiern, wird sich bewundern lassen, ihn vor allen andern Tinchen nennen oder Feigling oder Drückeberger oder Verräter, der ihn, den Anführer der Furies, durch seinen Stoß in Gefahr gebracht hat.

War es eigentlich ein Stoß? Kurz überlegt er, ob Paul es wohl geschafft hat bis zur Brücke. Aber sicher hat er, der schon. Paul wird ihn aus der Bande werfen. Aber das macht ihm im Moment nichts aus.

Nach zehn Minuten erreicht Martin sein Fahrrad. Er nimmt das Handtuch vom Gepäckträger und trocknet sich sorgfältig ab. Die Lederhose wird lange brauchen, bis sie trocken wird, ebenso die Sandalen, aber auch das ist ihm egal. Noch scheint die Sonne. Er wird sich jetzt auf der Heimfahrt eine gute Erklärung für seine Eltern überlegen müssen. Denn es wird spät werden, sehr spät. Er spürt schon den Kochlöffel und zuckt. Er hebt sein Rad über die Absperrungen an der Brücke. Auf der Brücke bleibt er stehen. Von oben sieht er, wie eine weitere Welle auf die Brücke zueilt. Unter den niedrigeren seitlichen Brückenbogen ist schon kein Platz mehr, da reicht das Wasser bis an die Steine der Brückendecke heran. Nur in der Mitte schießt noch Wasser durch. Er schaut flussabwärts, Paul wird schon in der Stadt sein, wird sein Fahrrad morgen holen.

Die Glocken der Esbecker Kirche schlagen halb sechs. Martin braucht für die Heimfahrt zum Spiegelberg viel länger als für die Hinfahrt. Die Traktorwege sind unpassierbar, sind fast alle gesperrt. Mannschaften des THW, der Feuerwehr und der Polizei lassen niemanden durch, zweimal wird er von Polizisten gefragt, was er denn so allein auf dem Fahrrad hier noch zu suchen habe. Wie alt er denn sei?

Er lügt, sagt zwölf. Dann solle er bloß schnell nach Hause radeln. Er verfährt sich zweimal, weil er meint, eine Abkürzung nehmen zu können, aber auch die ist versperrt und von einer unpassierbaren Wassermenge überschwemmt. So muss er wieder zurück, verliert einmal fünfzehn, einmal zwanzig Minuten. Gegen 7 Uhr ziehen Wolken auf. Martin fährt so schnell wie möglich. Am Himmel kreuzt ein Hubschrauber, für einen Moment denkt er, der suche nach ihm, sei von Mutter geschickt. Bundeswehrsoldaten sind auf hohen Lastwagen mit Tausenden von Sandsäcken unterwegs, Schlauchboote auf den Hängern. Sein Hemd ist fast trocken, als es knapp fünf Kilometer vor dem Spiegelberg zu regnen beginnt, große, satte Tropfen, die wie reife Früchte niederfallen. Im Nu sind Hemd und Hose wieder nass. Die Wege auf dem Spiegelberg zeugen mit ihren Pfützen vom vielen Regen der letzten Tage, aber vom eigentlichen Hochwasser ist hier oben nichts zu spüren.

Es wird acht, als er in die Stichstraße einbiegt, die zum Haus führt. Mutter steht am geöffneten Küchenfenster, er sieht sie schon von Weitem. Er fährt an die Rückseite des Hauses, schiebt das Fahrrad über die enge Rinne nach unten in den Keller. Er ist jetzt vom Regen so durchnässt wie zuvor vom Lippewasser. Und er zittert immer noch. Die Wohnungstür ist offen. Hinter ihr steht Mutter, im Türrahmen zum Wohnzimmer lehnt Vater.

»Was fällt dir ein, uns so in Angst und Schrecken zu versetzen?« Die Ohrfeige trifft ihn mit solcher Wucht, dass er mit dem Kopf an die Wand prallt. Dann schließt Mutter die Tür, er sieht, dass sie geweint hat, ihre Haare sind aufgelöst, ihre Hände zittern, sie greift zum Schuhschränkchen, auf dem der große Holzlöffel liegt. »Zieh das nasse Hemd und die Hose aus!« Ihre Stimme schwankt. Dann greift sie ihn mit links, hält ihn fest und holt mit ihrer Rechten, in der sie den Löffel hat, kräftig aus. Vater steht im Türrahmen, sagt nichts, zieht an einer Zigarette. Mutter schlägt und schlägt. »Wie … kannst du … uns das nur antun? … Wo … bist du gewesen?«

»An der Lippe, Mama, an den Wiesen, wir sind hochgefahren bis hinter Esbeck.«

»Alle andern sind doch schon zurück! … Wir dachten schon, du … seist … ertrunken!« Mutter weint, lässt aber noch nicht von ihm ab. »Sag mir, bist du … im Wasser gewesen? … Im Wasser?«

»Nein«, antwortet Martin unter Schluchzen, »bin ich nicht, nur am Ufer.«

»Ist das die Wahrheit? Schwörst du das?«

»Ja, ganz bestimmt, Mama!«

»Du warst nicht … im Fluss … in der Flut?«

»Nein, nicht, Mama! Ehrlich! Ich schwör's!«

Er wird Paul gleich morgen anflehen, Mutter nie etwas anderes zu erzählen.

»Dann schäm dich, mich so aufzuregen. Ich dachte … du wärst im Wasser, du wärst … ertrunken.« Mutter heult noch einmal auf, unterbricht die Schläge, atmet tief durch. Dann bückt sie sich erneut.

»Was hast du dir …«

In diesem Moment zerbricht der Holzlöffel, bricht einfach in der Mitte des Stiels durch, und das runde Vorderteil schleudert auf den Linoleumboden des Flurs. Martin ist unter den Schlägen längst auf den Boden geglitten und liegt jetzt vor seiner Mutter, die den Tränen freien Lauf lässt, die nach Atem ringt. Martin weint. Sein Hintern, der nur durch die dünne nasse Unterhose geschützt war, brennt. Die Schmerzen sind unerträglich.

»Komm Ruth«, sagt sein Vater, »reg dich nicht weiter auf. Martin hat gespürt, was er uns heute Abend angetan hat.

Das tut er nicht wieder. Und er war ja nicht im Wasser, Ruth, er konnte ja gar nicht ertrinken!«

Und zu ihm gewandt: »Wir wollen dich heute Abend nicht mehr sehen! Das heißt, kein Abendbrot, gleich ins Bett!«

»Was hab' ich mir Vorwürfe gemacht, dass ich dich mit den andern habe ziehen lassen!« Mutter bückt sich erneut, schließt jetzt ihre Arme um ihn, drückt ihn an sich, küsst ihn auf die Stirn und weint.

Martin geht ins Badezimmer, wäscht sich, schleicht in sein Zimmer. Er hört, wie Mutter noch immer im Wohnzimmer weint, während er bäuchlings auf seinem Bett liegt und nach dem langen Schluchzen endlich ruhiger atmet. Andrea bringt ihm eine Scheibe Brot aus der Küche, trockenes Brot.

Martin wacht auf, als gegen 11 Uhr abends die Türklingel läutet. »Es steht ein Polizeiwagen vor der Tür«, hört er seinen Vater sagen. Dann vernimmt er eine fremde Männerstimme im Gespräch mit Vater und Mutter, und schon steht Mutter in der Tür. »Komm ins Wohnzimmer!«

Der Polizeibeamte ist ein untersetzter Mann, Mitte fünfzig. Er sitzt auf einem Stuhl am Wohnzimmertisch. Er sieht müde aus. Er fragt ihn nach Paul Weltermann, der noch immer nicht nach Hause zurückgekehrt sei. Bei Wolfgang Schlomeyer sei er schon gewesen, der habe ihm gesagt, Paul habe zuletzt von einem Floß gesprochen und sei hinter Esbeck allein mit Martin weitergeradelt. Mehr habe er nicht gewusst.

»Ja, so war es«, sagt Martin, der in seinem Schlafanzug vor dem Polizisten steht und sich schämt, weil er zittert.

»Hat er ein Floß gebaut, wart ihr auf dem Wasser?«

Seine Mutter schaut auf ihn. Martin schweigt. Was soll er jetzt sagen? Warum hat Wolfgang auch das Floß erwähnt?

Der Polizist will die Wahrheit hören, aber Mutter hatte er geschworen, dass er nicht im Wasser war, dass er es ihr niemals angetan hätte, so unvorsichtig zu sein. Wenn sie jetzt hören würde, dass er gelogen hat, würde sie durchdrehen. Auch Vater würde durchdrehen. Es wird Martin ganz mulmig zumute, in seinem Magen sitzt ein Klumpen, das Zittern nimmt zu.

»Setz dich doch«, sagt der Polizeibeamte, »du musst doch nicht zittern. Erzähl, was war.«

Martin bleibt weiterhin stehen, schaut auf Mutter.

»Mein Sohn kann heute nicht sitzen, Herr Polizist. Ich habe ihm eine ordentliche Tracht Prügel verabreicht, soviel Sorgen haben wir uns um ihn gemacht.«

»Na, wirste schon verdient haben«, der Polizeibeamte nickt und lächelt dabei, »dann bleibste eben stehen.«

Martin spricht nun mit unbewegter Stimme, als würde er etwas vorlesen. Bis Esbeck seien sie gemeinsam geradelt, sagt er, bei der Idee mit dem Floß habe er nicht mitmachen wollen, das sei ihm zu gefährlich gewesen. Paul sei dann allein weitergefahren.

Martin schaut auf seine Mutter. Er hatte ihr gegenüber geschworen. Er würde ab jetzt immer sagen, dass Paul und er sich kurz hinter Esbeck getrennt hätten. Paul war dann allein weitergezogen. So ist es gewesen. Ja, so und nicht anders. Sein Fahrrad hatten sie ja tatsächlich in Esbeck abgestellt. Er muss auf jeden Fall gleich morgen früh mit Paul sprechen, dass der bloß nie was Gegenteiliges erzählt. Hoffentlich hat keiner beobachtet, wie sie beide auf dem Wasser waren. Aber da ist ja niemand gewesen. Martin wird ganz schlecht vor dem Lügengespinst, das er sich zurechtbaut. Er spürt, wie sich Schweißtropfen auf seiner Stirn bilden. Er wird sich jeden Satz genau merken müssen. Was aber wird geschehen, wenn Paul überall erzählt, dass sie sich auf der Lippe ein Wettrennen geliefert haben? Was wird seine Mutter dann tun?

»Hast du deinen Freund danach noch mal gesehen?«

Martin sieht das Lügendickicht vor sich. Es ist ein dichtes Nest, umgeben von Schlingpflanzen, und im Inneren brüten Schlangen. Martin schüttelt sich ein wenig. Die Schweißtropfen auf seiner Stirn werden dicker. Er greift mit der rechten Hand an die Tischkante.

»Nein, Paul wollte noch weiter hoch radeln, bis zum Wehr bei Rebbeke, hat er gesagt.«

»Am Wehr waren die ganze Zeit Kollegen von der Feuerwehr, die müssten ihn dort gesehen haben. Wann war das ungefähr, als ihr euch getrennt habt?«

Martin überlegt. Ihm fällt ein, dass es schon vier war, als Wolfgang und Heiner umkehrten.

»So halb fünf, denke ich.«

Der Polizeibeamte greift in der Brusttasche seines Hemdes nach seinem Notizbuch.

»Um halb fünf ist er also weiter die Lippe aufwärts gefahren, und was hast du gemacht?«

Der Polizeibeamte sieht ihn freundlich an. »Du hast ja richtig Schweiß auf der Stirn. Geht's dir nicht gut?«

Jetzt schaut auch Mutter ihn genau an. »Der Regen ist dir nicht bekommen«, sagt sie, »du hast dir eine ordentliche Erkältung geholt.«

Martin erzählt, dass er noch lange auf der Brücke von Esbeck gestanden habe, die ja schon abgesperrt war. Von dort habe er beobachtet, was alles so angeschwemmt wurde, Fässer, Balken, Bretter, und dass er dann langsam nach Hause gefahren sei. Er erwähnt Häuser, Soldaten- und Feuerwehrposten, die er passiert habe, und dass er wie viele andere Jungen zugesehen hätte, was die Feuerwehr und die Soldaten so taten. Je länger er erzählt, desto flüssiger wird er. Es ist ja auch gar nicht gelogen. Er kann die Orte nennen, wo er gestanden hat. Nur gar so lange, wie er jetzt vorgibt, war er dort nicht geblieben. Er erzählt auch, wie er auf dem Rückweg den Hubschrauber beobachtet habe und immer wieder weite Umwege radeln musste, weil schon so viele Wege versperrt waren. Darüber habe er ganz die Zeit vergessen, bis der Regen wieder einsetzte. Es sei ja alles so spannend gewesen. Mutter nickt.

»Wir haben uns große Sorgen gemacht. Martin ist eigentlich ein sehr zuverlässiger, eher ein vorsichtiger Junge.«

»Das ist auch sein Glück. Wenn er auf dem Wasser gewesen wäre, säße er«, der Polizeibeamte verbessert sich mit einem kleinen Lachen, »stünde er jetzt wohl nicht hier. Oberhalb von Boke sind alle Dämme gebrochen. Von den Rückhaltebecken gab es sechs hohe Wellen, alle kurz hintereinander. Mit den zwei mittleren kam jede Menge Wasser. Das haben wir so noch nie gehabt. Hier auf dem Spiegelberg kriegt man das ja nicht mit, aber die Innenstadt ist ganz voll, alles steht unter Wasser, sag ich Ihnen.«

»Ich hatte solche Angst, Herr Polizist, weil ich Martin hatte ziehen lassen!« Martin schaut auf Mutter, die jetzt tatsächlich vor dem Polizeibeamten zu weinen anfängt.

»Wir haben im Radio gehört, was in der Altstadt los ist«, fällt Vater schnell ein und bietet dem Polizisten eine Zigarette an.

»Sie glauben ja nicht, wie dumm die Leute sind. Nach diesen Wellen heute am späten Nachmittag steht der ganze Marktplatz unter Wasser. Rathaus, Marienkirche, Heimatmuseum, Standesamt, was sag ich, alles. Wir haben da Schlauchboote zu Wasser gelassen, und stellen sie sich vor, ich bin im Schlauchboot, wir paddeln Richtung große Treppe vom Standesamt, weil da ein Beamter steht, der irgendwas gesichert hat und den wir jetzt da abholen sollen, da treibt vor uns ein junger Mann im Wasser. So'n junger Kerl in blauer Sporthose, weißes Hemd, treibt ein paar Meter vor uns im Wasser. Wir rufen sofort Alarm mit unserem Megafon, paddeln auf den Kerl zu und gerade, als ich mich nach vorn beuge, um ihn aus dem Wasser zu ziehen, steckt der von selbst den Kopf hoch, atmet laut prustend aus und lacht uns aus. Er habe uns nur einen Schrecken einjagen wollen, sagt er, und dafür habe er den toten Mann markiert. Ich war außer mir, ich hab dem so richtig eine geschmiert, kann ich Ihnen sagen, das spürt der noch lange!« Der Polizeibeamte nimmt einen tiefen Zug von der Zigarette. Martins Vater nickt.

»Viele unterschätzen die Gefahr einer solchen Flut.«

»Kam ja letztlich auch ganz überraschend. Wer hätte denn wirklich geglaubt, dass die Alme so viel Wasser in die Lippe bringt und alle Dämme am Oberlauf brechen würden und die Becken alles Wasser in die Lippe entlassen. Eine Welle nach der anderen. In so kurzer Zeit.«

Vater nickt. »Und jetzt haben wir das viele Wasser in der Stadt.«

»Da hoffe ich, dass dein Freund«, der Polizist schaut Martin an, »jetzt wieder bei seinen Eltern ist. Die sind schon ganz aufgeregt. Versteh ich. Kannste dir denken, wo er sich vielleicht untergestellt hat, als der Regen wieder losging. Vielleicht wollte er irgendwo den Regen abwarten und dann wurde es dunkel? Kennt ihr da jemanden?«

»Keine Ahnung«, sagt Martin. »Vielleicht ist er zu seinem Fahrrad zurückgelaufen, das war ja weiter oben.«

»Wo oben?«

Martin überlegt einen Moment. Hat er sich verraten? Was soll er jetzt sagen? »Paul ist ja weiter lippeaufwärts gefahren, als ich schon umkehrte. Dort wollte er irgendwo sein Fahrrad abstellen. Mehr weiß ich nicht.«

Lieber Gott, was wird passieren, wenn Paul der Polizei die Wahrheit erzählt, wenn er ganz selbstverständlich berichtet, wie sie sich ein Brett und eine Palette geschnappt haben und ab ging's aufs Wasser. Mutter wird ihm nie wieder vertrauen. Lieber Gott, mach dass Paul das nie erzählen wird!

Der Polizeibeamte nickt. »Das war von euren Eltern ziemlich mutig, euch bei solch einem Hochwasser allein ziehen zu lassen. Hoffentlich geht das mit diesem Paul gut aus.«

Mutter beißt sich auf die Lippen. Der Polizeibeamte steht auf, zerdrückt den Zigarettenrest im Aschenbecher. »Sechs Dammbrüche in einer Viertelstunde! Sechs Wellen! Alle 'nen halben Meter hoch und höher! Das hat's noch nie gegeben!«

Vater begleitet ihn zur Tür. »Wenn Ihrem Sohn noch irgendwas einfällt, was uns helfen könnte, lassen Sie es uns bitte gleich wissen.« Und er gibt Vater eine Karte mit der Telefonnummer der Dienststelle.

»Ab ins Bett!«, sagt Mutter, und es hätte ihn nicht verwundert, wenn diesem Satz eine Ohrfeige gefolgt wäre. Stattdessen schaut sie ihn kritisch von der Seite an. »Du kriegst ja richtig Fieber. Hast dich tatsächlich erkältet.« Sie nimmt ihr Taschentuch und trocknet ihm die Schläfen. Die Berührung tut gut. Dann treffen sich ihre Blicke, mit großer Heftigkeit nimmt sie ihn in den Arm und drückt ihn minutenlang an sich. Gott, mach, dass Mutter nie die Wahrheit erfährt.

Martin kann in der Nacht kaum schlafen.

Er liegt auf dem Bauch und schwitzt. Wenn er eingenickt ist, kommt immer der gleiche Traum. Er drückt sich auf ein Holzbrett, schießt durchs Wasser, es ist ein Fluss, ein See, ein Meer, er wird von einer Welle gepackt, unter Was-

ser gezogen, bekommt keine Luft und wacht auf, schweiß-
gebadet.

Am nächsten Morgen sitzt er matt und schweigend beim
Frühstück in der Küche. Die Sonne scheint. Im Radio geben sie durch, dass in Langenheim und Umgebung sämt-
liche Schulen geschlossen bleiben und dass ein elfjähriger
Junge vermisst wird. Martin hat dicke Schweißperlen auf
der Stirn, alle Knochen tun ihm weh, er beginnt erneut zu
zittern. »Du hast 'ne richtige Grippe, Martin. Ab zurück ins
Bett«, sagt Mutter. Sie steckt ihm das Thermometer in den
Mund. 38,8 Grad. Die 10-Uhr-Nachrichten wiederholen,
dass der Junge weiterhin vermisst wird, und geben eine
genaue Beschreibung durch: Schwarzes Haar, rotkariertes
Hemd, kurze Hose aus schwarzem Glattleder, Sandalen, er
könne gut für dreizehn oder vierzehn gehalten werden.

Er kann doch nicht die ganze Lippe auf seinem Brett
runterfahren, denkt Martin, bis zum Rhein! Mutter misst
noch einmal Fieber. 39 Grad! Sie schüttelt den Kopf und
bereitet Wadenwickeln vor. Mittags heißt es im Radio, das
Fahrrad des vermissten Jungen sei am Oberlauf der Lippe an einem Wegkreuz gefunden worden. Wieder folgt
die Beschreibung des Gesuchten. Mutter misst 39,6 Grad.
Sie telefoniert mit dem Arzt und gibt Martin eine Aspirin-
Tablette.

Um drei Uhr bringt der Westdeutsche Rundfunk die
Nachricht, das Hochwasser habe den Scheitelpunkt über-
schritten. Der Junge werde noch immer vermisst. Martin
bekommt schwere Wadenwickel. Mutter bezieht das Bett
neu, es war ganz durchnässt. Martin hat 40 Grad Fieber.
Mutter hört, wie er murmelt: »Paul, lass uns aufhören.«
Und: »Die Welle, noch eine Welle.« Dann schreit er laut:
»Nur Mädchen geben auf, nur Mädchen!« Und: »Nein,
nicht weiter, nein!« Dann murmelt er Unverständliches,

irgendetwas wie »Tine« oder »Tinche«. Mutter telefoniert noch einmal mit dem Arzt und gibt Martin eine weitere Aspirin-Tablette.

Um 19 Uhr meldet der WDR, dass der elfjährige Junge tot unter einer Lippebrücke gefunden worden sei. Soldaten der Bundeswehr hätten ihn dort entdeckt, als sie die angeschwemmten Barrikaden vor den Bögen der einsturzgefährdeten Brücke bei Esbeck wegräumten.

Martin erfährt es erst am Mittag des nächsten Tages. Sein Fieber ist jetzt bei 38,6 Grad, Tendenz fallend.

9

Martin, Nina, 14. Oktober 2015

Die Frau bog mit kleinen Schritten kurz vor dem Krieger-
denkmal plötzlich vom Hauptweg ab. Sie drehte sich dabei
um, blieb kurz stehen und schaute direkt zu Martin und
Nina. Unwillkürlich verlangsamten die beiden ihre Schritte. Die ist bestimmt noch keine vierzig, dachte Martin, sah
auf ihr dunkelblondes Haar, das ihr bis auf die Schultern
fiel, sah den eher schmalen Mund, den langen Hals, der aus
der offenen Jacke ragte. Ilis Tochter Marlehn war 1973 auf
die Welt gekommen, müsste also jetzt 42 sein, rechnete er.
Die Frau vor ihm war ganz sicher jünger. Er war froh, als
sie sich wieder umdrehte und ihnen keine weitere Beachtung schenkte. Schon verschwand sie hinter einem großen
Grabmal aus schwerem Grünsandstein.

»Das ist nicht der Weg zu Ilis Grab, den sie da geht«, sagte Nina. »Ili liegt viel weiter unten, hinter dem Flüchtlingsdenkmal.«

Martin nickte. Sie gingen weiter. »Hier rechts«, er zeigte auf den Weg, auf den die Frau gerade eingebogen war,
»geht's zu Sebastian.«

»Es ist auf dem Friedhof wie auf dem Spiegelberg«, erwiderte Nina. Dann zögerte sie, ihr Gedanke schien ihr
plötzlich allzu banal zu sein, aber sie sagte es dann doch.
»Die Grabfelder zwischen all diesen Wegen erscheinen mir
wie die Siedlungshäuser mit ihren vielen Wohnungen. Nur
dass die Wohnungen hier zu kleinen Quadern zusammen-
geschrumpft sind, der eine für zwei Personen, der andere
für drei, manche für vier.« Sie machte eine Pause. »Und
jeder Quader hat seine ganz eigene Geschichte.«

Sie stoppten an der Abzweigung, als wären sie unentschlossen, ob sie der Frau, die Ili so ähnlich sah, folgen und in Richtung von Sebastians Grab gehen sollten. Nina holte die Zigarettenpackung aus ihrer Anoraktasche und wies mit dem Kopf auf die Bank. Martin nickte, setzte sich als Erster. Wie schon vor zwei Stunden im Auto steckte Nina auch jetzt wieder beide Zigaretten gleichzeitig in Brand und reichte eine Martin, der einen langen Zug nahm.

»Diese Frau ist nicht Ilis Tochter«, sagte er, »ganz bestimmt nicht. Die ist jünger. Und Marlehn wohnte doch schon damals längst nicht mehr in Langenheim. Ich erinnere mich, dass Ili mir erzählt hatte, sie sei nach Münster gezogen, habe da geheiratet.«

Nina zuckte mit den Schultern. »Was weißt du, wo sie jetzt wohnt? Vielleicht ist sie nach Langenheim zurückgekehrt wie damals ihre Mutter.«

»Wie du, Nina!«

Nina schaute ihn von der Seite an. Sollte sie, oder sollte sie lieber nicht? »Wie auch du.« Der Satz kam leise. Sie hatte sich bemüht, ihn keinesfalls mit einem Fragezeichen enden zu lassen, aber er war zu leise gewesen, zu verhalten. Martin erwiderte nichts.

Sie zogen beide an ihren Zigaretten, inhalierten und gaben den Rauch nur langsam aus Mund und Nase wieder frei. Sie blieben still, blickten sich nicht an, sondern schauten beide nach vorn. Nina spürte, dass Martin sehr weit über die Gräber und Grabsteine, über die Sträucher und Bäume hinweg sah, die ihr Blickfeld begrenzten.

»Ili war eines Nachts plötzlich bei uns in der Wohnung, Nina. Sie war im Nachthemd gekommen.« Martin machte eine Pause. »Ich habe erst viel später begriffen, worum es in dieser Nacht ging.« Martin schwieg wieder. Nina wusste, dass sie jetzt nichts sagen oder fragen musste. Martin hing einem Gedanken nach, er würde sprechen. Sie müsste nur still neben ihm sitzen. Manchmal, dachte sie, ist so ein Tag mit Martin wie ein Tag mit ihren Patienten, immer Ruhe bewahren, immer ein Stück voraus sein. Sie mochte den Gedanken nicht und schüttelte leicht den Kopf.

»Ich habe schon lange nicht mehr an diese Nacht gedacht«, sagte er endlich, machte gleich wieder eine Pause, zog noch einmal kurz an der Zigarette, »aber ich höre wieder ganz deutlich Ilonas Mutter, wie sie bei uns im Flur steht. Ich bin wach geworden, ich war damals elf oder gerade zwölf, liege in unserem Kinderzimmer im Hochbett oben, Andrea unten, Andrea schläft, atmet gleichmäßig, aber ich bin wach und höre Frau Pagoda. Ihre Sätze sind knapp, sie ist aufgeregt, kurzatmig, als werde sie gejagt.« Martin schaute still auf seine Zigarette in der rechten Hand, atmete tief ein und aus und blieb eine Zeit lang still. Nina rührte sich nicht. Dann fuhr er fort.

»'Nur für diese Nacht, Ruth', sagt Frau Pagoda. 'Es ist mir so schrecklich peinlich. Hast du auch wirklich 'ne warme Decke für Ili? Sonst bringe ich dir eine.' Und ich höre, wie meine Mutter sagt, 'Nein, nein, Evi, alles in Ordnung, aber willst nicht auch du heute Nacht lieber bei uns bleiben?' Ich stütze mich im Bett auf. Mama spricht mit Frau Pagoda. Mitten in der Nacht. Was macht Frau Pagoda mitten in der Nacht bei uns? Für wen soll die Decke sein? Ich wische mir über die Augen, knipse die kleine Lampe über meinem Bett an. Die Leuchtzeiger meines Weckers auf dem unteren Regalbrett zeigen kurz vor zwei Uhr. Aus dem Flur höre ich wieder die Stimme von Frau Pagoda. Sie spricht jetzt leise mit Mutter. 'Unberechenbar', das konnte ich mehrfach verstehen, und auch 'betrunken' drang jetzt deutlich hörbar durch die Zimmertür. Ich steige vom Hochbett, ganz leise und vorsichtig, um Andrea nicht zu wecken, und gehe die wenigen Schritte zur Zimmertür. 'Mach dir jetzt um Ilona keine Sorgen', höre ich meine Mutter sagen, 'sie wird auf der Couch im Wohnzimmer gut schlafen, und morgen früh ist das alles vergessen.' 'Ich könnte ihn umbringen, Ruth', sagt Frau Pagoda, 'einfach umbringen! Wenn Karl besoffen ist, ist er wie ein Tier, wie ein Tier! Ilona ist dreizehn, Ruth, gerade dreizehn! Es ist mir so peinlich, aber ich hätte doch nie geglaubt, dass er aufsteht und ins Kinderzimmer ... und ihr das Nachthemd ...' Frau Pagoda weint, weint laut. Dann höre ich, wie sie sagt: 'Ich wusste mir nicht zu helfen, Ruth, es ist so grässlich.' Frau Pagoda schluchzt wieder. Mutter sagt irgendetwas, das ich nicht verstehe, das aber ganz beruhigend klingt. 'Nein, nein, mir tut er nichts, da kannst du sicher sein, Ruth, vor mir hat Karl Angst.' Warum soll Herr Pagoda seiner Frau etwas tun, denke ich? Dann höre ich die Wohnungstür, noch einmal ein leises Gemurmel und das typische Geräusch, wenn jemand die Tür betont sachte schließt. Ich merke, Mutter tut alles, um niemanden im Haus zu wecken. Ili auf der Couch im Wohnzimmer? Das ist aber komisch, denke ich. Jetzt wo Frau Pagoda weg ist, kann ich doch einfach so tun, als müsste ich zur Toilette. Dann würde ich ja sehen, was los ist. Also drücke ich langsam die Klinke herunter und öffne die Tür. Im Flur brennt das große Licht, es ist niemand zu sehen. Aus dem Wohnzimmer höre ich Geräusche. Die Wohnzimmertür steht offen. Ich mache ein paar Schritte. Da steht Mutter in ihrem grün gestreiften Bademantel. Sie kehrt mir den Rücken zu, weil sie gerade eine Decke über die Couch breitet. Ich sehe Ilona. Sie sitzt im Sessel und dreht in diesem Moment ihren Kopf zur Tür. Ilona schaut mich an, sagt aber nichts. Sie trägt ein weißes Nachthemd mit einer roten gestickten Borte, hat Hausschuhe an und über dem Nachthemd eine dünne hellgrüne Strickjacke.

Ich glaube, es war das erste Mal, dass ich bewusst Ilonas Brüste wahrnahm.

Ich erinnere mich genau, dass ich lange auf diese zwei erhobenen Stellen im Nachthemd starrte. Ili kriegt jetzt einen Busen wie Mama, dachte ich und realisierte im gleichen Moment, dass Ilona offenbar mit ihrer Mutter im Nachthemd vom Spiegelberg 42 die 50 Meter zu uns herübergelaufen war. Sie hatte nur die dünne Strickjacke übergezogen und Pantoffeln an den Füßen. Vielleicht, dachte ich, hatten die ein Feuer in ihrer Wohnung und deshalb ist Ilona jetzt bei uns. In diesem Augenblick erblickte mich meine Mutter in der Tür. 'Wo kommst denn du her, Martin? Warum schläfst du nicht?', fragte sie. 'Muss zum Klo', antwortete ich. Das klang ganz echt, aber ich rührte mich noch immer nicht von der Stelle, starrte weiterhin auf Ilona. 'Ilona schläft heute bei uns', sagte Mutter und gab Ili ein Zeichen, dass die Couch nun hergerichtet sei. 'Warum?' 'Einfach mal so, und du gehst jetzt auf die Toilette und gleich zurück ins Bett!' Ich wusste, dass es sinnlos war, Mama jetzt irgendwelche Fragen zu stellen. Aber komisch fand ich das schon mit Ilona. Als ich von der Toilette zurückkam und langsam am Wohnzimmer vorbeiging, sah ich sie auf der Couch liegen, Mutter hatte die beige Wolldecke über sie gebreitet und hob gerade sacht Ilonas Kopf an, um ihr ein weißes Kissen unter den Kopf zu schieben. Mutter behandelt Ilona, als sei sie krank, dachte ich, vielleicht ist das ja der Grund, warum sie bei uns übernachtet. 'Mach, dass du ins Bett kommst', knurrte Mutter mich an und scheuchte mich aus der Tür. Am nächsten Morgen saß Ili bei uns in der Küche mit am Tisch. Mutter hatte Kakao gekocht. Kakao an einem Werktag! Und sie hatte Ili einen ihrer Pullover übergezogen, einen dunklen Pullover, daran erinnere ich mich noch genau. Unter dem dunklen

Pullover war Ilis Busen kaum noch zu sehen. Dann war plötzlich Frau Pagoda wieder da mit einem Mantel von Ili und holte sie ab. 'Es ist alles wieder gut', sagte Frau Pagoda, 'alles wieder gut.'«

Martin nahm einen letzten kurzen Zug von der Zigarette, schaute dabei weiterhin starr nach vorn. Nina berührte Martins Hand. »Diese Geschichte kannte ich nicht, Martin. So was hat Ili mir nie erzählt.« Nina trat mit ihrem Schuh die Zigarette aus, die sie vor sich auf den Boden geworfen hatte. Es stimmte also doch, was sie eben behauptet hatte, dachte sie. Martin hatte selbst gerade den besten Beweis dafür geliefert. Sie überlegte, ob sie ihn gleich drauf ansprechen sollte. Dann aber zögerte sie. Sie würde sich Ilis Geschichte für einen besseren Moment aufheben. »Wahrscheinlich hat sie mit niemandem jemals darüber gesprochen«, sagte sie nur. Aber sie merkte, wie das Gehörte in ihr zu arbeiten begann.

Auch Martin drückte die Zigarette aus, von der nur noch der Filter übrig geblieben war. »Lass uns weitergehen«, sagte er, »es wird kalt, wenn man sitzt.«

»Zum nächsten Grab?«

Er nickte.

10

Martin, Sebastian, Ostern 1966

»Radmacher Englisch, Rienel Latein, Salenkemper Englisch«, es kann nicht mehr lange dauern. Martin rutscht auf dem Klappsitz nach vorn. »Schrader Latein, Schulz Englisch.«

Martin steht auf. Er hatte mit Mutter in der dritten Reihe vorn in der Schulaula Platz genommen und geht jetzt das kleine Treppchen zur Bühne hinauf, wo rechts Herr Hesse steht, Oberstudienrat Hesse, mit den anderen Kindern der Lateinklasse. »Du bist Martin Schrader?«, fragt Herr Hesse. Seine Stimme klingt tief und freundlich. Martin nickt. »Dann herzlich willkommen, Martin!« Martin stellt sich zu Sebastian. Er kennt außer Sebastian keinen anderen der Jungen, die sich auf der Bühne um Herrn Hesse versammeln. Sebastian und er sind die Einzigen aus der Waldschule, die für die Lateinklasse auf dem Magister Justinus Gymnasium angemeldet sind. »Nur ihr beide kommt dafür in Frage«, hatte Frau Schmidtchen vor zwei Monaten erklärt, »und macht mir bloß keine Schande.«

Er sieht von der Bühne auf Mutter herunter, die ihn anlächelt. Er weiß, sie ist stolz auf ihn. Er ist der Erste in der Familie, der aufs Gymnasium geht. Mutter hat in der Früh das schwarze Kleid angezogen, das sie sonst nur an Sonntagen trägt, wenn sie und Vater zu einem wichtigen Geburtstagsfest eingeladen sind. Sie hatte am Morgen den Frühstückstisch mit Ei gedeckt und es gab Kakao dazu. Vater hatte einen Witz gemacht und wollte sich von Mutters festlicher Stimmung nicht anstecken lassen. »Es ist doch nur ein Schulanfang.« Dann fuhr er ihm einmal durchs

Haar und schon war er aus der Tür hinaus und auf dem Weg zu seiner AOK.

Martin trägt die dunkle lange Stoffhose, die er auch in drei Wochen am Weißen Sonntag zu seiner Erstkommunion tragen wird, und den neuen grauen Pullover mit dem dunkelblau abgesetzten V-Kragen. »Du musst einen guten ersten Eindruck machen, das ist wichtig«, hat Mutter gesagt. Er ist mehr als aufgeregt, und er hat Angst, aber das würde er niemandem sagen. Lauter neue Lehrer, keinen kennt er, und außer Sebastian ist bestimmt niemand in der neuen Klasse, der ihn zum Freund haben will.

Er hatte in der Vierten zuletzt einen besseren Stand gehabt als je zuvor. Vielleicht lag es daran, dass er im letzten Jahr kräftig gewachsen und längst nicht mehr der kleinste Junge in der Klasse war. Vielleicht kam es aber auch daher, dass er Inge und Kalle zweimal in der Woche nachmittags in Rechnen geholfen hatte. »Nachhilfe« hatte Inges Mutter das genannt. Das hatten die beiden in der ganzen Klasse erzählt. Er hatte Kalle sogar bei Klassenarbeiten abschreiben lassen, was Frau Schmidtchen allerdings beim letzten Mal bemerkt hatte, woraufhin sie ihm die übliche Strafe gab, eine Ohrfeige und eine Schulstunde lang Eckestehen, rechts neben der Tafel, mit dem Gesicht zur Wand. Umdrehen verboten.

Vielleicht lag es aber auch daran, dass Paul seit letztem Sommer nicht mehr da war. Paul hatte Unwahres über ihn behauptet, hatte bei den anderen in der Klasse gegen ihn gestänkert, immer wieder, sogar noch zu der Zeit, als er schon Mitglied der Furies war. Und wenn Paul einen runtermachte, stand man bei den Mitschülern erst einmal am Rand. Das war seit Pauls Tod vorbei. Doch Martin redete darüber nicht, denn keiner in der Klasse durfte mehr schlecht über Paul sprechen. Frau Schmidtchen hatte immer wieder an den Klassenausflug nach Hellinghausen erinnert, bei dem Paul den armen Kalle gerettet hatte, und als Retter eines Menschenlebens, als Held, würde Paul bei allen in Erinnerung bleiben. Für Martin war nur wichtig, dass keiner ihn mehr schnitt, keiner mehr ein Papierkügelchen auf ihn schoss oder ihm einen Zettel mit »Frau Schmidtchens kleiner Liebling« auf die Klassenbank legte, und dass er das Wort »Tinchen« nie wieder hörte.

Auch bei der Bande hatte sich seine Stellung in den letzten Monaten verbessert. Sie hatten Wolfgang zu ihrem Bandenchef gemacht. Wolfgang war schon fast zwölf. Er ging auch aufs MJG, war ein Jahr über ihm in einer Englisch-Klasse gemeinsam mit Nina und war bei allen Furies beliebt.

Vor ein paar Wochen war dann plötzlich Carlo aufgetaucht. Vater hatte ein paar Tage zuvor beim Abendbrot erzählt, dass im alten Spiegelberg eine italienische Familie eingezogen sei. »Jetzt kommen die Spaghettifresser schon auf unsern Spiegelberg!«, hatte er gesagt. Vater sprach immer von den Spaghettifressern, wenn er die italienischen Arbeiter meinte, die seit einiger Zeit in dem großen Werk in Langenheim arbeiteten. Großvater hatte gesagt, die Italiener seien alle Verräter. Das Werk hatte für die italienischen Gastarbeiter ein Haus auf dem Fabrikgelände an der Kasseler Chaussee in ein Wohnheim umbauen lassen. Vor drei Jahren waren dort die ersten italienischen Männer eingezogen. Wenig später war Martin mit den Eltern und Andrea eines Sonntagvormittags auf dem Weg zu den Großeltern an dem Haus vorbeigegangen. Die fünf Fenster im Erdgeschoss standen alle offen. Martin und die Eltern konnten sehen, wie zwei italienische Männer mit nacktem Oberkörper vor einem großen Herd standen, auf dem in zwei oder drei riesigen Pfannen Bratkartoffeln brutzelten. »Heute sind sie mal Kartoffelfresser«, murmelte Vater. Genau in diesem Moment drehte sich einer der beiden Männer zum Fenster hin und lächelte breit, als er ihre vier Gesichter erblickte.

Martin erschrak. Der Mann hatte nicht nur dichte schwarze Haare auf dem Kopf, sondern auch auf der Brust. Schon vom Bauch her zog sich das schwarze Haar den Körper hoch und bedeckte ihn so dicht wie der Efeu die Mauer an der Waldschule. »Nur schnell weg hier«, sagte Vater. »Diese Itaker sind Gastarbeiter, sind Gäste hier, Gäste, die sich von unserem Wirtschaftswunder was mitnehmen dürfen«, und Vater setzte noch hinzu: »Ob das mal gut geht? Faul wie die sind, die Italiener!«

Seit dieser ersten Begegnung mit den italienischen Männern hatte das Haus an der Kasseler Chaussee eine besondere Anziehungskraft auf Martin. Selbst wenn die Fenster verschlossen waren, roch man beim Vorbeigehen immer Bratkartoffeln, keine Spaghetti. Aber Spaghetti rochen ja auch nach nichts. Meist waren die fünf Fenster weit offen, und auch wenn sie schnell an dem Haus vorbeigingen, konnte er darin die Männer sehen, immer nur Männer, nie eine Frau. Alle waren schwarzhaarig, einige hatten einen Schnauzer. Ob die alle schwarze Haare auf dem ganzen Körper hatten? Manchmal saßen sie um die vier oder fünf Tische im Raum, spielten Karten, hatten jeder eine Flasche Bier vor sich stehen und manchmal ging es laut her. »Schau da nicht so rein«, sagte Vater, »das tut man nicht! Was gibt's da auch schon zu sehen?«

Was Vater nicht wusste, war, dass sie sich letzten Sommer einmal, als Vater nicht dabei war, dem Haus genähert hatten und zwei Männer sie die ganze Zeit aus einem der offenen Fenster im Erdgeschoss anschauten. Mutter war langsamer geworden, als sei sie unsicher, ob sie überhaupt weitergehen sollten. Unverwandt schauten die beiden

Männer sie an, nicht ihn oder Andrea. Da beschleunigte Mutter den Schritt. Als sie unmittelbar an den Männern vorbeigingen, schnalzte einer der beiden mit der Zunge, der andere sagte »bella« und wiederholte es mehrfach. Mutter war rot geworden und erst, als sie mehrere Meter von dem Haus entfernt waren, sagte sie: »Wie unangenehm, nein, wie unangenehm.«

Mitte März spielten sie Fußball in der Sackgasse, die zu den neu gebauten Garagen führte. Vier Jungen aus der Furybande gegen vier andere Jungen aus der Siedlung. Plötzlich stand Carlo da, er war elf oder zwölf, hatte krauses schwarzes Haar und schon ein klein wenig dunklen Flaum über der Oberlippe. Er trug eine schwarze Trainingshose und blaue Turnschuhe. Carlo stand am Rand der Straße, als der Ball über die Bordsteinkante sprang und auf ihn zurollte. Carlo stoppte ihn mit seinem Fuß. Er spielte ihn nicht etwa gleich zurück, sondern drehte den Ball unter seinem Turnschuh hin und her und schaute zu den Jungen.

»Der will wohl mitspielen«, sagte Heiner zu Wolfgang. »Kommt gar nicht in Frage«, antwortete Wolfgang, »wo kommen wir denn hin, wenn wir jetzt schon Itaker mitspielen lassen!« Und an Carlo gewandt, fügte er hinzu: »Hier spielen nur Furies, kannst ja von mir aus die andern fragen.« Christian aus der Gegnermannschaft aber lachte nur. »Wir brauchen doch keine Itaker! Die wollen wir nicht haben hier am Spiegelberg! Hau ab! Verpiss dich!« Bei den letzten Worten ging Christian auf Carlo zu, kickte ihm mit viel Kraft den Ball unter dem Turnschuh weg und versetzte ihm noch zusätzlich einen Stoß mit der Hand vor die Brust. Carlo taumelte ein Stück nach hinten, fing sich wieder, sagte nichts. Er schaute dem Spiel der acht Jungen noch ein paar Minuten lang zu, dann trollte er sich von dannen in Richtung Stadtwald, in Richtung alter Spiegelberg.

Martin hatte am Abendbrottisch erzählt, dass ein italienischer Junge aufgetaucht sei, der mit ihnen Fußball spielen wollte. »Lass dich nur nicht auf die ein«, sagte Mutter. »Man hört ja so allerlei aus Italien. Die nehmen's da nicht so genau. Da wird viel gestohlen.«

»Ist schon allerhand, dass die jetzt hier wohnen. Da solltest du aufpassen, Ruth, wenn du die Fenster auflässt.«

»Im Milchladen haben sie heute erzählt, dass die Frau ganz komisch einkauft. Immer ganz viel Öl, Olivenöl musste es sein, kein Palmin wie wir, und viele Zwiebeln, und natürlich jede Menge Spaghetti und ...«

»Und keine Kartoffeln?«, warf Martin ein. »Ich denke, die sind auch Kartoffelfresser?«

»Halt du dich da raus, Martin, und unterbrich deine Mutter nicht, wenn sie spricht. Natürlich essen die auch Kartoffeln, Kartoffeln und Spaghetti.«

»Zusammen?«

»Du sollst den Mund halten, wenn Erwachsene sprechen. Dich hat niemand gefragt!«

Mutter nickte.

»Weiß man, wie die heißen?«

»Frau Becker sagte, irgendwas wie Putscher. Aber anschreiben dürften die nicht bei ihr, hat sie gesagt, und Rabattmarken will sie denen auch nicht geben, wär' ja noch schöner!«

»Ich krieg schon raus, wie die heißen«, sagte Vater, »die sind ja alle bei uns versichert, und so viele gibt's von denen nicht, die gleich mit Frau und Kindern kommen. Unverschämt! Das sollte man eigentlich verbieten, wäre besser! Es reicht doch schon, wenn die Männer hier 'ne Zeitlang arbeiten dürfen. Aber danach, das muss mal klar sein, schnell zurück, da, wo sie hergekommen sind, wo sie ihre Frauen haben. Und nicht auch noch Frauen und Kinder mitbringen, die wir dann mit durchziehen müssen, wenn die mit jedem Wehwehchen zum Arzt rennen.«

Mutter nickte und murmelte etwas wie »Du hast ja so recht, Hermann.«

Da nickte Vater. »Ich krieg' den Namen schon raus. Und du, Martin, spielst nicht mit dem. Wär ja noch schöner!«

Vater hatte in der Tat am Abend danach einen Zettel aus der Tasche geholt. »Ich hab mal die Liste mit unseren neuen Kassenmitgliedern durchgesehen und wo die wohnen. Da habe ich sie gleich gefunden: Pu-ki-a-ro heißen die, und komisch, gleich mit zweimal c in der Mitte.«

Mutter schaute auch auf den Zettel. »Seltsam! Pu-ki-a-ro. Frau Becker hatte was von Putscher oder Putschara gesagt.«

»Drei Kinder haben die mitgebracht, ein Junge ist elf, fast zwölf, heißt Carlo, wieder mit c statt mit k, wie's sich gehört, der andere ist acht und das Mädchen fünf. Kriegen alle Kindergeld hier und sind natürlich alle bei uns in der AOK familienversichert. Ich möchte mal wissen, was sich unser Bundeskanzler dabei gedacht hat. Wohnen in der Nummer drei im alten Teil. Nach dem, was die bei uns für die Krankenversicherung einzahlen, verdient der gar nicht so schlecht, dafür dass er Italiener ist, dieser Pu-ki-a-ro!«

Martin hatte Carlo noch ein paarmal auf dem Weg zur Schule gesehen, wenn er mit dem Fahrrad an ihm vorbeifuhr. Carlo hatte kein Fahrrad, er ging zu Fuß und immer allein. Kurz vor Ende des Schuljahres hatte er einmal gehört, wie eine Kollegin mit Frau Schmidtchen über »den Italiener« sprach. Wie schwer es doch sei, den zu unterrichten, da er ja kaum Deutsch spricht. Er sei überhaupt ganz still, man wüsste gar nicht, was der Junge denkt. Aber die fünfte Klasse müsste er auf jeden Fall wiederholen, da ginge kein Weg dran vorbei. »Dann kriegst du ihn, Elvira«, hatte die Kollegin am Ende gesagt, und Martin hörte deutlich etwas wie Triumph oder Schadenfreude in ihrer Stimme. »Heiliger Herrgott, auch das noch!« war Frau Schmidtchens Antwort.

»Schrader, Martin«, sagt Herr Hesse mit seiner schönen, dunklen Stimme und schreibt Namen und Vornamen mit dem Füller in das dicke grüne Klassenbuch. Martin steht auf wie die Jungen vor ihm, und er weiß, welche Fragen jetzt kommen werden. »Du bist geboren am?«

»6. Mai 1955«

»In?«

»Langenheim.«

»Beruf deines Vaters?«

»Angestellter bei der AOK.«

»Deine Mutter?«

»Hausfrau.« Das haben auch die meisten anderen Jungen gesagt, nur zwei haben »Lehrerin«, einer »Ärztin« und einer »Sekretärin« angegeben.

»Wohnhaft?«

»Spiegelberg 62.«

Herr Hesse hebt langsam den Kopf, schaut direkt auf Martin.

»Bist schon der Zweite! Erst der Sebastian Kühne und jetzt auch noch du vom Spiegelberg«, halblaut setzt er hinzu, »und dann zu mir, in die Lateinklasse.« Er schüttelt den Kopf, dann schaut er Martin, der weiterhin in seiner Bank steht, sehr genau an. »Hoffentlich haben die sich auf der Waldschule nicht mit euch beiden vertan.« Martin kann darauf nicht antworten. Es ist ja auch keine Frage gewesen.

»Geschwister?«

»Eine Schwester, 6 Jahre alt.«

Herr Hesse nickt.

»Schwarz, Michael.«

Michael steht auf und sagt gleich »4. Februar 1956.«

Martin setzt sich. Immer wenn er Angst hat, verspürt er den Druck, auf die Toilette zu müssen. Aber er wird warten, bis die Stunde zu Ende ist.

Drei Wochen später steht Martin in der dunkelblauen Hose und der dunkelblauen Jacke mit der Kommunionkerze in der Hand vor dem Altar von Sankt Elisabeth. Es ist noch einmal ein Ausflug in die Zeit der Waldschule, denn fast alle anderen Kinder, die in diesem Jahr erstmals zur Kommunion gehen, kommen von dort. Pfarrer Hafner hat ihm eine Woche zuvor die Beichte abgenommen. So recht wusste er nicht, was er beichten sollte, und so blieb es bei »habe manchmal gelogen« und »habe meine Schwester nicht lieb behandelt«. Pfarrer Hafner hat ihn durch das Gitter angelächelt, bevor er die lateinischen Worte sprach: »Ego te absolvo.« »Absolvo« haben sie bei Herrn Hesse noch nicht gehabt, aber Martin wusste bereits, dass das »o« die erste Person Singular war, wie in »laboro« oder in »amo«.

Ihm ist leicht übel, während die Orgel nur so braust und die ganze Gemeinde »Fest soll mein Taufbund immer stehen« singt. Er hat den faden, trockenen Geschmack der Hostie im Mund, umklammert die lange weiße Kerze, hält sich fast an ihr fest, und schämt sich. Tränen wollen in seine Augen schießen, und er weiß gar keinen Grund dafür.

Unten in der vierten Reihe sitzen Vater und Mutter mit Andrea und den Großeltern und schauen auf ihn. Was werden die denken? In der fünften Reihe hat er Frau Schmidtchen entdeckt, die, so meint er, ihm zuzwinkert. Auch Wolfgang aus der Bande sitzt da mit seinen Eltern und Geschwistern. Er sieht einige frühere Klassenkameraden aus der Waldschule. Von überall schauen ihm Gesichter von ehemaligen Lehrern und Mitschülern entgegen, Kinder, mit denen er vier Jahre lang jeden Morgen zur Schule geradelt ist, die er täglich auf dem Schulhof getroffen hat und die er nun – und das spürt er sehr deutlich – wahrscheinlich nie wieder sehen wird.

Sicher, die Furies werden zusammenhalten, das haben sie sich nach Pauls Tod geschworen, ein Leben lang, und in diesem Moment, mit der Kommunionkerze in der Hand, wiederholt er still für sich, dass er dieses Gelöbnis nie brechen wird. Der Gedanke beruhigt ihn. Er sieht, wie rechts von ihm in der Mitte des Altars Sebastian, der bereits im vergangenen Jahr zur Kommunion gegangen war, in seinem weißroten Messdiener-Gewand kniet, er macht ihm ein Zeichen mit dem rechten Daumen. Es ist gut, dass Sebastian mit ihm in die gleiche Klasse auf dem Gymnasium geht. Bestimmt werden sie richtig gute Freunde werden, Sebastian und er. Nein, heute nimmt er nicht nur Abschied von der Waldschule, er spürt auch, wie tatsächlich etwas Neues beginnt. Die ersten drei Wochen auf dem MJG sind gar nicht so schlecht gelaufen. Er hat auch keine richtige Angst mehr. Er sitzt in der dritten Reihe, und langsam gewöhnt er sich an die vielen verschiedenen Lehrer. Es ist keine einzige Lehrerin dabei, nur Männer, und viele sind schon ziemlich alt.

Sein Blick sucht ein weiteres Mal Frau Schmidtchen im Kirchenschiff, doch da erblickt er plötzlich Carlo an der rechten Seite vor dem kleinen Nebenaltar. Der steht dort mit seinem kleineren Bruder, der genauso tiefschwarzes Haar hat. Rechts dahinter, das muss Carlos Vater sein, ein kleiner Mann mit Schnauzer, und die dunkelhaarige Frau neben ihm ist Carlos Mutter, die hat er schon mal bei Milch-Becker gesehen. Wenn die hier in die Kirche gehen, denkt Martin, können wir Carlo ja auch mal mitspielen lassen. Sein Blick sucht nicht weiter Frau Schmidtchen, sondern bleibt bei Carlo hängen. Carlo bedeutet etwas Unerledigtes, etwas, das nichts mit Abschied zu tun hat.

»Dir güt'ge Allmacht traue ich,
in dieser Hoffnung stärke mich,
bis ich dich einst besitze.«

Die Orgel schwingt sich zu einem kräftigen Finale auf. Da schreiten alle Kommunionkinder vorsichtig und still die Stufen vom Altar herab, sie haben das ehrfürchtige Gehen am Tag zuvor mit Pfarrer Hafner geübt. Nun nehmen sie wieder in den ersten beiden Reihen Platz. Ja, er nimmt sich jetzt fest vor, Carlo zum Fußballspielen einzuladen. Vielleicht hätte er bei Pfarrer Hafner beichten müssen, dass sie Carlo vor ein paar Wochen ausgeschlossen haben, einfach so, nur weil er Itaker ist und kein Deutsch spricht. Vielleicht war das ja eine wirkliche Sünde. Christus hätte das wahrscheinlich nicht getan. Christus hätte ihn sicher mitspielen lassen.

Eine Viertelstunde später stehen alle Kinder mit ihren Eltern und Verwandten draußen im Hof vor der Kirche. Die Sonne scheint und niemand ist in Eile. Martin schaut noch einmal, ob er Carlo unter den vielen kleinen Menschengruppen entdeckt. Er könnte doch jetzt einfach zu ihm hingehen und sagen: »Nächstes Mal spielst du mit.« Aber Carlo und seine Eltern sind nicht mehr auf dem Kirchhof. Martin geht bis an die Straße vor, und da erblickt er ihn und seine Familie auf dem Gehweg an der Kasseler Chaussee in Richtung Spiegelberg. Sie müssen gleich nach Gottesdienstende losgegangen sein, denkt Martin, als er sieht, wie weit sie sich schon von der Kirche entfernt haben. Er geht enttäuscht zu seiner Familie zurück.

»Haben Sie die neuen Schwestern gesehen, die Negerinnen?«, ruft da die Mutter eines Kommunionkindes einer Nachbarin zu. Die Nachbarin schüttelt den Kopf. Überall auf dem Kirchhof hört Martin jetzt die Erwachsenen über ein Thema sprechen, das mit der Erstkommunion ihrer Kinder gar nichts zu tun hat. Martin kennt es schon, sie haben auch im Kommunionsunterricht darüber geredet.

Pfarrer Hafner hatte vor einigen Wochen in der Predigt angekündigt, dass er zu einer befreundeten Kirchgemeinde nach Brasilien fliegen würde, um dort eine Gruppe junger Frauen abzuholen, die am Langenheimer Marien-Krankenhaus als Schwestern ausgebildet werden sollen. Das katholische Krankenhaus leide seit Jahren an einem gewaltigen Schwesternmangel, hatte Pfarrer Hafner gesagt, und in der befreundeten Gemeinde in Sao Paulo gäbe es viele junge Frauen, die ohne Ausbildung blieben. Er hätte alles mit seinem Kollegen vor Ort und mit den Behörden in Brasilien und Deutschland abgesprochen. Kurz danach war er nach Brasilien geflogen und vor einer Woche tatsächlich mit zwölf jungen Brasilianerinnen nach Langenheim zurückgekehrt.

Nicht nur das Langenheimer Tageblatt hatte groß berichtet, auch ein WDR-Team von »Hier und Heute« war in die Stadt gekommen und hatte Pfarrer Hafner, den Klinikdirektor und zwei der zukünftigen Krankenschwestern befragt. Letztere konnten allerdings kaum deutsch sprechen und lächelten nur freundlich in die Kamera. Ganz Langenheim hatte diese Sendung im Vorabendprogramm gesehen, auch Martin gemeinsam mit Mutter und Vater. Sie waren stolz, dass Langenheim endlich einmal im Fernsehen vorkam, aber Vater hatte Bedenken. Er konnte nicht verstehen, dass Pfarrer Hafner plötzlich für so viele ein Held war. Er hielt es mit denen, die Sorge hatten, was denn da auf die Stadt zukäme. Im Fernsehen hatte Martin sehen können, dass einige der jungen Brasilianerinnen eine auffallend dunkle Hautfarbe hatten, eine von ihnen, so hieß es, solle sogar pechschwarz sein, aber die konnte man in »Hier und Heute« nicht sehen.

»Würden Sie sich denn von so einer auf dem Krankenbett anfassen lassen?«, fragt Vater gerade, als Martin die Familiengruppe wieder erreicht hat. Die Frage hat Vater an den Vater eines anderen Kommunionkindes gerichtet, das eben noch neben Martin vor dem Altar gestanden hatte. »Ich kann mir das ganz reizvoll vorstellen«, erwidert der andere Vater, kneift das rechte Auge zusammen und macht mit dem Mund eine seltsame Bewegung, die Martin nicht deuten kann. Vater und der Mann lachen laut.

»Ich habe gehört, dass die Brasilianerinnen nur auf der Frauenstation eingesetzt werden«, sagt die etwas dickliche Frau, die neben Mutter steht, »da könnt ihr Männer mit eurer schmutzigen Fantasie lange warten.« Ihr Mann lacht. Vater lacht nicht.

»Ich mein' das ganz im Ernst«, erwidert er, »wenn ich in Deutschland in einem katholischen Krankenhaus liege, erwarte ich, dass mich deutsche Krankenschwestern betreuen und nicht Ausländer, die meine Sprache nicht sprechen und von denen ich gar nicht weiß, was sie unter ihren Fingernägeln haben.«

Zwei umstehende Männer pflichten Vater bei, andere bleiben stumm, wiegen die Köpfe hin und her und einer sagt: »Hauptsache ist doch, dass da überhaupt jemand ist, der dir im Krankenhaus was zu essen bringt und der für dich da ist, wenn du Schmerzen hast. Also wenn ich da an damals denke, ans Lazarett in der Ukraine.«

Vater ist mit der Antwort nicht zufrieden und schüttelt den Kopf: »Ich dachte, wir würden die neuen Damen heute in der Kirche einmal betrachten können. Katholisch sollen sie ja alle sein.«

»Ja«, pflichtet eine Mutter bei, »ich habe das ganze Kirchenschiff rauf und runter geguckt, aber schwarze Brasilianerinnen habe ich nicht gesehen.«

»Vielleicht kriegen die ihren eigenen Gottesdienst.«

Da verstummt das Gespräch. Die Gruppe der Brasilianerinnen kommt aus der Kirche. Sie hatten oben auf der Empore neben der Orgel gesessen und mit dem Hinausgehen gewartet, bis die Kirche leer war. Jetzt sind sie überrascht und verwirrt, noch so viele Menschen auf dem Kirchhof anzutreffen, die alle still werden, als sie im Kirchenportal erscheinen. Die Brasilianerinnen rücken näher zusammen, einige lachen unbeholfen, andere werden verlegen, dann bleiben sie stehen. Drei sind wirklich hellbraun. Wie gute Milchschokolade, denkt Martin. Eine aber ist richtig schwarz, pechschwarz, wie Zartbitter. Er mag keine Zartbitter. In diesem Moment kommt auch Pfarrer Hafner aus der Sakristei auf den Hof, nicht mehr im Talar, sondern im schlichten schwarzen Anzug.

»Das ist ja ein wunderbarer Moment, da kann ich Ihnen gleich heute noch, am Weißen Sonntag, unsere neuen Gemeindemitglieder vorstellen«, ruft er, strahlt über das ganze Gesicht und geht schnellen Schritts auf den Kirchhof. Die Brasilianerinnen lachen jetzt. »Das sind unsere neuen guten Geister im Marien-Krankenhaus.« Und an die jungen Frauen gewandt, sagt er betont deutlich und langsam: »Wir sind sehr froh, dass ihr alle hier seid. Wir wünschen euch viel Glück bei uns in Westfalen.« Wieder lachen die jungen Frauen.

Martin hat hauptsächlich Augen für die ganz schwarze junge Frau, die ein paar Meter weiter in Richtung Hofmitte gegangen ist und nun keine zwei Meter von ihm entfernt steht. Er hat nie zuvor eine Schwarze gesehen. Sie ist eine große, schlanke Frau, die einen weißen Rock trägt und eine dunkelrote dünne Strickjacke über der weißen Bluse. Wenn sie lacht, strahlen ihre weißen Zähne. Sie hat sehr schöne, volle Lippen, eher rosé als rot, und das Weiß in ihren Augen leuchtet. Jetzt lacht sie wieder und ihr Mund mit den weißen Zähnen scheint riesig groß zu sein. Ihr Haar ist recht kurz, lauter kleine Löckchen, alles ganz kraus. Ob sie das kämmen kann, fragt sich Martin.

»Leider«, fährt Pfarrer Hafner fort, »können unsere Damen bislang nur ganz wenig Deutsch, das lernen sie jetzt als Erstes in einem Sprachkurs. Sie sprechen also momentan nur portugiesisch, aber das ändert sich bald.«

»Warum portugiesisch?«, grummelt Vater, »ich denke, das sind Brasilianerinnen.«

»Psch!«, macht Mutter.

»Wenn die Damen ein wenig Deutsch können, würde ich mich freuen, wenn der eine oder andere von Ihnen einmal eine der Frauen zu sich nach Hause zum Mittagessen einladen würde.« Pfarrer Hafner schaut in die Runde.

»Soweit kommt's noch«, murmelt Vater.

»Psch, Hermann!«, fährt Mutter dazwischen. Der Pfarrer redet weiter, spricht von den etwas anderen Lebensverhältnissen hier, an die sich die Brasilianerinnen sicherlich schnell gewöhnen werden, und dass ein jeder in der Gemeinde dazu aufgerufen sei, ihnen dabei zu helfen. Da schaut die schwarze Frau plötzlich Martin an, ihre Augen ruhen auf ihm und sie lächelt, ein wenig zaghaft zunächst, doch als Martin das Lächeln erwidert, als er ganz breit lächelt, lächelt sie ebenso entspannt zurück, nickt kurz und wendet dann ihren Blick zur Seite auf das rothaarige Mädchen, das in ihrem hübschen weißen Kommunionkleid neben Martin steht.

»Ich wünsche Ihnen allen einen gesegneten Weißen Sonntag«, sagt Pfarrer Hafner abschließend zu der Kommunionsgemeinde. Dann bittet er die zwölf jungen Brasilianerinnen, ihm ins Pfarrhaus zu folgen. »Frau Kruschke hat für uns ein sehr deutsches Gericht gekocht, Rinder-Rouladen, ich hoffe, die schmecken Ihnen.«

11

Martin, Nina, 14. Oktober 2015

Der zarte Ast der Kastanie schwang lang nach unten durch. Für einen Moment hatte Nina befürchtet, der Ast könne brechen und das Eichhörnchen, das von der mächtigen Blutbuche herübergesprungen war, würde vor ihr auf den Sandweg fallen. Aber das Tier war schneller und hatte sich mit einem weiten Sprung auf einen dickeren Ast in Sicherheit gebracht.

»Lass uns bei Sebastian vorbeischauen, Nina, ich war schon so lange nicht mehr bei ihm. Wir können dann immer noch zu Paul gehen.«

Damit stand Martin auf, Nina folgte ihm und sie bogen auf den Weg ein, den eine Viertelstunde zuvor die Frau eingeschlagen hatte.

Der Weg verjüngte sich zum Pfad, sie gingen hintereinander, die Gräber links und rechts waren klein und alt, viele von ihnen ungepflegt. Mächtig hatten sich darauf die Koniferen ausgebreitet, oft weit mehr als zwei Meter hoch und breit verdeckten sie die Grabsteine am Kopfende der Gräber und verschatteten den Weg. Nach wenigen Metern hielt Martin inne. Rechts am Rand des schmalen Weges lag eine tote Amsel. Es war nicht zu erkennen, woran sie gestorben war. Martin drehte mit seinem rechten Schuh den kleinen Körper auf die andere Seite. Kein Biss einer Katze, kein Einstich, keine Wunde, volles Gefieder. Die Amsel schien noch nicht lange dort zu liegen, Maden waren nicht zu sehen.

»Seltsam«, sagte Nina. »Sie liegt da, ist tot und man kann gar keinen Grund für ihren Tod entdecken.«

»Es ist, als wäre sie tot vom Himmel gefallen«, erwiderte Martin.

Sie gingen still weiter. Beim Blick auf die schwarze Amsel war ihm wieder Ernestos Mail eingefallen, warum gerade da, wusste er nicht. Die Mail war etwas Unerledigtes, etwas, das sie dringend besprechen mussten. Diese Einladung für ein Gastjahr am MIT, »it could be two«, hatte da sogar gestanden, zwei Jahre in Boston an einem der besten Institute der Welt für Urban Studies. »Give me two weeks«, hatte er geantwortet, und eine Woche war schon verstrichen. Das war etwas anderes als das Projekt in Indonesien im nächsten Frühjahr, das höchstens zwei Monate in Anspruch nehmen würde. Boston bedeutete Gespräche mit dem Dekan in Köln, Beurlaubung, Vertretung durch einen Privatdozenten und Monate ohne Nina.

Er hatte sich ja gleich am letzten Wochenende Klarheit verschaffen wollen, was ihn selbst anging, aber dieser Versuch war gescheitert. Er war am Sonntagabend keinen Deut näher an irgendeiner Form von Entschluss. Er hatte fast den ganzen Tag an einem Aufsatz gearbeitet, hatte das Nachdenken über Boston damit immer wieder verschoben, hatte sich gedrückt. Feigling! Nun ja, er wusste, dass er wegen der Beerdigung mitten in der Woche nach Langenheim fahren und das Angebot dann ohnehin mit Nina besprechen würde. Ob Nina Boston mögen würde? Sie würde ja wahrscheinlich nur in ihrer Urlaubszeit kommen.

Bis zum nächsten Wochenende konnte das Gespräch mit ihr auf keinen Fall warten, und morgen müsste er beizeiten auf die Autobahn. Aber jetzt auf dem Friedhof? Neben all den Toten von früher? Wolfgang, Ili, Heiner, Sebastian, alle waren auf dem Friedhof von Langenheim gelandet. Wie weit musste man eigentlich von hier wegziehen, um nicht mehr hierher zurückzukehren?

Sebastian war doch damals ganz im Süden des Landes angekommen, mit eigener Praxis, und war dann so früh heimgekehrt. Martin lächelte still. Heim! Wieder dieses Nina-Wort. Wie wird sie reagieren, wenn er ihr von Ernestos Mail berichtet? Aber nicht jetzt, nicht auf dem Friedhof.

Martin war plötzlich gar nicht mehr sicher, ob sie auf diesem Weg jemals zu Sebastians Grab gelangen würden. Der Pfad mündete gerade in eine offene, sehr gepflegte Rasenfläche von vielleicht zwanzig mal zwanzig Metern. Mit einem Schritt traten sie aus der Dunkelheit des Weges ins Helle der offenen Fläche, in deren Mittelpunkt eine kleine Kapelle, eher ein Unterstand, aus dunkelrotem Backstein mit einem spitzen Schieferdach stand, gerade groß genug, um eine Marienstatue und eine schmale Kniebank aufzunehmen. An den Rändern des Rasenquadrats waren mit Ausnahme der Öffnung zu dem schmalen Weg, auf dem sie gekommen waren, jeweils in zwei Reihen hintereinander schmale Grabstellen gestaffelt, alle mit weißen Holzkreuzen, auf deren Querbalken in schwarzer Schrift Namen und Jahreszahlen standen. Es war der Teil des Friedhofes, auf dem die katholischen Kirchgemeinden von Langenheim ihre Priester beerdigten. Martin wusste von diesem etwas abseits gelegenen Friedhofsteil, konnte sich aber nicht erinnern, jemals zuvor hier gewesen zu sein.

Nina und er betraten die Rasenfläche und liefen langsam an deren Rand entlang. »Alles Einzelzimmer hier«, sagte Nina, »Einzimmerwohnungen, die es auf dem Spiegelberg nicht gibt.«

»Pfarrer Wilhelm Hafner«, las Martin und blieb stehen. »Schau, Nina, unser Pfarrer in Sankt Elisabeth.«

Nina drehte ihren Kopf zu Martin. »Ich war doch in der anderen Partei, Martin, evangelisch-lutherisch, das weißt du doch.«

»Und hier, Pfarrer Gregor Humbert. 1993 gestorben.«
Martin wies auf ein Kreuz in der zweiten Reihe. »Der hatte
diese kleine Pfarre in Suderhausen, Nina, wo Sebastian damals vor seinem Abitur aushalf.«

»Hat der ihn nicht auch getraut?«

»Nein, nein, geheiratet hat Sebastian irgendwo in Süd-
deutschland, wegen seiner Frau.«

12

Sebastian, 1974

»Tantum ergo sacramentum,
veneremur cernui«

Sebastian liebte die Sakramentsgottesdienste. Er hatte den weißen Spitzenrock schon vorletzte Woche aus der Reinigung geholt, hatte Asche, Weihrauch, die große Messing-Schwenkkugel und die langen Streichhölzer in der Sakristei lange vor dem Gottesdienst zurechtgelegt, die Spezialkapitel im Messbuch markiert und das rote, blaue und gelbe Bändchen an den entsprechenden Seiten eingelegt, die große Monstranz mit dem Silbertuch gereinigt, hatte sie immer wieder angehaucht und neu gewienert, bis sie nur so glänzte, hatte die versilberten Viererglöckchen noch einmal poliert und neben die Messdiener-Kniebänke gestellt, die sechs Liednummern in den beiden großen Holztafeln links und rechts vom Altar eingeschoben und kurz vor Gottesdienstbeginn die vier Kerzen am Hauptaltar, die große Jahreskerze neben der kleinen Kanzel und die vier Kerzen auf dem kleinen Hedwigsaltar unter der St. Hedwigsstatue angezündet. Alles war vorbereitet. Pfarrer Humbert hatte ihn gelobt, als er ihm in das Messkleid half. »Sehr gut, Sebastian«, hatte er gesagt, »alles bestens präpariert, das kann ein hauptamtlicher Küster nicht besser.«

Sebastian stand in der ersten Reihe ganz rechts. Der Gottesdienst war gut besucht. Sankt Damian war eine kleine Kirche in Suderhausen, einem Ortsteil vier Kilometer nördlich von Langenheim, eine Filialkirche von Sankt Elisabeth, in der er seit seinem neunten Lebensjahr Messdiener war. Pfarrer Humbert, ein kräftiger Westfale, der im nächsten Jahr seinen 60. Geburtstag feiern würde, versorgte noch eine weitere kleine Gemeinde im Nachbardorf und half auch seinem jüngeren Kollegen Hafner in dessen großer Gemeinde Sankt Elisabeth. Alle Gläubigen hatten sich an diesem Sonntag vor Christi Himmelfahrt erhoben, intonierten das alte festliche Kirchenlied, das immer in lateinischer Sprache gesungen wurde. Jetzt hatten sie bereits die zweite Strophe erreicht. »Genitori genitoque laus et jubilatio«.

Sebastian mochte es sehr. Es hatte schon wegen des Lateins eine besondere Tiefe, dachte er. Übersetzen konnte er es allerdings nicht, oder nur zur Hälfte. Irgendetwas mit Lob und Preis war dabei, »laus« und »jubilatio« kannte er noch. Er hatte Latein nach der elften Klasse abgewählt und war mit viel Glück und etwas Wohlwollen vom alten Hesse mit einer Vier davongekommen.

Doch jetzt dachte er nicht an den Lateinunterricht, sondern gab seiner schon ziemlich gefestigten Bariton-Stimme volle Kraft: »Salus, honor, virtus quoque sit et benedictio«. Er sang gern. Er fühlte sich eingebunden, beschützt vom Geheimnis des Glaubens, das ihn zu tragen schien, das ihm Selbstvertrauen gab. Doch wehe, wenn er jetzt aufhörte zu singen und für sich den Schleier dieser Tiefe ein Stück weit heben, das Geheimnisvolle des Religiösen nüchtern beschauen würde. Wenn er sich plötzlich von oben betrachten würde, als säße er auf dem Schlussstein des neugotischen Gewölbes der schlichten Dorfkirche und würde von dort auf die Gemeinde hinunterblicken, aus der Höhe den Fortgang der Heiligen Messe verfolgen und sich selbst in der ersten Reihe stehen sehen. Er wusste, er müsste zweifeln, würde den Kopf darüber schütteln, dass ein Stück Brot, das hochgehoben wurde und anschließend in dem kleinen gläsernen Hohlraum in der silbernen Monstranz aufbewahrt würde, solch eine Bedeutung haben konnte. Dass die Gläubigen alle vor dieser Monstranz, die er so sorgfältig geputzt hatte, knieten, dass Pfarrer Humbert die Hostie als das Allerheiligste anbetete und alle daran glaubten, Gott sei jetzt unter ihnen. Wie unwirklich das alles war. Wie falsch!

Aber heute verbot er sich, darüber weiter nachzudenken, verbot sich die Reise zum Schlussstein und den nüchternen Blick von oben auf sich und die Gläubigen. Es war gut, dass Pfarrer Humbert ihn mochte und dass er ihm und keinem anderen angetragen hatte, die nächsten vier Monate als Hilfsküster in St. Damian zu arbeiten, das würde ihm monatlich 320 D-Mark einbringen.

Ja, er wusste, dass Pfarrer Humbert sogar versuchen würde, die Stelle bis zu seinem Abitur zu verlängern, das wären dann noch 14 Monate bis Juli 1975, dann hätte er 4480 D-Mark zu den bereits gesparten 1800, die er auf dem Sparbuch hatte. Er kannte all diese Zahlen auswendig. Das müsste für den Anwalt reichen. 6000 D-Mark würde es wohl kosten, ihn in Medizin einzuklagen, hatte Rechtsanwalt Wagner in Hannover gesagt, 6000 D-Mark, und er hatte nicht zu fragen gewagt, ob dies die Mindest- oder die Maximalsumme sei.

Bubi und Werner schellten mit den Viererglöckchen. Sebastian sah erst jetzt, dass alle außer ihm in der Kirche bereits wieder knieten, er drückte sich schnell auf die Kniebank nieder. Pfarrer Humbert schaute nach vorn, den Blick auf das Zentrum der Monstranz gerichtet. Er sprach den lateinischen Text, den Sebastian ihm etwas rechts von der Mitte auf den Altartisch gelegt hatte. Es war der Text mit den Großbuchstaben. Pfarrer Humbert senkte immer mal wieder den Blick kurz nach unten auf die Schrift, nur ganz kurz, kaum merklich für die Gemeinde.

Sebastian hoffte sehr, dass die Hilfsküsterzeit verlängert würde, und er wusste, er würde alles dafür tun. Es war richtig, dass er im letzten Jahr beschlossen hatte, die 12. Klasse zu wiederholen, er würde ein besseres Zeugnis und am Ende des nächsten Schuljahres ein besseres Abitur bekommen, vor allem, wenn Martin ihm weiterhin in Mathe und Französisch half. Und auf Martin war Verlass. Der würde weiterhin mit ihm pauken, auch wenn Martin Zivildienst leistete, dann eben am Wochenende. Furies hielten doch zusammen, hatte Martin gesagt, auf immer.

Wenn er dann das Abitur einigermaßen gut schaffte, würde er nur zwei Semester bis zum Medizin-Studium verlieren, in denen er sich für Biologie in Münster einschreiben würde. Vielleicht gelänge es dem Anwalt ja, dass er schon zum Sommersemester auf Medizin überwechseln konnte. Dann hätte er nur ein einziges Semester verloren. Dazu müsste die Klage allerdings sehr schnell behandelt werden. Schnell und erfolgreich. 6000 D-Mark! Teuer ist dieser Wagner ja, aber er soll einer der Besten sein. Bei BAföG würde Martin den Höchstsatz bekommen, das war klar, erst recht, wenn Vater wegen der Hüfte früher in Rente ginge. In Münster könnte er kostenlos bei Tante Inge wohnen, das hatte sie selbst angeboten, da würde er vom BAföG monatlich was sparen. Aber ob es für den Anwalt und die Gerichtskosten reichte? Sebastian seufzte. Der Mann neben ihm im blauen Sakko drehte den Kopf zu ihm. Der Seufzer war zu laut gewesen.

Sebastian lächelte entschuldigend zurück, aber er wusste, dass es – wie immer bei ihm in solchen Momenten – ein unbeholfenes, verlegenes Lächeln war. Es war nicht richtig, beim Sakramentsgottesdienst in der ersten Reihe zu knien und an BAföG und Rechtsanwalt Wagners Kosten zu denken, während das Allerheiligste ausgestellt wurde, alle anderen Gläubigen ihre Blicke auf die Monstranz richteten, beteten, sich bekreuzigten, die Köpfe senkten und wieder hoben. Er hatte das doch alles schon so oft durchgerechnet.

Jetzt streckte Pfarrer Humbert die Monstranz nach oben und zugleich nach vorn zur Gemeinde hin, und Sebastian sah, dass oben rechts an der Verzierung der Rosette ein Tupfer weißer Politurcreme sichtbar war. Das Weiß stach jetzt sogar ganz deutlich vor dem Silber hervor, nur ein kleiner Tupfer, nicht einmal so groß wie ein Pfennigstück. Pfarrer Humbert wird es bemerkt haben, als er die Oblate in das kleine Fenster in der Mitte der Rosette stellte. Eine Unachtsamkeit, blöd, die ihn aber nicht die Hilfsküsterstelle kosten würde, nein, ganz bestimmt nicht, Pfarrer Humbert würde ihn tadeln, aber mehr nicht.

Bubi und Werner schwenkten die Weihrauchkugel. Sie produzierten viel Rauch. Das Aroma war kräftig, Herr Brockmann, der alte Küster, hatte vor Jahren kiloweise Weihrauch »extra forte« eingekauft, zwei Stäbchen davon hatte Sebastian vor vierzig Minuten in der Sakristei angezündet. Bubi und Werner schwenkten geschickt, sie hatten die meiste Übung darin. Sebastian spürte ein wenig Übelkeit im Magen, aber es war nicht der Weihrauch, es war der Tupfer, den er übersehen hatte. Er hatte doch alles mit dem Staubtuch nachpoliert! Oder kam die Übelkeit doch vom Weihrauch? Bubi hatte gerade heftig ausgeholt und ließ die Weihrauchkugel ordentlich dampfen, er müsste unbedingt den silbernen Deckel wieder tiefer auf das Gefäß ziehen. Hoffentlich würde niemand in der Kirche umkippen, das war schon einmal passiert, vor zwei Jahren in Sankt Elisabeth beim Fronleichnamsgottesdienst, und sie hatten einen Krankenwagen rufen müssen.

Sebastian drehte sich zu den Gläubigen um, die sich jetzt wieder erhoben. In der dritten Reihe entdeckte er Herrn und Frau Urbanski und weiter hinten noch ein paar Gesichter, die er vom Spiegelberg kannte. Nein, noch war niemand umgekippt.

Und wenn das Geld für den Anwalt nicht reichen würde? Vater sagte immer, von seinem Lohn und der Kriegsversehrtenrente könne er nichts sparen, und Mutter brauchte das Geld, das sie im Sommer im Kiosk an der Bushaltestelle verdiente, für den Haushalt. Sagte sie zumindest. Vielleicht sparte sie aber auch für einen Umzug. Sebastian wusste, dass Mutter den Spiegelberg verlassen wollte, vor allem jetzt, wo die netten Friesings weggezogen waren und diese jugoslawische Großfamilie die Vierzimmerwohnung unten rechts gemietet hatte. Es wusste keiner im Haus, wie viele Personen zu dieser Familie gehörten. Außer den zwei Kindern und dem Säugling, der so viel schrie, waren fast immer vier Erwachsene da, manchmal auch noch mehr. Gestern hatten die wieder mal Streit gehabt. Mutter wollte schon die Polizei holen. Mit den Türen wurde geschlagen, die Kinder weinten, die junge Mutter mit ihrem langen schwarzen Haar lief auf die Straße, einer der Männer rannte laut schreiend hinter ihr her, und Mutter meinte, sie habe vom Fenster aus gesehen, wie der Mann der Frau auf offener Straße eine Ohrfeige gegeben hatte. »Auf offener Straße! Ja wo sind wir denn! Sind wir hier bei den Zigeunern gelandet?«, hatte Mutter dreimal wiederholt und sich die Haare gerauft. »Das ist ja nicht zum Aushalten! Mitten in Deutschland!«

Vater hatte nichts gesagt, oder eigentlich nichts, bis auf diesen Satz, den er in solchen Momenten immer sagte: »Der Adolf hat viel falsch gemacht, aber das hat's unter ihm nicht gegeben. Ordnung hatten wir in unserem Land.«

Dabei stand er am Küchenfenster und schüttelte den Kopf. »Das ist doch keine Umgebung für Gabi«, hatte Mutter noch hinzugefügt, »ich werde mich morgen bei der Hausverwaltung beschweren.«

Mutter hat Gabi den schicken roten Mantel von ihrem Kioskgeld gekauft, das wusste Sebastian, aber hier in der Kirche beim Sakramentsgottesdienst sollte er seiner Schwester gegenüber besser nicht missgünstig sein, erst recht nicht jetzt, wo Pfarrer Humbert sich gerade umgedreht hatte und alle Gläubigen segnete: »... des Vaters und des Sohnes und des Heiligen Geistes.«

Sebastian machte das Kreuzzeichen. »Amen«.

Herr Heinemann setzte ohne Vorspiel ein, und die Gemeinde brauchte nur einen halben Takt, bis auch sie anstimmte:

»Großer Gott wir loben Dich,
Herr, wir preisen Deine Stärke!«

Sebastian sang halblaut mit. Während seine Lippen sich zum Liedtext bewegten, formulierte er ein eigenes Gebet. »Lieber Gott, verlängere mir diese Stelle, damit ich eine Chance habe, den Anwalt zu bezahlen und Arzt zu werden. Ich werde allen helfen, die mich brauchen, allen, immer.«

Schon als er die letzten Worte dachte, schämte er sich für diese Kindlichkeit, er war achtzehn, nicht acht. Glaubte er denn wirklich, dass es einen Gott gäbe, der Interesse daran hatte, dass er, gerade er, Sebastian Kühne, ein höchst mittelmäßiger Gymnasiast vom Spiegelberg, Arzt werden würde? Ja, er glaubte es, er wollte es für diesen Moment glauben, und er wollte die Gewissheit dieses Glaubens nicht gleich wieder zerstören. Er stoppte das Denken und sang jetzt laut: »Vor Dir neigt die Erde sich ...«

Eine halbe Stunde später saß Sebastian auf seinem Fahrrad und radelte zurück auf den Spiegelberg. Für die gut fünf Kilometer brauchte er in der Regel 20 Minuten. Er würde etwas zu spät daheim zum Mittagessen erscheinen, denn der Sakramentsgottesdienst dauerte immer länger als die regulären Messen. Er müsste noch alle Kerzen löschen und die Fenster verschließen. Die Kirchentür würde offen bleiben, bis er sie am frühen Abend gegen 18 Uhr zuschließen würde, auch das gehörte zum Hilfsküsterdienst.

Wenn er früher als Kind zu spät nach Hause gekommen war, hatte der Holzlöffel neben Vaters Teller gelegen, und wenn er keine triftige Erklärung vorbringen konnte, hatte er sich rechts vom Vater bücken müssen. Für einen Moment spürte er jetzt sogar ein Ziehen an der Rückseite beider Oberschenkel, wie er es früher gespürt hatte, denn Vater hatte mit dem Holzlöffel gern auf die Oberschenkel gezielt. »Unpünktlichkeit ist ein Charaktermangel«, hatte Vater beim vierten oder fünften Schlag gesagt, dann den Holzlöffel wieder neben seinen Teller gelegt und in Ruhe weitergegessen. Gabi hatte während der Schläge immer still vor sich auf den Teller geschaut und ihr Essen nicht angerührt. Sie selbst hatte nie von Vater Schläge mit dem Holzlöffel bekommen. Nur an ein oder zwei Ohrfeigen konnte sich Sebastian erinnern. Nach seinem sechzehnten Geburtstag hatte Vater den Holzlöffel nicht mehr benutzt, er war plötzlich nicht mehr da.

Um fünf schellte es plötzlich. Sebastian saß im Zimmer von Gabi, die auf ihrem kleinen Schallplattenapparat zum zweiten Mal das neue Album von Pink Floyd abspielte: »The Dark Side of the Moon«. Sebastian sprang ans Fenster, um zu sehen, wer denn an einem Sonntagnachmittag unangemeldet schellte. Vor der Tür stand der hellblaue

VW-Käfer von Pfarrer Humbert. Gabi nahm den Platten-arm von der Schallplatte, plötzlich war Stille im Zimmer. Dann hörte er die tiefe Stimme des Pfarrers.

Mutter hatte die Tür aufgemacht, antwortete gerade »Ja, ja, er ist da« und rief ihn dann. Sebastian war überrascht, Pfarrer Humbert in ihrer Wohnung zu sehen. Er wirkte in der kleinen Wohnung um einiges größer als in der Kirche, trug einen schwarzen Anzug mit dunkelgrauem Hemd, das oben mit dem weißen Kollar abschloss. Mutter bat ihn ins Wohnzimmer, wo Vater vor dem Fernseher saß, den er aber gleich ausmachte, als er den Pfarrer erblickte.

»Sie entschuldigen bitte, dass ich so hereinplatze«, sag-te der Pfarrer, »aber ich fand keine Telefonnummer von Ihnen und ich bräuchte Sebastians Hilfe.«

»Wir haben kein Telefon«, sagte Sebastians Mutter ruhig, »deshalb konnten Sie uns nicht erreichen.«

Mutter lächelte den Pfarrer an. Sebastian ärgerte sich im-mer, wenn er irgendwo zugeben musste, dass sie kein Tele-fon besaßen. Das hätte doch auch Mutter Pfarrer Humbert jetzt nicht gleich erzählen müssen.

»Ich brauche Sebastians Hilfe, Frau Kühne, weil mich eben ein Mann angerufen hat.« Pfarrer Humbert mach-te eine kleine Pause und fuhr sich mit einem weißen Taschentuch über die hohe Stirn, auf der sich ein paar Schweißtropfen gesammelt hatten. »Ich habe den Mann nicht richtig verstanden, Sterkowski oder Stakowski, Sta-kawski, er war sehr aufgeregt, seine Frau verlange dringend die Krankensalbung, wiederholte er mehrfach, er sprach auch von letzter Ölung, sie sei sehr krank, er wohne auf'm Spiegelberg beim Track um die Ecke, sagte er, dann war die Verbindung weg, er hatte von einer Telefonzelle aus an-gerufen, hatte mir gleich gesagt, er habe es vorher schon beim Kollegen Hafner probiert, aber der sei ja nicht da. Da hat der Mann recht, der Wilhelm ist auf Exerzitien. Also habe ich mich fertig gemacht und dachte, vielleicht weiß Sebastian, wo dieser Track wohnt und sucht dort mit mir diesen Sterkowski.« Pfarrer Humbert schaute auf Sebastian, der in den blauen Augen des Pfarrers etwas wie Ergebenheit sah, eine Mischung aus Müdigkeit, Pflichtgefühl und dem Wunsch nach Beistand. Wahrscheinlich hätte er nach diesem anstrengenden Sonntagmorgen mit zwei Messen in Sankt Elisabeth und dem Sakramentsgottesdienst in Sankt Damian einfach gern auf dem Sofa gelegen, dachte Sebastian.

»Nun nehmen Sie erst einmal einen Kaffee, Herr Pfarrer«, erwiderte Mutter und setzte ein sehr einladendes Lächeln auf. »Ich habe ihn erst vor zehn Minuten aufgegossen. Track ist der Kiosk am alten Spiegelberg, Sebastian wird Sie führen und Ihnen gern helfen. Sie tun ja so viel für den Jungen.«

Vater nickte und murmelte etwas wie: »Ja, ja, das tun Sie wirklich, und ihm tut's Arbeiten gut.« Dann murmelte er nicht mehr, sondern sagte deutlich: »Die Jungen heute wissen ja gar nicht mehr, was hartes Arbeiten bedeutet. Ich war mit 15 in der Lehre und drei Jahre später Soldat, Herr Pfarrer. Ostfront! Ich weiß, was es heißt, anzupacken, ich weiß es! '43 hat's mich dann an der Hüfte erwischt. Mir hat man in meiner Jugend nichts geschenkt.«

Pfarrer Humbert nickte, sagte aber nichts. Sebastian kannte diese Sätze seines Vaters und schämte sich für sie.

Zehn Minuten später saßen Sebastian und der Pfarrer im hellblauen VW und fuhren das kurze Stück zu Tracks Kiosk. Der war geschlossen, sodass sie dort niemanden fragen konnten. Aber schon am zweiten Hauseingang, den Sebastian ablief und an dem er die Klingelschilder las, fand er den Namen Starkowski.

»Magst du mitgehen?«, fragte Pfarrer Humbert. Sebastian schaute ihm in die Augen und sah, dass dem Pfarrer unwohl war und er auf seine Begleitung hoffte. »Du kannst mir bei der Salbung helfen, du willst ja später Arzt werden.«

Pfarrer Humbert nahm einen kleinen schwarzen Koffer von der Rückbank. Sebastian wusste, dass darin die Utensilien für Salbung und Ölung aufbewahrt wurden. Sie schellten. Es war eines der ältesten Häuser des Spiegelbergs mit vier Stockwerken und einer altmodischen schwarzen Holztür, an der bereits die Farbe abgeblättert war. Als sich die Tür öffnete, rief eine Männerstimme von oben: »Dritter Stock!« Die Wohnungstür war halb geöffnet, ein gut siebzigjähriger Mann stand darin und winkte sie herein.

Ein seltsamer Geruch drang aus der Wohnung und ein Wimmern kam aus der Tiefe des Flurs. Die Wohnungstür ließ sich gar nicht weiter öffnen, es standen Kisten im Flur, leere Waschmittelkartons, in denen Bier- und Schnapsflaschen standen, jede Menge BILD-Zeitungen waren aufgestapelt, die zum Teil braune Ränder hatten und offenbar sehr alt waren, daneben zwei Bierträger voll leerer Flaschen. In einem Karton waren alte Zucker- und Mehltüten gefaltet, ebenso Einschlagpapier von Margarine, übereinandergestapelt, das goldene Rama-Papier mit der alten blauen Fliese darauf, hier und da klebten noch uralte Margarine-Reste daran und alles stank.

»Gut, gut«, murmelte der alte Mann und sagte etwas von schwer krank und ganz schwer krank. Er trug eine schwarze Cordhose, die unten ausgefranst war, das bunt karierte Flanellhemd hatte vorne Flecken und hing über der Hose. Er hatte den kalten Stummel eines Zigarillos im Mund, auf dem er herumkaute. Jetzt drehte er sich um und schlürfte voran ins Schlafzimmer. Es war nur ein schmaler Pfad im

Flur frei, sodass sie hintereinander gehen mussten. Auch die Tür zum Schlafzimmer war blockiert, weil gleich dahinter ein Korb stand voller Unterwäsche, verschmutzter Unterwäsche wie Sebastian schnell sah. Das Wimmern wurde stärker, wich einem Stöhnen und Seufzen. Im rechten Teil des Ehebettes lag Frau Starkowski. Sie trug ein hellgrünes Nachthemd mit breiten weißen Streifen, in denen sich zarte rosa Blüten, kleine Röschen, hinaufwanden.

»Danke, Herr Pfarrer, dass sie kommen«, sagte sie langsam und sehr leise, dann stöhnte sie wieder laut. Sie hielt die Hand des Pfarrers in ihrer Rechten. Ihr graues Haar lag wirr über ihrer Stirn, es war fettig und lang. Das Oberbett hatte sie bis zum Brustansatz hochgezogen, es war schmutzig, voller alter Schweißränder und zahlreicher Flecken, es müsste dringend gewechselt werden. Der Geruch im Zimmer war bitter, als habe Frau Starkowski sich erst vor Kurzem übergeben müssen. Sebastian spürte Brechreiz vom Magen her aufsteigen. Pfarrer Humbert schaute zum Fenster, das nicht geöffnet war. Sebastian sah den Blick des Pfarrers, der den Weg zum Fenster taxierte, gute zweieinhalb Meter vielleicht, vollgestellt mit zwei alten Stühlen, auf denen Kleidungsstücke lagen. »Gut, dass Sie da sind«, murmelte Frau Starkowski, »salben Sie mich«, fuhr sie langsam fort, »und beten Sie mit mir, mir geht's so schlecht.«

Pfarrer Humbert gab Sebastian mit dem Kopf ein Zeichen, woraufhin Sebastian versuchte, an den Stühlen vorbei zum Fenster zu gelangen, aber schon kreischte Frau Starkowski auf. »Nein, kein Fenster öffnen, es zieht, es zieht!«

Der Pfarrer suchte nach einem Stuhl oder Hocker, den er an das Bett schieben könnte, aber es gab keine Sitzgelegenheit, die nicht längst mit Kleidung, Illustrierten, Schuhen und Medikamentendöschen belegt war. Vor dem Bett lagen drei Handtücher, die Pfarrer Humbert mit dem Fuß zur Seite schob, dann setzte er sich aufs Bett. Es knarzte unter seinem Gewicht. Sebastian öffnete den schwarzen Koffer, blieb aber stehen. Worauf sollte er sich auch setzen?

»Frau Starkowski«, begann Pfarrer Humbert, »wann war das letzte Mal ein Arzt bei Ihnen? Sind Sie in Behandlung?«

»Weiß nicht, vielleicht letzte Woche«, antwortete Frau Starkowski. Ihr Gesicht war blass, die Augen schienen kraftlos, die Lippen waren schmal. Auf dem Nachttisch stand ein Glas mit Wasser, in dem ihr Gebiss schwamm. Pfarrer Humbert blieb hartnäckig, fragte, wie ein Arzt fragt, nach ihren Schmerzen, nach den Symptomen, nach Krankenhausaufenthalten, ließ den Mann kommen, fragte ihn und erfuhr, dass seit mehr als zwei Wochen kein Arzt mehr die Wohnung betreten hatte, dass die Frau seit Langem schwere Magenprobleme hatte, wahrscheinlich Magenkrebs, sagte der Mann, »da kann man eh nichts machen.«

Am Ende salbte der Pfarrer Frau Starkowski, betete gemeinsam mit ihr und Sebastian ein Vaterunser, sprach einen Psalm im Wechsel mit Sebastian und kündigte an, dass er einen Arzt schicken und das Krankenhaus benachrichtigen würde. Frau Starkowski müsse dringend aus dieser Wohnung heraus, sagte er zu dem Mann gewandt, sie müsse unbedingt in ein sauberes Krankenzimmer und dort ärztlich behandelt werden.

»Das geht nicht«, wiederholte der Mann.

Pfarrer Humbert stand auf. »Das geht!«, sagte er und setzte hinzu: »Kann ich mir mal die Hände waschen?«

Der Mann führte ihn durch das Gerümpel zu einer schmalen Tür im Flur. Als der Pfarrer sie öffnete, waberte ein unbestimmbarer, beißender Geruch durch die

Wohnung. Sebastian lugte hinein, wieder meldete sich der Brechreiz. Essensreste in Töpfen ohne Deckel, ein verschimmeltes Brot, zwei Kübel, in denen Wäsche in kalter alter Lauge lag, überall Reste von Zigaretten, ein schmaler Gang nur führte zur Toilettenschüssel, die verdreckt war. Alles stank.

Pfarrer Humbert schob Handtücher, Hausschuhe und einen Aschenbecher, der auf dem Boden stand und von Zigaretten- und Zigarillo-Resten nur so überquoll, zur Seite und erreichte das Waschbecken, wo er seine Hände vom Rest der Salbe und des Öls befreite.

Sebastian schluckte, der Brechreiz war heftig. Er merkte jetzt, dass er es nicht schaffen würde, griff den schwarzen Koffer, raste zur Tür und die Treppen hinunter. Er hatte die Haustür gerade noch erreicht, sie geöffnet, den Koffer auf dem Boden abgesetzt, da musste er sich auf dem kleinen Rasenstück zwischen Haus und Straße übergeben. Er ging in die Knie, der Reiz war heftig, und es war nicht mehr viel in seinem Magen. Schnell kam gelber Schleim. Schweiß trat auf seine Stirn. Mittlerweile war auch Pfarrer Humbert heruntergekommen, stand jetzt hinter Sebastian, legte ihm die Hand auf die Schulter und sagte nur: »Wie Menschen so verkommen können.«

Langsam entspannte sich Sebastian, richtete sich wieder auf. Pfarrer Humbert reichte ihm ein Tempo-Taschentuch, mit dem sich Sebastian über Lippen und Mund fuhr. »Ich fahr dich jetzt schnell nach Hause und ruf dann vom Pfarrhaus das Marien-Krankenhaus an. Die Frau gehört sofort in die Klinik.«

Als Sebastian wieder zu Hause war, ging er gleich in sein Zimmer. Er hatte Mutter kurz zugerufen, dass ihm übel geworden sei und er sich ein wenig hinlegen wolle. Als er auf seinem Bett lag, wusste er schon, dass es nicht nur der beißende, schreckliche Geruch in der Wohnung der Starkowskis gewesen war, der ihn sich hatte übergeben lassen. Er sah Walter vor sich und dessen Bruder Hartmut, deren Vater, das Wohnzimmer, die ganze Wohnung im alten Spiegelberg, in die er vor fünf oder sechs Jahren gekommen war. Pfarrer Hafner hatte ihn nach der Messdienerstunde gebeten, zu Walter Moritzke zu fahren und ihn oder seine Eltern zu fragen, warum Walter schon wieder nicht in die Stunde gekommen sei.

Sebastian war der Bitte noch am selben Tag nachgekommen, war nach dem Messdienertreffen um kurz vor sieben zu Walter geradelt, Spiegelberg Nummer 10, hatte geschellt, war die Treppe hochgestiegen und in die Wohnung getreten, deren Tür offenstand. Im dunklen Flur waren an der Längswand lediglich zwei große Haken angebracht mit einem kleinen Spiegel dazwischen. Es war niemand zu sehen. Aus dem Wohnzimmer, dessen Tür verschlossen war, drangen laut die Stimmen der abendlichen Sendung im Fernsehen.

Er rief: »Walter! Walter?« Da öffnete sich die Tür des Kinderzimmers. Walter steckte den Kopf heraus, sein jüngerer Bruder, schon im Schlafanzug, folgte ihm vorsichtig mit ängstlichen, großen Augen. Walter drehte das Licht an. Eine Glühbirne hing von der Decke und gab mattes Licht.

»Ach du bist's, Sebi«, sagte Walter und seine Stimme hatte traurig geklungen. Jetzt sah Sebastian, dass Walter ein dickes blaues Auge hatte und ein roter Striemen über seine rechte Wange ging, die geschwollen war.

»Du warst nicht in der Messdienerstunde. Ich soll fragen, was mit dir los ist.«

»Nichts ist los, ich bin … ich bin gefallen. Siehst du ja.«

Sebastian wusste nicht, was er als Nächstes sagen sollte. Da ging die Tür des Wohnzimmers auf, Walters Mutter kam heraus, schaute auf ihn, tastete ihn geradezu mit den Augen ab, was Sebastian sehr unangenehm war. Er war mit seinen zwölf, fast dreizehn Jahren schon nahezu so groß wie sie.

»Wen haben wir denn da?«, fragte sie laut, und Sebastian hörte sofort an ihrer Stimme, dass sie Alkohol getrunken hatte. Jetzt roch er ihn auch, diesen typischen Biergeruch. Walters Mutter lachte. »Walli hat Besuch«, rief sie über ihre Schulter ins Wohnzimmer hinein. Sebastian sah, dass die Vorhänge im Wohnzimmer vorgezogen waren, sodass es dunkel im Raum war, nur der Fernseher gab Licht.

»Ich wollte nur fragen, warum Walter nicht in der Messdienerstunde war.«

»Messdienerstunde«, lachte die Frau. Und wieder drehte sie ihren Kopf in Richtung des Zimmers. »Messdienerstunde«, wiederholte sie, und die vielen Silben des langen Wortes ließen sie mehrfach stocken. »Hier ist doch wahrhaftig son fescher Popenjunge, der unsern Walli zu den Messdienern holen will, zu den Sternsingern!« Sie rülpste, drehte sich zu Sebastian, schaute ihm tief in die Augen. »Da sauft ihr doch alle Messwein, der Pope und du und die andern. Und ich möchte nicht wissen«, sie rülpste noch einmal, »was ihr dann sonst noch alles so macht!« Sie lachte laut. »Kannst mich ja mal mitnehmen.«

Betrunkene Frauen hatte Sebastian bisher nur auf dem Langenheimer Schützenfest erlebt, aus der Ferne, wie sie torkelten oder laut sprachen. Aber jetzt stand eine vor ihm. Was sollte er sagen? Walters Vater schlurfte heran, Sebastian sah zunächst nur einen Schatten, der das Licht des Fernsehers verdeckte. Walters Vater hatte eine Flasche umgeworfen, die lange und laut über den Boden rollte. Jetzt stand er vor ihm, ein großer Mann, unrasiert, im Bademantel, der nicht ganz geschlossen war, sodass Sebastian weiße Unterwäsche sah. Er war sich nicht sicher, wohin er gucken sollte.

Der Mann stellte sich sehr dicht vor ihn. Auch er roch nach Bier. »Ich will dir mal was sagen, Kleiner! Wir machen hier 'ne Party, nur die Hilde und ich, seit zweieinhalb Tagen Party, und wir lassen uns dabei nicht stören, bestimmt nicht von 'nem Popenjungen.« Er schluckte und wippte dabei ein wenig vor und zurück. »Die wollen mich nicht mehr auf der Lampenbude und haben mir was gezahlt, damit ich schneller gehe.« Er wippte wieder. »Bezahlt ham'se mir«, schrie er jetzt, »bezahlt ham'se, damit ich gehe! Das lass ich mir doch nicht zweimal sagen, ich doch nicht, Kleiner, und das feiern wir jetzt! Da muss die Hilde gefälligst auch mal tagsüber ihre Beine …!«

»Heinrich, halt deine Schnauze!«, schallte es aus der Mitte des Zimmers. »Wir sind anständige Leute, ganz anständige!«

Der Mann drehte sich um. Sebastian sah ins Wohnzimmer hinein, wo Walters Mutter wieder auf der Couch Platz genommen hatte. Sie lag mehr auf der Couch, als dass sie saß, und zündete sich im Liegen eine Zigarette an. Sebastians Augen hatten sich an die Dunkelheit des Zimmers gewöhnt, er konnte erkennen, dass die Couch dunkelgrün bespannt, der Stoff aber an vielen Stellen verblichen war und räudig aufschien. Auf einem kleinen niedrigen Tisch stand eine Flasche Doppelkorn, Kiskers Alter Opa, der lokale Schnaps, den kannte er, weil auch Vater manchmal Kiskers Alten Opa trank, und vier oder fünf Flaschen Bier, einige noch halbvoll.

Was Sebastian jedoch am meisten auffiel, war die Kargheit des Zimmers. Der Fernseher stand auf einem wackligen kleinen Tisch mit dünnen Beinen in der Ecke, es gab noch einen alten Sessel neben der Couch, dann den niedrigen schwarzen Holztisch mit den Flaschen darauf und einen altmodischen schwarzen Schrank an der Längswand mit einem Vitrinenteil in der Mitte, dem das Glas fehlte und dessen Böden mit Ausnahme von zwei oder drei Schnapsgläsern, die auf ihnen standen, leer waren. Es hing kein Bild an der Wand.

»Da schmeißen die mich raus und geben mir noch Geld dafür. Aber die kennen mich nicht, Popenjunge, die kennen Heinrich Moritzke nicht. Ich habe schon Härteres hinter mir. Ich schon, mein Alter hat's mir ordentlich gezeigt! Hart wie Kruppstahl! Ich hab ihn nicht enttäuscht!« Er griff zum Bier, nahm einen Schluck, rülpste. »Härter als so'n Popenjunge wie du! Ich kann einstecken«, er machte eine Pause, »und ich kann austeilen! Das hab ich schon 44 gezeigt, als ganz junger Kerl, Verteidigung des Vaterlandes, Popenjunge, aber da habt ihr ja alle keine Ahnung, keine Ahnung!« Die letzten Worte lallte er mehr, als dass er sie sprach, wandte sich jetzt endlich um, drehte dann aber doch noch einmal seinen Kopf zu ihm hin.

»Tuste mal 'ne Fluppe?«, fragte er, fuhr dann aber gleich fort, »biste wohl noch zu jung, wa?« Er ließ sich neben seiner Frau auf das Sofa fallen. Der Bademantel öffnete sich dabei ganz und gab den Blick frei auf die Unterhose, die einen hässlichen gelben Fleck hatte. Sebastian schaute schnell hoch.

»Ich geh dann wieder«, stammelte er.

»Mach die Tür zu, Popenjunge, und verpiss dich! Wir feiern! Feiern weiter!«

Sebastian schloss die Tür. Walter gab ihm ein Zeichen, dass er zu ihm ins Kinderzimmer kommen solle. Ein Hoch- und ein Einzelbett standen darin, dazu ein Kleiderschrank, an dessen Tür ein Poster geklebt war, ein Segelschiff in voller Fahrt. Der kleine Bruder im Schlafanzug spielte mit Autoquartett-Karten auf dem Boden. Auch hier gab es keinen Teppich und mit Ausnahme des Segelboot-Posters keine Bilder an den Wänden, die mit einer alten teilweise verblichenen Kinderzimmertapete tapeziert waren, auf der kleine, in zarten Farben gezeichnete Vögel flogen. Walter setzte sich auf das Einzelbett, Sebastian blieb vor ihm stehen.

»Papa hat seine Stelle verloren. Vorgestern kam er um sechs nach Hause, hatte schon getankt, Mama war noch putzen. Irgendwas habe ich falsch gemacht. Da ist er ausgerastet.« Er machte eine Pause. »Ich konnte nicht zur Schule. Ging nicht. Mein Auge, es war alles blau, alles dicht. Dann hat er gestern Nachmittag noch mal nachgelegt, weil kein Schnaps da war, mit dem Gürtel.« Wieder eine Pause, Sebastian wusste nicht, was er sagen sollte, schaute Walter voll in die Augen. »Meinst du, dass ich morgen wieder zur Schule gehen kann?« Walter zeigte auf sein Auge, dann auf seine Wange mit dem dicken Striemen.

»Weiß nicht, Walter, tut's noch sehr weh?«

»Geht so, aber die andern werden auf mich gucken und vielleicht schickt mich die Kruse zum Arzt. Was soll ich dem denn sagen? Turnen kann ich auf keinen Fall.« Walter drehte sich zur Seite und zog sein Hemd hoch. Der Rücken war voll roter Striemen, an einigen Stellen war erster Schorf zu sehen, zwei Pflaster bedeckten Wunden an der rechten Rückenseite.

»Das war die Gürtelschnalle. Wenn die das sehen, schicken die mich zum Arzt. Und dann?« Walter drehte den Kopf zur Seite. »Wenigstens hat er Hartmut nichts getan.«

Sebastian fühlte sich hilflos. Er hatte einen Kloß im Magen und einen im Hals. Ihm fiel nichts ein. Was könnte er tun? Was könnte er sagen? Er würde Pfarrer Hafner berichten, ja, auf jeden Fall, das war eine gute Idee, Hafner müsste die Schule benachrichtigen, müsste sagen, dass Walter fehlt, weil er verletzt ist. Dass Walters Vater ihn so schlägt, dass er nicht zur Schule kommen kann, dass er ihn zurichtet mit einem Gürtel, mit der Schnalle.

»Ich hasse meinen Vater«, sagte Walter nach einer Weile. »Seit zwei Tagen machen die beiden nix, einfach nix, sitzen im Wohnzimmer, saufen, hören Radio, gucken fern, grölen, dann sind sie wieder still, wir dürfen absolut nicht reinkommen. Ich weiß nicht, warum Mama das mitmacht. Sie muss doch putzen, aber sie geht einfach nicht hin!« Wieder drehte er sich zur Seite, Sebastian hörte, dass Walter weinte. Er setzte sich zu ihm auf das Bett und legte seinen Arm um ihn.

»Soll ich Pfarrer Hafner davon erzählen? Vielleicht kann er mit deinen Eltern sprechen?«

Walter lachte kurz auf. »Das glaubst du doch nicht im Ernst, dass die sich vom Hafner was sagen lassen. Ne, Sebi, bitte nicht mit Hafner, bloß nicht, da geht nichts.« Eine Zeit lang waren beide still, während Hartmut, der kleine Bruder, laute Motorengeräusche machte und zwei Autokarten aufeinander zusteuerte. »Ich werde nicht mehr dienen, Sebi, das hat alles keinen Sinn, ich war schon seit Wochen nicht mehr dabei, ich komm nicht mehr zur Messdienerstunde, du kannst mich abmelden.«

Wieder eine Pause. Die beiden Autokarten waren zusammengestoßen. Hartmut hatte die Bremsen ordentlich kreischen lassen und ließ jetzt mit tatütata den Krankenwagen kommen. »Die beiden müssen morgen wieder normal sein.« Walters Stimme klang hoch, klang verzweifelt. »Ich habe noch drei Mark, von gestern aus Mamas Portemonnaie. Davon muss ich morgen früh neues Brot kaufen und Milch.« Seine Stimme wurde wieder ruhiger, ganz leise fügte er hinzu, »wenn wenigstens Mama morgen wieder fit ist. Hartmut muss doch 'n Brot haben für die Schule, und auch sonst.«

Sebastian hatte vier Mark im Portemonnaie, sein Taschengeld für zwei Wochen, und ein paar Groschen. Er überlegte, ob er es Walter geben sollte. Walter schaute schweigend auf den Boden, auf die Autokarten von Hartmut. Er würde es bestimmt nie zurückbekommen, dachte Sebastian, es wäre weg für immer. Er hatte auch noch nie einem anderen Geld gegeben, wusste gar nicht, wie er das machen sollte, ohne dass es komisch wirkte. Er stand vom Bett auf. Eine Hand fuhr in die Hosentasche, in der er das Portemonnaie hatte. Sollte er?

Plötzlich aber konnte er nicht mehr. Der Kloß klumpte sich in seinem Magen zusammen, er konnte Walters Gesicht mit dem Bluterguss über dem rechten Auge und der geschwollenen Wange nicht mehr ertragen. Er hörte die lauten Stimmen aus dem Wohnzimmer, das Gedröhne des Vaters, untermalt von Hartmuts tatütata. Er roch wieder überall Bier, stand jetzt vor Walter, der gleichfalls vom Bett aufgestanden war, nahm die Hand aus der Tasche, reichte sie ihm ohne nachzudenken, sagte schnell »Tschüss« und »bis bald« und raste schon durch den kurzen Flur zur Wohnungstür.

Als er unten angekommen war, bückte er sich, würgte, aber es kam dann doch nichts. Auf dem Fahrrad spürte er sein Herz schlagen. Laute, kräftige Schläge. Er atmete mehrmals tief ein und aus. Der Kloß im Magen wich. Er erinnerte sich, er war an diesem Abend sehr langsam nach Hause geradelt.

All das war plötzlich wieder da. Er hatte damals versagt. Vier Mark! Er verschränkte die Hände hinter seinem Kopf auf dem Kopfkissen. Mutter kam herein, brachte ihm heißen Kamillentee ans Bett, sagte nur: »Wirst sehen, das hilft!« Mutter fragte nicht weiter. Sie behandelte ihn seit einiger Zeit wie einen Erwachsenen. Er hatte Walter noch zwei oder drei Mal gesehen, nicht mehr in der Messdienerstunde, sondern auf dem Fahrrad. Sie hatten sich zugenickt, mehr nicht.

Er hatte Pfarrer Hafner gleich am nächsten Tag von dem Besuch bei Walter erzählt. Der Pfarrer hatte nur mit den Schultern gezuckt. »Wir haben genug Ministranten«, hatte er gesagt, »da ist's um den Walter nicht schade.«

Als Sebastian nachhakte und dem Pfarrer von den Wunden erzählte, murmelte er, da könne er auch nicht helfen, solche Schläge hätten schon Schwächere als Walter überlebt. Dann hatten sie nie wieder darüber gesprochen.

Sebastian war sich sicher, dass Pfarrer Humbert anders als Pfarrer Hafner handeln und bestimmt dafür sorgen würde, dass die alte Frau von heute Nachmittag im Marien-Krankenhaus behandelt würde. Pfarrer Humbert würde da nicht lockerlassen.

Seltsam, dachte Sebastian, wenn man alle Türen der Wohnungen auf dem Spiegelberg öffnen könnte, was man da wohl erleben würde?

13

Nina, 1964

Nina humpelt. Eigentlich tut ihr Fuß gar nicht mehr weh, aber sie hat nun einmal überhaupt keine Lust auf diesen Gang durch die Stadt. Papa rennt viel zu schnell, will unbedingt noch zu Zigarren-Pütt, weil er doch morgen schon um fünf bei den Frühzügen eingeteilt ist und so früh noch kein Laden geöffnet hat. »Will nicht mehr, will nach Hause, mein Fuß!«

Er zieht sie hart zu sich heran, dabei hat sie sich wirklich den Fuß verstaucht, eben als sie die Bordsteinkante übersehen hat vor Salamander-Zahn. Sie hat nur auf den Lurchi im Schaufenster geguckt, gelb-schwarz gestreift, na ja, verstaucht ist der Fuß wohl nicht, aber es hat wehgetan, sehr wehgetan, und Papa ist einfach weitergegangen.

»Komm, wir ham keine Zeit«, hat er nur gesagt und geschimpft, »wir wollen doch den 6-Uhr-Bus kriegen!« Dann hat er wieder geschimpft und sie eine lahme Kröte genannt.

Papa ist nervös, und sie weiß, das bedeutet nichts Gutes. Sie ist allein mit ihm in der Stadt, weil Mama bei Frau Schneider ist. Das rote Kleid zwickt hinten im Rücken, das hat Mama falsch genäht, viel zu eng, da wo der Reißverschluss ansetzt. »Stell dich nicht so an«, hat Mama zu ihr gesagt, »ich hätte mal so ein schönes rotes Kleid von meiner Mutter kriegen sollen, ich hätte nicht gemeckert.« Mama sagt immer sowas. Aber es ist doch einfach zu eng. Schnürt sie ein.

Jetzt zieht Papa sie schon wieder. Sie kann aber nicht so schnell laufen wie er. Marschieren nennt Papa das. Sie sind gerade bis Eis-Campo gekommen, es ist noch ziemlich weit bis zum Zigarrenladen.

»Kann ich ein Eis haben, Papa? Nur ein kleines.«

»Soweit kommt's noch! Versaust mir den ganzen Tag mit deine Rumkriecherei, quängeln tuste, und jetzt willste 'n Eis!« Er reißt ihren Arm hoch, zieht sie dicht an sich. Das tut weh. Ihr linker Arm schmerzt. Sie muss weinen.

»Verwöhntes Blag! Jetzt flennste auch noch! Biste fast neun und heulst auf der Straße!« Vater stampft einmal kurz mit dem rechten Bein auf und tritt dabei auf Ninas linke Sandale. Sie kreischt laut auf.

»Das hasse nun davon, wenn de flennst und nich aufpasst!«

Die Frau vor ihnen mit dem Kinderwagen dreht sich um. Sie hat die Augen weit aufgerissen. Papa schaut sie hart an, mit diesem Blick, den Nina kennt, die Augen wie Pfeile auf den Betrachter gerichtet. »Mein Stahlblick« nennt Vater das, und wenn er gut gelaunt ist, lachen er, Mama, Bruno und sie darüber. Aber wenn Vater schlecht gelaunt ist, bedeutet dieser Blick nichts Gutes. »Diesen Blick haben alle gefürchtet«, sagt Papa dann, »alle, immer.«

Die Frau wendet sich schnell ab, schüttelt sich ein wenig und schiebt ihren Kinderwagen weiter. Nina weint, schluchzt noch ein-, zweimal laut auf, während Papa mit großen Schritten weitergeht. Der linke Fuß schmerzt. Wenn Papa schlechte Laune hat, sagt Mama nur: »Papa ist nervös.« Das passiert manchmal vier Wochen lang gar nicht, dann zweimal in einer Woche. Dann bleiben Bruno und sie in ihrem Zimmer, spielen ganz leise, machen Hausaufgaben oder lesen. Manchmal wagen sie es nicht einmal, zur Toilette zu gehen.

»Papa ist nervös, wir müssen ihn schonen.« Wenn Mama das sagt, wird sich Papa schon ganz bald über irgendetwas Winziges aufregen und losbrüllen, weil vielleicht gerade keine Streichhölzer im Wohnzimmer liegen oder weil Mutter das Fenster gekippt hat und Fliegen ins Zimmer gekommen sind oder weil Peter, der kleine Sohn der Nachbarin, zu weinen beginnt.

Als sie letzten Februar Brunos Geburtstag feierten, haben sie abends zu viert »Mensch ärgere dich nicht« gespielt. Papa war nervös geworden, Bruno führte. Da hat Papa ihn angeschrien, er habe gemogelt. Aber Bruno hatte gar nicht gemogelt, er hat nur Glück gehabt. Papa stand vom Tisch auf, war ganz rot im Gesicht, hat wieder geschrien, seine Kinder seien einfach alle nicht ehrlich, alle wollten ihn nur reinlegen, sogar seine eigene Frau, und dann hat er das Spielbrett gegriffen, die Kegel auf den Boden geschleudert, die große Ofenklappe geöffnet und das Brett verbrannt.

Während Nina jetzt auf der Langen Straße versucht, mit Vater Schritt zu halten, sieht sie wieder die geöffnete Ofenklappe, die rotglühenden Briketts, über die Papa das Spielbrett schiebt, das sogleich Feuer fängt.

»Ich kann nicht mehr laufen, Papa, der Fuß tut weh, ich will nicht, ich bleibe hier!« Sie versteift ihre Beine und bringt ihren Papa tatsächlich kurz zum Stehen. Der schaut von oben auf sie herab und läuft rot an. Noch bleibt er ruhig.

Bruno und sie haben Mutter mal gefragt, warum Vater manchmal so wütend ist. Bruno hat geglaubt, es käme von Papas Arbeit bei der Bahn, von den vollen Zügen, wo Papa die Fahrkarten kontrolliert und dafür sorgt, dass alles ordentlich abläuft, jeder einen Fahrschein hat und keiner falsch aussteigt. Aber Mama hat gesagt: »Das kommt vom Krieg, das versteht ihr nicht.« Sie haben nicht mehr gefragt.

»Du bist ja von aller Welt verlassen! Tuste endlich, Nina, was ich dir sag', gehorche und hör' auf mit dem Flennen!« Vaters Stimme ist laut geworden, ein paar Passanten drehen sich flüchtig zu ihnen um. Vater senkt die Stimme: »Hasse doch gar keinen Grund für die Flennerei!«

Sie gehen mühsam ein paar Schritte. Da stoppt Vater plötzlich und grüßt. Er grüßt ganz komisch, denkt Nina, er hat die Füße dicht nebeneinandergestellt und sich dabei gerade aufgerichtet.

»Na, sind Sie mit Ihrer Kleinen unterwegs, Renker?«

Der Mann gegenüber Papa schaut zu ihr herunter. Er hat volle blonde Haare und einen Schnurrbart.

»Ja, ja, Herr Wiechmann, kleine Stadtrunde am Abend.« Ein heftiger Ruck fährt durch Ninas linken Arm. »Gib dem Herrn Bahnhofsvorsteher die Hand, Regina.«

Nina streckt ihre rechte Hand aus.

»Na, sie weint ja, was hat sie denn?«

»Regina ist müde und hat sich am Fuß wehgetan.«

»So so, na dann noch einen schönen Tag.«

Der Mann geht weiter. In die andere Richtung. Papa nimmt den Schritt wieder auf. »Warum musse auch flennen, gerade wenn der Wiechmann kommt. Wie steh' ich denn da, mit 'nem Blag, das auf der Straße heult!«

Nina schluchzt erneut. Sie sieht, dass Papas Gesicht rot geworden ist.

»Blöde Kuh, komm, weiter! Blamierst mich auf offener Straße!«

Nina bleibt stehen. Sie ist keine blöde Kuh. Ihr tut der Fuß weh und sie ist müde. Nina rührt sich einfach nicht. Steht da und weint vor dem Eingang zum Hotel Köppelmann.

»Wenn de nicht sofort aufhörst zu flennen und mitkommst, kriegste heute eine Tracht Prügel, wie du sonne noch nie bekommen hast.« Er schiebt Nina ein Stück zur Seite, will sie weg vom Hoteleingang drücken, aber Nina bleibt einfach stehen, bis Papa sie am Becken ein paar Zentimeter anhebt und vor die Mauer des Hotels schiebt. Vaters Hände haben sie links und rechts gepackt, sie spürt seine Kraft und seine Wut an ihren Seiten. Der Griff hat wehgetan. Jetzt steht sie vor der Mauer und kann gar nicht sprechen. »Den 6-Uhr-Bus krieg'n wa schon nich' mehr. Nur wegen dir! Komm jetzt!«

Aber Nina kann nicht mehr gehen. Kann nicht mehr sprechen. Nur noch weinen.

»Was glaubste eigentlich, wer du bist, Nina? Glaubste wirklich, dass du nichts tun musst, dass du einfach rumstehen kannst und flennst, dass ich aber immer für dich springe, immer auf dein Kommando da bin, für dich? Glaubst du das wirklich?« Papa hat sich zu ihr heruntergebeugt, sein großes, rot angelaufenes Gesicht befindet sich nur wenige Zentimeter vor ihrem Kopf, Vaters grünbraune Augen, die breite Nase, deren Flügel leicht beben, die schwarzen, kurzen Barthärchen, die wie Speerspitzen aus den Poren herauswachsen, all das ist so beängstigend nah.

Jetzt legt Papa seine riesigen Hände auf ihre Schultern und beginnt sie zu schütteln, während sie schluchzt, den Kopf senkt und auf Vaters schwarze Schuhe schaut. »Ich hab dir schon mal gesagt, mit mir kannste so was nicht machen, mit mir nicht, steh auf eigene Füße, glaub' nicht, dass ich mich für dich einsetze, ich nicht, für dich nicht, du bist mir so was von egal.« Das Schütteln hört auf. Papas Stimme wird leise, schneidend. »Von mir aus kannste sogar hier bleiben. Allein. Ich gehe.«

Nina hebt den Kopf. Papa schaut sie an. Der Stahlblick. Sie nimmt beide Hände hoch, ballt sie zu kleinen Fäusten und bedeckt damit die Augen. Papa gibt ihr einen Stoß mit den Händen, die noch immer auf ihren Schultern liegen. Nina macht einen Schritt, um den Stoß abzufangen.

»Meinste wirklich, Nina, du könntest mir was vormachen, du könntest hier den Chef machen mit deiner Heulerei? Ich sag's noch mal, du kannst hier bleiben und dich ausflennen, ich gehe!« Papa hebt seine Hände von ihren Schultern.

Sie meint, Schritte zu hören. Dann nimmt sie ihre kleinen Fäuste von den Augen, schaut nach links und nach rechts. Papa ist wirklich nicht mehr da. Viele Menschen gehen vor ihr den Bürgersteig entlang, keiner nimmt Notiz von ihr. Hinter den Menschen auf dem Bürgersteig fahren die Autos auf der Langen Straße, hupen, bremsen, fahren wieder an.

Nina hört auf zu weinen. Doch sie kann Papa nirgendwo entdecken. Sie macht ein paar Schritte, läuft langsam in der Mitte des Weges in Richtung Marktplatz. Papa ist nirgendwo zu sehen. Sie schaut über die Straße hinweg auf den Bürgersteig auf der anderen Seite. Ihren groß gewachsenen, stattlichen Vater würde sie doch gleich erkennen, aber er ist nirgendwo.

Sie wird den Weg zu Zigarren-Pütt alleine finden, das weiß sie. Aber vielleicht ist Papa gar nicht mehr da? Was wird sie dann Frau Pütt sagen? Sie ist noch nie allein in der Stadt gewesen. Immer nur mit Mama. Und sie hat gar kein Geld dabei. Keine dreißig Pfennige für die Kinderfahrkarte zum Spiegelberg. Wie soll sie den Bus nehmen ohne Geld? Jetzt fängt sie an zu weinen. Von der Marienkirche kommen erst vier, dann sechs schwere Schläge, die lange ausklingen. Ninas Weinen nimmt zu. Der 6-Uhr-Bus.

Sie weiß den Weg zu den Bushaltestellen am Marktplatz. Dort müsste sie auf Papa warten, er wird sicher auch den Bus von dort nehmen, aber wenn nicht, wenn er woanders einsteigt? Jetzt wird ihr ganz schlecht. Sie bleibt vor einem Schaufenster stehen, in dem Damen- und Herrenhüte ausgestellt sind. Alles ist so anders, wenn sie mit Mama in der Stadt ist. Dann gehen sie zwar immer schnell von einem

Geschäft zum nächsten, aber Mama nimmt sie stets an die Hand oder hält sie sonstwie ganz nah bei sich. Jetzt ist alles so fern, fast unwirklich. Sie ist allein und hat kein Geld.

Mama hat mal gesagt, wenn sie einmal Probleme in einer Stadt hätte, könnte sie immer einen Polizisten fragen. Der Schutzmann würde helfen. Sie geht weiter. Wo kann sie hier einen Polizisten treffen? Sie läuft vielleicht 15 Meter, in kleinen Schritten, Männer und Frauen überholen sie, dann bleibt sie wieder vor einem Schaufenster stehen, trocknet mit den Armen die Tränen, sieht in die Auslage des Schaufensters, schaut auf Kleider und Röcke und Blusen. Ja, wenn Mama jetzt nur hier wäre, warum ist Mama auch bei Frau Schneider und nicht bei ihr. Und warum ist Papa einfach … sie zögert, einfach … weggegangen? Sie hat ihm doch gar nichts getan. Und nun steht sie hier, ohne 30 Pfennige. Sie überlegt, ob sie zu Fuß zurück auf den Spiegelberg laufen könnte. Jetzt weint sie heftig.

Im Laden hinter der Auslage des Schaufensters steht eine Frau und winkt, ja wahrhaftig, sie winkt niemand anderem als ihr und schaut sie dabei an, kommt jetzt auf die Auslage zu und macht ihr ein Zeichen zur Tür hin. Nina erkennt die Frau, es ist die Frau aus einem der Häuser am neuen Spiegelberg, sie hat sie schon ein paar Mal gesehen. Mama und die Frau grüßen sich, sie heißt Frau Urbanski oder so ähnlich. Jetzt tritt die Frau aus der Tür des Geschäfts und kommt ihr entgegen.

»Na, was machst du denn hier, Nina? Musst nicht weinen. Wo ist denn deine Mutter? Bist du allein?«

Nina streckt ihr beide Arme entgegen. Sie ist plötzlich ganz klein, viel kleiner als fast neun, und Frau Urbanski drückt sie an sich, drückt sie ganz fest. Nina weint heftig, als sie Frau Urbanski umarmt, aber was soll sie ihr erzählen?

14

Sebastian, 1989

Von den alten Furies war keiner dabei. Am meisten hatte er Martin vermisst. Verena hatte eisern darauf bestanden, dass die Trauung in Ludwigsburg stattfand, in der Erlöserkirche, der Kirche der Reformierten, und nicht in Langenheim. Ziemlich karge weiße Wände, lediglich ein Kreuz aus dünnem schwarzen Metall ohne Korpus an der Stirnseite des Altars, weder Seitenaltäre oder Bilder an der Wand noch Heilige an den Säulen, nicht so wie in Sankt Damian oder Sankt Elisabeth. Zum Glück war die kräftige Juni-Sonne durch die schlichten milchweißen Fenster in die Kirche hereingeströmt und hatte die Stimmung im Raum aufgehellt. Aber nach einiger Zeit war selbst die Helligkeit zu einem kalten weißen Schleier geworden, hinter dem Sebastian alles leblos erschien. Auch die Ansprache des Pfarrers blieb seltsam spröde, wenig einfallsreich, karg wie der Raum. Viel hatte der Pfarrer von Pflichten gesprochen, von der Verantwortung vor Gott und gegenseitiger Belehrung, auf dass jeder durch den anderen zu einem gottesfürchtigen Leben geführt würde.

Sebastian hatte das Katholische vermisst, die Farben, die Bilder, die Messgewänder, die Gewissheit, dass nicht alles, was der Pfarrer sagte, tatsächlich das letzte Wort war, sondern dass es noch immer ein Daneben oder Darüber gab. Ob Pfarrer Humbert noch lebte? Der hätte sie trauen sollen! In der kleinen Kirche Sankt Damian in Suderhausen. Sebastian wusste noch genau, was man alles für eine Trauung vorbereiten musste. Ein ehemaliger Hilfsküster vergisst so etwas nicht.

Sebastian drückte auf den Knopf vor sich über dem Urinal und brachte seine Hose in Ordnung. Den schwarzen Anzug hatte er eigens für die Trauung gekauft, er stand ihm gut, da hatte Mutter recht. Er hätte sich durchsetzen sollen mit seinem Wunsch, in Langenheim zu heiraten. Da wäre Martin sicher dabei gewesen, vielleicht auch Wolfgang und Nina. Wenigstens hatten seine Mutter und Gabi heute nach Ludwigsburg kommen können, Vater ging es schlecht mit seiner alten Kriegsverletzung, er konnte sich nur noch unter großen Schmerzen bewegen und musste daheim bleiben.

Aber er würde ihn nächste Woche sehen, wenn Verena und er nach Langenheim fuhren, zum ersten Mal gemeinsam zum Spiegelberg. Er hatte den Furies vor einem Monat brieflich seine Heirat angekündigt. Nina, Wolfgang und Martin waren sicher sehr überrascht gewesen. Sie hatten ihn wahrscheinlich für schwul gehalten, aber er war nicht schwul, er hatte nur lange gebraucht, bis ihm ein Mädchen richtig gefiel. Und dieses Mädchen war Verena, Schwester auf der Inneren des Ludwigsburger Kreiskrankenhauses, wo er gerade als junger Stationsarzt begonnen hatte.

Er hatte schon nach ihren ersten beiden Begegnungen mehr in ihr gesehen als nur die Krankenschwester. Die unerwarteten Gefühle überraschten ihn. Verena hatte viel Erfahrung, wenn es um die Krankheiten und die erwartbaren Krankheitsverläufe einzelner Patienten ging, und gab ihm von Beginn an so manches Mal den richtigen Tipp, immer kurz vor der Chefarzt-Visite, nur ihm und keinem anderen. Das half ihm. Er war ihr dankbar für diese Tipps und war verwirrt, als er spürte, wie unwohl er sich auf der Station fühlte, wenn sie keinen Dienst hatte. Hatten sie zeitgleich Dienst, suchte er das Gespräch mit ihr, schon bald nicht mehr nur über die Patienten und den Chef.

Verena war mittelgroß, hatte halblanges dunkelblondes Haar, das sie auf der Station fast immer mit einem Gummi zu einem dicken Zopf zusammenband, der es Sebastian angetan hatte. Wann immer er hinter ihr herging, starrte er auf die Bewegungen dieses Zopfes. Drehte sie sich um, sah er zuallererst ihre leuchtend blauen Augen. Es waren Augen, deren Blicke weit in ihn hineinzusehen schienen, die ihm Mut gaben, die ihn aufforderten und zugleich ungemein stärkten. Die ein wenig zu groß geratene Nase, die ihr Gesicht bestimmte, störte ihn nicht.

Auf der Station ging Verena in einfachen weißen Sportschuhen, doch wann immer sie die Station betrat oder sie wieder verließ, trug sie elegante feine Lederschuhe, manchmal Lederstiefel, oft Schuhe mit hohen Absätzen. Sie standen ihr gut, betonten ihre schlanken Beine, die Sebastian auch während des Dienstes unter dem weißen Schwesternkittel wahrnahm.

Alles erschien Sebastian wie eine Geschichte aus diesen Schundromanen, die er oft bei den Patienten fand, Arzt liebt Schwester. Aber er mochte sie wirklich, er liebte sie, das war klar, er suchte sie, wenn er wusste, dass sie Dienst hatte. Wenn sie sich zum Dienstbeginn verspätete, wurde er unruhig, schaute immer wieder zum Fahrstuhl, machte sich Sorgen. Er träumte von ihr, hörte immer wieder ihre Stimme. Sprach sie seinen Vornamen aus, war er wie elektrisiert. Er fühlte sich dann nicht nur wahrgenommen, sondern auf wunderbare Weise aufgehoben. Ja, er war es, Sebastian, ihr Sebastian. Er sah auch anders, sah mehr als zuvor.

Oft schaute er unvermittelt von der Seite auf ihr Gesicht, erblickte die kleinen Falten, die die äußeren Seiten ihrer Augen umspielten. Er sah dann nicht, was sich in diesen Fältchen wohl eingegraben hatte, er erblickte nur die

Schönheit in der Erfahrung, in der Reife, die Verena ausstrahlte, obgleich sie mit 31 zwei Jahre jünger war als er. So genau hatte er noch nie einen anderen Menschen betrachtet und noch nie einen anderen gespürt.

Er hätte gern mit einem Freund darüber gesprochen, hätte ihm seine Liebe zu Verena laut verkündet, die vielen neuen Gefühle benannt, die ihn bestimmten, die Schönheit, die er wahrnahm, aber er hatte keinen Freund in Ludwigsburg, und von Martin in Köln hatte er keine Telefonnummer, nur die Postadresse. Doch schreiben konnte er nicht über das, was er fühlte. Er hatte es ein einziges Mal versucht, wollte ein Tagebuch beginnen, aber das Geschriebene war ihm stumpf erschienen, ausdruckslos.

Sie nahm ihn eines Abends mit in ihre kleine Wohnung hinter dem Ludwigsburger Schloss, ging vor ihm die Treppe hinauf mit den feinen Schuhen, die klack, klack machten, er schaute auf ihre hübschen Beine, sie hatte Wein und Sekt im Kühlschrank, sie prosteten sich zu auf Sebastians unaufhaltsamen Aufstieg in der Riege all der Devoten rund um den Chef, der immer häufiger ihn und keinen anderen befragte und ihn mit besonderen Aufgaben und schwierigeren Fällen betraute, ja, Professor Halinger hatte ein Auge auf ihn geworfen.

Da begann Martin ihr zu erzählen, was er alles sah, wenn er sie ansah. Sie lächelte, lachte ein wenig und verbarg ihr Gesicht in den Händen.

Kurz danach war Verena schwanger geworden, war jetzt am Anfang des vierten Monats, noch sah man nichts. Wahnsinn! Er war jetzt verheiratet und kein halbes Jahr später würde er Vater sein! Sebastian schüttelte den Kopf. Soviel Glück auf einmal! Das war kaum zu fassen. Er hatte es tatsächlich geschafft! Es war die richtige Entscheidung gewesen, genügend Geld zu sparen, um Rechtsanwalt

Wagner zu bezahlen, der ihn im zweiten Semester in Medizin eingeklagt hatte. Sebastian hatte sich im Studium in Göttingen nichts gegönnt, hatte gearbeitet, über den Büchern gesessen, in der Klinik geholfen, ein wenig Geld verdient und wieder und wieder gelernt. Und auch wenn das Physikum nicht gerade ein berauschender Erfolg wurde, waren die drei medizinischen Staatsexamina anschließend ganz passabel ausgefallen. Als er das zwölfte Semester beendet hatte, war er mit dem Studium fertig, war mit der Diss schon recht weit vorangekommen und gleich darauf Arzt im Praktikum. Zwei Jahre später hatte das Krankenhaus in Ludwigsburg ihn angestellt. Jetzt war er zu einem der kompetentesten jungen Ärzte auf der Inneren aufgestiegen. Und Verena hatte dabei geholfen.

Nach Langenheim war er in den Jahren seit Studienbeginn nur noch selten gefahren, hatte die Furies zuletzt bei Ninas Magisterfeier in München getroffen, und das war auch schon wieder Jahre her. Nur mit Martin tauschte er die übliche Weihnachtskarte aus, immer mit ein paar kurzen handschriftlichen Bemerkungen. Von Ili hatte er schon seit Langem nichts mehr gehört. Wenn er seine Eltern auf dem Spiegelberg besuchte, konnte er sich kaum mehr entspannen. Seine Mutter war allzu stolz auf ihn, sein Vater schwieg, viel zu erzählen gab es nicht. Zum Glück war Gabi in Langenheim verheiratet, hatte drei Kinder und kümmerte sich um die Eltern. Da war er aus der Pflicht.

Mutter hatte ihn während der Trauung die ganze Zeit angestrahlt, sie war sichtlich zufrieden mit ihrem Dr. Sebastian Kühne, der nun mit 33 Jahren endlich »unter die Haube kam«. Verenas Eltern waren eher schweigsam geblieben, sie waren wie seine Eltern »einfache« Leute, wohnten in einem Dorf hinter Marbach, wo man keine großen Diskussionen führte, lieber schwieg, als irgendetwas zum möglichen Zusammenbruch der Sowjetunion zu faseln oder zu den Zukunftsaussichten der DDR.

Dieses 1989 war in der Tat ein seltsames Jahr, dachte Sebastian. Er hatte sich mit Verena verbunden und Europa schien im Umbruch. Nichts wollte bleiben, wie es war. Da konnte auch er ein Risiko eingehen. Risiko? Mutter war nicht glücklich über Verena, das ließ sie ihn spüren. Aber welche Schwiegermutter war schon zufrieden mit ihrer Schwiegertochter, geschweige denn glücklich über sie? Dennoch blieb dieser Satz seiner Mutter hängen: »Pass auf, dass sie nicht nur dein Geld will!«

Klar, Verena hatte bestimmte Vorstellungen von ihrem Hochzeitskleid, den Schuhen, dem feierlichen Mittagessen, der Hochzeitsreise, die sie in zwei Wochen nach Sizilien führen würde, trotz Schwangerschaft. Das alles war Mutter fremd, die schon einen Urlaub im Schwarzwald als Verschwendung ansah. Die Reise vor ein paar Jahren in die kleine Pension in Wünnenberg im Sauerland war ihr für Jahre genug. Er wollte keine Kritik an Verena. Ja, er gab es zu, Verena war in einigen Dingen erfahrener als er. Dass sie schwanger wurde, hatte ihn überrascht, ein Kondom musste geplatzt sein, sagte Verena, und eigentlich hatte er gedacht, dass sie noch immer die Pille nahm und das Kondom nur ein zusätzlicher Schutz wäre, aber vielleicht war das Kondom wirklich geplatzt. Würde er es Mutter erzählen, würde sie sicher sagen: »Sie hat es drauf angelegt.« Und wenn schon, sie liebten sich, er konnte sich gar nicht mehr vorstellen, wie es ohne Verena wäre, und er hatte doch immer Vater werden wollen, da war er jetzt mit 33 genau im richtigen Alter, es war also alles richtig, und er freute sich riesig auf das Kind.

Sebastian wusch sich die Hände, gründlich, wie er es in der Klinik gelernt hatte. Er würde zurück in den kleinen

Saal »Leonberg« gehen, wo die Hochzeitsgäste auf ihn warteten. Acht Mediziner-Kollegen aus dem Krankenhaus waren gekommen und 12 oder 13 Kolleginnen von Verena, dazu die Verwandten und ein paar Freundinnen von Verena. 35 Gäste waren beisammen. Verena hatte Kalbsbraten für alle bestellt und einen guten Trollinger aus der Umgebung.

Eine Woche später, spätnachmittags an einem Freitag, bogen sie auf dem Spiegelberg in die Sackgasse ein, die zu Haus 52 führte. Die lange Fahrt von Ludwigsburg nach Westfalen hatte Sebastian angestrengt, Verena wollte nicht fahren. Wegen des Kindes in ihrem Bauch wollte sie lieber ruhen, Sebastians Opel Kadett fand sie ohnehin unpassend. Ein junger, erfolgreicher Arzt müsse einen BMW fahren, wenigstens einen Audi, hatte sie zuerst im Stau auf der A 81 und dann erneut im Stau auf der A 7 erklärt.

Sebastian hatte es an sich abprallen lassen. Der Kadett war zwar zehn Jahre alt, aber noch ganz in Ordnung. Bis Kassel waren sie mehrfach in Staus geraten, erst das letzte Stück war es endlich flotter gegangen. Verena hatte viel gedöst, manchmal hatten sie Radio gehört, einmal hatte sie ihn zu seinen früheren Diensten in Sankt Damian gefragt und zu Freunden aus der Schulzeit. Wenn er zu lange erzählte, ermüdete das Verena und sie gähnte laut. Das laute Gähnen war ein Killer für alle Gefühle, dachte Sebastian, verschwieg es aber.

Als sie in die Siedlungsstraße am Spiegelberg einbogen, machte Verena große Augen. »Hier bist du also groß geworden«, sagte sie, und er konnte nicht heraushören, ob sie es ganz nüchtern feststellte oder ob Bedauern mitschwang.

Verena war in Rielingshausen in einem alten Fachwerkhaus aufgewachsen, mitten im Dorf, von wo ihr Vater mit dem Bus und dem Zug täglich nach Stuttgart zum Daimler gependelt war. Sie war kein Siedlungskind wie er. Aber er wollte sich nicht für den Spiegelberg schämen. Die Häuser im alten Teil hätten einen Anstrich verdient, das wusste er von den letzten Besuchen, aber die alten Häuser müsste er ja Verena nicht unbedingt zeigen. Die Häuser im neuen Teil waren ganz ansehnlich, waren alle renoviert, nachdem Anfang der siebziger Jahre Zentralheizungen installiert worden waren und man ein paar Jahre später die Balkone erneuert hatte.

Er hielt vor der Hausnummer 52. Die Jugoslawen in der Wohnung unten rechts hatten das Küchenfenster weit geöffnet. Ein durchdringender Geruch von angebratenen Zwiebeln erfüllte das schmale Rasenstück und den kurzen Gehweg zwischen dem Haus und der Straße, an der Sebastian den Wagen geparkt hatte.

Verena rümpfte die Nase. »Kräftig, kräftig«, sagte sie.

Mutter kam zur Tür heraus, nahm Verena in die Arme, schaute mit einem fragenden Lächeln auf ihren Bauch, Verena nickte nur und lächelte zurück. Auch im Hausflur roch es scharf nach den Zwiebeln, sie beeilten sich, nach oben in die Wohnung zu kommen. Für Verena hatte Mutter das Bett im früheren Zimmer von Gabi vorbereitet, Sebastian würde für die zwei Tage sein altes Zimmer beziehen, das ihm bei jedem seiner Besuche immer wieder erstaunlich klein erschien. Mutter hatte es fast unverändert gelassen, nur dass auf dem kleinen Schreibtisch ihre neue elektrische Nähmaschine stand, mit der sie Änderungsarbeiten auch für Nachbarn und Freunde ausführte. Ihre Arbeit im Kiosk an der Bushaltestelle hatte sie aufgegeben, als sie vor drei Jahren sechzig geworden war.

Vater saß im Wohnzimmer in seinem Fernsehsessel, hatte seinen dunklen Sonntagsanzug angezogen, ein hellblaues Hemd dazu, er wollte Eindruck machen bei Verena. Sebastian meinte, auch im elterlichen Wohnzimmer, wo der Tisch schon für das Abendessen gedeckt war, den Zwiebelmief aus dem Erdgeschoss zu riechen, sagte aber nichts und hoffte nur, dass Verena nichts dergleichen roch. Sebastian hatte seinen Vater lange nicht mehr gesehen. Er war dünn geworden, und sein Gesicht hatte eine blasse Farbe, die Sebastian beunruhigte. An der Wand neben dem Sessel lehnten zwei Krücken, ohne die sich Vater nicht mehr fortbewegen konnte.

Das Gespräch lief schleppend. Noch am flüssigsten unterhielten sie sich darüber, ob Vater nicht doch eine Hüftoperation wagen sollte, auch für einen fast Siebzigjährigen wäre das ja nach jetzigem medizinischen Standard gar kein Problem mehr, sagten Verena und Sebastian gleichlautend.

Aber da waren auch das schwache Herz, das Vater seit Jahrzehnten plagte, und der alte Granatsplitter im Oberschenkel, der jetzt immer häufiger heftige Schmerzen verursachte. »Ich habe mich damals in der Ukraine nicht amputieren lassen, ich lasse mir auch jetzt das Bein nicht abnehmen«, wiederholte Vater mehrfach.

Verena war müde und bat gleich nach dem Abendessen, sich zurückziehen zu dürfen. Sebastians Eltern waren enttäuscht. Mutter hatte eine Flasche Weißwein gekauft, die sie eigentlich auf das junge Paar hatte öffnen wollen, aber Verena wies jedes Ansinnen auf Alkohol mit Verweis auf ihre Schwangerschaft von sich – mit ein wenig zu viel Abscheu, meinte Sebastian.

Als Verena ins Zimmer gegangen war, trank Sebastian mit seinen Eltern den Wein. Er wollte ihnen über das nicht ganz geglückte Abendessen hinweghelfen und betonte viel zu oft, dass Mutter wieder einmal hervorragend gekocht und einen sehr guten Mosel-Riesling ausgewählt hatte.

Doch die Atmosphäre am Tisch blieb angespannt. Sebastian bat die Eltern um Verständnis dafür, dass er nach der langen Autofahrt noch einen kleinen abendlichen Spaziergang machen wollte. Es war kurz nach neun, die Dämmerung hatte kaum eingesetzt.

Er freute sich auf die frische Luft und die vertraute Umgebung, schlug den Weg zum Stadtwald ein und ging an den heruntergekommenen Häusern des alten Spiegelbergs vorbei Richtung Tiergarten. Als er das letzte Haus passierte, musste er lachen. Da war er wieder, der Geruch des großen Busches mit den cremeweißen Blüten, der hinter dem alten Mietshaus wuchs und der ihm und seinen Freunden als Jugendliche so manches Mal die Schamesröte ins Gesicht getrieben und sie später immer wieder zum Lachen gebracht hatte. Der Strauch roch gewaltig nach Samen, genauer: nach frisch ejakuliertem Sperma. Er nahm die ganze Ecke ein mit seinem penetranten Geruch.

Sebastian ging weiter. Er würde in weniger als vier Monaten Vater sein, die Tochter wuchs in Verenas Bauch heran, die Frauenärztin hatte ihnen letztes Mal ein Bild von der Ultraschall-Untersuchung mitgegeben. Er ärgerte sich über Verena.

Sie musste doch bemerkt haben, wie sehr sich Mutter und Vater bemühten. Gut, sie war schwanger, und erfahrene Kollegen im Haus hatten ihm mehrfach gesagt, was er als Arzt ja wusste: Schwangere unterliegen seltsamen Hormonschwankungen und anderen Einflüssen auf ihre Laune. Das macht sie mitunter unerträglich. Er scheute sich ein wenig vor diesem Wort: »unerträglich«.

Morgen würde er nach Sankt Damian fahren, vielleicht wäre sein Fahrrad im Keller noch in Ordnung und er könnte die fünf Kilometer wie früher zur Kirche radeln. Es sei denn, Verena würde mitwollen, dann käme nur das Auto in Frage. Er hatte sich ein kleines Programm für seine Frau ausgedacht, würde ihr alles Interessante in Langenheim zeigen und mit ihr ein wenig an der Lippe spazieren gehen.

Er hatte jetzt im Stadtwald einen Bogen eingeschlagen, mittlerweile war es fast dunkel geworden, doch hier kannte er noch immer jeden Weg, sie hatten ja als Furies hier ihre Fahrrad-Rallyes gemacht.

Am hinteren Ende des Waldes erreichte er nach einigen Minuten wieder den Spiegelberg, sah schon von ferne das Brauereischild an Tracks altem Kiosk, vor dem eine Gruppe Jugendlicher stand.

Als er näher kam, merkte er, dass hier ein Streit ausgebrochen war. Es hatten sich zwei Gruppen von jeweils fünf oder sechs jungen Männern gebildet, alle schienen zwischen 15 und 20 zu sein. Er hörte, wie sie sich anschrien, schon knallten erste laut schallende Ohrfeigen, ein Junge ging zu Boden, zwei andere traten auf ihn ein, ein großer stämmiger Kerl mit schwarzem Haar und buschigem Schnauzer rammte seine Faust in den Magen eines sehr viel schmächtigeren blonden Jungen, der fast noch ein Kind war. Dann lagen zwei auf dem Boden, über die sich drei andere hermachten. Es war ein wirres Gemisch von Sprache und Schmerzenslauten, von Schlägen und Anfeuerungsrufen. »Scheiß Jugos« konnte er ausmachen und die Stimme des Mannes in Tracks Kiosk, der rief: »Hört sofort auf, ich hol' die Polizei.«

Sebastian war keine 15 Meter entfernt, als er plötzlich sah, dass einer der Jungen ein Messer in der Hand hielt, dessen lange Klinge gefährlich in der Dunkelheit blinkte. Der Junge, ein groß gewachsener blonder Kerl, stach auf einen sich vor ihm aufbäumenden schwarzhaarigen Jungen ein, sodass Sebastian ganz automatisch rief: »Hey, lassen Sie das! Hör'n Sie auf! Das ist brutal gefährlich!«

Erst jetzt wurden die anderen auf ihn aufmerksam. Der Mann im Kiosk rief noch einmal: »Hört auf, ich hol' die Polizei!«

Der blonde Hüne ließ von dem Jungen ab und kam jetzt auf Sebastian zu: »Bist wohl ein Jugo-Freund, he? Stehste auf schwarze Kanaken?«

In diesem Moment griffen gleich drei Jungen den langen Deutschen von hinten an, entwanden ihm das Messer, das zu Boden fiel. Dann verlor der Hüne das Gleichgewicht. Die drei Jugoslawen langten mächtig zu, schlugen ihm mitten ins Gesicht, und einer der drei kickte ihm in den Unterleib.

»Lasst das«, schrie Sebastian erneut, »lasst das! Ihr verletzt ihn! Hört auf!« Jetzt hatte der Hüne wieder an Kraft gewonnen, drehte sich zur Seite, konnte sich so den Schlägen in den Unterleib entziehen, und schon nahm sich ein anderer Deutscher den jungen Jugoslawen vor, der den Hünen gerade so malträtiert hatte. Er drehte ihn am rechten Arm mit solcher Kraft auf den Rücken, dass Sebastian hören konnte, wie der Arm auskugelte. Der Junge heulte auf. Sebastian sah, wie das Blut aus dem Oberarm des Jugoslawen schoss, auf den der Hüne eben eingestochen hatte. Sebastian ging auf ihn zu, die Wunde musste ziemlich tief sein.

»Das muss sofort verbunden werden! Ihr spinnt ja!«, rief er. Auf dem Boden neben dem Jungen mit dem stark blutenden Arm wälzten sich zwei Burschen im erbitterten Zweikampf. Jetzt hatte der Jugoslawe seinen Gegner im Schwitzkasten und sein Kumpan versetzte dem jungen Deutschen zwei kräftige Faustschläge ans Kinn. Sebastian hörte das Geräusch von Knochen, die knirschten oder sogar brachen. In diesem Moment kamen zwei große dunkelhaarige Männer aus dem Haus 4 gelaufen. Sie riefen etwas, das Sebastian nicht verstand, und kamen schnell näher. Die Gruppe der Deutschen hielt einen Moment lang inne, dann sagte der Hüne nur: »Scheiße, schnell jetzt.«

Zwei seiner Kameraden liefen gleich los. Der Dritte nutzte den Moment, entwand sich dem Schwitzkasten und rannte den beiden nach. Sebastian schaute auf den stark blutenden Oberarm des Jungen, der noch immer vor ihm stand, da meinte er zu hören, wie der Hüne hinter ihm noch einmal auf ihn zuschritt. Sebastian drehte seinen Kopf, sah für einen kurzen Moment in dessen rechter Hand etwas blinken, er ahnte, was das war, wich in letzter Sekunde dem Angriff nach links aus, sodass das Messer des Hünen nur sein T-Shirt oben rechts durchschnitt und ein wenig in seine Haut oberhalb des Schulterblattes eindrang. »Die können dir jetzt einen blasen, Kanakenschwuchtel!« Dann sprintete der Hüne los.

Sebastian atmete tief durch. Er versuchte, seine Wunde zu sehen, war sich aber sicher, dass sie nicht sehr tief sein konnte. Sein T-Shirt färbte sich rund um den Einstich rot.

Die beiden letzten Deutschen waren jetzt auch davon, einer rief noch: »Wir kommen wieder, Kanaken, dann machen wir euch fertig!« Er verstummte beim letzten Wort, weil einer der beiden Männer aus Haus 4 ihn erwischt hatte und jetzt kräftig auf ihn eindrosch.

Sebastian sah auf die weiterhin stark blutende Wunde des Jungen. »Wir brauchen Verbandszeug«, sagte er zu dem Mann im Kiosk. »Schnell!« Der holte einen alten Autoverbandskasten aus dem Hinterzimmer. Als Sebastian begann, die Wunde abzubinden, merkte er, wie sehr er selbst zitterte. Der Junge war still, schaute ihn von der Seite aus etwas ängstlich und fragend an. »Das muss genäht werden«, sagte Sebastian, »heute Abend noch.«

»Geht nicht«, sagte der Junge.

»Das bestimmst nicht du«, sagte Sebastian. Er sah sich die Wunde an. Wahrscheinlich drei bis vier Zentimeter tief, der Muskel war getroffen, eine Arterie ebenfalls. »Ich bring dich ins Krankenhaus. Wo wohnst du?«, fragte Sebastian.

»He, Mister. Lassen sie Mirko in Ruhe. Das geht Sie nichts an! Das ist unsere Sache!«

»Denkste, ich bin Arzt, euer Kumpel muss genäht werden. Lange kann so eine Wunde nicht abgebunden bleiben.«

»Arzt?«

»Ja, Arzt. Noch mal, wo wohnst du?«

»Nummer 52«, sagte Mirko. Sebastian stutzte. Nummer 52? Der Junge war eines der drei Kinder der jugoslawischen Familie, die vor 15 Jahren bei ihnen im Haus eingezogen war, die Nachfolger der netten Friesings. Wahrscheinlich war der Junge das Baby, das damals nach dem Einzug so oft geschrien hatte. Er konnte sich an den Namen der Familie erinnern, er hatte ihn vor vier Stunden beim Eintritt in das Haus am Klingelschild gelesen.

»Mirko Durkowic«, sagte Sebastian.

Mirkos Freund sagte nur »Heh?«

»Das ist der Sohn von dem alten Nazi bei uns im Haus«, antwortete Mirko, »die Alten, die schräg über uns wohnen, deshalb kennt der mich.«

Sebastian schaute die beiden Männer an, die den Jugendlichen zu Hilfe gekommen waren. Einer der beiden hatte seine Arme um einen der Jungen geschlungen, der kräftig weinte und mit der linken Hand regelmäßig an seine rechte Schulter fuhr. Es war der Junge, dem der Gegner den Arm ausgekugelt hatte. Nun versuchte sein Vater ihn zu trösten.

»Kann uns einer von Ihnen zur Nummer 52 fahren? Dort steht mein Auto, ich fahre den Jungen ins Krankenhaus und ihren Sohn«, Sebastian wandte sich an den Vater, »nehme ich gleich mit. Das soll sich ein Orthopäde ansehen.«

Am nächsten Morgen musste Sebastian die Geschichte von der nächtlichen Schlägerei gleich mehrmals seiner Mutter erzählen, die immer wieder ihre Arme vor das Gesicht führte oder auf das Pflaster blickte, das seine Stichwunde am rechten Oberarm bedeckte. Verena nannte ihn »mein Held«, und es schien Sebastian dabei wenig Ironie mitzuschwingen.

»Wie soll es mit dem Spiegelberg nur weitergehen«, sagte Mutter, »wenn sich jetzt hier schon Banden bekriegen?«

Vater hatte seine üblichen Sprüche bereit: unter Adolf undenkbar, Ordnung, Anstand. Sebastian schämte sich. Verena nahm es leichter. Auch in Rielingshausen würden sich die Burschen manchmal fetzen, da würde schon mal ein Arm gebrochen, wenn bei Kirchweih die Kerle aus dem Nachbardorf kämen, um Radau zu schlagen. Mutter war mit dieser Erklärung nicht zufrieden, Vater blieb still.

Um 10 Uhr klingelte es. Vor der Tür stand die schwarzhaarige Mutter von Mirko. Sebastians Mutter bat sie herein. Sie bedankte sich in ihrem gebrochenen Deutsch bei Sebastian, weinte dann. Mirko sei ein guter Junge, betonte sie, er sei jetzt noch immer blass, weil er ja viel Blut verloren habe, aber es ginge ihm gut, die Wunde sei zum Glück genäht. Ob die Schlägerei wohl bei der Polizei gemeldet sei, fragte sie noch.

Das sei sicher der Fall, antwortete Sebastian. Er habe im Krankenhaus wie üblich einen Fragebogen ausfüllen müssen zum Grund der Verletzungen der beiden Jungen, und er habe seine Adresse als Zeuge für Rückfragen angegeben. Da würde sicher eine Befragung der beiden Verletzten folgen.

»Dann Polizei in Haus?« Die dunklen Augen der schwarzhaarigen Frau schauten ängstlich.

»Das weiß ich nicht«, sagte Sebastian, »wahrscheinlich muss Mirko zur Wache und dort den Hergang schildern.«

»Dann noch mehr Krieg mit Blonde«, antwortete die Frau.

Als Sebastian und Verena am Nachmittag von ihrem kurzen Ausflug nach Sankt Damian zurückkamen, wo Sebastian erfuhr, dass Pfarrer Humbert die Pfarre vor zwei Jahren aus gesundheitlichen Gründen hatte aufgeben müssen und jetzt in Kloster Gerleve lebte, empfing ihn Mutter mit der Nachricht, dass ein Mann vom Jugendamt angerufen hätte, ein Herr Kleine, der um Rückruf bat. »Der will mit dem Helden vom Spiegelberg sprechen«, sagte Verena, »die haben bestimmt einen Orden für dich.«

Sebastian wählte die Nummer, die Mutter notiert hatte. Es meldete sich eine Frauenstimme.

»Jugendamt Langenheim. Nina Renker«

Sebastian hielt wie versteinert den Hörer am Ohr. Er war sprachlos. Die Stimme am anderen Ende erklang erneut, betonte jetzt jede einzelne Silbe.

»Hier ist Nina Renker vom Jugendamt. Wer ist da?«

Sebastian brauchte einen weiteren Moment, bevor er endlich sprechen konnte. »Nina, du bist's? Du bist hier in Langenheim? Im Jugendamt?«

Stille am anderen Ende der Leitung. Dann ein leiser Atemzug. »Bist du das? Sebastian? Das gibt's ja nicht!«

Zwei Stunden später saß Nina mit Sebastian und Verena am Wohnzimmertisch im Spiegelberg 52. Nina hatte sich von Herrn Kleine den Fall übertragen lassen und den Erhebungsbogen mitgebracht. Sie würde auch gleich noch Mirko besuchen und mit ihm sprechen. Sie wusste, dass sie den Streit zwischen den beiden Gruppen von jugoslawischen und deutschen Jugendlichen am Spiegelberg nicht noch anheizen durfte, musste also vorsichtig vorgehen.

Doch viel wichtiger als die Schlägerei war das unerwartete Wiedersehen der beiden alten Furies. Nein, sie hatte die Nachricht von der Hochzeit nicht erhalten. Kein Wunder, wenn Sebastians Brief an Frau Nina Gumbacher und an die alte Adresse in der Giselastraße in Schwabing gegangen sei.

Seit vier Jahren sei sie nun geschieden, ihre Mutter habe ihr die Anzeige aus der Zeitung zugeschickt, dass das Langenheimer Jugendamt eine ausgebildete Fachkraft suche. Welches Glück, seit vier Wochen sei sie jetzt mit Julia in Langenheim, es sei verrückt, wieder hier zu sein. 1975 sei sie weggegangen und habe eigentlich nie wieder hierher zurück gewollt.

Dann war Sebastian dran. Nina verzog ihr Gesicht zu einem Ausdruck großer Anerkennung, als er von seiner Doktorarbeit sprach und vom letzten Staatsexamen, das ihn endlich zum Arzt gemacht habe. Er erzählte von der Hochzeit in Ludwigsburg, und Nina schaute mehrfach auf Verena, die still am Tisch saß und ihrerseits prüfende Blicke auf Nina warf, von der sie ein oder zwei Mal gehört hatte, wenn Sebastian von den Furies gesprochen hatte.

Nina und Sebastian füllten gemeinsam den Erhebungsbogen aus. Ja, sagte Nina, Mirko und Jannis, der andere verletzte Junge, würden ganz sicher zu einem Gespräch mit der Polizei geladen, denn eine Schlägerei mit Verletzten würde verfolgt, wahrscheinlich sei ja auch der eine oder andere beteiligte Jugendliche heute bei einem Arzt gewesen, hätte sich krankschreiben lassen und die Schlägerei als Grund angegeben. Das müsse natürlich festgehalten und verfolgt werden.

Die beiden tauschten ihre Adressen aus und versprachen, in engem Kontakt zu bleiben. Nina wünschte Verena für die Geburt alles Gute und bat darum, gleich benachrichtigt zu werden, wenn die Tochter da sei.

Am nächsten Tag fuhren Sebastian und Verena nach Ludwigsburg zurück. Es gab keine Staus auf den Autobahnen. Sebastians Verletzung am rechten Schulterblatt verheilte sehr langsam, entzündete sich überraschenderweise nach einigen Tagen und hinterließ eine Narbe.

15

Martin, 1966

Martin strengt sich an, er muss mit Vaters schnellen Schritten mithalten. Er ist elf, er ist stark! Sie überholen mehrere Männer, die Martin vom Sehen kennt und die auch in den Häusern am Spiegelberg wohnen. Manche sind mit ihren Frauen unterwegs, andere allein oder in kleinen Gruppen. »Gehen die auch zu der Versammlung in der Stadt?«, fragt Martin. Vater nickt.

»Die sind alle Flüchtlinge wie wir«, antwortet er. Martin weiß, dass Vater und die Großeltern Flüchtlinge waren, dass sie damals zu Fuß einen wahnsinnig langen Marsch unternommen haben, um von irgendwoher, ganz weit im Osten, da wo heute Russland ist, bis nach Langenheim zu kommen. Frau Schmidtchen hatte in der 4. Klasse im Heimatkundeunterricht erzählt, dass auf dem Spiegelberg vor allem Flüchtlinge wohnten, Neu-Langenheimer, hatte sie gesagt, die keine echten Westfalen seien und die meist schreckliche Gewalt erlitten hätten, bevor sie endlich hier angekommen seien. Er hatte vergessen, nach der Gewalt zu fragen, er hatte an Frau Schmidtchens Gesicht abgelesen, dass man besser nicht nach der Gewalt fragen sollte.

Martin überlegt, was es mit der Kundgebung auf sich hat, zu der sie gehen, und was dabei von ihm erwartet wird. Dass Mutter und Andrea nicht mitgekommen sind, lässt ihm die Kundgebung in einem zweifelhaften Licht erscheinen, als sei sie etwas Hässliches oder sogar Unanständiges. »Immer noch der Krieg«, hatte Mutter gemurmelt, als sie losgingen. »Der lässt einen eben nie ganz los«, hatte Vater geantwortet, »vor allem, wenn man seine Heimat verloren hat.«

Vaters Schritte werden kürzer, zweimal hat er angehalten, als überlege er, ob sie nicht besser zurückgehen sollten. Wenige Meter vor dem Rathaus stoppt Vater erneut, und sie biegen in eine enge Seitenstraße ein, betreten durch den Hintereingang ein kleines Café, das im ersten Stock drei Fenster zum Marktplatz hin hat. Weil es ein warmer Tag ist, stehen die Fenster offen, der kleine Tisch vor dem rechten Fenster ist noch unbesetzt. Vater bestellt ein Bier und für Martin Sprudel. Martin kniet sich auf den Stuhl vor dem Fenster, um besser auf den großen Platz sehen zu können, der voller Menschen ist. »Was machen die da?«, fragt er.

»Das ist die große Kundgebung der Kriegsversehrten- und Vertriebenenverbände. Die kommen heute von überall her, aus ganz Nordrhein-Westfalen, ja aus ganz Deutschland«, erklärt Vater.

Ein mächtiges Transparent ist über das Rathausportal gespannt: »21 Jahre Kriegsende: Und wir?« steht da in schwarzen Lettern, daneben ist ein großes quadratisches Plakat aufgestellt, in grellem Orange, mit den Umrissen von schwarz gezeichneten Grenzen: »Dreigeteilt niemals«, steht groß darauf.

»Wir bleiben unserer Heimat treu« liest Martin auf einem anderen Banner, das mehrere Teilnehmer in Trachtenkleidung zwischen sich gespannt haben. Hunderte von Kriegsversehrten sind mit ihren dunklen Holzrollwagen auf dem Platz versammelt. An der Stelle, wo die Wagen vorn stumpf zulaufen und das kleine lenkbare Rad befestigt ist, sitzt mitunter ein Kind, auch viele Frauen haben sich ein Plätzchen an den Rollwagen gesucht, wo sie sich mit ihren hellen, bunten Sommerkleidern scharf vom dunklen, schwarzen Holz der Wagen abzeichnen. Einige Kriegsversehrte, die keine Beine mehr haben, hocken in kurzen, schwarzen Rollstühlen, doch die allermeisten sitzen mit ihren steifen Beinen oder Beinstümpfen in diesen langen Holzkästen, halten links und rechts die Hände an den metallenen Schiebestangen, mit denen sie die Rollwagen in Bewegung setzen, die sie über ein Zugseil mit der Hand lenken.

Martin hat diese Wagen immer mal wieder gesehen, auf der Langen Straße, in der Kirche, aber noch nie so viele auf einmal. Mutter hat ihm vor einiger Zeit erklärt, dass die Männer, die darin sitzen, im Krieg ganz schlimme Verwundungen erlitten hätten, mehr noch als Großvater, dem man im Krieg den linken Unterschenkel unterm Knie abgenommen hatte. Aber Hunderte von diesen Männern in ihren schwarzen Holzwagen auf dem Marktplatz in Langenheim zu sehen, dicht gestaffelt neben- und hintereinander, und zu wissen, dass es Tausende von solchen Verwundeten gibt, macht ihn unruhig.

Er schaut aus dem Fenster des Cafés auf die Rollstühle, und ihm ist auf einmal, als sähe er eine Ansammlung von fahrenden Särgen. Ja, diese schwarzen Gefährte sehen aus wie die schwarzen Särge bei Bestattungen Stappenfenne im Fenster, nur dass Räder darunter sind. Er kann die Augen nicht abwenden von den altmodischen Rollwagen mit den verkrüppelten Männern darin und den so viel jüngeren Frauen in ihren hellen, weiten Röcken, die in der Wärme dieses Sommertages ihre Jacken abgelegt und allein oder mit ihren Kindern zwischen den Wagen Platz genommen haben oder sich an die Wagen lehnen. »Ist das der Krieg, Vater?« Martin zeigt mit der Hand nach unten.

»Das, und noch viel mehr,« antwortet Vater nach einer Weile und wiederholt »noch viel mehr.«

»Was haben die Männer eigentlich getan, dass sie jetzt in solchen Wagen sitzen? Ist das ihre Schuld?«

»Nein, Martin, schuld ist der Krieg, dem konnte keiner entkommen. Der Krieg hat jeden getroffen. Er hat eine ungeheure Gewalt.«

Vater schaut auf sein Bierglas, bleibt stumm, dann dreht er sich zu ihm hin. Martin erschrickt. Vater sieht anders aus, irgendwie älter, seine Augen erscheinen ihm plötzlich unendlich ernst. »Ach Martin«, sagt er leise, macht ein paar Sekunden Pause und schaut über ihn hinweg, als würde er nachdenken, als würde ein Film vor seinem inneren Auge ablaufen, »ich war sechzehn Jahre alt, als der Krieg zu Ende ging, als Großmutter und Onkel Johann mit mir nach Langenheim geflohen sind. Das war keine einfache Reise. Da sieht man viel, da härtet man ab oder man übersteht es nicht. Wir wussten nicht einmal, ob Großvater noch lebt. Aber das erzähle ich dir später einmal, Martin, später, wenn du größer bist.«

Ein Mann steigt jetzt auf eine Tribüne und spricht laut und hektisch.

Weil man ein Mikrofon und zwei schwarze, große Lautsprecherboxen an den Seiten der Tribüne aufgestellt hat, sind seine Worte auch im Café gut zu verstehen. Die Menschen auf dem Platz klatschen. Martin aber kann sich keinen Reim auf das Gehörte machen, es ist viel von Krieg und Politik, von Vaterland und Bundesregierung, von Heimat, Flucht und Vertreibung die Rede. Auch fallen ein paar Mal die Namen »Breslau« und »Königsberg«, einmal sogar »Insterburg«, der Ort, aus dem Vater und Großvater stammen. Er fragt Vater.

»Das verstehst du nicht, Martin«, sagt der, »es geht um das, was früher war. Es muss jetzt aber ein Schlussstrich gezogen werden. Das alte Ostpreußen kommt nie wieder.«

»Was meint der Mann, wenn er von Heimat spricht, was ist eigentlich Heimat genau?«

Vater dreht den Kopf zum Fenster, bleibt aber in einiger Entfernung, sodass ihn von unten niemand sehen kann. Er sieht verärgert aus, denkt Martin.

»Heimat, das ist der Ort, wo man«, Vater zögert ein wenig, »wo man herkommt und«, wieder zögert er, »wo man später mal begraben sein möchte.«

Martin versteht den letzten Teil des Satzes nicht, nickt aber und sagt nichts. Er versucht, der Rede des Mannes auf der Tribüne zu folgen, und sieht dabei immer wieder auf das Gesicht seines Vaters, der oft den Kopf schüttelt.

»Du magst nicht, was der Mann sagt?«, fragt Martin.

»Wir sind jetzt hier, Martin, hier ist unsere Zukunft. Wir bauen etwas Neues auf, und wir machen das gar nicht so schlecht. Es geht allen hier viel besser als vor dem Krieg. Das wollen nur viele nicht wissen und nicht hören.«

Martin schaut wieder aus dem Fenster. Plötzlich zuckt er zusammen. »Da ist Großvater, schau Vater, da, ganz nah vor dem Podest. Großvater klatscht, guck, er klatscht ganz heftig!«

Jetzt neigt auch Vater seinen Kopf aus dem Fenster und entdeckt ihn unter den vielen Menschen auf dem Marktplatz. »Großvater denkt eher wie der Mann, der gerade spricht«, sagt Vater, »aber er hat nicht recht.« Er leert sein Bierglas.

Sie zahlen und verlassen das Café durch denselben Nebeneingang, durch den sie gekommen sind und der keinen Zugang zum Marktplatz hat. Vater zieht den Hut tief in die Stirn. Martin wundert sich, dass er jetzt nicht mit ihm zu Großvater auf den Marktplatz geht, wo gerade ein neuer Redner das Podium betreten hat, dessen erste Sätze mit viel Applaus bedacht werden. Martin und sein Vater gehen über Nebenstraßen zurück auf den Spiegelberg.

16

Sebastian, 2000

Sebastian legte auf. Es war nicht fair, was Mariele ihm vor-
warf. Aber sie war erst zehn, was konnte sie schon wissen.

Es war nicht seine Idee gewesen, dass Verena mit den
Kindern in Ludwigsburg bleiben würde, während er in
Biberach die Praxis übernahm und sich dort eine kleine
Wohnung mietete. Die Praxis lief gut. Er hatte die Zahl
der Kassenpatienten schon im zweiten Quartal erhöht, das
brachte zwar kaum mehr Geld, aber mehr Renommee, und
das wiederum zeigte sich in mehr Privatpatienten. Jetzt,
nach etwas mehr als zwei Jahren, hatte die Praxis ein gutes Level erreicht. Es kamen zwar nur noch wenige neue
Patienten hinzu, einige hatte er auch in den letzten beiden
Quartalen wieder verloren, aber dieser Teil seines Lebens
war insgesamt geordnet, war gut.

Seine Familie aber war nicht mit ihm vor Ort. Spätestens
nach einem Jahr hatte Verena nachkommen wollen, das
hatten sie damals so vereinbart. Er hätte sich durchsetzen,
einfach darauf bestehen sollen. Aber er hatte es nicht getan, er hatte es laufen lassen. Er hatte sich eingeredet, dass
viele Paare, die sie kannten, doch recht gut die Teilung in
Dienstort und Heimatort schafften mit vier Nächten in der
Woche allein und drei Nächten im Ehebett.

Doch er hatte längst gewusst, dass die Trennung bei ihnen tiefer ging. Sie hatte schon in Ludwigsburg begonnen.
Die Entscheidung, tatsächlich in der Klinik zu kündigen,
um die Praxis in Biberach zu übernehmen, war bereits
Teil der Trennung gewesen. Auseinandergedriftet waren
sie mit Leas Geburt. Er war sich plötzlich nicht sicher ge-

wesen, ob Lea wirklich sein Kind war. Der Gedanke war aufgetaucht, nachdem er die Notiz in Verenas Bademantel gefunden hatte, eine Schrift, die er nicht kannte, ein Dank für zwei wunderbare Tage, mit Kugelschreiber geschrieben, mit großem Ausrufezeichen. Danach sah er überall Zeichen. Ihre Beziehung war nicht intakt, sie war es vielleicht nie gewesen.

Jetzt hatte Mariele ihn angegriffen. Warum er morgen nicht zu ihrem Konzert kommen könnte, alle anderen Kinder hätten ihre Väter dabei, nur sie wieder nicht. Erst war sie sauer gewesen, hatte wie Verena gesprochen, wenn sie verärgert war, fordernd, schneidend, dann hatte Mariele geweint und schließlich aufgelegt.

Sebastian griff zum Bier, es war kurz nach acht, es war die zweite Flasche. Er sollte eigentlich nicht. Kurz nach Leas Geburt hatten sie Diabetes bei ihm diagnostiziert. Dass er leichten Bluthochdruck hatte, wusste er seit Langem, dass dieser erheblich angestiegen war, hatte erst der kleine Kollaps in der Klinik zutage gebracht, die nachfolgenden Untersuchungen dann die Verbindung mit Diabetes mellitus. Alle wunderten sich, dass er als Internist das nicht bemerkt haben wollte. Aber wie so viele Ärzte untersuchte er Hunderte von Patienten in der Woche, nicht aber sich selbst. Als die Diabetes erkannt wurde, war schon alles klar gewesen mit Biberach und der eigenen Praxis, da konnte er nicht mehr in den Schoß der Klinik zurück. Er wollte auch gar nicht. Er nahm seitdem Medikamente. Aber er war nicht im Gleichgewicht mit sich.

Überhaupt das Gewicht! Er kam nicht mehr von seinen 100 Kilo herunter, 105 waren es mittlerweile. Er war schon vor der Hochzeit kräftiger geworden, hatte sich aber nichts dabei gedacht. Nachdem das Studium vorbei war und er in der Klinik in Ludwigsburg Verena kennengelernt hatte, war sein Appetit stärker geworden. Mutter hatte Verena bei der Hochzeit noch dafür gelobt, dass ihr Sohn endlich etwas kräftiger sei. Das sei gut für schlimme Tage, hatte sie gesagt und wahrscheinlich an den Krieg gedacht. Als hätten die Dicken da weniger gelitten.

Dann war Mariele gekommen und Verena konzentrierte sich ganz auf sie. Wenn er nach Hause kam, war Verena genervt von dem Tag mit der Kleinen und ging alsbald ins Bett. Er war als Ehemann fast abgemeldet, da blieb oft als letzter kleiner Ausreißer der zweite abendliche Gang zum Kühlschrank. Als leichte Besserung aufkam, hatte sich Annika angekündigt. Danach hatte auch Verena nicht wieder zum Gewicht von vorher zurückgefunden. Sie lächelten gemeinsam über die Nachbarn und Freunde mit ihren Diäten und langen Jogging-Strecken und fühlten sich nicht schlecht dabei, dieser Manie der Dünnen etwas mehr Lebensfreude entgegenzusetzen. Aber soviel Freude war es dann auch wieder nicht, außer den gemeinsamen abendlichen Gerichten am Wochenende, dem Wein, dem Bier.

Jetzt lächelte er schon lange nicht mehr, wenn er morgens vom Auto aus die Männer und Frauen sah, die zur Stadt hinaus liefen mit ihrem Idealgewicht. Wie oft hatte er sich vorgenommen, abends nach der Praxis Sport zu treiben? Das hatte sich jedoch als unmöglich erwiesen. Erstens hatte er abends oft bis sieben Uhr Patienten in seiner Praxis, dann kamen zweimal in der Woche nach Praxisschluss Hausbesuche, dazu die Arztbriefe, Rechnungen, der Verwaltungskram. Er hatte schon oft bereut, bei der Praxiseröffnung den älteren Patienten gesagt zu haben, er würde in besonderen Fällen auch gern abends Hausbesuche machen. Das hatte er allein aus schlechtem Gewissen gesagt, weil er ja bis auf die wenigen Wochenenden, an denen er Notdienst hatte und gezwungen war, in Biberach zu bleiben, stets am Freitagabend nach Ludwigsburg zu seiner Familie fuhr, unerreichbar für alle, auch für die Privaten.

Die Patienten hatten sich sein Angebot gemerkt und kamen oft darauf zurück, viel zu oft. Durch die Hausbesuche erfuhr er allerdings mehr über sie, als sie ihm jemals mitgeteilt hätten. Auch im reichen Biberach lebten einige ältere Menschen am Rande des Möglichen, waren arm und krank zugleich und eigentlich nicht mehr in der Lage, einen eigenen Haushalt zu führen. Doch was würde es bringen, wenn er sie dem Sozialamt meldete? Manchmal dachte er dann an seinen ersten Hausbesuch zurück, damals mit Pfarrer Humbert beim Ehepaar Starkowski auf dem Spiegelberg.

Oft kam er nach den Hausbesuchen erst gegen 21 Uhr zurück, fuhr dann meist noch einmal kurz in die Praxis, holte zuvor bei Luigi eine Pizza und nahm manchmal eine Flasche gut gekühlten Pinot Grigio mit, setzte sich an seinen Schreibtisch, öffnete zuerst ein Bier aus dem Vorrat im Kühlschrank, um den gröbsten Durst zu stillen, und zögerte wie jetzt mit seinem Anruf bei Verena. Sie würde klagen, so wie gerade Mariele geklagt hatte, scharf und schneidend, allerdings ohne zu weinen. Lea hatte häufig Krämpfe, kleine Koliken, war ein anstrengendes Kind, Lea – war sie seine Tochter?

Er versuchte, den Gedanken gleich wieder beiseite zu wischen, aber es gelang nicht. Natürlich könnte er einen Test machen, auch ohne dass Verena davon erfuhr. Was hatte sie sich aufgeregt, als er vor zwei Monaten an einem Sonntag nach einem schweren Essen und einigem Rotwein nur eine winzige Andeutung machte, dass man als Mann ja nie ganz sicher sein könne, es sei denn?

All das regte ihn jetzt mit dem Blick auf das Telefon wieder mächtig auf. Als er sich nach diesem Streit vor zwei

Monaten am Morgen danach auf den Weg nach Biberach gemacht hatte, war er sich von Kilometer zu Kilometer sicherer gewesen, dass Lea nicht sein Kind war, dass Verena ihn betrogen hatte und wahrscheinlich weiterhin betrog, dass sie ein anderes Leben neben dem langweiligen, eingefahrenen Wochenendleben mit ihm führte. Er hatte keine Beweise dafür, aber er brauchte auch keine.

Sebastian war zutiefst erschrocken. Er musste sich eingestehen, dass es ihn zwar mächtig ärgerte, dass er aber außer Ärger kaum noch andere Gefühle für Verena aufbrachte. Ihm war heiß geworden im Auto. Gott, wo waren sie beide hingekommen? Als er an jenem Morgen in der Praxis den Blutdruck maß, lag der erste Wert bei 205. Das war entschieden zu hoch.

Sollte er jetzt noch einmal messen? Letzten Freitag war der Blutdruck bei 182 zu 108, heute Abend würde es nicht besser sein. Heute hatte er Mariele enttäuschen müssen, seine Älteste, bei deren Geburt er das sichere Gefühl gehabt hatte, dass der Herrgott ihn für seine Treue belohnen wollte, dass der Herrgott ihn liebte, ihm genau diesen Platz als Arzt, Ehemann und Vater zugewiesen hatte, dass er keine Angst zu haben brauchte, sondern einfach nur weitermachen müsste. Einfach weitermachen.

Aber er konnte doch nicht am morgigen Donnerstagnachmittag die Praxis schließen, nur weil seine Tochter um 18 Uhr in einem Flötenkonzert in der Ludwigsburger Jugendmusikschule mitwirkte, das extra auf 18 Uhr angesetzt worden war, damit auch alle Väter kommen konnten. Er hatte morgen nach dem Mittagessen einen Termin im Sankt-Annen-Altersheim vereinbart, würde Frau Martinus sehen und untersuchen, eine seiner liebsten Privatpatientinnen, die sich vor wenigen Wochen erst für das Heim entschieden hatte, weil es mit den Beinen nicht mehr klappte. Dann hatte er Frau Hilsberger einen Besuch versprochen, um nach ihrem kranken Mann zu sehen, dessen Herzschwäche und Gleichgewichtsstörungen wahrscheinlich doch besser in der Klinik behandelt werden sollten. Um 14.30 und um 14.45 Uhr würden die ersten beiden Privatpatientinnen in die Praxis kommen, um 15 Uhr sollte der ganz normale Praxisnachmittag beginnen. Nein, er konnte nicht einfach den Laden schließen, er konnte nicht einfach ausbrechen.

Die letzten Wochenenden waren grausam gewesen. Mit den Kindern ging es, aber zwischen ihm und Verena herrschte eine kalte Künstlichkeit, selbst bei den beiden Malen, als sie miteinander schliefen, überwanden sie nicht die kühle Distanz. Er schlief mit einer Fremden, machte nur mechanisch alles wie sonst.

Sie kamen auf den Streit nicht mehr zurück, er wagte nicht, sein Erkalten anzusprechen, auch sie blieb stumm. Bald wusste er gar nicht mehr, was er ansprechen sollte, zumeist ging es nur noch um läppische Dinge aus der Schule der beiden Großen und aus der Klinik, in der Verena wieder an drei Vormittagen Schwesterndienste tat.

Und er hatte Angst. Er hatte gesehen, dass sich Wasser in seinen Beinen ablagerte. Auch jetzt, vor dem Schreibtisch sitzend, drückte er mit dem Zeigefinger auf die Schienbeine und sah, wie sich Dellen eindrücken ließen, die lange brauchten, bis sie sich wieder auffüllten.

Er würde aufpassen müssen, es dürften sich jetzt keine Geschwüre bilden. Wenn die einmal da wären, reichte eine kleine Infektion, und schon wäre die Katastrophe da. Das hatte er vor zwei Jahren beim alten Wagner erlebt.

Er müsste sich in den allernächsten Wochen für einen zweiten Mann in der Praxis entscheiden, damit er endlich einmal ausreichend Zeit für sich hätte. Er würde ihm die Praxis eine Zeit lang überlassen und könnte eine Kur machen, allein, in einem ruhigen, altmodischen Kurort mit Schwimmen, Gymnastik und Diät. Wahrscheinlich würde er sich von Verena trennen. Und er würde eine Lösung für die Mädchen finden.

Sebastian nahm einen großen Schluck aus der Flasche, die jetzt fast leer war. Schon dreimal hatten jüngere Kollegen bei ihm nachgefragt, ob sie nicht einsteigen könnten. Aber da war das Haus in Ludwigsburg, 2700 DM Zins und Tilgung im Monat, die Praxis hatte er erneuern müssen, die 40 000 waren noch längst nicht abbezahlt, da war die kleine Wohnung in Biberach mit ihrer Miete und den Nebenkosten, und Verena war auch nicht gerade sparsam. Er hatte aus Geldgründen allen drei Bewerbern abgesagt.

»Tantum ergo sacramentum!« Sebastian lächelte. Durch Hilfsküsterdienste würde er sich dieses Mal nicht retten können. Das war damals in Langenheim gegangen, jetzt half nur stetige harte Arbeit, bloß nicht krank werden, vielleicht noch ein paar mehr Private, mehr Laborleistungen und ein paar mehr Untersuchungen, die der Abklärung dienten, aber nicht unbedingt indiziert waren. Sie schadeten keinem, ihm aber halfen sie, dass sich die teuren Geräte endlich amortisierten. Dennoch brauchte er Hilfe, vielleicht eine Halbtagsstelle, eine Ärztin, die nach den Kindern wieder einsteigen wollte. Die Flasche Bier war jetzt leer. Eine dritte?

Die Melodie des lateinischen Sakramentsliedes ging ihm wieder durch den Kopf. Genitori … Wie ging es weiter? In die Kirche zog es ihn nur noch selten. Er dachte an Leas Taufe vor gut zwei Jahren, Marieles Kommunion, ohne lateinisches Tantum ergo, dafür mit viel Sacropop, und an die jährlichen Weihnachtsmessen vor der Bescherung.

Darüber hinaus war er vielleicht ein oder zweimal in den letzten Jahren in einer Messe gewesen.

Es war nicht mehr wie früher in Sankt Damian. Wie sehr wünschte er sich, nur einmal wieder die Kraft aus dem schlichten Kinderglauben zu erfahren, die Kraft, dass er es schaffen würde, dass alles gut würde, dass der Herrgott einen Platz für ihn vorbestimmt hatte, den Platz des aufmerksamen, tüchtigen Internisten, der sich für seine Kranken einsetzt, der seine Familie liebt und genießt und auf dem Gottes Blick mit Wohlgefallen ruht. Wenn er jetzt die Messe besuchte, kam keine Zuversicht mehr, waren seine Augen immer nach oben auf das Gewölbe der Kirche gerichtet, und er schaute aus der Distanz auf sich herab, mitleidlos auf sich, Verena, Mariele, Annika und Lea, auf eine Familie, die zerbrach. Er sah es deutlich.

Er würde jetzt nicht noch einmal zu Hause anrufen. Verena und Mariele würden sich in ihrem Ärger über ihn ohnehin längst gegenseitig hochgeschaukelt haben, was sollte da ein weiterer Anruf. Er würde die dritte Flasche aus dem Kühlschrank nehmen, in seine kleine Wohnung fahren und sie dort trinken. Eigentlich könnte er demnächst für diese Fahrten statt des Autos das Fahrrad benutzen. Aber er war ja nie sicher, ob er nicht doch noch einen Hausbesuch einschieben müsste. Nein, er hatte keine Chance. Er stand von seinem Schreibtisch auf. Er war aus dem Gleichgewicht.

17

Martin, Nina, 14. Oktober 2015

Dr. Sebastian Kühne
Internist
21. 4. 1955–14. 5. 2001
Requiescat in pace

Martin las die Grabinschrift halblaut. Er las sie mehr für sich selbst als zu Nina gewandt. Dann machte er eine Pause, während beide auf den schwarzen Stein am Kopf des Grabes starrten.

»In Latein war Sebastian nie gut. 'Ruhe in Frieden' auf Deutsch hätte gereicht.«

Martin schaute Nina von der Seite her an, lächelte ein wenig, aber Nina reagierte nicht. Ein leichter Wind fuhr durch die Blätter der beiden Pappeln, die ein paar Meter hinter dem Grab aufragten und Schatten spendeten. Das leichte Rauschen der Blätter war wie eine Melodie, die sich bei etwas mehr Wind aufschwang und dann wieder piano verebbte. Auch Martin lauschte jetzt der Musik des Baumes.

»War verdammt früh«, sagte Nina nach einiger Zeit, »gerade mal 46 Jahre.« Wieder eine Pause, in der sich der Wind noch einmal aufblähte und die Melodie erneut erklang. »Weißt du noch, was das damals war?«

»Irgendwelche Beingeschwüre, Nina, die sich infiziert hatten. Chronische venöse Insuffizienz, hatte seine Frau uns damals gesagt. Alle waren wir verwundert, keinem hatte er etwas angedeutet. Aber er hatte schon lange vorher Diabetes, und die hat er erst spät bemerkt.«

»Es hieß doch immer, er sei so ein guter, gründlicher Arzt«, Nina schüttelte den Kopf. »Dass gerade Sebastian so was passieren musste! Und dass er dann gleich dran gestorben ist!« Nina bückte sich, zupfte Unkraut, das zwischen den Begrenzungssteinen des Grabes spross.

»Wolfgang meinte bei der Beerdigung, Sebastians Ehe sei schon seit Jahren im Eimer gewesen. Ich wusste das nicht, Nina.«

»Kann sein. Ich erinnere mich nur an seine Mutter. Die hatte schon bei Krögers kein gutes Wort mehr für ihre Schwiegertochter, hat nur noch gestänkert.« Nina richtete sich wieder auf, besah ihre schmutzig gewordenen Finger. »Die Praxis soll auch nicht mehr gut gelaufen sein. Sebastian sei zuletzt bei Hausbesuchen oft mit Fahne erschienen, das sagte jedenfalls Wolfgang.«

»Kann ich mir bei ihm gar nicht vorstellen, Nina. Er war doch immer unser Bravster, unser Messdiener. Da muss was schrecklich aus dem Ruder gelaufen sein.«

»Wir wussten in den letzten Jahren eigentlich alle ziemlich wenig über Sebastian.«

»Mich hat gewundert, dass er hier in Langenheim begraben werden wollte und nicht in Ludwigsburg, wo seine Familie wohnte, nein, hier in Langenheim auf dem Friedhof mit den anderen Furies wollte er liegen.«

»Mir hat seine Frau leidgetan, Nina, und dann die drei Mädchen! Eine scheußliche Beerdigung! Und nur wenige Monate nach Ilis Tod.«

»Für mich war die von Paul damals die grausamste.«

Martin wandte sich ihr mit einem Ruck zu. »Paul, Paul, überall Paul! Wir sind hier am Grab von Sebastian, der mit 46 stirbt und drei Kinder hinterlässt. Der auf dem MJG mein engster Freund war. Und du redest von Paul!« Nina erschrak. Doch Martin fuhr fort, die Stimme war angespannt. »Was du nur hast! Erst das Foto, dann Paul hier, Paul dort. Es war ein Unfall, Nina! Es war Hochwasser!«

Martin sprach höher als sonst, fast schrill, der Tonfall wurde von Wort zu Wort schärfer. Nina schaute ihm direkt in die Augen.

»Ist ja schon gut, Martin, beruhige dich«, sagte sie sanft, »du warst es doch, der noch zu Pauls Grab wollte.« Und nach einigen Sekunden fügte sie hinzu: »Wir sind hier auf dem Friedhof, Martin, hier sind alle Furies von damals bei uns, alle, auch Paul.«

»Wir gehen jetzt weiter«, erwiderte Martin. Er stampfte dabei mit dem rechten Fuß auf, eine Geste, die Nina äußerst kindisch fand. Sie suchte nach einer treffenden Bemerkung, um Martin den Spiegel vorzuhalten. Nina hasste es, wenn Martin Befehle gab, aber sie spürte, dass sie ihn jetzt nicht wie eine Lehrerin zurechtweisen konnte. Da arbeitete etwas in ihm, das noch weiter gären musste. Würde es jetzt zu einem Streit zwischen ihnen kommen, würde der Druck im lautstarken Gebrüll verfliegen. Nein, sie wusste, dass der Druck auf Martin weiter wirken musste. Sie würde heute noch erfahren, was Martin umtrieb. Es war mehr als das Begräbnis, dessen war sie sich sicher. Darum blieb sie still, als sie weitergingen. Sie versuchte sogar, sich bei Martin unterzuhaken, denn es war ihr ein Bedürfnis, dass er ihre Nähe spürte.

Doch Martin lehnte ab. »Der Weg ist zu schmal«, grummelte er, aber das war nicht der Grund. Auch jetzt wieder riet ihr eine innere Stimme, sein Verhalten keinesfalls zu kommentieren. Warte nur ab, sagte ihr diese Stimme, und wieder sah sie, wie seltsam er auf das alte Foto der Bande reagiert hatte. Fein säuberlich hatte er es zerrissen, sodass nicht ein einziges ihrer Kindergesichter von damals heil geblieben war. Was war der Sinn dieser seltsamen Pilger-reise zu den Gräbern der Furies?

So gingen sie schweigend nebeneinander, jeder in eigene Gedanken vertieft. Nach wenigen Minuten befanden sie sich ganz in der Nähe des Grabes von Ninas Eltern, und als Nina einen leichten Schwenk machte, um vom Hauptweg in den Seitenweg einzubiegen, folgte ihr Martin schwei-gend auf den leichten Druck ihrer linken Hand, mit der sie seinen Mantel berührte.

Zehn Meter weiter standen sie schon vor dem Grab. »Hauptschaffner Wilhelm Renker, Oppeln 1918, Langen-heim 1986«, sagte Nina, und still las sie die Daten ihrer Mutter, die 20 Jahre später gestorben war, und die ihres Bruders, Bruno Renker: 1951 bis 1978.

»Ich werde mich nie für dich einsetzen«, hörte sie und erschrak. Sie drehte sich unwillkürlich um, als vermutete sie den Sprecher dieses Satzes hinter sich, doch da war nie-mand. Es war die Stimme ihres Vaters, diese tiefe, knar-zende Stimme, dieser Klang, der sich immer an etwas zu reiben schien. Sie hatte diese Stimme heute schon einmal auf dem Friedhof gehört. Nina schüttelte sich. Sie schaute auf den schwarzen Grabstein, der längst nicht mehr blank poliert war, sondern Spuren von grünlich-braunem Moos zeigte. Sie hatte ihn das letzte Mal 2006 abgewaschen, ei-nen Tag vor der Beerdigung ihrer Mutter. Jetzt war sie es, die »komm, lass uns gehen« sagte und Martin schon beim letzten Wort vom Grab fortzog. Er war überrascht.

Martin hatte erwartet, dass sie wenigstens die übliche kleine pietätvolle Pause vor dem Grab einlegen würden. Während sie schon gingen, richtete Nina ihren Blick noch einmal auf den Namen ihres Bruders. Bruno hatte mit 27 Jahren auf der Bundesstraße 1 die Gewalt über seine Kawasaki verloren. Er war vor einer der mächtigen Linden gelandet, die damals noch die Bundesstraße säumten. Sie hörte in diesem Moment wieder den typischen Motorklang seines Lieblingsspielzeugs. Bruno war vier Jahre älter gewesen als sie. Ob Vater sich jemals für ihn eingesetzt hatte?

Über Vater hatten Bruno und sie nie miteinander gesprochen, kein einziges Mal. Sie wussten früh, was es bedeutete, wenn Mutter wieder einmal flüsterte: »Papa ist nervös.« Sie kannten seine Wutausbrüche, darüber brauchten sie nicht zu sprechen.

Überhaupt redete Bruno nicht viel. Er hatte nach der mittleren Reife eine Lehre beim Langenheimer BMW-Händler begonnen. Während der Lehrzeit hatte es zu Hause oft Krach mit ihm gegeben. Sie war das brave 12- oder 13-jährige Mädchen auf dem Gymnasium, Bruno kam immer zu spät nach Hause, hatte geraucht, Bier getrunken, war wieder nicht beim Friseur gewesen. Alles Gründe, die Vater zum Explodieren bringen konnten.

Einmal hatte sie mitbekommen, wie Vater Bruno in der Küche eine Ohrfeige gab, und sie war erschrocken, als Bruno seinerseits den Arm hob und zum Schlag ausholte. Bruno hatte als Lehrling eine kräftige Figur bekommen und war mit seinen 16 oder 17 Jahren mindestens so groß wie Vater. Für einen Moment standen sich die beiden nur ein paar Zentimeter vor dem Küchentisch in eingefrorener Position gegenüber. Vater hatte seinen »Stahlblick« auf den Jungen gerichtet, aber Nina sah, wie er plötzlich die Augen senkte. Da ließ Bruno seine Hand langsam auf Vaters Schultern nieder. Er rührte sich nicht und sagte ganz deutlich, sodass Nina es im Flur hören konnte: »Wenn du mich noch einmal schlägst, Vater, schlag ich zurück, ohne zu zögern.« Dann sah Nina, wie er mit seiner rechten Hand an der Schulter ruckelte, wie er sie so heftig schüttelte, dass

Vaters ganzer Körper bebte und schwankte. Vater wehrte sich nicht.

Gleich nach dem Ende der Lehre hatte Bruno in Dortmund eine Stelle in einem großen Autohaus angetreten. Er war danach nur noch selten nach Langenheim auf den Spiegelberg gekommen, und wenn er da war, gab es keine Gespräche zwischen ihr und ihm. Einmal hatte er sie mitgenommen auf seiner Kawasaki. Es war ein heißer Sommertag gewesen. Sie saß hinten auf dem Sozius und hatte ihre Hände an die Hüfte ihres Bruders gelegt. Als er sich etwas schärfer in die Kurven warf, rief er ihr zu, sie solle sich enger an seinen Körper schmiegen, um mehr Halt zu finden und mit ihm eleganter in die Kurven zu gehen. Aber das war nicht möglich, sie konnte nicht näher an ihn heran. Ihr Haar flatterte im Wind, sie trug keinen Helm, auch Bruno trug keinen.

Jetzt auf dem Friedhof an Martins Seite spürte sie wieder die Berührung ihrer Hände und Unterarme mit Brunos Körper, spürte die Sperre von damals, und schon war auch dieser Kloß im Magen da, dieses Unwohlsein. Da wusste sie, dass die Fahrt auf dem Motorrad beim heutigen Gang zu den Gräbern nicht ihre einzige Erinnerung an Bruno bleiben würde.

Nun kamen schon die nächsten Bilder, die sie nicht würde zurückdrängen können. Sie schloss für einen Moment die Augen, atmete laut aus, stöhnte fast, aber sie wusste, es würde ihr nicht helfen. Sie schnappte nach Luft, als sie sich eingestand, dass die jetzt heraufziehenden Bilder ihre einzige Erinnerung an einen Moment wachrufen würden, an dem sich ihr Vater für sie eingesetzt hatte.

Nina und Martin gingen langsam in Richtung Hauptweg. Sie spürte plötzlich die Hand von Martin, die ihre suchte. Aber jetzt war sie es, die nicht wollte, die von niemandem, nicht einmal von Martin, berührt werden wollte. Sie saß in der Badewanne im grün gekachelten Badezimmer am Spiegelberg. Es war wie jeden Samstag. Die blaue Flamme in dem großen weißen Gasboiler zischte laut und gleichmäßig. Mutter hatte das Badewasser eingelassen. Es reichte immer nur genau für ein Vollbad. Ließ man das Wasser über einen gewissen Punkt hinaus weiterlaufen, kam nur noch kaltes. Als Erster stieg immer Vater in die Wanne, badete kurz, dann ging er ins Elternschlafzimmer und Mutter kam ins Bad. Wenn Mutter rief: »Ich bin in der Wanne!«, war dies das Zeichen für Bruno und für sie, sich auszuziehen. Auch Mutter blieb nie sehr lange in der Wanne, sondern ging schon bald, in ein großes weißes Handtuch gehüllt, ebenfalls ins Schlafzimmer, wobei sie sich zuvor noch kurz vergewisserte, ob beide Kinder im Badezimmer waren und in der Wanne saßen.

Bruno und sie durften dann immer lange im warmen Wasser planschen und sich waschen. Die Eltern kamen nicht ins Badezimmer, störten sie nicht beim Spielen. Manchmal ließ Bruno nach einiger Zeit etwas Wasser nachlaufen, sobald die zischende Gasflamme wenigstens das Wasser im unteren Viertel des Boilers genügend aufgewärmt hatte. Nina saß und spielte immer gern in der Badewanne. Sie hatte vor wenigen Monaten das kleine Zimmer neben dem Wohnzimmer bekommen, weil Bruno unbedingt das Kinderzimmer für sich alleine haben wollte. In der Badewanne aber saßen sie sich einträchtig gegenüber. Manchmal hatten sie Plastikspielzeug dabei und versenkten wie früher die Ente oder ließen die kleine Plastikfähre absaufen.

Doch seit vier Wochen war alles anders. Bruno war jetzt 14, wollte nicht mehr spielen, sondern hatte Nina nach wenigen Minuten im warmen Wasser gebeten, sich umzudrehen. Als sie zögerte, griff er sie und setzte sie unmittelbar vor sich zwischen seine gespreizten und angewinkelten Beine. Er zog sie dann ganz eng an sich heran und verbot ihr, sich umzudrehen. Sie solle einfach weiter mit der gelben Plastikente oder mit ihrer Puppe spielen, sagte er. Aber das konnte sie nicht, denn Bruno griff mit seinen Händen an ihre Lenden und bewegte ihren Po ein Stückchen nach rechts und nach links, und wieder nach rechts und nach links. Nina spürte etwas Hartes. Bruno presste seinen Unterkörper heftig an den ihren, ließ dann ein wenig locker, aber nur um sie gleich wieder kräftig zu sich nach hinten zu ziehen, immer vor dieses Harte da hinten. Das ging ein paarmal so.

Sie fand das blöd, denn plötzlich war alles im Bad ganz anders als zuvor. Es war unheimlich und kalt und sie sagte: »Nein, ich will das nicht, lass das, Bruno, das tut weh!« Aber sie wusste schon vom ersten Mal, dass es sinnlos war, weil Bruno jetzt nichts hörte, bis er auf einmal ganz tief stöhnen würde. Dann war alles vorbei und sie durfte sich wieder umdrehen, saß ihrem Bruder gegenüber und sah den kleinen weißen Flöckchen zu, die jetzt oben auf dem Badewasser vor ihrem Bruder schwammen und langsam verschwanden, als verglühten sie. Bruno schwor sie darauf ein, nie etwas von ihrem neuen Spiel zu erzählen, nie und niemandem.

Nina hatte nach dem zweiten Mal überhaupt keine Lust mehr zu baden, aber sie wusste nicht, wie sie das Mutter erklären sollte. Sie folgte ihrem Bruder und sprach nicht darüber. Wenn sie am Freitag aus der Schule kam und daran dachte, dass der nächste Tag der Badetag war, hatte sie keinen Hunger mehr, und samstags konnte sie morgens vor Bauchweh gar nichts mehr essen. Mutter wunderte sich, fragte sie immer wieder, was es denn sei, aber Nina wusste es nicht. Einmal konnte sie morgens nicht zur Schule gehen, weil das Bauchweh zu stark geworden war. »Das warme Bad wird dir guttun«, hatte Mutter ihr am Nachmittag zugerufen, als sie in das kleine Zimmer kam, in dem Nina in ihrem Bett lag. »Nein«, schrie Nina, »ich will nicht baden, nie wieder baden!« Sie weinte dabei und wurde ganz rot im Gesicht.

Mutter schaute sie groß an. »Du spinnst«, sagte sie nur. Und eine Stunde später saß Nina wieder in der Badewanne und wartete, dass Bruno endlich stöhnen würde. Wieder drückte er ihren Po so kräftig es ging an sich heran, wölbte seinen Oberkörper eng über sie, presste das Harte an ihren Rücken. Dann endlich atmete Bruno laut aus.

Genau in diesem Augenblick öffnete Mutter die Badezimmertür. Eingewickelt in ihr großes weißes Frotteetuch stand sie da, hörte Brunos Stöhnen, schaute mit großen Augen auf ihn, auf die Wanne, ging zwei Schritte nach vorn an den Wannenrand, riss Nina hoch, sah die weißen Flöckchen an der Oberfläche des Badewassers und schaute ihrem Sohn voll Entsetzen in die Augen. Bruno sagte nichts, blickte nach unten auf das Wasser.

»Komm Nina«, sagte Mutter fast tonlos, trocknete sie flüchtig mit dem bunten Kinderbadetuch ab, das neben dem Waschbecken hing, verließ ohne ein Wort das Bad mit ihr und schickte sie in ihr Zimmer. Mutter ging zu Vater ins Schlafzimmer. Wenige Minuten später hörte Nina, wie die Tür aufging und Vater ins Badezimmer schritt. Sie hatte Bruno noch nie zuvor so grässlich und laut schreien hören wie jetzt. Diese Schreie waren anders, waren von Schmerz und Verletztheit erfüllt. Nina betrat mit vorsichtigen Schritten den Flur.

Nach einigen Minuten öffnete Vater die Badezimmertür, Bruno wimmerte laut. Vater hielt den breiten, schwarzen

Ledergürtel in der Hand, der zu seiner Eisenbahner-Uniform gehörte. Er war nass, und Nina meinte, am unteren Ende des Gürtels rote Streifen zu sehen. Am Abend noch waren Mutter und Bruno mit dem Bus in die Stadt gefahren, in die Krankenhaus-Ambulanz. Bruno habe eine Schwellung am Unterleib, sagte Mutter.

Sie hatten zu Hause nie wieder darüber gesprochen. Von nun an badete immer Vater zuerst, dann Bruno im gleichen Wasser. Eine Stunde später wurde neues Wasser eingelassen, zuerst badete Mutter, dann Nina.

Nina nahm jetzt doch Martins Hand. Sie hatte ihm nie davon erzählt, auch Thomas nicht, auch Christian nicht, auch nicht ihren Freundinnen. Sie hatte mit niemandem darüber gesprochen, nur mit der Uni-Therapeutin, damals in München. Sie hatte wieder mit dem Ritzen angefangen, als es ihr mit Christian so schlecht ging, und Biggy hatte sie zur Psychoberatung der Hochschule geschleppt. Das war ihr Glück gewesen. An dem Tag, als die Nachricht von Brunos Unfalltod kam, war die große Stichnarbe in der linken Armbeuge gerade feuerrot entzündet.

Martin drückte ihre Hand, als er sie seufzen hörte, und streichelte sie sanft mit seinem Mittelfinger. »Alles okay?«, fragte er. »Du schienst gerade ziemlich weit weg.« Dann sah er in ihre Augen und entdeckte Tränen darin. Sie holte ein Taschentuch hervor und tupfte sich die Tränen ab. »Schon gut«, sagte sie, »später.«

»Es ist doch nicht wegen Paul?«

»Nein, nein«, sagte sie und musste lächeln, »es hat nichts mit Paul zu tun.«

Sie gingen die wenigen Meter zurück auf den Hauptweg. Martin machte kleinere Schritte als zuvor, als zögerte er. Aber sie fragte nicht. Was machte es schon, wenn sie eine

Zeit lang ziellos gingen? Sie würden Ilis Grab schon finden. Sie wusste, dass sie den Friedhof nicht verlassen würden, ohne am Ende auch noch Paul zu besuchen.

18

Ilona, 1966

»Ili, nu mach schon, tu die vier Flaschen Weißenburger, soll ich dir Beine machen? Ich verlier doch hier nicht meinen Grand, nur weil meine eigene Tochter zu blöd ist und nicht in die Puschen kommt!«

Ili hasst es, wenn Vater so mit ihr spricht, wenn er sie dabei nicht einmal anschaut, sondern nur auf seine Karten blickt oder auf die beiden anderen Männer. Und wenn er sich doch einmal zu ihr hindreht, riecht sie den Atem, der nach Bier stinkt. Am schlimmsten ist es, wenn Vater in dem Moment, in dem er sich ihr zuwendet, rülpst. Dann legt sich eine Bierwolke über ihr ganzes Gesicht.

Eigentlich ist sie müde. Es ist 10 Uhr abends, so lange darf sie sonst nicht aufbleiben, aber wenn Mutter abends putzen muss, achtet Vater nicht darauf, und sie darf selbst entscheiden, wann sie zu Bett geht. Sie hat in ihrem Zimmer noch einmal die Glanzbilder sortiert, das Königsschloss mit der Prinzessin im rosa Kleid und dem Prinzen mit dem silbernen Degen und dem weißen Hemd, und sie hat gerade gespielt, dass die beiden sich kriegen nach langen Kämpfen und ganz langem Warten und dazu hat sie den Prinzen mit seiner schmalen, schwarzen Hose umgedreht und auf die Prinzessin mit ihrem rosa Kleid gelegt.

Gerade in diesem Moment hat Vater sie ins Wohnzimmer gerufen. Die drei Männer spielen schon den ganzen Abend Karten und rauchen dabei. Dreimal schon hat sie in den Keller gehen müssen, immer für drei Flaschen Bier, nun gibt es in der Bierkiste keine vollen Flaschen mehr, das hat sie Vater schon zweimal gesagt. Nun soll sie in den

Spiegelhof gehen und neues Bier kaufen. Sie ist müde, sie will nicht mehr raus, es sind zwar nur zehn Minuten bis dorthin, aber sie will nicht mehr. Es ist dunkel, und sie ist müde.

»Ilona, komm doch mal zu mir.« Ili fährt zusammen. Sie ekelt sich vor Herrn Fischer. Der hat immer diesen doofen Blick. Seit der Sache im Keller findet sie ihn noch schrecklicher. Jetzt schaut er sie schon wieder so seltsam an. Er hat beide Arme aufgestützt, in der Linken hält er die Skatkarten, mit dem rechten Zeigefinger winkt er sie zu sich und schaut sie dabei unverwandt an. Ili bewegt sich nicht.

»Na geh schon, Ili, was hasse denn. Der Onkel Fischer gibt dirs Geld fürs Bier, und ich glaub wir brauchen auch noch'n paar Fluppen, die bringste auch gleich mit.« Vater rülpst.

Ili geht langsam um Vater herum. Sie nennt Herrn Fischer nie Onkel. Herr Fischer ist eklig. Er hat ihr vor zwei Wochen im Fahrradkeller unter den Rock gefasst. Erst ist er ganz nett gewesen, ist plötzlich aufgetaucht und hat ihr den Sattel etwas höher gestellt, weil sie doch jetzt schon so groß ist, hat er gesagt. Dann sollte sie im Keller probesitzen und er hat den Rock hochgehoben. »Lass mal sehen, ob du jetzt richtig gut sitzt«, hat er dabei gesagt. Sie war völlig überrascht, dass Herr Fischer so einfach ihren Rock hochhob und die ganze Zeit hochhielt. »Jetzt beweg dich mal ein wenig auf dem Sattel hin und her, ob du auch sicher drauf sitzt«, hat er gesagt und dabei die ganze Zeit unter den Rock gestiert.

Schnell war sie vom Fahrrad abgestiegen und wollte es eilig aus der Kellertür hoch in den Hof schieben, als Herr Fischer ihr von hinten unter den Rock griff. »Du kannst doch wenigstens danke sagen, wenn ich dir schon den Sattel einstelle«, sagte er, stieß dabei seine linke Hand zwischen ihre Beine und rieb die Hand vorn gegen die Unterhose in ihrem Schritt. »Nein, nein, nicht«, hat sie gerufen, sich dabei gewunden, sie hasste diese fremde Hand da unten, dann stammelte sie: »danke für den Sattel«. Erst da nahm er die Hand weg, zog den Arm zurück und lachte. »Na siehste, geht doch.« Mit aller Kraft schob sie ihr Fahrrad über die Rinne am Treppenrand aus dem Keller. Als sie losfuhr, hatte sie zu weinen begonnen.

Und jetzt will Vater, dass sie sich neben diesen grässlichen Mann stellt, der sie mit dem Zeigefinger zu sich lockt und sie mit großen Augen anstarrt. Ili geht langsam um den Stuhl des dritten Mannes am Tisch herum, ein Nachbar aus Haus 38, der wenig sagt und auch jetzt die ganze Zeit über nur stur auf seine Karten starrt und von allen dreien den größten Haufen Kleingeld vor sich liegen hat. Ili steht nur noch einen halben Meter von Herrn Fischer entfernt.

»Komm nur, kleine Ili, ich tu dir doch nichts«, sagt er in diesem Moment. Ili erstarrt. »Du wirst mal 'ne richtig Schöne, und kokett biste schon heute.«

»Lass mir meine Tochter in Ruh, kümmer du dich um dein Spiel!«

»Ich geb' diese Runde aus«, sagt Herr Fischer ziemlich laut und mit kräftiger Betonung auf »ich«. Er legt die Skatkarten verdeckt auf den Tisch und holt ein abgewetztes schwarzes Lederportemonnaie aus der linken Hosentasche. »Hier sind drei Mark für vier Flaschen Bier, eine Mark für 'ne Packung Stuyvesant und 50 Pfennige für unsere kleine Ilona, dass sie so lieb ist und jetzt gleich für uns zum Spiegelhof rennt. Stramme Beine hat sie ja.« Und damit fährt seine rechte Hand über Ilis Rock.

»Du sollst mir meine Kleine in Ruh lassen, alter Hurenbock«, knurrt Vater noch einmal. Da lacht Herr Fischer.

»Karl, die habens doch heute alle faustdick hinter den Ohren, ich möchte nicht wissen, was da so abgeht, in den Kellern oder im Gebüsch.«

»Red keinen Blödsinn, Jupp, Ili ist zwölf, die sieht nur so groß aus.«

Ili nimmt vier leere Bierflaschen vom Boden des Zimmers und legt sie in Mutters blaues Netz. Dann öffnet sie die Flurtür. Einen Moment lang hofft sie noch, Mutter würde unten an der Haustür erscheinen und ihr den Gang zum Spiegelhof abnehmen. Aber sie ist nicht da. Niemand ist da. Es ist dunkel und viel kälter, als sie gedacht hat. Was hat dieser blöde Herr Fischer mit seinem Satz von den Kellern und den Büschen wohl gemeint? Hat er etwas mitbekommen? Herr Fischer arbeitet für eine Spedition, da weiß man nie genau, wann er fort ist und wann nicht. Ist er im Keller gewesen, als Wolfgang letzte Woche mit ihr dort war? Das kann nicht sein, sie hätten bestimmt gehört, wenn jemand die Treppe heruntergekommen wäre. Wolfgang hatte sie im Keller geküsst und dann gefragt, ob sie es ihm einmal zeigen würde. Nein, da war ganz bestimmt niemand außer ihnen gewesen. Niemand.

An der Wendekehre am Ende der Sackgasse, von der ein schmaler unbeleuchteter Trampelpfad zum Spiegelhof führt, steht ein Lastwagen. Kurz bevor Ili sich dem Wagen nähert, schaltet der Fahrer den Motor aus. Das Fahrerhaus wackelt noch, während das Motorengeräusch verklingt. Der Beifahrer springt heraus, Ili bleibt erschrocken stehen. Jetzt geht er um den Laster herum, um die Leine festzuzurren, die die Plane mit dem Chassis verbindet.

»Noch so spät unterwegs?« Die Stimme des Beifahrers ist freundlich, er ist jung und groß.

»Muss für meinen Vater noch was holen«, sagt Ili und will vorbeigehen, als der Fahrer aus dem Führerhaus steigt und Ili voll gegen ihn läuft. Beinahe hätte sie das Netz mit den vier Bierflaschen fallengelassen.

Der Fahrer lacht nur, als Ili vor seinen gewaltigen Bauch prallt. »Wen haben wir denn hier, Gerd?«, sagt er und lacht noch immer. »Die ist noch zu jung, da haben wir heute Nacht was Besseres!« Beide lachen und entschwinden in Richtung auf Haus 28, in dem in diesem Augenblick bereits das Licht im Hausflur anspringt.

Ili folgt dem Pfad, der zwischen zwei älteren Siedlungshäusern geradewegs zum Spiegelhof führt. Sie schaut nicht nach links, nicht nach rechts, der Pfad ist ausgetreten, der helle Sand dient ihr als schmales schwaches Leuchtband. Im Hintergrund kann sie zwischen zwei Bäumen den Giebel des Gasthauses erkennen, der von der Bogenlampe erhellt wird, die den kleinen Parkplatz beleuchtet. Der Spiegelhof ist alt und gedrungen, er duckt sich in einer Kuhle, umgeben von alten Linden, die im matten Licht als mächtige schwarze Silhouetten erscheinen.

Ili hat das Ende des Pfades erreicht, wo eine Treppe mit wenigen Stufen in den früheren Garten der Gaststätte führt. Schon vor dem Bau der Siedlung war der Spiegelhof ein beliebtes Ausflugslokal für die Langenheimer gewesen, doch seit einigen Jahren ist er zur reinen Kneipe heruntergekommen.

Der Garten wird schon lange nicht mehr als Wirtshausgarten genutzt. Im Schein des Lichts, das aus den Toilettenfenstern in den Garten dringt, sieht Ili die vielen alten Bier- und Limonadekisten, die die Wirtsleute hier zwischen ausgedienten Autoreifen, zwei zerbrochenen Kloschüsseln und zahlreichen längst verrotteten Gartenklappstühlen gelagert haben. Auch ohne den Lichtschimmer aus den Toilettenfenstern würde Ili den Weg zur Seitentür der Gaststätte finden.

Früher hat Vater nicht so viel Bier getrunken, damals hatte er oft Spätschicht, die ihn immer erst um Mitternacht heimkommen ließ, wenn sie schon längst schlief. Aber vor zwei Monaten hat der Arzt Vater die Spätschicht verboten. Seitdem kommt er jeden Tag um halb vier vom Werk nach Hause, schläft zwei Stunden, während Ili Hausaufgaben macht oder spielt. Dann essen sie zu Abend. Wenn Mutter da ist, teilt sie das Bier für den Abend ein, und Mutter und Vater streiten darüber. Wenn Mutter abends putzen muss, holt Vater seine Kartenfreunde. In den Spiegelhof geht er nie selbst.

Ili hat einmal gehört, wie Mutter zu ihm sagte, da solle er sich bloß nie wieder sehen lassen, er habe jetzt im Spiegel Hausverbot. Das ist ein starkes Wort, findet Ili: Hausverbot! Sie will schon seit Langem Mutter fragen, wann man Hausverbot bekommt, aber sie weiß nicht, ob Mutter die Frage mag.

Ili öffnet die Tür des Seiteneingangs, die laut quietscht. Sie geht durch den schmalen Gang an den Toiletten vorbei in den Schankraum. Es sind nur Männer in der Gaststube, und dicker Zigarren- und Zigarettenqualm liegt über den drei Tischen, die besetzt sind. Vor der Theke hockt ein älterer, dicklicher Mann, der ebenfalls raucht. Hinter der Theke steht der Wirt, den alle Nobbi nennen und den auch Ili nur unter diesem Namen kennt. Nobbi ist schon älter. In der ganzen Siedlung wird von seinen schlechten Launen erzählt und von seinen Wutausbrüchen, die angeblich manches Mal bis zu den Siedlungshäusern herüber schallen. Von Mutter hat sie einmal gehört, dass Nobbi zwei Söhne im Zweiten Weltkrieg verloren hat und dass der dritte und letzte Sohn kurz nach Kriegsende an einer Hirnhautentzündung gestorben ist. Seitdem sind Nobbi und seine Frau mit dem Spiegelhof allein, hat Mutter erzählt. Nobbi hat auch an diesem Abend eine Zigarette zwischen den Lippen.

»Was ist's heute?« Er nickt Ili zu.

»Vier Flaschen und Stuyvesant-Zigaretten für eine Mark.«

»Hast du Geld dabei?«

Ili nickt und legt ein Zweimarkstück und zwei Einmarkstücke auf die Theke. Nobbi bückt sich, Rauch steigt von seiner Zigarette auf. Er holt vier Flaschen aus der Kühltheke und geht mit dem Markstück zum Zigarettenautomaten.

»Was haben wir denn hier für eine kleine Pussi?«

Der dicke Mann, der auf dem Barhocker an der Theke hockt, dreht sich schwerfällig nach rechts und betrachtet Ili mit dem gleichen seltsamen Blick, den sie von Herrn Fischer kennt. Ili schaut auf den Boden. Sie hasst solche Fragen, und sie hasst alle Männer, die ihr solche Fragen stellen und sie so anblicken.

»Lass das Kind in Ruhe, du alter Bock!«

Nobbi nimmt die vier leeren Flaschen aus dem Netz, stellt die vollen hinein und legt die Zigarettenpackung dazu.

»Kind? Die hat doch schon was davor, die hat doch mehr als das. Die hat bestimmt schon 'ne schöne …«

»Halt's Maul, du alter Mistbock. Du bist hier in einem anständigen Haus!«

Auch die letzten beiden Sätze hat Nobbi mit der Zigarette zwischen den Lippen hervorgestoßen, aber alle in der Gaststube haben die Worte gehört und verstanden. Für ein paar Sekunden erstirbt die Unterhaltung an den drei Tischen, die Blicke gehen zu dem dicklichen Mann, der sich langsam wieder zur Theke hindreht und sein Bierglas ergreift.

Nobbi reicht Ili das Netz über die Theke.

»Tschüss, Ili«, sagt er.

Ili nickt.

19

Martin, Nina, 14. Oktober 2015

»Da hinter der Hecke, Martin, da kannst du Wolfgangs Grab sehen.« Martin folgte der Richtung von Ninas Finger und nickte. Die frischen Kränze und Blumengestecke, aufgehäuft zu einem kleinen länglichen Grabhügel, leuchteten zu ihnen herüber.

»Wolfgang ist aus Langenheim nie weggekommen.« Martin sprach langsam, leise und schaute dabei auf den bekränzten Hügel.

»Der hat das nicht vermisst, Martin, der war sogar stolz drauf«, antwortete Nina nach einiger Zeit.

»Kann ich nicht verstehen, Nina. Du musst doch mal raus aus der alten Umgebung, kannst doch nicht immer am gleichen Ort das Gleiche machen. Wolfgang fängt hier nach dem Abi bei der Sparkasse an und bleibt sein ganzes Leben dabei!« Martin machte eine kleine Pause. »Nur bei den Frauen war er wechselwillig, und das wohl nicht zu knapp.«

Nina lächelte. Martin überlegte. War er neidisch auf Wolfgangs Frauengeschichten? Zwischen Manu und Nina hatte es bei ihm nur drei Frauen gegeben, nur drei in acht Jahren. Und zwei davon hatten auch noch Ähnlichkeit mit Daila gehabt! Wolfgang war ihm bei Frauen schon in der Schulzeit voraus gewesen. War immer der Erste! Ein Hirsch! Aber das war jetzt auch egal.

»Erinnerst du dich, Martin? Wolfgang und Ili waren die Ersten von uns, die damals miteinander gingen.«

Natürlich erinnerte er sich! Nina war in ihren Gedanken offenbar auch gerade 45 Jahre zurück. Sie nahmen ihren

Spaziergang wieder auf. Irgendwie würden sie schon an Ilis Grab gelangen.

»Es endete nicht gerade glücklich«, bemerkte Martin nach einiger Zeit. Nina drehte sich zu ihm hin, sagte aber nichts. Martin überlegte, wann er das Thema Boston ansprechen sollte. Dass Veränderung guttut, man nicht immer am gleichen Ort bleiben sollte, war doch ein passender Aufhänger. Nina fragte sich, ob sie nicht die Chance nutzen sollte, jetzt, wo Martin sich offenbar beruhigt hatte, von dem Treffen mit dem Makler im Fachwerkhaus zu erzählen. Das war *ihr* Haus, das wusste sie, es war genau das, was sie beide suchten.

Aus der Ferne hörten sie den schrillen Pfiff einer Lokomotive. Unwillkürlich blieb Martin stehen.

»Deine Bahn«, sagte Nina.

Martin nickte. »Meine Bahn.« Sie gingen ein paar Schritte weiter und hielten an einer Holzbank, die zur Nachmittagssonne hin ausgerichtet war. »Lass uns noch eine rauchen, eine letzte.«

Sie hatten sich gerade gesetzt, als ein zweiter Pfiff die Stille unterbrach und gleich darauf das ferne Gerumpel eines langen Güterzuges zu hören war. »Fährt noch immer«, sagte Nina.

»Fährt gerade über die Lippebrücke«, erwiderte Martin und gab sich und Nina Feuer. Weder Nina noch er rückten aufeinander zu. Sie ließen Platz zwischen sich und rauchten still, jeder in seine Gedanken vergraben.

Zu Hause standen im Regal acht Exemplare von »Die Westfälische Landeseisenbahn und ihre Bedeutung für die frühe Industrialisierung Ostwestfalens: Eine historisch-geographische Studie«. Martin hatte die Bände ausgepackt, als er vor acht Jahren mit drei Bücherkisten bei Nina vorgefahren war und im ehemaligen Zimmer von

Julia sein Arbeitszimmer eingerichtet hatte. Rein provisorisch natürlich. Sieben Exemplare waren damals noch in Folie eingeschweißt, und waren es noch immer. Drei Jahre hatte er an dieser Arbeit gesessen, die am Ende mit »Sehr Gut«, magna cum laude, bewertet und in einem angesehenen wirtschaftsgeografischen Fachverlag erschienen war.

Während das Gerumpel des Güterzuges auf der Lippebrücke andauerte, sah sich Martin wieder bei Professor Purrer im Institut für Wirtschafts- und Sozialgeographie in Köln sitzen. Er hatte die letzten beiden Studienjahre bei Purrer als Hilfskraft gearbeitet und drei Hauptseminare bei ihm besucht. Er wusste, dass Purrer ihn mochte. Die Idee für die Dissertation hatte Martin schon lange mit sich herumgetragen. Bereits bei Frau Schmidtchen in Heimatkunde hatte er mit Liebe die fünf Eisenbahnlinien, die in Langenheim am Hauptbahnhof zusammenliefen, in den selbst erstellten Stadtplan gezeichnet, diese Linien, die aus dem Wechsel von schlanken schwarzen und schlanken weißen Rechtecken bestanden.

Er erzählte Purrer nichts von den Zeichnungen bei Frau Schmidtchen, aber viel von den Daten zur Wirtschaftsgeschichte des ländlichen Ostwestfalens, die er zusammengetragen hatte und die deutlich machten, welch großen Einfluss die neuen Transportmöglichkeiten auf die Entwicklung im ausgehenden 19. Jahrhundert genommen hatten. Purrer nahm den Vorschlag sofort an. »Ist ja nicht so oft, dass ein Doktorand so selbstständig und weitgehend ein Thema für eine Dissertation vorbereitet hat«, fügte er hinzu und zog ausgiebig an seiner Pfeife. Martin ahnte damals noch nicht, dass Purrer etwas mit ihm vorhatte.

Die Dissertation führte dazu, dass er in jenen Jahren wieder häufiger nach Langenheim kam, um in den Archiven der Stadt, der Landesbahn und des Metallwerkes zu arbeiten, der früheren Königlich Preußischen Artilleriewerkstatt, die seit ihrem Beginn Ende des 19. Jahrhunderts Gleisanschluss der Landesbahn hatte.

Er war zufällig auch gerade an jenem Tag im dortigen Archiv, als ein Güterzug beim rückwärtigen Hinausfahren aus dem Werkstor einen zwölfjährigen Jungen vom Spiegelberg erwischte, Vassili Dokakis, der sich schon die Tage zuvor einen Sport daraus gemacht hatte, das Schimpfen des Rangiermeisters zu missachten und auf das Trittbrett des ersten Güterwaggons zu springen, um einige Meter mit dem langsam aus dem Tor rollenden Zug mitzufahren. An jenem Tag war der Junge abgerutscht und so unglücklich gefallen, dass der Waggon ihn überrollte.

Das Unglück sprach sich sofort im Werk herum. Die Arbeiter der Frühschicht, die gerade die Fabrik verließen, eilten alle zur Unfallstelle. Unter den Arbeitern war auch der Vater des Jungen, dessen Körper zerquetscht und zerstümmelt unter den Rädern des Waggons lag. Des Vaters Schreie hallten über den ganzen Werkhof bis hoch zu den Archivräumen im dritten Stock des Altbaus, in dem Martin bei geöffnetem Fenster saß und Daten und Zahlen aus alten Auftrags- und Rechnungsbüchern in seine Unterlagen übertrug.

Nach den minutenlangen Schreien des Vaters konnte er nichts mehr zu Papier bringen, schloss die Tür zum Archiv, trat durch ein Nebentor aus dem Werk und radelte noch einmal durch die vertrauten Siedlungsstraßen des Spiegelbergs, der ihm an diesem Nachmittag ungewöhnlich still und wie betäubt erschien.

Doch vor einem Haus im mittleren Teil hatte sich eine kleine Menschentraube versammelt, Männer, Frauen und Kinder, die schweigend vor der Haustür und auf dem kleinen Rasenstück zwischen Haus und Gehweg standen. Martin hielt an.

Am Straßenrand parkte ein grün-weißer VW-Käfer der Polizei, genau so ein Wagen, wie er bei der Hochwasserkatastrophe 1965 vor dem Haus 62 gestanden hatte, wo er mit Fieber im Bett lag und ein Polizist ihn befragte. Vom Rad blickte er auf die weinenden Frauen, die leise immer wieder »Vassili« sagten, drei Silben, die ihre Fassungslosigkeit ausdrückten. Er radelte die fünf Kilometer zum Haus der Eltern zurück, die 1975 eine Wohnung im Süden der Stadt bezogen hatten, nachdem auch sie nicht länger auf dem Spiegelberg hatten wohnen wollen »mit all dem Ausländerpack«, wie sein Vater damals sagte.

Knapp zwei Jahre später war seine Dissertation fertig und Manu schwanger. Martin fühlte sich wie im siebten Himmel, wenn auch noch nicht sicher war, wie es beruflich weitergehen würde, und er schon begann, sich mit dem Referendariat und einer Studienratstätigkeit anzufreunden. Wenige Tage, nachdem die Arbeit als Buch erschienen war, fand er im Briefkasten zwei Briefe.

Der eine war von seiner Mutter und enthielt eine Seite des Langenheimer Tageblatts, auf der ein längerer Bericht über ihn und seine Arbeit stand. Während Martin den Artikel las, musste er an seinen Lehrer Hesse bei der Einschulung auf dem Gymnasium denken. Denn auch der Journalist des Tageblatts hielt nicht mit seiner Verwunderung darüber zurück, dass ausgerechnet jemand vom Spiegelberg so ein umfangreiches wissenschaftliches Werk verfassen konnte, für das man dem Spiegelberger sogar einen Doktortitel verliehen hatte. Martin ärgerte sich über diese pauschale Abwertung seines alten Viertels, das war ungerecht; er setzte sich gleich an den Schreibtisch und schrieb der Zeitung eine Erwiderung, schickte sie aber nicht ab.

Im zweiten Umschlag lag ein Schreiben der Westfälischen Landeseisenbahn, die ihm eine Freifahrt für die Strecken nach Warstein und Neubeckum schenkte, die mittlerweile nur noch von Güterzügen befahren wurden. Diese beiden Fahrten auf einer der schweren blauen Dieselloks, die er schon zwei Wochen später antrat, waren für ihn das schönste Geschenk, das er zur Promotion erhalten hatte. Das wichtigste Ergebnis seiner Arbeit aber kam nur einige Tage später, als Purrer ihn bei der kleinen Promotionsfeier im Institut plötzlich zur Seite nahm.

»Ich hätte da was für Sie.« Purrer zog an seiner Pfeife, und Martin meinte, dass ein Lächeln um Purrers Mund spielte. »Hab gehört, dass Sie Nachwuchs erwarten, Herr Schrader. Gratuliere! Da wächst die Verantwortung.« Martin nickte, blieb noch immer still, überlegte, worauf Purrer wohl hinauswollte. »Also kurz«, Purrer nahm die Pfeife aus dem Mund, »ich hätte eine Habilstelle für Sie.«

»Habilstelle? Hier? Herr Purrer! Ich meine, wo?« Martin konnte nur stammeln.

»Natürlich nicht hier, wo Sie promoviert wurden. Die Kollegen in Bonn sind mir was schuldig.«

»In Bonn? Das wär ja Wahnsinn!«

Purrer lachte ihn an, freute sich über Martins Verwirrung. »Nur zu, Doktor Schrader, nur zu!« Dabei klopfte ihm Purrer auf die Schulter. »Blamiern Sie mich nicht. Aber«, er machte eine kleine Pause, »so bleiben sie auch unserem Institut verbunden.«

Martin schaute ihn mit großen Augen an. Was meinte Purrer damit? Sein Doktorvater ging jetzt ganz nah an ihn heran, berührte ihn fast mit seiner linken Schulter. Martin roch den Tabak, sah in den Ecken von Purrers Lippen etwas weißlichen Speichel und blickte in zwei Augen, die schalkhaft zwinkerten.

»Na ja, in knapp sechs Jahren werde ich emeritiert und da kann es doch sein, dass just zu diesem Zeitpunkt ein gewisser Doktor Martin Schrader seine Habil in Bonn fertiggestellt hat. Sie können hart arbeiten, Schrader, und Sie haben den gezielten Blick des Geografen, das gefällt mir.« Purrer lächelte, zog an seiner Pfeife und ließ ihn stehen.

Und genau so geschah es. Martin und Manu zogen erst gar nicht nach Bonn, sondern nahmen eine Wohnung in Marienburg im Süden von Köln, von wo er in einer Dreiviertelstunde im Bonner Institut sein konnte. Als das fünfte Jahr der Habilzeit begann, wurde Manu vom zweiten Sohn entbunden, ein Jahr später bereitete die Fakultät in Köln eine Ausschreibung für die Nachfolge Professor Purrers vor, die überraschend deutlich auf Martins wissenschaftliches Profil in Sozial- und Wirtschaftsgeografie zugeschnitten war, so schmal sich das zu jenem Zeitpunkt auch noch ausnahm.

Als er von der Berufungskommission dann tatsächlich nominiert wurde, ging ein Raunen durch das Kölner Institut, da allen Kollegen klar war, dass es sich hier um eine verkappte Hausberufung handelte. Und dann gleich ein C4-Lehrstuhl! So viel Glück wollten die Kollegen Martin nicht gönnen. Doch Purrer konnte ein letztes Mal zugunsten von Martin eingreifen und dafür sorgen, dass mit Blick auf ihn, den alten Ordinarius, bald jede Kritik an der Entscheidung verstummte.

Martin war 1992 mit 37 Jahren ordentlicher Professor der Universität zu Köln, zweifacher Vater und glücklicher Ehemann. Wieder stand ein Artikel im Langenheimer Tageblatt, und wieder fand Martin in ihm die Verwunderung darüber, dass ein Junge vom Spiegelberg es so weit gebracht hatte. Sein Werdegang wurde den Langenheimern als Erfolgsstory vorgestellt.

Am Institut in Köln hielt sich sein Erfolg allerdings in Grenzen. Manu setzte auf Martins Hilfe bei der Erziehung der beiden Jungen, was ihn vor allem daran hinderte, endlich ein Semester an einer ausländischen Universität zu arbeiten. Er hatte ständig das Gefühl, dass seine Kollegen in Geografie, die alle mindestens ein Jahr ihres Studiums oder ihrer Promotionszeit im Ausland geforscht hatten, ihn diese Unerfahrenheit, dieses für einen Geografen unsägliche Manko spüren ließen.

Endlich, im Herbst 1996, gestattete Manu ihm ein Semester an der Universität Haifa. Martin hatte begonnen, über Restrukturierungsprozesse in Hafenstädten zu arbeiten, hatte einige Aufsätze zu deutschen und niederländischen urbanen Wandlungsprojekten veröffentlicht und dann die Anfrage aus Haifa für das Herbstsemester erhalten. Manu konnte nicht nein sagen.

Schon in der ersten Woche, die er in Haifa unterrichtete, einer noch sehr warmen Woche Anfang Oktober, traf er auf Daila. Sie war Magisterkandidatin in Urban Studies und saß in der ersten Reihe ganz links im Oberseminar, das er gemeinsam mit einem israelischen Kollegen halten sollte. Sein Blick wurde magisch von ihr angezogen, er schaute automatisch immer wieder zu ihr hin, zwei oder drei Mal stockte er gar mitten im Satz, was der Kollege seiner Suche nach dem richtigen englischen Wort zuschrieb, aber die Vokabel kannte er, nein, es war das Gesicht von Daila, ihr braunes, langes Haar, das ihr über die Schultern fiel, es waren die dunklen Augen hinter den langen Wimpern, die gar nicht direkt auf ihn gerichtet waren, sondern eher etwas gelangweilt nach vorn blickten und nur dann und wann einmal seinen Blick trafen, es waren die langen schlanken Finger, die auf ihrem Schoß lagen, auf einem schwarzen Kleid, das ein dünnes Kleid war, das konnte er vom Pult aus sehen, sie hielt die Beine brav zusammen und hatte sie nach links hin abgewinkelt.

Er sah die gebräunten Knie, die gebräunten Beine, sie würde irgendwann aufstehen, dann würde er sie ganz sehen, und schon wieder stockte er, nahm dankbar das ihm vom Kollegen zugerufene englische Wort auf und brachte seine Ausführungen zu Ende, wobei er sich noch schnell eine Frage überlegte in der Hoffnung, sie würde die Frage beantworten und er würde ihre Stimme hören, die sicher eine besondere Stimme war, die alles zum Klingen bringen würde. Doch sie schaute nur weiter gelangweilt nach vorn, als Martin seine hastig zusammengebastelte Frage stellte, und es war ein junger Kerl in der dritten Reihe, dessen schwarzes Haar sich schon sehr gelichtet hatte, der die Frage dann sehr korrekt beantwortete.

Als das Seminar zu Ende war, verließ sie schnell den Raum. Er konnte ihr nicht folgen. Amos, sein Kollege, redete die ganze Zeit auf ihn ein, ging mit ihm in sein Arbeitszimmer, lobte Martins Exposé für den Kurs, sprach immer wieder davon, dass ihre »cooperation wonderful« sein würde, doch Martin hörte es gar nicht mehr, nickte nur mechanisch, sah einfach nur Daila, sah, wie sie leicht schlendernd den Seminarraum verlassen hatte, sah das dünne schwarze Kleidchen, das bis knapp oberhalb der Knie reichte. Er versuchte sich an ihre Schuhe zu erinnern, waren es leichte Sandalen, Flip Flops oder ganz dünne feine Lederschuhe mit kleinem Absatz? Er ärgerte sich, dass er die Schuhe nicht gesehen hatte, als wäre sie aus dem Seminarraum geschwebt statt zu gehen.

Er entschuldigte sich bei Amos, lief den schmalen Gang zum Aufzug, fuhr in den 17. Stock des Eshkol Tower, wo die Universität für ihn und seinen italienischen Kollegen Ernesto Parodi, den zweiten Gastdozenten, ein Zimmer-

chen eingerichtet hatte, und ließ dort über dem Waschbecken minutenlang kaltes Wasser über sein Gesicht laufen.
Es konnte doch nicht sein, dass es ihn an seinem ersten
Unterrichtstag in Haifa gleich dermaßen erwischen würde,
das war doch alles ein Traum, eine Einbildung!

Er sah in den Spiegel über dem Waschbecken. Er war 41,
aber das Gesicht, das ihn anschaute, war keine 41, war eigentlich noch immer so wie … na ja, vorne wurde das Haar
etwas lichter, da musste mal ein gutes Haarwasser ran, aber
wenn es frisch geföhnt war, sah man nichts von den Ecken.
Sie war 23 oder 25, bestimmt schon 25, denn es war ja eine
Masters- und Doktoranden-Klasse, und in Israel mussten
auch die Mädchen zum Militär, vielleicht war sie schon 28,
da spielte doch ein Altersunterschied gar keine Rolle, so
viele Mädchen hatten Partner, die ein paar Jahre älter sind,
das war doch völlig normal.

Partner! Martin lachte sein Spiegelbild an. Er hatte sie
gerade 90 Minuten lang gesehen, von wegen Partner! Er
merkte, er war völlig daneben, trocknete sein Gesicht
ab, ging zum Schreibtisch, zurück ans Waschbecken und
schaute noch einmal intensiv in den Spiegel. Die Falten
rechts und links vom Mund waren schon recht deutlich, er
verbesserte sich: Sie waren männlich markant. Er war auch
nicht so braun wie die Israelis hier, aber das könnte sich
ändern, noch gab es hier täglich Sonne.

Er beschloss, gleich zum Studentensekretariat zu gehen
und sich mehr Informationen zu allen Teilnehmern des
Oberseminars geben zu lassen, was sie bisher studiert hatten, wann sie immatrikuliert wurden, aus welchen Orten
sie kamen und wann sie geboren waren. Nein, das könne
er immer noch erledigen, er würde lieber gleich auf den
Campus zurück, er hatte schon an den ersten drei Tagen
bemerkt, dass die Studenten am späten Nachmittag gern

auf dem oberen Rasen, der nach Westen geneigt war, saßen oder lagen, mit ihrem Becher Tee, Kaffee oder Cola in der Hand, dort würde er nach ihr schauen.

Eine Viertelstunde später hatte Martin einen Becher Cola in der rechten Hand und schlenderte von der Cafeteria zum oberen Rasen, lief scheinbar wahllos an den Reihen der dort zumeist in Grüppchen beisammen sitzenden oder liegenden Studenten entlang, doch Daila war nicht darunter. Vielleicht hatte sie noch einen weiteren Kurs, vielleicht war sie runter in die Stadt gefahren, vielleicht noch einmal zum Strand, hatte schon längst ihr schwarzes Kleid abgestreift und trug jetzt einen kleinen, schwarzen Bikini, oder sie hatte sich mit jemandem getroffen, vielleicht mit einer Freundin oder einem Freund, vielleicht mit ihrem Freund? Martin atmete tief durch. Das konnte doch nicht wahr sein, das waren doch längst vergangene Gefühle von früher, das war doch alles verrückt! Er trank den Becher Cola auf einen Zug leer und ging in sein Zimmer zurück.

Am nächsten Morgen erfuhr er im Studentensekretariat, dass Daila 1972 in Akko auf die Welt gekommen war, sich mit einer Kollegin ein Appartement im Studentendorf teilte und einen Bachelor mit Vertiefung in politischer Wissenschaft absolviert hatte, bevor sie sich im Sommer für das Masters Degree in Urban Studies eingeschrieben hatte. Ihre bisherigen Studienleistungen waren ordentlich, aber nicht überragend.

24 war sie also und damit eine der jüngsten Teilnehmerinnen seines Seminars. Das wusste er nun. Aber er sah sie nicht. Er schaute auf die Veranstaltungen, die für Master-Studenten in Stadtplanung als obligatorisch vorgeschrieben waren, und hielt sich nahe der Räume auf, in denen diese Seminare und Übungen abgehalten wurden. Aber nirgends entdeckte er sie.

Er hatte sich schon damit abgefunden, dass er wohl bis nächste Woche würde warten müssen, bis er wieder mit Amos das Oberseminar unterrichten würde, als er plötzlich eine Frauenstimme »Excuse me, Professor Schrader« sagen hörte, »können Sie mich bitte durchlassen?«

Es war eine mittlere Stimmlage, nicht zu hoch, nicht zu tief, die Laute erreichten langsam sein Ohr, fast wie in Zeitlupe, und drangen sofort tief ein. Er musste sich gar nicht umdrehen, er wusste, wessen Stimme es war, trat einen Schritt zurück, und schon ging sie an ihm vorbei, trug Jeans und ein weißes T-Shirt. Sie drehte sich ihm voll zu, als sie an ihm vorbeiging, und lächelte. Er wusste nicht, was er sagen sollte, nickte nur zweimal und etwas wie »Hi« kam aus seinem Mund.

Schon war sie vorbei, ging durch die Tür in den Hörsaal und suchte in den ansteigenden Reihen einen Platz. Er folgte ihr und starrte auf die enge Blue Jeans, die ihren Po umgab. Dann setzte sie sich, und er saß zwei Seminarstunden lang drei Reihen hinter ihr. Während die Kollegin Birjakov einen Vortrag hielt über Stadtentwicklungsmodelle der frühen Chicagoer Schule, schaute er die ganze Zeit auf Dailas Haar, ihren Nacken, den Rand des weißen T-Shirts, ihre eher kräftigen Schultern, die unter dem Baumwollhemd durchschimmerten. Wahrscheinlich war sie einmal Schwimmerin gewesen, dachte Martin, die behalten ihre kräftigen Schultern auf Ewigkeit.

Als er abends in seinem Appartement auf den Balkon trat und auf die Bucht von Haifa blickte mit ihren vielen Lichtern, die von den Sternen der klaren Oktobernacht gespiegelt wurden, war er auf einmal sicher, dass etwas ganz Neues beginnen würde. Alles würde anders, er wusste noch nicht wie, aber er wusste, er würde alles zurücklassen, wenn sie es nur wollte.

Er nahm auf einem der Plastikstühle Platz, sah auf das Meer, auf den Himmel, es war alles eins in dieser Nacht. Als das Telefon klingelte, fuhr er erschrocken hoch, das Läuten hatte keinen Platz in der Welt, die ihm jetzt vor Augen stand. Wie aus einer tiefen Trance nahm er den Hörer ab und meldete sich.

Es war Manu, die schon auf seinen Anruf gewartet hatte und entsprechend schlecht gelaunt war. Zudem hatte Lukas sich in der Schule mit einem Mitschüler gestritten, sie hatten sich geschlagen, und die Lehrerin war überzeugt gewesen, dass Lukas der bei Weitem Aggressivere der beiden gewesen sei. Philipp war in der ersten Klasse gestürzt und hatte sich eine Wunde an der Stirn zugezogen, die Philipp aber dank eines großen Pflasters und vieler guter Worte der Klassenlehrerin wohl schon bald wieder vergessen hatte. Manu allerdings überlegte, ob in der Heinrich-Heine-Schule wirklich sorgfältig genug auf die Erstklässler geachtet wurde, und wollte Martins Meinung dazu hören. Zwanzig Minuten des Telefongesprächs waren vergangen, als Manu die Frage stellte, wie es ihm denn ginge.

Martin spürte, wie sich Schweißtropfen auf seiner Stirn bildeten. Er konnte den Mund nicht mehr bewegen und presste erst nach einer weiteren Nachfrage von Manu heraus, dass alles in Ordnung sei, es sei mehr Arbeit, als er gedacht habe, und er säße viel in der Bibliothek, die Studenten hier seien doch fordernder, als er erwartet hätte. Dann konnte er nicht mehr, er hätte nur noch heulen oder brüllen können, aber Manu war zufrieden. Sie erzählte noch ein paar Minuten vom letzten Anruf bei ihrer Mutter, und Martin war froh, dass er Manus Sätze mit »ah ja« und »ach so« kommentieren konnte, dann war sie endlich fertig, und er konnte auflegen.

Er ging zurück auf den Balkon und in seinem Kopf hatte er die Vorstellung, all die Lichter in der Bucht, die von den vielen dort vor Anker liegenden Schiffen herrührten, würden plötzlich ausgelöscht, als flögen Raketen auf die Lichter, würden sie zerstören, und die Bucht wäre plötzlich dunkel, ein dunkler Schlund, der alles in sich hineinsaugte, was sich ihm näherte.

Eine Woche später hatte Martin an der Bushaltestelle auf sie gewartet. Als die Vorlesung der Birjakov beendet war, hatte Daila sich, wie sie es kurz nach seinem Seminar vereinbart hatten, auf den Weg gemacht. Erst als sie nebeneinander im Bus saßen, begannen sie, miteinander zu sprechen. Sie fuhren bis zum Strand Nr 5, zogen dort Badekleidung an, schwammen einige Minuten im noch immer warmen Meer, tranken Wein im kleinen Beach Café, lachten viel und nach dem zweiten Glas eröffnete er ihr, was er fühlte, seit er sie vor knapp zehn Tagen zum ersten Mal gesehen hatte. Er wollte es eigentlich nur vorsichtig andeuten, aber andeuten ging nicht. Daila blieb still, während Martin sprach und sprach, zwei weitere Gläser Wein trank und am Ende den Kopf senkte, als würde er ihn Daila anbieten, als könne sie die Guillotine über ihm aufbauen und hätte dann nichts mehr mit ihm zu tun.

»That's unbelievable, Martin«, sagte Daila, »unbelievable and wonderful at the same time«, und damit neigte sie sich ihm zu und gab ihm den ersten Kuss. Drei Tage später mieteten sie sich für das Wochenende in einem kleinen Hotel am Strand südlich von Haifa ein. Martin war, als würden ihm an diesem Sonnabend Flügel wachsen, er hatte eine solche Leichtigkeit nie zuvor gespürt.

Die zwei Wochen über Weihnachten und Neujahr, die Martin in Köln bei Manu und den Kindern verbrachte, waren grausam. Am Zweiten Weihnachtsfeiertag hatte er plötzlich ein schreckliches Kratzen im Hals verspürt, einen Tag später lag er für fünf Tage im Bett mit einer kräftigen Mandelentzündung, die auch auf die Antibiotika nur sehr schleppend ansprach. Manu war sichtlich enttäuscht, Martin zählte die Tage bis zum 3. Januar, an dem sein Flugzeug nach Tel Aviv gehen würde. Bis Ende Februar sollte seine Forschungs- und Lehrzeit in Haifa dauern.

Am Tag vor der Abreise, als der Hals auskuriert war, schliefen Manu und er miteinander, und Martin tat alles, um sein Elend zu verbergen. Er sah die ganze Zeit nur Daila neben sich. Der Film, der in ihm ablief, war ein solches Stimulans, dass Manu nichts von Elend mitbekam, im Gegenteil, sie war überrascht von Martins Feuer, bedeckte ihn beglückt mit Küssen und zärtlichen Reden, und Martin hatte für einen Moment die Vorstellung, er würde sie erdrosseln, er würde dafür sorgen, dass sie nie mehr sprechen konnte, und sogar diese Vorstellung befeuerte ihn erneut, sodass Manu mit großen Augen zu ihm aufblickte. Als er zu weinen begann, war die Welt völlig verkehrt. Manu riet ihm, doch einfach nicht wieder nach Israel zu fliegen, wenn es ihn so sehr schmerzen würde, sie und die Kinder zurücklassen zu müssen. Martin bäumte sich auf und vergrub sein Gesicht in den Händen. Er schämte sich.

Der Abschied am nächsten Tag verlief steif, aber ohne jede Skepsis auf Manus Seite, im Gegenteil. Sie wiederholte mehrmals, dass eine kleine Zeit der Abwesenheit doch ganz positive Impulse für das Wiedersehen bereithielte, das hätte sie deutlich verspürt. Martin schluckte, verzog den Mund zu einem breiten Lächeln und wusste keinen Boden für seine Scham. Er hatte nie zuvor Manu gegenüber so durchgehend gelogen. Er war nie zuvor so falsch gewesen, er hatte sich zwölf Tage lang verstellt. Er fasste es nicht.

»Alles okay?« Nina zupfte ihn am Ärmel und stampfte mit dem rechten Fuß auf, um den Rest der aufgerauchten Zigarette am Boden auszutreten. »Du bist so abwesend.«

»Ja? Ja, ist noch recht schön hier in der Sonne«, bemerkte Martin und nahm einen letzten Zug von der Zigarette, bevor auch er sie am Boden austrat. »Ich würde gern noch ein paar Minuten hier sitzen bleiben. Noch geht's in der Sonne.«

Nina nickte nur, faltete die Hände hinter ihrem Kopf zusammen und streckte sich auf der Bank.

Zwei Monate nach seiner Rückkehr nach Haifa sollte sein Forschungsvertrag auslaufen. Er hatte Anfang Februar versucht, ihn wenigstens um einen Monat zu verlängern, Amos hatte ihn unterstützt und der Rektor der Universität hatte durchaus Wohlwollen bekundet. Kollege Ernesto aber hatte nicht nur um Verlängerung, sondern gleich um einen Mehrjahresvertrag gebeten, seine Heimatuniversität hatte signalisiert, das Geld für seinen Wiedereinstieg in Bologna sei nicht da.

Dann kamen mehrere Briefe aus dem Kölner Institut, Anfragen für Prüfungstermine, die Institutssitzungen sollten alle schon im März stattfinden, die neue Prüfungsordnung für Magisterkandidaten musste so bald wie möglich beschlossen werden. Er hasste diese Schreiben, deren angebliche Wichtigkeit noch dadurch unterstrichen wurde, dass sie zuerst als Faxe eingingen, bevor die Post sie vier Tage später ins Gästehaus lieferte. Er spürte die Keule der Pflicht, die Köln hieß und Uni und Manu und Lukas und Philipp, und die ihn immer stärker bedrängte. Er wurde von Tag zu Tag unruhiger.

Aber er war fest entschlossen, auf jeden Fall noch den März mit Daila zu verbringen, den Frühling mit ihr in

Haifa zu feiern. Und dann würde der Abschied kommen. Eines Nachmittags stand er auf dem Balkon des Gästehauses und schrie das Wort heraus, schrie als könne er den Abschied wegschreien.

Schon badete er in dem herrlichen Gedanken, sich wie Ernesto in Haifa um eine reguläre Anstellung als »associate professor« zu bemühen. Eigentlich wusste Martin, dass solch eine Vorstellung Spinnerei war, dennoch blieb dieser Gedanke, setzte sich fest als Ausweg aus allem und als Tor zum reinen Glück. Der Gedanke beherrschte ihn, bis ihn das Gefühl beschlich, dass auch Daila sich auf die Begrenztheit ihrer gemeinsamen Zeit bis Ende Februar eingerichtet hatte.

Am Valentinstag wurde er erstmals stutzig. Sie war ausgewichen, als er fürs Wochenende ein Treffen in einem ihrer Hotels vorschlug. Nie hatte er sie in ihrem Studentenwohnheim besucht, sehr selten war sie bei ihm im Gästehaus gewesen, hatte nur anfangs drei oder viermal die Nacht dort bei ihm verbracht, unruhig, weil sie Angst davor hatte, man würde sie sehen und auf dem Campus über sie reden.

Deshalb hatten sie sich noch im Oktober ein günstiges Hotel am Meer im Süden der Stadt und eins einige Kilometer weiter im Inland gesucht, wo sie die Wochenenden verbrachten. Doch jetzt, Mitte Februar, wurde alles anders. In der auf den Valentinstag folgenden Woche sagte Daila ein Treffen in den Bergen östlich der Stadt ab.

Und dann sah er, wie sie wenige Tage später am Campus-Bahnhof nicht den Bus zu den Appartements bestieg, sondern wie ein silbergrauer Ford vorfuhr und hupte. Sie winkte, sie schien sehr glücklich zu winken, dann stieg sie ein, und ihm war, als habe sie den Fahrer mit einem kleinen Kuss begrüßt.

Vielleicht war es ein Bruder oder Cousin, und mit Küsschen begrüßten sich die Israelis ohnehin gern. Er lief zu seinem kleinen Nissan, der auf dem Dozenten-Parkplatz stand, und fuhr gedankenverloren ins Gästehaus zurück.

Als er einen Tag später das Schreiben der Universität in Händen hielt, mit dem der Rektor ihm die Verlängerung um einen Monat zugestand, rief er sie in ihrem Appartement an. Überraschenderweise machte sie den Vorschlag, noch am gleichen Abend in ihr Hotel am Südstrand zu fahren. Er pickte sie an der Bushaltestelle am Berg Carmel auf und wusste schon im Auto, dass es keines der üblichen Treffen und keine der üblichen Nächte werden würde.

»Darren ist wieder da«, sagte sie, »er ist zwei Wochen früher als geplant zurückgekommen«, und es war, als müsste er Darren kennen und als wüsste er alles über ihn. In gewisser Weise hatte sie recht. Der Satz reichte, er wusste alles über ihn. Darren war zurück, war fünf Monate bei der brasilianischen Muttergesellschaft der Tel Aviver Computerfirma gewesen, bei der er arbeitete, und war jetzt zurückgekehrt. Sie würden da weitermachen, wo sie Ende September schon gestanden hätten, sagte Daila. Die Hochzeit solle im August stattfinden. Martin verschlug es den Atem.

Es war die einzige Nacht, die sie in dem Hotel verbrachten, ohne miteinander zu schlafen, die einzige, in der er darüber nachgedacht hatte, Daila zu vergewaltigen. Martin wusste nicht ein noch aus.

Was hatte er denn geglaubt? Dass sie noch einen wunderbaren März gemeinsam hätten, einen Frühling in Israel? Dann würde er fahren, sie würde heulen und ihn nie vergessen. Oder hatte er tatsächlich geglaubt, sich hier in Haifa für das Einmalige entscheiden zu können, für die übermächtige, fordernde Liebe, ihr zu folgen, ohne Rücksicht, ohne

Vorsicht? Nicht das Kleine, Sichere zu wählen, sondern das volle Risiko einzugehen, das ihn zum grandiosen Scheitern oder zur vollkommenen Erfüllung führen würde?

Doch Darren war zurück, alle Träume waren geplatzt. Er würde zurückkehren zu Manu. Und alles würde so sein wie vor seiner Abreise.

»Mir wird kalt, Martin, lass uns jetzt gehen. Wir müssen doch noch den Weg zu Ilis Grab finden.«

Martin schreckte auf. Nina bemerkte es nicht. Sie war schon aufgestanden. »Okay, lass uns gehen«, sagte er.

20

Wolfgang, Ilona, 1969

Wolfgang war auf dem schmalen Radweg entlang der Kasseler Chaussee meist ein paar Meter vor ihr gefahren. Jetzt aber auf dem asphaltierten Feldweg Richtung Süden radelte er endlich neben ihr. Manchmal streckte er seine rechte Hand nach ihr aus, dann reichte sie ihm die Linke, und sie fuhren ganz gleichmäßig Hand in Hand wie ein Gespann. Sie mochte es, seine Hand in der ihren zu spüren. Es war eine glatte, weiche Hand, warm, eine Hand, die man gerne anfasste. Dieser Sommertag war ideal für eine Radtour zum Großen Baggersee.

Gestern Abend hatte Martin plötzlich vor der Tür gestanden, um ihr zu sagen, dass Wolfgang angerufen hätte. Martin hatte danach eine Pause gemacht, und sie hatte die Luft angehalten.

»Wolfgang kommt morgen um neun«, sagte er endlich, »er will mit dir zum Großen See.« Ili atmete langsam aus. Sie hatte sich den ganzen Nachmittag diese Nachricht gewünscht. Als Martin sie jetzt mit großen Augen und leicht geöffnetem Mund ansah, wäre sie ihm fast um den Hals gefallen. Doch sie spürte, wie Martins Augen sie fragend ansahen. Sie zögerte, und während sie sich weiter stumm in die Augen schauten, änderte sich Martins Blick, und sie wusste, dass Martin die Antwort auf seine Frage schon kannte. Er senkte den Kopf und sagte nur »Ist schon klar«, und dann leiser: »Du willst mit Wolfgang allein zum See.« Ili nickte. Martin hatte sich dann mit einem leisen »Tschüss« verabschiedet und war enttäuscht die Treppen zur Haustür hinuntergestiegen.

Sie war heute Morgen nervös gewesen, hatte lange überlegt, was sie wohl anziehen sollte, sich dann doch für die weiße Bluse entschieden, obwohl die ja eigentlich für eine Radtour zu fein war. Sie hatte das grüne, weite Sporthemd in den Rucksack gesteckt zum Wechseln. Sie wusste, dass die weiße Bluse und die blaue Jeans ihr gut standen.

Seit drei Wochen ging sie jetzt mit Wolfgang. Auf der Party bei Moni hatten sie getanzt und geschwoft, dann Küsse ausgetauscht. Er hatte genickt, als sie ihn fragte, ob er das ernst meinte, hatte genickt, sich zu ihr hin gebeugt und ihr einen Zungenkuss gegeben. Es war ihr erster Zungenkuss gewesen, nicht lang, seine Zunge war plötzlich in ihren Mund gefahren und hatte ihre Zunge kurz berührt. Das war die Bestätigung.

Nur Moni hatte sie davon erzählt, und dann auch bloß so, als traute sie der Sache nicht ganz, als könnte alles schon bald wieder vorbei sein. Zweimal hatten sie sich seitdem getroffen, in der Stadt an der Eisdiele Campo und ohne Zungenkuss. Beim Gang durch den Grünen Winkel hatte er allerdings seinen Arm um sie gelegt. Dann waren sie bestimmt zehn Minuten Hand in Hand an der Lippe entlanggelaufen. Zurück in der Einkaufsstraße, ließ er dann aber doch los, und sie überlegte, ob sie nicht einfach seine Hand ergreifen sollte, schließlich gingen sie ja miteinander. Sie hatte es dann aber doch nicht getan und sich hinterher immer wieder gefragt, ob er sich vielleicht nicht sicher sei.

Dann hatten sie sich nicht für den Samstag verabredet. Er müsse seinem Vater beim Ausbau des Kellers helfen, hatte Wolfgang gesagt, sein Vater wolle einen Partykeller einrichten. Sie hatte sich nichts anmerken lassen. Doch heute nun würden sie gemeinsam zum Großen See fahren, würden dort schwimmen, auf der Decke liegen und den ganzen Sonntag gemeinsam verbringen.

Oder vielleicht doch ein Rock? Seit der Sache mit dem ekligen Herrn Fischer damals im Fahrradkeller hatte sie lange keine Röcke mehr tragen wollen. Sie hatte Mutter nie etwas von Herrn Fischer erzählt, sondern einfach so lange gequengelt, bis sie ihr zum dreizehnten Geburtstag eine Jeans kaufte, ihre erste Jeans. Mutter hatte zunächst nicht verstanden, warum ein Mädchen mit dreizehn unbedingt Hosen tragen wollte, und dann auch noch eine »Nietenhose«, die doch gar nicht schön war.

Heute an diesem sonnigen Tag wäre ein Rock vielleicht wirklich besser. Ob sie Mutter fragen sollte? Aber es war ihr ja ganz recht, dass Mutter an diesem Morgen am Frühstückstisch in die Zeitung vertieft war und schwieg. Vater war noch gar nicht aufgestanden. Vier leere Bierflaschen hatte sie beim Blick ins Wohnzimmer auf dem Couchtisch gesehen. Die würden dafür sorgen, dass Vater nicht vor neun erschien. Ili fragte Mutter, ob sie für Wolfgang ein Brot mitmachen dürfte, Mutter nickte nur und murmelte etwas wie »klar doch«.

Sie stand dann viel zu früh mit ihrem Rad vor der Haustür, den Blick starr auf die Einfahrt in die Stichstraße gerichtet. Wolfgang ließ auf sich warten. Ob sie ihm entgegenfahren sollte? Aber wenn er von der Stadtwaldseite käme, wenn er sich für den weiteren Weg, den schöneren am Waldrand entschieden hätte, käme er von der anderen Seite, würde zwischen den Siedlungshäusern hindurchfahren, und sie würden sich verfehlen.

Schon jetzt wärmte die Sonne kräftig. Sie hätte doch besser statt der Jeans den roten Rock angezogen, der war fürs Fahrrad weit genug, und er war luftig. Ili schaute auf die Straßeneinfahrt. Keine Spur von Wolfgang. Sie entschied, sich noch schnell umzuziehen, eilte nach oben in die Wohnung im zweiten Stock und schlüpfte in den Rock. Als sie gerade den Reißverschluss hochzog, klingelte es. Sie lief durch den Flur, drückte auf den Türöffner, doch Wolfgang stand bereits oben vor der Wohnungstür. Erst war Ili verdutzt, dann schluckte sie und strahlte ihn an. Wolfgang schwieg, lächelte nur. Sie murmelte ein Hallo und schaute etwas unsicher an ihm herunter. Wolfgang trug ein blauweiß gestreiftes kurzärmliges Hemd und eine beige Leinenhose, die irgendwie altmodisch wirkte.

»Bei euch stinkt's im Hausflur«, war das Erste, was er sagte. Ili nickte, sah dabei hoch in Wolfgangs dunkle Augen, die durch die dichten, schwarzen Augenbrauen hervorstachen, und antwortete nur: »Das ist die Schack.« Jetzt nickte auch Wolfgang. »Komm, lass uns fahren.«

Er ging vor ihr die Treppe hinunter und hielt vor dem Pappkarton an, der vor der Wohnung rechts im Erdgeschoss stand. Kaffeefilter mit Kaffeesatz, alter Kartoffelsalat, der sich grünlich verfärbte, Zwiebelreste, ausgedrückte Zigarettenstummel. »Warum bringt die das nicht in die Mülltonne?«

Ili zuckte mit den Schultern: »Ist halt so.«

Frau Schack war erst vor zwei Monaten eingezogen, das ältere Ehepaar Tepe hatte sich mit ihrem Dackel eine Wohnung näher zur Innenstadt gesucht. Frau Schack war mit Uwe gekommen, ihrem kleinen Sohn, ein Mann war nicht dabei. Ilis Mutter hatte Uwe kurz nach dem Einzug einmal gefragt, wo denn sein Papi sei, und Uwe soll geantwortet haben: »Der ist im Bau.«

Seitdem hieß es im Haus, Frau Schacks Mann sitze im Gefängnis, aber keiner wusste etwas Genaueres. Frau Schack grüßte immer nur kurz, sprach mit niemandem im Haus, und Uwe fuhr jeden Morgen allein mit seinem Roller in den Kindergarten. »Der ist im AWO-Kindergarten, nicht im katholischen«, hatte Mutter erst letzte Woche verkündet.

Ili schloss die Haustür hinter sich. Sie hoffte, dass der Anflug von schlechter Laune verschwinden würde, wenn sie und Wolfgang den Müll nicht mehr riechen müssten. Sie schämte sich für den Gestank im Haus, für eine Nachbarin wie die Schack. Warum hatte Wolfgang auch gleich nach oben zu ihrer Wohnungstür kommen müssen, statt unten an der Haustür zu warten?

»Ihr müsst hier wegziehen, Ili«, sagte Wolfgang, als er sich auf sein Fahrrad schwang und sich dabei zu ihr drehte.

Ili nickte. »Geht aber nicht«, sagte sie und senkte den Kopf hin zur roten Klingel, die sie vor drei Jahren zu ihrem zwölften Geburtstag als gemeinsames Geschenk aller Furies bekommen hatte und auf die sie damals so stolz gewesen war.

Wolfgang konnte nicht wissen, dass ihr Vater wegen seiner Herzprobleme wohl vorzeitig in Rente gehen müsste, der Arzt hatte das jedenfalls nahegelegt, und Mutter konnte nicht noch mehr putzen, als sie es ohnehin schon tat. Da mussten sie aufpassen, dass sie jeden Monat die Miete für diese Wohnung aufbringen würden, an Umzug war keinesfalls zu denken. Mutter hatte letzte Woche schon einmal angedeutet, dass Ili vielleicht noch im laufenden Schuljahr die Realschule ohne Abschluss würde beenden müssen. Wenn es wegen Vaters Verrentung hart auf hart ginge, hatte Mutter gesagt, müsse sich Ili gleich eine Arbeit suchen.

Sie klingelte einmal kurz, was Wolfgang als Startsignal verstand. Ili hoffte, dass die Klingel sie aus diesen unerfreulichen Gedanken herausreißen würde, schließlich schien die Sonne, sie waren auf dem Weg zum See und sie fuhr nicht allein, sie fuhr mit Wolfgang.

Sie radelten vor zur Kasseler Chaussee, auf der noch wenig Verkehr war, und fuhren den Radweg entlang stadtauswärts. Wolfgang war beim Friseur gewesen, dachte Ili, das

schwarze, kurzgeschnittene Haar endete exakt drei Zentimeter über dem Hemdkragen. Ihr Blick ging Wolfgangs
Rücken hinab zum braunen Ledergürtel. Die beigefarbene
Hose war wirklich altmodisch, sie war zu weit, er würde
viel besser aussehen in einer engen Hose. Ob sie ihm das
sagen könnte? Wahrscheinlich kaufte Wolfgangs Mutter
für ihn die Hosen. Der Gestank aus dem Hausflur hatte
sich aus ihrer Nase verflüchtigt. Sie würde auch die Realschule beenden können, so schnell würde man Vater wohl
nicht total krankschreiben, und jetzt fuhren sie an den See.
Vielleicht würde sie irgendwann einmal mit Wolfgang zusammen eine Hose aussuchen gehen?

Als sie auf den Feldweg eingebogen waren und nebeneinander fuhren, merkte Ili, wie Wolfgang manchmal auf
ihren roten Rock blickte. Es war richtig gewesen, den Rock
gegen die Jeans zu tauschen, nicht nur wegen der Blicke, es
war auch schön, die warme Sommerluft an den Knien zu
spüren, und manchmal fuhr ein Lufthauch weiter an den
Beinen hoch.

Wolfgang erzählte von seinem Bruder, von Peter, der
nach der mittleren Reife bei der Volksbank angefangen
hatte und dort am Kassenschalter arbeitete, von wo er offenbar jede Menge witzige Kundengeschichten mit nach
Hause brachte. Ili hörte zu, aber es war ihr gar nicht so
wichtig, was Wolfgang erzählte, es war schön, seiner Stimme zuzuhören und seinem Lachen. Er konnte über ein
paar dumme Kundensprüche, die Peter erzählt hatte, laut
und ausgiebig lachen, so unbeschwert, dass Ili gar nicht anders konnte, als in das Lachen einzustimmen.

Am See angekommen, gingen sie wieder zur kleinen
Halbinsel am Westufer. Es war schwer, dorthin zu kommen, man musste die Räder schon gut zweihundert Meter
vorher abstellen und dann durchs Unterholz laufen. Fami-

lien mit Kindern suchten die Halbinsel nie auf, sondern nur diejenigen, die eher für sich sein wollten, was an diesem Sonntagmorgen auch bereits einige andere Pärchen vorhatten. Dennoch hatte Wolfgang noch einen Platz entdeckt, der von einem breiten Jasmin-Busch geschützt wurde, von einer großen Buche ein wenig Schatten bekam und keine zehn Meter vom Seerand entfernt lag. Ili strahlte ihn an. Das nächste Pärchen lag mindestens fünf Meter entfernt.

Sie waren schon vor ein paar Wochen, als Wolfgang und sie noch nicht miteinander gingen, einmal gemeinsam mit Heiner, Nina und Sebastian am See gewesen. Ili wusste, dass Wolfgang sich zum Umziehen schamhaft das Badetuch umwickeln oder sich zum Busch hin wenden würde. Sie würde den Badeanzug unter dem Rock anziehen und nur für einen kurzen Moment, wenn sie die weiße Bluse ausgezogen und den BH abgestreift hätte, würde er ihren Busen sehen können, bevor sie schnell den oberen Teil des Badeanzugs hochziehen und die Arme unter die Schulterträger stecken würde. Nur für einen kurzen Moment!

Wolfgang hatte eine große Decke dabei, auf der sie beide Platz hatten. Er hatte Hemd und Unterhemd ausgezogen und setzte sich jetzt auf den freien Platz an ihrer rechten Seite, zog die Beine an seinen Oberkörper heran und neigte den Kopf zu ihr hin, als sie langsam mit dem Umziehen begann.

Ili sagte nichts. Es war seltsam, so von Wolfgang beobachtet zu werden, aber es war zugleich auch schön. Sie spürte ein leichtes Kribbeln, als würde Wolfgangs Blick einen Strahl auf ihre Haut richten. Während sie mit ihren Armen nach hinten fuhr, um den BH zu öffnen, sagte sie dann aber doch »schau weg«, was Wolfgang auch wirklich tat. Er richtete den Kopf jetzt nach vorn, aber Ili war sich sicher: Seine Augen schielten nach links zu ihr, ganz bestimmt. Sie hatte die Träger noch nicht über ihre Schultern glattgestrichen, als Wolfgang scheinheilig fragte: »Darf ich dich wieder anschauen?«

»Du hast sowieso geblinzelt.«

»Hab ich nicht.«

Damit drehte sich Wolfgang sachte nach links, seine Brust berührte leicht ihren Busen oder genauer: den Stoff des Badeanzugs über ihren Brüsten. Er gab ihr einen Kuss auf die Stirn, kurz nur, und sie lachten dabei. Sie spürte seine Brust auf ihren Brüsten, hatte den Stoff des Badeanzugs, der dazwischen war, schon ganz vergessen und sah in dieses Gesicht, das ihr seit Jahren vertraut war: die dunklen Augen, die kurzen, dichten Augenbrauen, der niedrige Haaransatz mit dem schwarzen Haar, die fein geschnittene Nase, die geschwungenen Lippen. Sie meinte zu spüren, wie ihre Brüste sich unter der Berührung spannten, wie sie größer wurden. Wenn er sie doch jetzt küssen würde, nicht auf die Stirn, sondern auf den Mund, richtig auf den Mund, Lippen auf Lippen!

Sie öffnete ihren Mund ein wenig, schob die Lippen leicht vor. Aber da hob sich sein Oberkörper, und er sah jetzt von oben auf sie herab, sagte nichts, streichelte über ihr Haar, fuhr mit der rechten Hand ihre Wange entlang, berührte mit Mittel- und Zeigefinger sacht ihre Lippen und sagte dann nur: »Komm, jetzt gehen wir schwimmen.«

Damit stand er auf, nahm seine Badehose aus dem Rucksack, stellte sich vor den Jasminbusch, öffnete den Gürtel, streifte die Hose zusammen mit der Unterhose herunter und zog die Badehose an. Ili schaute nicht weg, auch nicht in dem Moment, als sein Po nackt vor dem Jasminbusch stand. Ein fester, knackiger Po, dachte sie, und schon wieder tauchte der Gedanke auf, dass Wolfgang unbedingt enge Hosen tragen müsste. Bei diesem Po! Dann sah sie die schwarze Badehose, die sie noch nie bei ihm gesehen hatte, die hatte Wolfgang wahrscheinlich selbst ausgesucht, nicht seine Mutter. »Steht dir gut«, sagte Ili.

»Ist ganz neu«, antwortete Wolfgang, »hab ich heute das erste Mal an.«

Vielleicht ist es wirklich ganz gut, dachte Ili, wenn wir jetzt erst einmal ins Wasser gehen und schwimmen. Wolfgang reichte ihr die Hand und zog sie hoch. Er ließ ihre Hand erst los, als sie schon mehrere Meter weit im Wasser waren, das erst jetzt tief genug war, um schwimmen zu können.

Erst gegen sechs machten sie sich auf den Rückweg. Es war immer noch warm, und wenn sie nicht Hunger gehabt hätten, wären sie wohl noch länger am See geblieben. Wolfgang hatte das Brot, das Ili für ihn gemacht hatte, gegessen und die große Flasche Sinalco mit ihr geteilt. Am Nachmittag waren sie einmal auf die andere Seeseite hinübergeschwommen, wo der Kiosk stand. Wolfgang hatte ein Fünfmarkstück in die kleine Tasche seiner Badehose gesteckt und wollte Ili unbedingt eine Tüte Pommes kaufen. Sie hatte zwei Mark fünfzig dabei, ihr Taschengeld für diese Woche. Davon würde sie Wolfgang jetzt auf dem Rückweg zu einem Nogger-Eis einladen.

Es war ein wenig Wind aufgekommen, der sacht an ihren Beinen entlangstrich. Sie fuhren langsam nebeneinander, erst schweigsam, dann hatte Wolfgang ihr von »Demian« erzählt, dem Buch, in dem er gelesen hatte, als sie zusammen auf der Decke lagen.

Ili hörte nur halb zu. Sie streckte sich stattdessen auf dem Rad, hob manchmal gar die Beine hinten hoch, sodass sie fast senkrecht auf dem Rad lag, trat dann wieder kräftig in die Pedale, fuhr Wolfgang ein paar Meter davon, nur um wieder auf dem Rad zu turnen, sich nach hinten zu beugen oder auf dem Sattel hin und her zu rutschen. Wolfgang lachte etwas verlegen, konnte sich aber keinen Reim auf diese seltsamen Turnübungen machen.

Er hatte Ili nach jedem Schwimmen eingecremt, seine Hand war dabei immer ein Stückchen weiter in den Ausschnitt ihres Badeanzugs geglitten. Sie hatte ihn auch gebeten, ihre Oberschenkel einzucremen, hatte die Augen geschlossen und seine Hände gespürt, wie sie am Beinansatz des Badeanzugs entlangfuhren. Sie hatte seine Berührung genossen.

Beide waren sie still geblieben, und in Wolfgangs Augen meinte sie all die Wärme zu sehen, die sie in ihnen erhofft hatte. Als sie dann an der Reihe war, ihn einzucremen, hatte er sich auf den Bauch gelegt. Sie hatte die Nivea-Sonnenmilch sehr großzügig auf seinem Rücken verteilt, war dann, nachdem der Rücken schon gut vor der Sonne geschützt war, langsam mit Zeige- und Mittelfinger ein paar Zentimeter unter das Bündchen seiner Badehose gefahren und hatte ein leises Stöhnen gehört, das ganz tief in sie eindrang und eine Woge an Zärtlichkeit in ihr auslöste, der sie gern Raum gegeben hätte. Aber sie wusste nicht wie.

Wolfgang war dann lange auf dem Bauch liegengeblieben, hatte von der samstäglichen Arbeit am Partykeller berichtet, der Wolfgangs Vater offenbar sehr wichtig war. Auch jetzt auf dem Fahrrad meinte Ili, noch einmal Wolfgangs Hand zu spüren, wie sie sacht unter ihren Badeanzug fuhr. Doch Wolfgang erzählte, wie Demian am Ende seine Mutter verlor und auf sich allein gestellt war.

Kurz bevor sie die Stadt erreichten, bat Ili Wolfgang anzuhalten. Sie brauche eine kurze Pause hinter einem Busch. Dort holte sie aus ihrem kleinen Rucksack den Slip hervor. Jetzt in der Stadt wollte sie nicht länger ohne Unterhose Rad fahren.

21

Martin, Nina, 14. Oktober 2015

Ein schlichtes Holzkreuz bildete das Kopfende des schmalen Grabes, in dessen Mitte ein kleiner Strauß frischer gelber Astern leuchtete. Ein großes Joghurt-Glas diente als Vase, aus der die Astern ragten. »Seltsam«, sagte Nina und zeigte auf die Blumen. »Die muss jemand erst heute hier hingestellt haben, das ist alles ganz frisch. Total frisch. Wer bringt denn Blumen auf Ilis Grab?« Sie schaute auf Martin, der mit den Achseln zuckte. »Vielleicht war das ja doch Ilis Tochter, die da eben vor uns herging.«

Ilis Name und ihr Todesdatum 5.2.2001 waren auf dem Holzkreuz kaum noch zu entziffern. Vierzehn Jahre waren seit der Beerdigung vergangen. Wolfgang und Martin hatten die Pflege des Grabes übernommen und damals auch das Holzkreuz besorgt. Ili hatte Nina vor ihrem Tod gesagt, dass sie nicht im Grab ihrer Eltern bestattet werden wolle, »auf keinen Fall, eher könnt ihr mich verbrennen lassen!« Marlehn würde sich darum kümmern, dass sie ein Einzelgrab bekäme. Das Geld dafür hätte sie gespart. Ili hatte erst kurz vor ihrem Tod, als der Brustkrebs schon vorangeschritten war, den Kontakt zu Nina gesucht.

Wolfgang und Martin waren sich über die erste Bepflanzung einig gewesen: schlichte Bodendecker. Eines Tages hatte Wolfgang dann vorgeschlagen, sich allein um das Grab zu kümmern, weil Martin ja in Köln lebe und kaum noch nach Langenheim komme. Dabei war es auch geblieben, nachdem Martin sich 2007 mit Nina zusammengetan hatte und seitdem wieder häufig in Langenheim war. Wolfgang musste erst vor wenigen Wochen die Winter-Erika gepflanzt haben, die jetzt vor dem Holzkreuz noch immer zart rosa blühte.

Zwei Amseln verfolgten einander, flogen im Sturzflug von einer Kastanie zu einem Haselnussstrauch, drehten schrill rufend zwei oder drei Runden und verschwanden in einem hohen Ahornbaum. Ilis Grab war auf einem Teil des Friedhofs, auf dem sich viele Einzelgräber befanden, oft Kindergräber. Nur wenige hatten einen Grabstein, bei einigen war wie bei Ili ein schlichtes Holzkreuz aufgestellt, auf dem man den Namen des Toten angebracht hatte. Oft war der Name unleserlich, mehrere Gräber machten einen völlig vernachlässigten Eindruck. Frische Blumen sah man kaum, höchstens auf den Kindergräbern, die zumeist daran zu erkennen waren, dass ein Teddy aus Stein, das Relief eines Fahrrads oder Ähnliches auf dem Grab aufgestellt war, oft auch Gegenstände wie das kleine Modell eines Schlauchbootes oder eines Autos, das auf die Todesursache schließen ließ.

»Ich hatte immer schreckliche Angst, meinen beiden könnte mal etwas passieren«, sagte Martin mit Blick auf ein Grab, in dessen Mitte ein weißer Stein lag, auf dem in Reimform die Todesursache, ein Mopedunfall, beschrieben war. »Vor allem, als wir geschieden waren. Du wirst es nicht glauben, Nina, aber ich hatte Angst, dass ich für die Scheidung bestraft würde, dass einer der beiden Jungs für mich büßen müsste. Verrückt!«

Nina hatte wenig Lust, jetzt über Martins Ängste oder seine Söhne zu sprechen. Sie sagte nichts. Eine andere Frage beschäftigte sie. Vor Ilis Grab spürte sie dieses uralte Gefühl des Wettstreits in sich, ein Gefühl, das sie verwirrte, ärgerte und von dem sie geglaubt hatte, es sei für immer verschwunden. Hatte sie das nicht spätestens abgelegt, als Ili schwanger wurde mit gerade mal 19 Jahren, als Ninas

Mutter von Ili nur noch als gefallenem Mädchen sprach, ohne Mitleid? Doch auch damals und obgleich sie wusste, dass weder Martin noch Wolfgang der Vater des Kindes war, hatte sie zuerst mit Neid reagiert.

»Was glaubst du, Martin, hatte Wolfgang die letzten Jahre was mit Ili oder nicht?«

Martin antwortete nicht, kickte einen kleinen Stein vom Weg auf eines der Gräber. Dann zuckte er mit den Schultern. Gespräche an der Pinkelrinne im Goldenen Hahn musste man nicht unbedingt weitertragen. Was sollte es auch? Beide waren jetzt tot. Nein, Martin dachte nicht an Wolfgang, er war noch immer bei dem Gedanken, dass Söhne eines Tages für eine Schuld des Vaters büßen könnten. Das ließ ihn jetzt nicht los. Dabei war es nicht mehr die Scheidung von Manu, die er als seinen Sündenfall sah, sondern ihm war wieder Paul in den Sinn gekommen.

Paul, das rotkarierte Hemd, der lederne Trägersteg mit dem Geweihknochen-Oval, das Brett. Aber hatte er damals Schuld? Er versuchte noch einmal, genau zu rekonstruieren, was bei der Flut geschehen war. Er hatte irgendwo Halt gefunden und blickte auf die Welle, die sich kräuselnd näherte, dann sah er Paul und das Brett, wie es auf ihn zukam, doch dann ging der Film nicht weiter. Wie vor einer Stunde schon war hier ein plötzlicher Schnitt, er sah nur noch, wie Paul und das Brett sich im Strom von ihm entfernten.

»Ich meine, Martin, als Ili wieder nach Langenheim zurückgekehrt war. Ich glaube, Ili war immer ein 'soft spot' für ihn geblieben, auch in der Zeit, als sie mit ihrem Kind in Berlin wohnte, erst recht, als sie wieder hier in Langenheim war.«

Martin antwortete nicht. Warum riss der Film immer an dieser Stelle? Er kickte einen weiteren kleinen Stein den

Weg zwischen den Gräbern entlang. Dann zuckte er mit den Schultern und drehte sich zu Nina hin.

»Du warst nach deiner Rückkehr auch ein 'soft spot' für ihn, Nina, auch einer mit gemeinsamer Vergangenheit, wie Ili.«

»Für eine einzige Nacht, Martin, wenn du die gemeinsame Zeit mit 17 nicht mitzählst, und das war alles lange, lange vor deiner Zeit.«

»Eine Nacht?«

»Gut, es können auch zwei oder drei gewesen sein, das haben wir beide aber schließlich schon mehr als einmal besprochen, bitte nicht noch mal.« Ninas Stimme klang gereizt. »Warum Wolfgang dir das auch erzählen musste! Das habe ich nie verstanden und werde es auch nie verstehen. Typisches Männergehabe! Hähne, die sich brüsten müssen!« Nina war sauer.

Martin brauchte sie gar nicht weiter anzuschauen. War vielleicht nicht ganz fair gewesen, dieses Thema jetzt anzuschneiden, dachte er, vor allem, wo es doch wirklich Wichtigeres zu besprechen gab. Derart Wichtiges, dass Nina auf keinen Fall schon vorher übelgelaunt sein sollte, wenn sie über Boston sprechen würden und über das Aufschieben seines endgültigen Umzugs nach Langenheim. Nina stoppte plötzlich den Schritt und wandte sich ihm zu. »Du hattest ja schließlich auch eine besondere Nähe zu Ili.«

Martin musste lächeln.

»Pubertätswehen, Nina, nichts anderes als ziemlich verklemmte späte Pubertätswehen.«

Während er noch lachte, fiel sein Blick wieder auf die gelben Astern. In der Tat seltsam, frische Blumen auf Ilis Grab. Und er erblickte vor seinem inneren Auge wieder die junge Frau mit dem sympathischen Gesicht, die Ili so ähnlich sah und die vor ihnen abgebogen war. Er hatte das weiße Papier vor Augen, das den Blumenstrauß schützte, den diese Frau mit sich trug. Und plötzlich kam ihm eine Idee. Nein, sie kam nicht, sie überfiel ihn, sie durchbohrte ihn geradezu. Und es war eine äußerst abstruse Idee.

22

Ilona, 1971

»Nicht Werner, nicht so eng, die anderen reden ja schon.«
Werner hob kurz die Augenbrauen, schaute an ihr vorbei
und zog sie bei der nächsten Drehung wieder so eng wie
nur möglich an sich heran.

»Die sind nur neidisch, Ili, die würden alle gern mit dir,
das ist doch klar, schau nur in ihre Gesichter.«

»Denk doch auch mal an mich. Ich will nicht, dass sie
über mich reden.«

»Keiner redet schlecht über dich, Täubchen.« Werners
Atem roch nach Bier, nach bitterem Pilsner, so hatte Vaters Atem auch immer gerochen, dachte Ili und wandte ihr
Gesicht zur Seite. Werner schob seine rechte Hand einige
Zentimeter weiter den Rücken ihres Kleides hinunter. Es
war ein dünnes Sommerkleid, und sie spürte die Hand, mit
der er sie nun noch enger an sich heranzog, sodass sie bei
der nächsten Drehung seine Hose berührte.

»Ich habe Herrn Redmann noch auf keinem Betriebsausflug so fleißig tanzen sehen wie heute, Fräulein Pagoda«, sagte Herr Schulze mit seiner näselnden Stimme. »Sie
scheinen ihn ja richtig zu beflügeln.«

»Wundere dich mal nicht, Toni«, rief Werner ihm zu,
»ich tanz euch noch alle unter den Tisch!« Wieder machte
Werner gleich zwei volle Drehungen bei diesem Foxtrott,
und sie war ihm ausgeliefert, musste ihm ergeben folgen,
wollte sie nicht stolpern. Brigitte schaute mit großen Augen zu ihr herüber, der kleine Herr Hokenkieper hatte Brigitte aufgefordert, und jeder konnte sehen, wie erbärmlich
er tanzte. Er war ihr schon wieder auf die Füße getreten.

Brigitte litt. Werner konnte tanzen, das musste man ihm lassen.

Seit einem Jahr war Ili Lehrling bei der IKK, hatte gemeinsam mit Brigitte und Thomas angefangen und war jetzt seit vier Monaten in der Abteilung von Werner Redmann. Im Februar hatten sie in der Kasse Redmanns 55. Geburtstag gefeiert. Da hatte er sie zum ersten Mal zum Tanz aufgefordert. Damals hatte er bei den Drehungen Abstand gewahrt. Seine Frau, die zu der betrieblichen Geburtstagsfeier eingeladen war, hatte am Tisch gesessen und sie nicht aus den Augen gelassen.

Werner war mittelgroß, hatte schwarzes Haar. Er hielt sich schlank. Jeder Lehrling erfuhr schon beim ersten Zusammentreffen, dass er dreimal die Woche vor dem Dienst im Hallenbad seine 1000 Meter schwamm. Es hatte Ili gefallen, dass er sie so sicher führte, nicht wie Wolfgang. Wolfgang hatte ihr die Schritte für Walzer, Foxtrott, Rumba, Cha-Cha, Tango gezeigt, immer gleich am Tag nach der Tanzschule, hatte die Schrittfolgen sorgfältig auf einen Zettel gemalt oder Zettel mit den Ziffern 1, 2, 3 und 4 auf dem Boden ausgelegt. Ili war nicht in der Tanzschule gewesen, das Geld hatte nicht gereicht. Doch die Reihenfolge der Schritte lernte sie schnell. Wenn sie dann die Schallplatte aufgelegt hatten, um die gerade erst »trocken« eingeübten Schritte nach Musik zu tanzen, fiel Wolfgang oft aus dem Rhythmus trotz seiner Tanzschule, sie aber nicht. Wolfgang hatte kein rechtes Gefühl für Takt und Rhythmus. Ili hingegen war die perfekte Tänzerin. Sie spürte die Musik, wusste schon nach wenigen Sekunden, welcher Tanz gerade angespielt wurde, während Wolfgang sich zumeist noch einmal versicherte: Slow Fox? Links vor? Hatte der Tanz begonnen, war für Ili alles im Fluss, ohne Stopp, ein beständiges Weiter.

Mit Wolfgang hatte sie schon bald wieder frei getanzt, Beat statt Standard, samstagabends, wenn sie bei Schulkameraden eingeladen waren oder wenn Wolfgang im neuen Partykeller daheim selbst eine Fete gab.

Kurz nach der Geburtstagsfeier für Werner Redmann im Februar hatte Wolfgang plötzlich Schluss gemacht. Es war nicht ganz so unerwartet gewesen, es hatte sich angedeutet. Beim Abschlussball der Tanzschule war Sabine, die jüngste Tochter von Stadtdirektor Kuhling, seine Tanz- und Tischpartnerin gewesen. Es sei fürchterlich gewesen, mit seinen Eltern und mit Sabines Eltern gemeinsam an einem Tisch sitzend diesen Abend zu bestehen, hatte Wolfgang ihr erzählt, aber dann hatte man Sabine und ihn nachmittags im Café Haase gesehen, dann auch abends gemeinsam im Cartoon, tanzend, miteinander redend, lachend. Und dann war Schluss.

Werner Redmann hatte sie nach der Geburtstagsfeier zu sich in die Leistungsabteilung geholt. Sie saß seitdem im Zimmer mit Frau Peters, die die außerregulären ambulanten Kassenleistungen bearbeitete. Nach zehn Tagen knurrte Frau Peters: »So oft wie in der letzten Woche war der Alte schon seit Jahren nicht mehr bei mir im Zimmer.« Dann, als Wolfgang drei Wochen später Schluss mit ihr gemacht hatte, konnte Ili die geröteten Augen nicht ganz vor Frau Peters verbergen. Zweimal hatte sie in ihrer Gegenwart unvermittelt zu weinen begonnen.

»Das geht vorüber, Fräulein Pagoda, Männer verdienen es nicht, dass wir ihnen nachweinen«, hatte Frau Peters gesagt, aber offenbar doch ein Wort gegenüber Herrn Redmann fallen lassen. Denn kurz danach hatte er plötzlich mit seinem Ford neben ihr gehalten, als sie bei Nieselregen auf dem Heimweg war und sich gerade anschickte, den Schritt zu beschleunigen, um den nächsten Bus zum

Spiegelberg noch zu erreichen. Sie war erschrocken, als so abrupt der Wagen neben ihr stoppte und die rechte Wagentür aufsprang. »Bei diesem Regen werden Ihre schönen Haare ja ganz nass, Fräulein Pagoda. Kommen Sie, ich fahre Sie nach Hause.«

Sie war eingestiegen, Redmann war ihr Abteilungsleiter. Er machte ihr Komplimente. Sie habe in der Leistungsabteilung schon in dieser kurzen Zeit gezeigt, dass sie über eine schnelle Auffassungsgabe verfüge, das habe er gleich bemerkt. Sie würde sicher eine perfekte Versicherungsangestellte, bei ihm in der Leistungsabteilung könne sie viel lernen. Dabei drehte er sich zu ihr hin, lachte sie an, schaute ihr direkt in die Augen.

Als sie in die Kasseler Chaussee einbogen, prasselte der Regen in dicken Tropfen gegen die Windschutzscheibe. Die Scheibenwischer kamen kaum nach. Die Seitenfenster beschlugen. Redmann legte die rechte Hand auf ihr linkes Bein. »Welch ein Glück, Ihr Rock ist gar nicht nass geworden.«

Ili wusste nicht, ob sie die Hand, eine dickliche, fleischige, eher kleine Hand, die still auf ihrem Winterrock wenige Zentimeter oberhalb des Knies ruhte, wegschieben sollte. So hatte sie es einmal in einem Film gesehen, aber sie erinnerte sich nicht mehr daran, wie die Szene ausgegangen war.

»Noch bei Mutter und Vater daheim?«

Ili nickte. »Bei meiner Mutter, mein Vater ist letztes Jahr gestorben.«

Jetzt nahm Redmann von selbst die Hand von ihrem Knie, er musste einen Gang herunterschalten, weil die Autos vor ihm im Starkregen immer langsamer wurden. »Sie brauchen sich nicht zu schämen, Fräulein Ilona, Sie sind jung, da wohnt man halt noch bei den Eltern, und wenn

Sie erst einmal richtig bei uns verdienen, kommt auch die eigene kleine Wohnung, ganz bestimmt, die Unabhängigkeit, die Freiheit.«

Das klang nett und gut, obgleich sie wusste, dass die ganze Situation nicht gut war und dass es nicht darum ging, dass sie trocken nach Hause kam.

Sie bedankte sich artig, als Redmann den weißen Ford vor dem Mietshaus am Spiegelberg stoppte. Bei jedem Wort des Dankes, und es waren zu viele Worte, sah sie in Redmanns Augen diesen Blick, der ihr unangenehm war, ein fordernder Blick, der ihr sagte, da kommt noch was, später, warte nur. Für einen Moment hatte sie das Gesicht eines anderen Mannes vor Augen, ein fieses Gesicht von früher, das sie aber in diesem Moment nicht zuordnen konnte. Und während sie dankte, »das wäre doch nicht nötig gewesen, Herr Redmann«, richtete sie sich auf dem Beifahrersitz auf.

Sie wusste, dass ihre Brüste dabei ein Signal abgeben würden, ein kräftiges Signal. »Wir sollten uns einmal außerhalb der Kasse treffen, zu einem Kaffee vielleicht, zu einem richtigen Gespräch.« Redmann wandte seinen Blick von ihren Brüsten ab und schaute ihr in die Augen, während sie die Tür öffnete und ausstieg. Ili nickte und dankte noch einmal.

Zweimal waren sie danach Kaffee trinken gewesen, beim dritten Treffen war es nicht beim Kaffee geblieben. Redmann hatte sie gebeten, mit dem Rad zur Antoniuskapelle am alten Friedhof zu kommen, am Samstag um 10 Uhr. Das wäre besser, als wenn er sie am Spiegelberg oder in der Stadt abholen würde. Da könnten die Leute wer weiß was vermuten, was alles Quatsch wäre, aber die Leute würden nun mal reden. Er wolle nur in Ruhe ein oder zwei Stunden mit ihr verbringen. Er würde seiner

Frau sagen, dass er Überstunden machen müsste. Er hatte gezwinkert und gelacht.

Ili hatte ihrer Mutter erzählt, dass sie eine Radtour machen und sich mit Brigitte treffen wolle. Es könne später werden. Sie radelte die sechs Kilometer bis zum alten Friedhof am Stadtrand, stellte dort ihr Fahrrad ab und wartete, vor möglichen Blicken im zurückgesetzten Kapelleneingang geschützt, bis der weiße Ford Taunus vorfuhr, in den sie schnell einstieg.

Redmann fuhr über wenig befahrene Landstraßen Richtung Paderborn. Die letzten beiden Male waren sie in einer kleinen, abseits gelegenen Dorfgaststätte eingekehrt. Dort fühlte er sich entspannt und war ein munterer Gesprächspartner. Sie waren bald zum Du übergegangen.

Ili hatte von Vater erzählt, von dessen Tod, von Mutter, die weiterhin viel putzen ginge und nur selten fröhlich sei, von Wolfgang, der wohl zu klug für sie gewesen sei und sie habe sitzen lassen, und von Martin, der ein guter Freund sei, nur ein Freund, hatte sie betont. Sogar von der alten Fury-Bande hatte sie erzählt und laut gelacht, als sie vom Geheimgarten im Wald berichtete.

»Ja«, sagte Redmann, »ein paar Geheimnisse sind immer gut fürs Leben, die darf man sich nicht nehmen lassen«, und er zwinkerte wieder mit den Augen. Er selbst erzählte wenig von zu Hause, dafür von Festen, Reisen und von der IKK. Er wusste herrliche Geschichten von und über Kollegen. Sie lachten viel.

Auch jetzt bei ihrem dritten Treffen hatte Ili wieder viel lachen müssen, sie hatten im Lokal ein frühes Mittagessen eingenommen, Werner ein Krüstchen mit Bratkartoffeln, sie Ragout fin in einem Blätterteigkorb. So etwas hatte Ili noch nie zuvor gegessen, nur ganz vorsichtig nahm sie die ersten Bissen. Dazu orderte Werner einen halben Liter Wein, von dem sie allerdings nur wenig trank. Werner hatte ausgiebig Frau Peters karikiert, die vor Jahren ein Verhältnis mit Toni Schulze gehabt und in dieser Zeit sogar das Näseln ihres Freundes übernommen hatte.

Als sie wieder auf dem Parkplatz hinter der Gaststätte im Wagen saßen, wurde Redmann für einen Moment still, auch Ili sagte nichts und rührte sich nicht. Dann beugte er sich nach rechts zu ihr und küsste sie. Nicht flüchtig wie die letzten beiden Male, sondern intensiv. Er drängte seine Zunge in ihren Mund, presste seine Lippen auf ihre und schon berührten sich ihre Zungen. Ili rang nach Luft. Etwas zu heftig schob sie Redmanns Kopf zurück, der sie anstarrte.

Dann fuhr er los, fuhr viel zu schnell aus dem Dorf heraus und bog in einen Feldweg ein, dann in einen Waldweg. Er kannte sich hier offenbar aus. Nach wenigen Minuten stoppte Redmann den Wagen vor einem Stapel gefällter Eichen. Ili ahnte, was kommen würde, und rang mit sich, wie weit sie gehen, was sie ihm erlauben solle.

Jetzt zog Redmann den Zündschlüssel heraus und drehte sich zu ihr hin. »Ili«, sagte er ein paar Mal, »du weißt gar nicht, was du mir bedeutest.« Er küsste sie. Dann drehte er die Rückenlehnen ihrer Sitze zurück.

Eine halbe Stunde später waren sie auf dem Rückweg nach Langenheim. Es herrschte Stille im Auto und Ili weinte, denn Redmann hatte ihr wehgetan.

Sie solle sich nicht so anstellen, redete er dann auf sie ein, sie habe doch selbst ihre Jeans geöffnet und sie ausgezogen, da könne sie ihm wirklich nichts nachsagen, gar nichts. Sie wolle ihm auch nichts nachsagen, antwortete Ili, aber es hätte wehgetan. Redmann hatte ein Kondom benutzt, das nicht richtig glitt. Er hatte immer wieder in sie gestoßen, heftig, und es hatte lange gedauert. Nicht wie bei Wolfgang, der immer sehr schnell gekommen war, kaum war er in ihr gewesen. Jetzt brannte ihre Scheide. Nein, er könne ganz beruhigt sein, sagte sie noch einmal, es sei keine Gewalt gewesen, es habe ihr nur wehgetan.

Redmann nickte, gab ihr im Fahren einen flüchtigen Kuss, schwieg ansonsten und schaute starr nach vorn. Als er sie vor der Friedhofskapelle aus dem Auto ließ, sagte Ili »danke«.

Erst als sie ihr Fahrrad aufschloss, merkte sie, dass es nicht das richtige Wort gewesen war. Vielleicht, dachte sie, hätte Redmann danke sagen sollen. Die sechs Kilometer auf dem Fahrrad zurück zum Spiegelberg fielen ihr schwer. Nicht nur wegen des Brennens, sondern auch wegen der Fragen, die durch ihren Kopf zuckten. Was würde sie Redmann sagen, wenn er sie nächsten oder übernächsten Freitag wieder bitten würde? Warum hatte sie sich überhaupt darauf eingelassen? Was, wenn Mutter das erführe?

Redmann hatte sie nicht gleich am nächsten, aber am übernächsten Freitag wieder gefragt. Und jetzt beim Betriebsausflug fuhr seine Hand schon wieder viel zu weit nach unten, gut, die Tanzfläche war voll, da sah hoffentlich niemand, dass Werner sie durch den dünnen Stoff des Kleides hindurch sanft massierte. Wer aber auch immer schaute, keiner würde sehen, dass gerade in diesem Augenblick ein kleiner wohliger Schauder Ilis Körper durchlief.

23

Martin, Ilona, 1978

Er hatte schon fast aufgelegt, als er hörte, wie seine Mutter noch einmal in den Hörer rief. Ob er denn schon wüsste, dass Ilis Mutter gestorben sei? Martin presste den Hörer zurück an sein Ohr. Nun würden sich alle fragen, ob Ili wohl zur Beerdigung nach Langenheim käme, fuhr seine Mutter fort. Sie selbst würde ganz bestimmt zu Frau Pagodas Beerdigung gehen, auch wenn sie jetzt schon einige Jahre nicht mehr auf dem Spiegelberg wohnten. Martin war neugierig geworden, fragte sich, warum eigentlich, und hatte seine Unigeschichten in Köln dann doch so eingerichtet, dass auch er am Beerdigungstag in Langenheim sein konnte.

Ili war tatsächlich zum Begräbnis erschienen, in einem grünen Anorak und in Jeans, nicht in Schwarz. Sie war 24, ihre Tochter fünf. Das Mädchen quengelte laut in der Friedhofskapelle, konnte keine Minute lang ruhig auf der Bank sitzen und zerrte an ihrer Mutter, als alle Trauergäste langsamen Schrittes hinter dem Wagen, auf dem der schwarze, hölzerne Sarg lag, zum Grab gingen. Als Martin Ili am offenen Grab kondolierte, schaute sie ihn mit ihren großen grünlich-braunen Augen an. »Ich würde gern mit dir sprechen, Martin.«

Martin war überrascht. Doch bevor er antworten konnte, hatte ihn schon eine kräftige Frau zur Seite gedrängt, eine Kollegin von Ilis Mutter, die viele Jahre lang mit ihr gemeinsam in der gleichen Putzfirma gearbeitet hatte. Jetzt redete sie unter Tränen auf Ili ein, wobei sie kräftig schniefte. Ili schaute noch einmal auf Martin, er nickte, sie nickte zurück. Es waren nicht viele Leute zum Begräbnis gekommen, es gab auch anschließend kein gemeinsames Beisammensein mit Streuselkuchen in Krögers Café, wie es sonst üblich war.

Doch auf dem Rückweg Richtung Friedhofsausgang war Ili noch einmal auf Martin zugekommen, ihre Tochter im Schlepptau, zupfte ihn am Ärmel und fragte leise: »Heute Abend um neun in Mutters Wohnung?«

Martin nickte. Dann riss sie ihr greinendes Mädchen an sich, drehte sich um und ging ein paar Schritte auf einen älteren Mann im dunklen Wollmantel zu, von dem Martins Mutter ihm später sagte, es sei der Bruder der Verstorbenen gewesen. Martin ärgerte sich über seine Mutter, die ihn auf der Rückfahrt im Auto immer wieder fragte, was Ili ihm denn zugeflüstert hätte. Dabei schaute sie ihn von der Seite an mit diesem Blick, den er an Mutter kannte, der ohne Worte, aber dennoch deutlich sagte: »Mit der hast du doch wohl nichts zu tun.«

Martin hielt sein Versprechen und ging an jenem Beerdigungstag abends um neun tatsächlich in die Wohnung von Ilis Mutter. Er erklärte seinen Eltern nicht, wohin er sich aufmachte, mit 23 musste er sich vor niemandem mehr rechtfertigen. Als Mutter fragte, murmelte er nur, er wolle noch auf ein Bier in die Stadt und ließ die Wohnungstür etwas zu laut ins Schloss fallen.

Er startete den Wagen und fuhr die Kasseler Chaussee hoch zum Spiegelberg, wo er das Auto am alten Spiegelhof abstellte, der jetzt, nachdem der langjährige Besitzer das Lokal verkauft hatte, Ristorante Italia hieß. Er nahm den Weg durch den früheren Wirtshausgarten zu dem schmalen Fußpfad, der zu Ili ins Haus 42 führte. Es war kurz nach acht, die Sonne war untergegangen, der mittlere Spiegelberg lag im Dämmerlicht, auf dem großen Spielplatz hinter den Garagen sah er ein paar Jugendliche, die auf den Banklehnen hockten und rauchten. Furies, dachte Martin.

Er klingelte. Es dauerte nur ein paar Sekunden, bis sich die Haustür öffnete. Als er die Treppe hochstieg, musste er daran denken, wie Ilis Mutter damals zu ihnen gekommen war und dass Ili bei ihnen auf der Couch im Wohnzimmer übernachtet hatte. Jetzt stand sie oben in der Wohnungstür, lächelte ihn an, und er meinte, an ihren Augen sehen zu können, dass sie sich freute.

»Marlehn ist gerade eingeschlafen«, flüsterte sie und führte den Finger zum Mund.

Sie schauten einander ins Gesicht. Gute fünf Jahre hatten sie sich nicht mehr gesehen. Ihr Gesicht hatte sich kaum verändert. Das Haar trug sie etwas länger, es schien ihm auch ein wenig rötlicher als zuvor, am Kinn meinte er einen härteren Ausdruck zu bemerken, als sei die Unterlippe schmaler geworden, nicht mehr ganz so voll wie früher. Sie trug ein dunkelblaues T-Shirt mit einem schmalen weißen Kragen, von den drei Knöpfen war nur der unterste im Knopfloch. Der obere Teil der Knopfleiste erlaubte den Blick auf die sehr feine weißliche Haut, die so typisch ist für rotblonde Frauen. Martins Blick blieb an den Lippen hängen, es waren die Lippen, die er vor fünf Jahren geküsst hatte, an denen er hatte üben dürfen, wie ein Junge richtig küsst.

Er lächelte, und Ili lächelte zurück. Ob sie in diesem Moment an das gleiche dachte? Ili hatte damals schon längst nicht mehr geübt, sie war ein Jahr älter als er und wusste, wie man küsst.

»Komm rein«, sagte sie und ging vor ihm ins Wohnzimmer. Das war unverändert, sah genau so aus wie vor fünf Jahren. Die Tapete mit dem lang gezogenen Girlandenmuster, die dunkelgrüne Couch, zwei kleine Sessel, der schwarz lackierte, schmale Schrank mit der Vitrine rechts, der Fernseher auf dem schwarzen Servierwagen, der Tisch mit der hellbraunen Decke darauf und den Fransen an den Rändern. Nur dass jetzt auf dem Tisch eine Flasche Wodka stand, zwei kleine Wassergläser und ein roter, runder Aschenbecher, auf dessen Bügel eine langsam vor sich hin glühende Zigarette lag. Der lange weißgraue Aschehals der Zigarette drohte jeden Moment abzufallen.

»Magst du auch eine?«, fragte Ili, als sie seinen Blick auf die verglühende Zigarette bemerkte. Martin nickte. Er setzte sich in den Sessel gegenüber der Couch. Der deutlich sichtbare Abdruck im grünen Couchstoff zeugte davon, dass Ili dort auf ihn gewartet hatte. Sie reichte ihm eine Zigarette, gab ihm Feuer, schenkte ihm einen Wodka ein, und während sie von der Krankheit ihrer Mutter erzählte, die letztlich sehr schnell zum Tod geführt hatte, von der bevorstehenden Auflösung der Wohnung, um die sich ihr Onkel kümmern würde, und von dem Hass, den sie auf alles empfinde, das sie hier in der Wohnung sähe, betrachtete Martin ihr Gesicht, weniger die Lippen jetzt, sondern ihre Augen, diese seltene Mischung von Grün und Braun, die heute so eigentümlich leuchtete. War es Zorn, der dieses Feuer nährte? Ili sprach schnell. Wie froh sie sei, dass mit Mutters Tod jetzt endlich die letzte Verbindung zum Spiegelberg gekappt sei. Sie habe es immer gehasst, dass Mutter wenigstens einen jährlichen Besuch erwartet und sie dann stets mit ihrer Traurigkeit und ihren Vorwürfen überfallen hatte. Wie die Nachbarn damals geschaut hatten, welche Blicke man ihr zugeworfen hatte, als sie zum ersten Mal mit Marlehn im Wickeltuch, fest vor ihre Brust geschnallt, von der Bushaltestelle durch die Siedlung zum Wohnhaus gegangen war.

Martin war still, hörte aufmerksam zu, fragte dann aber doch, was sie denn jetzt mache und ob sie noch immer in Berlin lebe. Er habe ja seit fünf Jahren nichts mehr von ihr gehört.

»Nichts Besonderes«, sagte sie, »gar nichts Besonderes, was soll ich mit so einer Göre am Hals schon groß machen. Meine Ausbildung zur Versicherungskauffrau habe ich ja aus bestimmten Gründen nicht zu Ende bringen können.« Sie sprach »Versicherungskauffrau« sehr betont aus, als handle es sich um eine zutiefst verabscheuungswürdige Tätigkeit.

»Aushilfsarbeiten vor allem, Sekretärinnenzeugs, Tagesmutter, Mädchen für alles. Aber putzen wie Mutter bei Lambert, putzen geh ich nicht!«

Sie schenkte sich nach, füllte auch Martins halb geleertes Glas erneut. »Ich bin noch immer in der gleichen WG in der Urbanstraße wie vor fünf Jahren«, sagte sie und lachte, »drei Kinder haben wir da jetzt, sind drei alleinerziehende Mütter, ein Studentenpärchen und ein schwuler Typ. Der ist was komisch. Sowas kriegste nur in Berlin. Prost!« Ili lachte laut, während sie das Glas zum Mund führte.

Da meldete sich Marlehn. Ihr Weinen hörte man deutlich, es wurde lauter, aber Ili machte keine Anstalten, aufzustehen und nach ihr zu sehen. Sie nahm einen tiefen Zug von ihrer Zigarette, räkelte sich auf der Couch, streckte sich. Martin sah, wie ihre Brüste gegen das blaue Shirt drückten. Er wandte die Augen ab.

»Willst du nicht?«, sagte er leise und zeigte mit dem Kopf Richtung Schlafzimmer, aus dem das Weinen des Mädchens herüberklang.

»Das macht sie oft«, sagte Ili, »damit hält sie mich seit Jahren schon verdammt auf Trab.« Doch dann stand Ili auf, legte die halb aufgerauchte Zigarette auf den metallenen

Rand des Aschenbechers und ging ohne jede Eile zu ihrer weinenden Tochter ins Schlafzimmer.

Martin starrte auf den leeren Platz. Fünf Jahre zuvor hatten sie einige Abende an diesem Tisch gesessen, nachdem Wolfgang mit Ili Schluss gemacht hatte. Damals wohnte er mit seinen Eltern ja nur ein paar Häuser weiter im neuen Teil Nummer 62. Hier waren sie ungestört gewesen, denn Ilis Mutter putzte dreimal in der Woche bis weit in den Abend hinein und kam dann nie vor elf zurück. Hier bei Ili hatten sie Wein getrunken, geraucht, laut Schallplatten gehört.

Manchmal hatten sie die Zeit vergessen, und wenn Ilis Mutter plötzlich die Wohnungstür aufschloss, lächelte sie nur und hatte für Martin immer irgendein nettes Wort. Anders als seine Mutter, die es gar nicht mochte, wenn er zu Ili ging. Er erzählte Ili von der Schule, von den Freunden, von der Tanzstunde, von den anderen Furies, die er getroffen hatte.

Ili berichtete von der Krankenkasse, von den Kollegen dort, von deren Geschichten. Hier hatte Ili ihm auch erstmals von dem Abteilungsleiter erzählt, der so verrückt nach ihr war. Es hatte Stolz in ihrer Stimme geklungen, aber auch Angst. Und sie hatte Martin, der nur Christiane, eine Tanzstundenpartnerin, aber keine Freundin hatte, herausgefordert, wenn sie berichtete, wie sehr der Mann sie begehre und wie gut er küssen könne.

Eines Abends hatte sie Martin neben sich auf die Coach gebeten und ihn üben lassen. Mit 17 müsse er doch wissen, wie man gut küsse, hatte sie gesagt. Erst hatte er es seltsam gefunden, nach ihrer Anweisung seinen Mund, seine Lippen, seine Zunge so zu bewegen, wie es wohl ein paar Tage zuvor dieser Abteilungsleiter gemacht hatte. Doch wenn Martin sie dann küsste und küsste, vergaß er ihn.

Ein paar Wochen später hatte sie ihm unter dem Mantel der Verschwiegenheit verraten, dass sie mit dem Mann geschlafen habe, schon zweimal, und am nächsten Wochenende würden sie es wahrscheinlich wieder tun. Es hätte erst etwas wehgetan, aber jetzt wäre es nur schön, denn er wäre viel geschickter als Wolfgang, er wäre eben kein Kind mehr, sondern ein Mann.

An diesem Abend hatte sie Martin nicht nur geküsst, sondern unerwartet die Knöpfe der blaukarierten Bluse geöffnet, sich umgedreht und ihn aufgefordert, ihren BH zu öffnen. Martin fand es schwierig, mit diesen vielen kleinen Metallhäkchen zurechtzukommen, seine Hände zitterten, als Ili zum zweiten Mal und mit wachsender Ungeduld erläuterte, wie er mit den Häkchen verfahren sollte. Endlich waren die Rückenträger lose, Ili nahm den BH ab, drehte sich ihm wieder zu und schob ihr weißes, dünnes Unterhemd unter ihren Busen. Das Hemd hob die Brüste an, die jetzt noch viel größer wirkten mit vollen roten Brustwarzen. Sie führte Martin auch jetzt, er übte, sie dirigierte, und es schien so, als ob sie mit seinen Lernfortschritten zufrieden war, sie stöhnte laut, wenn er mit den Lippen immer wieder zart über ihre Brustwarzen strich oder leicht an der einen saugte, während sein Zeigefinger mit der anderen spielte, und er litt unter der Enge seiner Jeans.

Beim nächsten Treffen öffnete sie die Bluse erneut und wieder folgte er ihren Anweisungen. Keine zwei Monate darauf hatte sie ihm offenbart, dass sie schwanger sei und dass jetzt alles anders würde. Sie hatte nicht geweint, wirkte keinesfalls verzweifelt, sie war ihm nicht einmal besonders aufgeregt erschienen, eher so, als stünde sie erwartungsvoll vor einer längeren Reise.

Martin war sprachlos gewesen. Sie hatten eine Flasche Rotwein geöffnet, »Drachenblut« von Aldi, und sie sprachen beide dem Wein reichlich zu. Dann erzählte sie ihm, dass Werner, den sie immer nur auf Englisch ihren »Lover« nannte, ihr von einer Wohngruppe in Berlin berichtet hätte, in der junge Frauen mit Kindern, aber auch Paare und Singles zusammenlebten, alle gemeinsam, und alle würden alles teilen. Werner hätte ihr die Telefonnummer dieser Gruppe gegeben und die hätten gesagt, sie solle ruhig mal kommen. Das sei eine Kommune, eine Wohngemeinschaft, hatte sie hinzugefügt, da sei alles ganz anders als in Langenheim. Dabei hatte sie laut und lange gelacht, und Martin hatte in ihr Lachen eingestimmt.

Sie war beim Lachen noch näher an ihn herangerückt, schließlich umarmte sie ihn, dann verstummte ihr Lachen, sie wurde auf einmal ganz still, suchte seinen Mund und ließ nicht wieder von ihm ab, grub sich geradezu in ihn hinein. Ihre Hand glitt an die Knopfleiste seiner Jeans, die sie langsam öffnete. Während sich ihre Lippen weiterhin an die seinen schmiegten und ihre Zungen sich suchten, begann sie, ihn dort unten zu streicheln. Nie zuvor hatte ihn ein Mädchen so gestreichelt.

Ili begann sehr sacht, wurde dann heftiger, löste sich von seinem Mund, blieb aber still. Er versuchte, ihre Hand oder ihren Unterarm zu fassen, um den harten, schnellen Rhythmus zu verlangsamen. Es hatte zum Schluss wehgetan, und Martin war froh, als er sich endlich ergoss. Beim Abschiednehmen spürte er ein leichtes Gefühl von Übelkeit. Vielleicht war es der billige jugoslawische Rotwein, vielleicht das Wissen, dass Ili bald fort sein und in Berlin leben würde.

Als er zu Hause in seinem Zimmer im Bett lag, meinte er, den Grund für die Übelkeit zu kennen. Er war bei all ihren Treffen passiv geblieben, hatte immer zugehört, hatte »geübt«, ohne Ili jemals zu sagen, was er selbst denn gerne wollte, was denn seine Lust sei. Er hasste sich jetzt dafür. Er war bald achtzehn, machte im nächsten Jahr Abitur, aber bei Ili war er ein Kind geblieben, hatte sich immer nur treiben lassen. Nie hatte er selbst die Initiative ergriffen, auch an diesem Abend nicht.

Es war ein seltsamer Abschied gewesen, damals vor fünf Jahren, ein endgültiger, wie ihm schien. Und dann war Ili weg, mit dickem Bauch in Berlin. Der erste Fury, der Langenheim verließ.

Er hatte in den Jahren danach bei Mutter nie nachgefragt, ob sie eigentlich wüsste, wie es Ili ginge. Mutter hatte nur von sich aus erzählt, wie sehr Frau Pagoda darunter leide, nach ihrem Mann nun auch Ili verloren zu haben. Und auch das Enkelkind habe Frau Pagoda erst zweimal gesehen. »Ili ist ein schlechtes Mädchen, Martin«, sagte seine Mutter und hob warnend den Zeigefinger.

Jetzt, fünf Jahre später, schaute Martin wieder auf die grüne Couch, auf der sie damals geübt hatten, und hörte im Hintergrund das noch immer weinende Mädchen und Ilis ungeduldige Stimme. Fünf Minuten später kam sie aus dem Schlafzimmer zurück. »Marlehn vermisst ihre Puppe, die habe ich dummerweise in Berlin vergessen«, sagte sie, »aber jetzt geht es wohl.«

Ilis Stimme hatte sich gar nicht verändert, dachte Martin, sie war wie früher melodisch, weich, eine Altlage, die etwas Geheimnisvolles barg und die ihn gleich wieder anzog. Ili fragte ihn, wie er mit dem Studium zurechtkäme, ob es ihm in Köln gefiele, wie weit er sei. Martin berichtete von seinen beiden Fächern, Geografie und Geschichte, von seiner Bude in der Jülicher Straße, vom Collegium Musicum, das eine Tournee mit der Johannespassion nach Italien plane. Ili wollte wissen, ob er denn eine Freundin hätte, er sagte nein, und wusste nicht, warum er Conny verleugnete.

Noch bevor er das korrigieren konnte, erzählte sie von ihrer Wohngemeinschaft, vor allem von Henry und dessen schrillem Outfit. Er sei eine Drag-Queen, sagte sie, und Martin war sich nicht ganz sicher, was er sich darunter vorstellen sollte, traute sich aber nicht zu fragen. Finanziell ginge es ihr so leidlich, sie würde tagsüber nicht nur Marlehn, sondern noch ein weiteres Mädchen aus der WG und drei Kinder von Nachbarn hüten. Dafür würde sie bezahlt. Sie hätte allerdings gerade Ärger mit dem Kinderarzt, fügte sie hinzu und ihre Stimme verlor den weichen Klang. »Der will Meldung machen ans Jugendamt, hat er gesagt, nur weil Marlehn bei der letzten Untersuchung ein paar blaue Fleckchen gehabt hat.« Sie nahm einen kleinen Schluck Wodka. »Nicht zu glauben, dieser Blödmann, aber wenn sich das rumspricht, weiß ich nicht, ob die anderen Mütter mir ihre Kinder weiterhin bringen.«

Martin griff häufiger zu seinem Glas, als er eigentlich wollte. Er spürte Anspannung. Ili sprach jetzt von früher, von einzelnen Furies, ihre Stimme war wieder weich, manchmal modulierte sie unbewusst, dann schien der Klang einzelner Worte von ganz tief unten aus ihrem Körper zu kommen. Sie sprach mit leiser Stimme von ihren letzten gemeinsamen Treffen vor fünf Jahren, bevor sie schwanger die Stadt verlassen hatte. »Ich habe noch oft an dich gedacht, Martin, gerade an dich. Du warst immer so eine Art Gegenmodell, scheu, zurückhaltend, fast unerreichbar, aber nur fast.«

Eine knappe Viertelstunde später hatte Martin den Platz gewechselt. Ili hatte ihn gebeten, doch auf die Couch zu kommen. Schon nach wenigen Minuten hatte sie ihren rechten Arm um seinen Nacken gelegt. Ili erzählte von einem Discobesuch in Steglitz, von heißen Rhythmen und völlig verdunkelter Tanzfläche, von Frauenhänden und

Männerhänden an ihren Oberschenkeln, unter ihrem Shirt, in ihren Hotpants. Martin hörte still zu. Je länger Ili sprach, desto leichter fühlte er sich. Schon war er ein wenig näher an sie herangerückt, seine Jeans berührte jetzt ihre.

Da stand sie auf, löschte das Licht im Wohnzimmer, entzündete die Kerze, die in einem altmodischen schwarzen Metall-Kerzenständer auf dem Fernseher steckte, und setzte sich wieder dicht neben ihn. Ihre Hand glitt wie vor fünf Jahren über Martins Jeans. Jetzt waren es keine Knöpfe mehr, sie zog den Reißverschluss vorsichtig herunter und spielte nach, was sie Martin von den Händen in der Diskothek in Steglitz erzählt hatte. Einige Minuten später saß sie auf ihm.

Als Martin weit nach Mitternacht die Wohnung verließ, war ihm ein wenig übel. Es mochte vom Wodka kommen, dachte er. Er blieb einen weiteren Tag in Langenheim, weil auch Ili noch einen weiteren Tag für die Formalitäten nach der Beerdigung brauchte. Ohne dass sie es verabredet hatten, ging er am Abend erneut zu ihr.

Ili schien nicht überrascht. Sie schimpfte auf die Behörden, sprach aber leise, weil Marlehn im früheren Kinderzimmer der Wohnung gerade erst eingeschlafen war. Martin stand nach wenigen Minuten auf, zündete die Kerze auf dem Fernseher an und knipste das Licht aus. Er nahm Ili in den Arm und flüsterte ihr zu, was er sich von dieser, ihrer zweiten Nacht wünschte. Ili lächelte, gab ihm einen langen, einladenden Kuss, griff die Kerze, trug sie ins Schlafzimmer und stellte sie auf das Nachttischchen ihrer Mutter. Das altmodische eichene Doppelbett war bezogen. Für einen Moment fragte sich Martin, ob die unberührte rechte Hälfte wohl seit dem Tod von Ilis Vater so bezogen und nie angerührt worden sei. Aber es war ihm gleich wieder egal.

Zum Glück schlief Marlehn im Kinderzimmer durch, ohne auch nur ein einziges Mal aufzuwachen. Als er am nächsten Morgen aus der Haustür trat, war es schon hell. Er verspürte keinerlei Übelkeit, nur Hunger und wusste, dass er Mutters Frage, wo er denn die Nacht verbracht habe, einfach nicht beantworten würde. Am Mittag fuhr er zurück nach Köln. Conny trennte sich einen Monat später von ihm. Er sei ihr fremd geworden, hatte sie gesagt.

24

Martin, Nina, 14. Oktober 2015

»Ich würde gern noch mal mit dir über uns sprechen, Martin, bevor du morgen früh wieder nach Köln fährst.« Ninas Tonfall berührte ihn sofort, holte ihn aus einer ganz absonderlichen Überlegung zurück. Er blickte von den gelben Astern auf zu ihr. Ninas Stimme signalisierte Schutzbedürfnis, appellierte an etwas in ihm, das ihn immer erreichte, da sprach das kleine Mädchen, das den Ritter um Hilfe bittet. Er würde aufpassen müssen.

»Mich hat das eben ziemlich erschreckt, von wegen Langenheim aufgeben und mit dir nach Köln ziehen oder gleich nach Amerika. Bitte lass uns heute Abend in Ruhe darüber sprechen.«

Heim, fuhr es ihm durch den Kopf, unser Heim. Da war er wieder, Ninas Traum, und er hatte ihr eine Entscheidung versprochen. Und Ernestos Mail? Unerledigt!

»Bitte Nina, nicht jetzt, ich kann jetzt nicht darüber reden, vielleicht heute Abend, nein sicher, heute Abend, aber hier vor diesem Grab kommt mir gerade ein ganz abenteuerlicher Gedanke, ausgelöst durch diese Blumen und durch die Frau, die wir gesehen haben.«

Martin schaute noch einmal auf die Astern, dann auf die verwitterten Buchstaben auf der kleinen Namenstafel unter dem Holzkreuz, und vor seinem geistigen Auge erschien Ili, nicht die Ili, die ihm mit 17 das Küssen beigebracht hatte, auch nicht die Ili, die ihn fünf Jahre später mit ins Ehebett ihrer Eltern nahm. Er sah die kranke Ili, die erst wieder Kontakt zu ihm aufgenommen hatte, als sie wusste, dass der Brustkrebs nicht aufzuhalten war.

Es war mitten in der Scheidungsschlacht mit Manu gewesen, als das Telefon in Köln klingelte und Ili ihn bat, nach Langenheim zu kommen. Sie sei krank, sie müsse mit ihm sprechen. Er war verdutzt gewesen, Ili hatte sich jahrelang nicht gemeldet. Zuletzt hatte er intensiv in Hamburg an sie gedacht, als er plötzlich meinte, sie auf der Alsterbrücke entdeckt zu haben, aber das hatte seine Mutter schnell aufgeklärt, das konnte nicht Ili gewesen sein, die sei noch immer auf dem Spiegelberg. »Wo sollte sie denn auch hin?«, hatte Mutter noch spitz hinzugefügt. Eine Fahrt nach Langenheim passte Anfang des Jahres gar nicht in Martins Terminkalender, aber er verschob den Termin mit dem Scheidungsanwalt, er hatte die Dringlichkeit gemerkt, die Ili in ihre Stimme gelegt hatte.

Als er an jenem Januartag des Jahres 2001 ihr Zimmer im Langenheimer Krankenhaus betrat, konnte er sein Erschrecken nicht verbergen. Da lag sie, ihr Gesicht war dünn, die Hautfarbe fahl, das Kinn recht spitz, die dünnen Haare waren nach hinten gekämmt. Sie lächelte. Er setzte sich auf den Besucherstuhl.

»Ich freue mich, dass du gekommen bist, trotz Winter und deinen Studenten.« Sie sprach leise. Ihre Stimme klang matt und müde. Sie bat ihn noch näher zu sich heran. Sie wolle nicht, sagte sie, dass die beiden anderen Frauen im Zimmer mitbekamen, was sie ihm erzählen wollte. Jetzt war Martin nur wenige Zentimeter vor Ilis Gesicht, sah in die müden grünlich-braunen Augen, sah die Falten links und rechts von den Augen und dachte daran, dass Ili noch keine 47 Jahre alt war.

»Als ich mit Marlehn vor elf Jahren zurückkam, hatte ich mir vorgenommen, keinen von euch mehr sehen zu wollen. Es war mir sehr recht, als ich herausfand, dass außer Wolfgang alle fort waren. Das Fury-Kapitel war endgültig vorbei, dachte ich. Doch dann stand Wolfgang eines Tages vor meiner Tür, angetrunken, und ich wies ihn nicht zurück.« Ili blieb ein paar Sekunden lang still, dann schaute sie ihn von unten her an und zuckte mit den Schultern. Sie hatte einen koketten Blick, der Martin für einen kurzen Augenblick vergessen ließ, dass er in ihrem Krankenzimmer war.

»Er erzählte mir, dass auch Nina fast gleichzeitig mit mir nach Langenheim zurückgekehrt war, auch mit einem Kind, und dass sie fürs Jugendamt arbeiten würde. Mir war das egal, ich wollte sie nicht sehen und verbat Wolfgang irgendeine Form von Anbahnung. Er hielt sich dran.« Ili hustete, Martin reichte ihr ein Glas Wasser.

»Ich habe Nina vor drei Jahren auf der Herbstkirmes getroffen, ganz zufällig«, sagte Martin, »ich war mit meinen Jungens bei meiner Mutter und wir sind abends über die Kirmes gezogen. Nina erzählte mir von ihrem Glück, dass hier eine Stelle frei geworden sei, nachdem sie geschieden war.«

»Ist es nicht seltsam, Martin, dass sowohl Nina als auch ich in diese Stadt zurückgekehrt sind? Als hätte die Erde hier eine besondere Anziehungskraft.« Ili lachte einmal kurz auf. »Ich weiß im Nachhinein gar nicht mehr so recht, warum ich 1990 aus Berlin wegwollte. Gut, die Stadt war voller Menschen, nachdem die Mauer offen war, überall Hektik. Dann hatte man uns auch noch die Wohnung gekündigt. Henry war ein paar Monate zuvor an Aids gestorben. Ich hatte ihn zwei Jahre lang gepflegt, bis es nicht mehr ging und er ins Krankenhaus musste. Scheiß Zeit, Martin. Henry wog zum Schluss keine 100 Pfund mehr. Er ist elendig verreckt.« Ili schaute Martin direkt in die Augen.

Ihr Blick war schon längst nicht mehr kokett, er war hart, wirkte auf Martin wie gestählt durch die Erfahrungen, die

Ili in so kurzen Sätzen von sich gab. »Dann war Marlehn 16 und gerade mit der Schule fertig. Es schien ein guter Zeitpunkt, um Berlin zu verlassen. Aber wohin? Nach Langenheim? Und dann sogar auf den Spiegelberg? Da wäre gerade 'ne Wohnung frei geworden, sagte mir die Frau von der Wohnungsbaugesellschaft, die ich anrief, einfach mal so von Berlin aus. Dann fragte die Frau gleich, 'Pagoda? Sind Sie etwa die Tochter von der Pagoda von damals, von Nummer 42?' Wir lachten beide und sie sagte, die freie Wohnung sei sogar im neuen Teil. Für 'ne günstige Miete. Da habe ich zugegriffen, einfach so. Hausnummer 86.« Ili machte eine kurze Pause, schluckte ein-, zweimal, bat Martin erneut um Wasser. »War schon komisch, Martin, als ich 'nen Monat später mit 36 dahin zurückkehrte, wo so viele alte Geschichten auf mich warteten.«

Ili machte eine Pause, griff dann zu einer Tasse Tee, die auf dem weißen Nachtschränkchen stand. Die Drehbewegung tat ihr weh. »Die Narben sind frisch«, erklärte sie, »aber es ist doch alles für die Katz gewesen. Die Brüste abnehmen, das hätten sie sich sparen können.« Martin durchzuckte es.

»Es gab noch eine ganze Reihe von Leuten auf dem Spiegelberg, die mich von früher kannten. Die meisten grüßten nicht zurück. Ich war die, die damals wegmusste, die mit dem dicken Bauch. Mir war's egal. Marlehn machte ihre Ausbildung als Bürokraft bei der Landesbahn, sie war ein stilles Mädchen, ist dann nach der Lehre nach Münster gezogen, zu ihrem Gianni, kriegt jetzt ihr zweites Kind. Sie kommt morgen und bleibt bis Sonntag. Ich habe Glück mit ihr gehabt.« Ein Lächeln ging über Ilis Mund, lag lange auf ihren Lippen und hing in den Mundfalten links und rechts.

Die Situation überforderte Martin. Vor ihm lag Ili, ohne Brüste, dem Tod geweiht, und er hatte kein einziges Mal in den letzten Jahren ernsthaft daran gedacht, sie zu besuchen, etwas über ihre Lage zu erfahren. Nur vor zwei Jahren, als er in Hamburg dieses seltsame Erlebnis hatte, war sie für einige Tage in seinem Kopf gewesen.

»Ich kümmerte mich nicht um die anderen in der Siedlung, Martin. Ich hatte meine Putzstelle beim alten Lambert, wo schon Mutter geputzt hatte, und wollte gar nichts anderes. Ich fuhr mit dem Bus in die Stadt, machte meine Morgenschicht im Josefsheim bei den Senioren und abends drei Praxen. Nur als sie mich zum Putzen in die IKK schicken wollten, sprach ich mit Lambert und sagte: 'Da nicht!'« Ili lachte.

»Wir bezahlten unsere Miete regelmäßig, es war alles knapp, aber es ging. Als Marlehn nach der Lehre auszog, kam Dragi, mein Jugo-Bär.« Ili lachte wieder, verzog dann aber den Mund, presste die Lippen aufeinander und nahm schnell einen Schluck Tee. »War 'ne gute Zeit mit ihm. Einige von den Alten am Spiegelberg drehten zwar den Kopf zur Seite, wenn sie mich sahen, aber mir machte das nichts aus. Ich ging am Wochenende Hand in Hand mit ihm durch die Siedlung. Das tat mir gut, am liebsten hätte ich noch Henry an meiner anderen Seite gehabt, in seinem schrillsten Outfit mit dem knallblonden Haar und der künstlichen Pelzstola!«

Ili lachte laut auf, aber das laute Lachen erstarb sofort. Sie schloss die Augen, presste die Lippen zusammen, und erst langsam wich die Anspannung aus ihrem Gesicht. »Es ist so gemein, Martin.«

Martin nickte und fuhr ihr mit der rechten Hand langsam über die Stirn. Als sie wieder zu sprechen begann, roch Martin einen unangenehm bitteren Geruch aus ihrem Mund. Er presste unwillkürlich die Lippen zusammen und hoffte gleichzeitig, dass sie nichts davon merken würde.

»Dragis Leute grüßten uns, lachten uns an, luden uns abends ein zu sich in eine der Wohnungen im alten Teil, hatten auf dem Hof hinterm Keller für alle gegrillt, und zum Sliwowitz sagte ich auch nicht nein, ne, ich nicht!« Ili lachte auf, dann musste sie husten, hustete lange. Ihr Oberkörper wurde durchgeschüttelt. Sie schloss die Augen und brauchte einige Zeit, bis sie wieder ruhig atmete.

Martin ergriff ihre Hand, was konnte er sonst tun? »Dann war Dragi plötzlich weg. Nach vier Jahren war er einfach weg. Einer seiner Freunde sagte mir, ich solle nicht traurig sein, er habe doch 'richtige Frau' in Belgrad. Aber ich war traurig, und wie!«

Sie schaute Martin in die Augen. »Ich war traurig und ich war allein! Marlehn in Münster bei ihrem Gianni, Dragi weg, Henry fehlte mir schrecklich. Wolfgang kam wieder vorbei, nicht sehr oft, weil Susi gern Szenen machte und hinter ihm her spionierte. Dann traf ich letztes Jahr Nina auf dem Spiegelberg. Ich hatte sie ein paar Mal samstags auf dem Wochenmarkt gesehen, ein kurzes Hallo, mehr nicht. Jetzt traf ich sie auf dem Spiegelberg, weil es wieder einmal Krach gegeben hatte zwischen den Jugos und den Russen. Ein Mädchen hatte bei der Polizei angegeben, zwei Jugos hätten sie bei den Büschen am Eingang zum Stadtwald vergewaltigen wollen. Du weißt, die Büsche mit dem starken Geruch. Einer der beiden Jungs war ein Neffe von Dragi.«

Ili schwieg eine Weile, schaute stur auf das weiße Bettlaken vor sich, presste noch einmal die Lippen zusammen. »Es war aber nicht so, war irgendwie harmlos. Die beiden Jungs aber mussten hinterher mehrere Gespräche mit Nina führen und so kam sie letztes Jahr häufiger auf den Spiegelberg, ganz offiziell als Mitarbeiterin des Jugendamtes. Wir hatten uns beim Bäcker getroffen, sie stand da, als ich reinkam, und trank gerade einen Kaffee im Stehen. War schon komisch. Aber ich hatte auch da keine große Lust, mit Nina zu sprechen, ich hatte sie nie so recht gemocht, Fury hin oder her.« Ili schaute Martin an. »Du hast sie immer gern gemocht, stimmt's?«

Martin lächelte, war ein wenig verwirrt, druckste rum. Ili lachte. »In den Wochen, bevor ich ins Krankenhaus kam, sah ich ihren Wagen ziemlich oft auf'm Berg. Das hatte wohl mit dem Mercedes zu tun, den sie ein paar Wochen zuvor angezündet hatten. Der gehörte einem wohlhabenden Türken. Die Russenjungs sollen es gewesen sein. Glaub ich aber nicht.« Ili schaute wieder auf das weiße Laken.

Martin blieb still. Schaute ihr in die Augen. Er wartete auf das, was sie ihm sagen wollte, weshalb sie ihn unbedingt bei sich haben wollte.

»Ich hab mich dann im letzten Jahr doch ein paar Mal mit Nina getroffen«, fuhr Ili fort, »hab ihr erklärt, was da so auf dem Spiegelberg abgeht, wer wen hasst und dass man's sich nicht so einfach machen darf, eine Schublade Jugos, eine Schublade Russen, eine Türken, da muss man schon genauer hingucken«, dann wurde ihre Stimme fast tonlos, »aber was soll das jetzt noch.«

Dann schaute sie lange in Martins Augen. »Zuletzt habe ich Nina gesagt, sie solle doch am besten zurück auf den Spiegelberg ziehen, wenn sie dort Sozialarbeit machen will, dann könne ihr keiner was vormachen. Das fand sie nicht so gut.«

Wieder eine Pause und ein kleines Lächeln auf Ilis Mund. »Wir haben auch über früher gesprochen, über uns, und über meine Beerdigung. Ganz offen. Doch ehrlich, Martin, ich habe kein besonderes Interesse an Nina. Aber dich, dich wollte ich unbedingt wiedersehen.« Ili machte eine längere Pause, ließ ihn dabei nicht aus ihrem Blick.

Martin erschienen ihre Augen auf einmal milde. »Nun ja«, fuhr Ili fort, »ich wusste, du lebst in Köln und kommst nur noch selten deine Eltern besuchen, und da die ja schon lange nicht mehr auf dem Berg wohnen, würde ein zufälliges Zusammentreffen mit dir wohl kaum gelingen. Dann ist dein Vater gestorben, ich hab's in der Zeitung gelesen, und irgendeiner hat mir erzählt, dass deine Mutter fortgezogen sei. Von Wolfgang wusste ich, dass du zwei Söhne hast und richtiger Professor geworden bist. Ich fragte mich oft, ob ich dich nicht einfach mal anrufen sollte, aber ich traute mich dann doch nicht.«

Ili war nach den vielen Sätzen erschöpft, blieb jetzt wieder eine Zeit lang still. Dann bat sie Martin aufzustehen, damit sie ihn ganz sehen könnte. Martin stellte sich vor den Stuhl und sah, wie Ilis Augen langsam an ihm herunterwanderten und ebenso langsam wieder den Weg zu seinem Gesicht fanden. Martin lächelte Ili an und setzte sich wieder, als sie nickte.

»Jetzt bleibt mir nicht mehr viel Zeit, und da habe ich dich angerufen. »Erinnerst du dich an die Beerdigung meiner Mutter, Martin? Das war 1978, vor bald dreiundzwanzig Jahren.« Ili betonte jede Silbe der Jahreszahl. »Ich hatte dich noch einmal in die alte Wohnung gebeten, Mutter war tot. Ich wollte endlich Schluss machen mit dem Spiegelberg. Da passte es mir gut, dass du in die Wohnung kamst und ich dich verführen konnte. Es schien mir wie Rache am Spiegelberg.«

Martin war überrascht. Er dachte an die beiden Nächte, die er nicht vergessen hatte. »Es war mir nicht klar, Ili, dass ich dein Rache-Opfer war«, sagte er nach einiger Zeit.

»Die Rache ist mir auch nicht gelungen, Martin. Keine drei Monate später wusste ich, dass ich schwanger war. Abtreiben konnte ich nicht mehr, ich hatte Marlehn, und wenn du einmal ein Kind gehabt hast, kannst du nicht mehr abtreiben. Das bringst du nicht übers Herz. Aber ein zweites Kind großziehen konnte ich mit meinen Möglichkeiten auch nicht. Henry bot an, das Kind als seins anzugeben. Dann hätte es doch Vater und Mutter. Aber auch Henry hatte nie Geld, keinen festen Job. Ich habe es nach der Geburt zur Adoption freigegeben, ein Mädchen, ein süßes kleines Mädchen, dein Kind.«

Ili begann zu weinen. Martin nahm ihre Hand. Es erschien ihm alles unwirklich. Er war hier im Krankenhaus in der Stadt, in der er groß geworden war, vor ihm eine Frau, mit der er vor Jahren einmal, ja was?, eine Beziehung hatte, eine kurze Affäre, nein, das war es nicht, eine Begegnung, aus der, wie er jetzt erfuhr, eine Tochter entstanden war. Unglaublich!

»Ich habe das Kind später immer wieder gesucht, Martin. Aber das lassen die vom Jugendamt nicht zu, um das Kind zu schützen. Manchmal denke ich, dieses Mädchen, unsere Tochter, war der Grund, dass ich auf den Spiegelberg zurückmusste. Vielleicht, dachte ich, würde ich sie hier finden. Nein, die Rache war mir nicht gelungen!«

Martin richtete sich auf, gab ihr einen Kuss auf die Stirn und drückte ihre Hand fester. »Kann ich irgendetwas für dich tun, Ili?«

Ili schüttelte den Kopf. Er reichte ihr Papiertaschentücher, sie trocknete ihre Augen. Dann sagte sie leise: »Ja, vielleicht doch. Vielleicht kannst du sie eines Tages finden.«

Martin fuhr an diesem Tag nicht nach Köln zurück. Er nahm sich ein Zimmer in der Lippe-Krone und hing bis Mitternacht seinen Gedanken nach.

»Weißt du eigentlich noch das genaue Todesdatum von Ili?« Nina stand neben ihm vor der Holztafel. »Es ist wirklich nicht mehr zu erkennen.«

Martin schüttelte sich. Ihn fröstelte. Ein kleiner Windstoß fuhr über den Weg und über die Gräber. Welke Lindenblätter trieb er vor sich her. Martin hatte gerade noch gemeint, Ilis Händedruck am Krankenbett zu spüren. Jetzt sah er Nina, wie sie sich vor der Holztafel am Kopf des Grabes bückte, um das Datum zu entziffern.

»Es war der 5. Februar 2001«, sagte Martin leise, fast tonlos. Er hatte Nina nie von seinem Kind mit Ili erzählt. Doch jetzt gab es nur eins: Er musste unbedingt die Frau mit den kleinen Schritten finden. Sie musste noch auf dem Friedhof sein.

»Nina, bitte hilf mir!« Nina schaute überrascht hoch. Es klang geradezu flehentlich. So einen Ton hatte Martin noch nie angeschlagen, leise, bittend, verzweifelt. »Ich muss sie sehen, ich muss mit dieser Frau sprechen, die da die ganze Zeit vor uns lief. Ich will zum Haupteingang zurück, vielleicht wartet sie dort auf den Bus. Wenn du zum alten Eingang vorgehst und dann Richtung Innenstadt, vielleicht läuft sie dir über den Weg. Bitte sag ihr, ich muss unbedingt mit ihr sprechen, sie muss auf mich warten, und ruf mich bitte gleich auf dem Handy an.«

»Martin, ich versteh das nicht. Was ist denn mit dieser Frau? Du hast doch selbst gesagt, sie kann gar nicht Ilis Tochter sein?«

»Ich weiß nicht Nina, ich erklär dir alles später. Die Frau«, Martin stutzte, »die Frau ist vielleicht meine Tochter.«

25

Nina, Martin, Wolfgang, Sebastian, 1980

»Entschuldige mal, ich muss da durch!« Nina bahnte sich den Weg zum Klo. War keine schlechte Idee, die alten Furies aus Langenheim mit den neuen Münchner Freunden zusammenzubringen. Läuft doch alles ganz gut, dachte sie. Gut, Wolfgang hatte mal wieder ziemlich getankt, Sebastian war still wie immer, hatte wahrscheinlich noch gar nicht bemerkt, dass Biggy ein Auge auf ihn geworfen hatte, alle hatten es gesehen, nur Basti nicht. Nina musste lächeln, während sie Thomas sacht zur Seite schob, um in den Flur hinauszutreten. Ob Biggy wohl den Sebastian rumkriegt? Ob der überhaupt schon mal? Hat ja nur seine Medizin im Kopf. Komisch, wenn da zwei Welten zusammenkommen.

Das alte Langenheim mit all den Geschichten von früher, den Fury-Storys aus der Schulzeit, und jetzt die Münchner Truppe. Nina ärgerte es, dass sich Markus und Paula, die in einer Ecke des Wohnzimmers auf dem Boden saßen, ziemlich abkapselten, sie hatten Stoff dabei, offenbar sehr guten, rauchten und schwärmten, würden bald nur noch rumkichern.

Sie würde sich später mal einen drehen, nur einen, sie hatte schon lange nicht mehr gekifft. Nina öffnete die Tür zum Bad. Biggy hatte die Ablage wieder nicht aufgeräumt, dabei war es ihre Badezimmerwoche, alles Mögliche stand da herum, Creme-Dosen, Zahnpasta, Lippenstifte, Duschgel, Shampoo, das meiste ohne Deckel, einfach alles durcheinander. Wie oft hatte sie sich schon darüber geärgert.

Fast zwei Jahre teilte sie jetzt die Wohnung mit Biggy, seit Christian ausgezogen war. Aber der war ja auch nicht ordentlicher gewesen. Vater müsste das hier mal sehen. Oder besser nicht. Thomas allerdings hinterließ kaum Spuren im Bad, er war ja auch nicht täglich hier und steckte immer wieder alles zurück in seinen ledernen Kulturbeutel, den er bei ihr im Zimmer neben dem Bett aufbewahrte, immer an der gleichen Stelle. Thomas mochte Ordnung.

Das tat jetzt gut: Der satte Strahl, der das Wasser in der Kloschüssel teilte. Sie liebte dieses Geräusch, presste noch einmal kräftig nach und spürte, wie es spritzte. Vater und Mutter hatten ihr zum bestandenen Examen eine Glückwunschkarte geschickt, die Mutter beschrieben und auf der Vater in seiner ungelenken Schrift neben »Deine Mutti« mit »und Vater« unterschrieben hatte. Na ja, »dein Vater« wäre auch ziemlich komisch gewesen, eine Anmaßung.

Thomas hatte guten Wein besorgt, da kannte er sich aus, das musste man ihm lassen. Sie hatte gleich zu Beginn zu viel davon getrunken, zum Glück war der Druck auf der Blase jetzt weg. Thomas hatte ziemlich eifersüchtig auf Martin reagiert, das war ihr gleich aufgefallen und hatte ihr gutgetan.

Sie hätte Thomas nicht erzählen müssen, dass Martin ihr von allen ihren alten Freunden am besten gefiel, zum Glück hatte sie mit keiner Silbe Martins Besuch im letzten Jahr erwähnt, auch wenn sie da noch gar nicht mit Thomas zusammen war. Und Martin war klug genug, keine Anspielungen auf letztes Mal zu machen, er wusste ja, was zwischen Thomas und ihr lief. Nicht einmal ein Augenzwinkern war von Martin gekommen. Besser so.

Thomas hatte nach allen gefragt, als sie ihm die Liste mit den Gästenamen gezeigt und sie gemeinsam überlegt hatten, wo die drei alten Furies aus Langenheim denn schlafen sollten. »Furies, wie blöd«, hatte Thomas noch gesagt und später wie beiläufig hinzugefügt, Martin könne ja zu Markus und Paula, die hätten 'ne bequeme Couch, aber es hatte nicht beiläufig geklungen. Als würde sie irgendwas mit Martin beginnen, wenn der hier übernachten würde, hier in ihrer Wohnung, wo sie seit fast einem Jahr mit Thomas zusammen war und wo Thomas heute Nacht bei ihr im Zimmer schlafen würde. Nein, eifersüchtig war er schnell, der schicke Thomas, aber sonst war das schon alles in Ordnung.

Aus dem Wohnzimmer drang jetzt laut Uriah Heep, das hörten sie bestimmt schon zum fünften Mal. Uriah Heep war der Geschmack von Markus, und Wolfgang hatte gleich mit eingestimmt, auch jetzt grölte er wieder laut. Wolfgang sollte das Biertrinken lassen. In seiner Bank in Langenheim tranken sie wohl alle ganz gerne. Hoffentlich würde er nicht am Ende noch kotzen müssen.

Sie stand auf, zog Slip und Jeans hoch und betätigte die Spülung. Sie schaute in den Spiegel. Dieser Stich Henna tat ihrem Haar gut, ein leichter Schimmer von Rot in diesem Braun, etwas mehr als nur Kastanienbraun, das gab dem Ganzen etwas Freches, sie würde es noch ein paar Zentimeter wachsen lassen. Die Wimpern hatte sie am Morgen gezupft und dann dunkel nachgezogen. Sie mochte ihre braunen Augen und wusste, dass sie wirkten, du hast so tiefe Augen, hatte Christian oft gesagt, tiefe Augen. Morgen würde sie 25, heute würden sie in den Geburtstag hinein und zugleich ihren Magisterabschluss feiern, Magister in Sozialwissenschaften. Die rote Bluse stand ihr gut, sie könnte eigentlich noch einen weiteren Knopf öffnen. Sie wand ihren Oberkörper vor dem Spiegel und entschied, den Knopf zu öffnen. Wer von oben auf sie schaute, sah jetzt etwas mehr, nicht sehr viel, aber da war ja auch nicht so wahnsinnig viel.

Schon mit dreizehn hatte sie neidisch auf Ili geschaut, die einen schönen großen Busen hatte. »Du hast ja schon richtig Holz vor der Tür, Ilona, Kompliment«, hatte Vater einmal zu Ili gesagt, als diese zu Besuch gekommen war. Er hatte dabei mit der Zunge geschnalzt, »nicht so wie Nina, bei der ist nicht viel.« Nina hatte sich geschämt, wollte im Boden versinken, und Ili hatte schnell die Hände vor ihrer Brust gekreuzt, hatte nicht gewusst, wie sie darauf antworten sollte. Das war nun mehr als zehn Jahre her, das hatte alles keine Bedeutung mehr.

Ili hätte sie auch zu ihrer Feier heute eingeladen, aber sie hatte keine Adresse von ihr. Auch Wolfgang, Martin und Sebastian hatten nicht gewusst, wo man Ili erreichen könnte. Sie sei irgendwo in Berlin mit ihrem Balg verschollen, hatte Wolfgang gesagt. Es hatte ziemlich kalt geklungen.

Wieder sah Nina in den Spiegel. War doch richtig, die kurzärmlige Bluse anzuziehen, auch wenn die alten Narben am linken Arm sich nun einmal nicht wegpudern ließen, vor allem nicht die lange in der Armbeuge. Sie drehte ihren Arm und streckte ihn mit der Innenseite dem Spiegel entgegen. Ja, Spiegel, ich weiß, rot und lang. Das war damals ihre Lieblingsstelle gewesen. Da und weiter oben an der linken Schulter, immer wieder, auch wenn der letzte Einstich noch längst nicht verheilt war, wieder rein, und wieder war Blut gekommen, dann musste ein Verband her, und Mutter seufzte: »Ich schäme mich ja so, ich schäme mich ja so. Warum tust du uns das an?«

Aber die oberen Markierungen bedeckte zum Glück der kurze Ärmel der Bluse. Nina nahm Puder aus der Dose und strich sanft über die fünf, sechs roten Narben am Oberarm und in der Beuge.

In Amerika, so hatte Klostermann ihr nach der mündlichen Prüfung erzählt, würden die Magister-Absolventen ihren Abschluss als Namenszusatz führen. Sie würde dort »Nina Renker M. A.« aufs Klingelschild schreiben. »Nina Renker M. A.«, wiederholte sie halblaut. Klingt gar nicht schlecht. Oder »Nina Gumbacher, M. A.«, sie sprach den Namen nur halblaut, schüttelte dann den Kopf. Thomas würde wahrscheinlich nie auf die Idee kommen, sie zu heiraten, irgendwie glaubte sie, dass er sie dafür nicht gut genug fand.

»Unsere Familie ist ein altes Münchner Advokatengeschlecht«, hatte Thomas mal gesagt, er hatte dabei gelacht. Für einen Münchner Advokatenenkel und Advokatensohn war eine Sozialwissenschaftlerin aus Langenheim, deren Vater Schaffner bei der Westfälischen Landeseisenbahn gewesen war, keine gute Partie.

Sie zog die Lippen nach. Es war ein wirklich kräftiges Rot, das gut zur roten Bluse passte. Es war Biggys Lippenstift. Während sie das Rot auf ihre Lippen einwirken ließ, murmelte sie »Nina Schrader M. A.«, das klang besser. Martins Vater war bei der AOK, der hätte nichts gegen sie, das wusste sie, dem war eine studierte Sozialwissenschaftlerin mehr als recht. Aber Martin dachte bestimmt nicht an so etwas wie heiraten. Warum auch? Heiraten war total out. Mutter allerdings war schon mit 23 verheiratet gewesen und mit 25 Mutter, aber das waren ja auch andere Zeiten.

Nina öffnete die Badezimmertür. Clara stand davor. »Gut dass du rauskommst, ich muss so dringend«, japste sie, war schon an ihr vorbei und schloss die Tür.

Sebastian saß auf der alten Couch am Fenster, hatte die Beine leicht gespreizt, die schwarze Jeans stand ihm gut, das blaue Hemd dazu mit dem viel zu breiten Kragen war allerdings ziemlich altmodisch. Sie hatte Sebastian nie so recht als Mann wahrgenommen. Er rauchte. Es war keine

Zigarette, war zu dick für eine Zigarette. Auch neu, dachte Nina, Sebastian und ein Joint. Der Messdiener fängt an zu kiffen. Sicher war es Markus gewesen, der ihm den Joint gedreht hatte, oder Peter, Carlas neuer Freund, der gleich zwei Flaschen Wodka mitgebracht hatte und ganz offensichtlich zur Kifferfraktion gehörte.

Biggy ging jetzt auf Sebastian zu, nahm ihm den Joint aus dem Mund. Beide lachten. In der Küche entkorkte jemand eine Flasche Sekt. Da glaubte Nina plötzlich ein Klatschgeräusch zu hören, wie es entsteht, wenn jemandem auf die nackte Haut geschlagen wird oder wenn jemand eine Ohrfeige bekommt. Sie schaute auf Sebastian, dessen Gesicht sich mit dem Echo des Geräuschs langsam auflöste und in Heiners Gesicht überging. Heiner hatte immer diese schwarzen Jeans getragen, nie blaue, nie verwaschene, immer diese schwarzen.

Nina hörte nun auch Heiners Stimme, hörte sein lautes Nein, dann das dumpfe Grummeln von Sebastians Vater. Erneut das Klatschgeräusch. Jetzt sah sie vor ihrem inneren Auge, wie sie im düsteren Kellergang vorsichtig ein paar Schritte weiterging. Links und rechts waren die Holzgitter, die die Kellerverschläge der einzelnen Mieter voneinander abtrennten. Sie hörte Schluchzen, dann Heiners verweintes »Nein, hab' ich nicht!«, wieder das tiefe Grummeln des Vaters, doch jetzt verstand sie, was er sagte: »Zwei Stunden bleibste erstmal im Kohlenkeller, zwei schöne Stunden, biste gestehst, und ich schließe ab!« Nina blieb stehen. Zwischen zwei Gitterstäben hindurch sah sie den breiten Rücken des kräftigen Vaters, der ein grünrot kariertes Hemd trug. Und sie sah die dünnen langen Arme von Heiner, der sein Gesicht mit den hochgehobenen Armen vor weiteren Schlägen des Vaters schützte. Schon holte der Vater erneut mit der rechten Hand aus, schlug Heiner jedoch nicht wie-

der vor die Arme in Gesichtshöhe, sondern in die unge-
schützte linke Seite. Es war kein Klatschen wie zuvor, es
war ein eher dumpfes Geräusch, wie es entsteht, wenn der
Schlag auf etwas Hohles trifft. Heiners T-Shirt dämpfte das
Geräusch beim Aufprall der flachen Hand. Doch war der
Schlag, der von einem lauten »Du Schwein!« und »Dreißig Mark, dreißig Mark!« begleitet wurde, so heftig, dass er
Heiner zur Seite warf. Mit seinen 15 Jahren war Heiner lang
und dürr, der hielt nicht viel aus, das wusste Nina, der war
schon früher bei den Balgereien in der Siedlung immer der
Unterlegene gewesen, ein schmales Handtuch mit Brille.
Wo war die Brille jetzt? Nina suchte sie, soweit das Holzgitter ihren Blicken freie Bahn bot. Hinter Heiner waren
die Briketts aufgestapelt, fein säuberlich bis zu einem Meter hoch. Nina wusste, dass Heiners Eltern im Haus zu den
ordentlichen Mietern zählten, die wie ihr Vater die Briketts
im Kohlenkeller stapelten, Frankes taten das auch, Moor-
haupts auch, aber die anderen zwei Mieter im Haus stapelten die Briketts schon seit Jahren nicht mehr, sondern
ließen sie so auf dem Boden liegen, wie der Kohlenhändler
sie aus dem Sack geschüttet hatte. Das waren die unordent-
lichen Mieter. Nina wusste auch, dass Heiner jeden Herbst
im Kohlenkeller seiner Eltern das Aufschichten erledigen
musste. Das hatte er schon getan, als sie noch zur Grund-
schule gingen. »Du hast mich bestohlen!«, brüllte Heiners
Vater laut und schlug dabei wieder zu. Nun klatschte seine Hand an Heiners Unterarm, der weiterhin sein Gesicht
schützte. Wieder rief Heiner laut: »Nein, hab' ich nicht,
nein.« Und sein Vater brüllte zurück: »Du bleibst im Kohlenkeller, das sag ich dir, du Saustück!« Dann ging er einen
Schritt zur Seite, drehte sich plötzlich und versetzte Heiner
einen Tritt mit dem rechten Fuß. Heiner weinte wieder.
»Ich war's nicht, Vati, ich nicht, ehrlich!« Sein Vater trat

noch einmal zu, doch dieses Mal hatte Heiner rechtzeitig einen Schritt zur Seite gemacht, der Tritt ging ins Leere, was den Vater fast ins Straucheln brachte. Doch er fing sich schnell und stellte sich jetzt direkt vor seinen Sohn, der sofort wieder instinktiv die Arme hob. Nun schützten seine Ellenbogen das Gesicht. Da hob der Vater, der nur wenige Zentimeter vor Heiner stand, mit einem mächtigen Ruck sein rechtes Bein und kickte das Knie geradewegs in Heiners Schritt. Heiner schrie auf, klappte für einen Moment zusammen, dann richtete er sich langsam aus der Hocke wieder auf und schrie. »Ich habe es doch nur geliehen, nur geliehen, du bekommst es doch zurück!« Heiner heulte laut auf, schüttelte sich, der Schmerz war offenbar noch nicht gewichen, das sah Nina an Heiners verzerrtem Gesicht. Doch sein Vater hatte kein Mitleid, stellte sich wieder direkt vor ihn und sagte voller Verachtung: »Du warst es also doch, du hast mich bestohlen.« Dann wiederholte er, was er gerade zuvor mit dem Knie getan hatte. Heiner schrie auf, knickte ein und fiel rücklings auf den Stapel. Die Briketts knallten auf den Boden, einige fielen auf Heiners gelbes T-Shirt oder auf die schwarze Jeans. Heiner saß auf dem Kellerboden, hatte die Beine angezogen, hielt beide Hände vor den Unterleib und wimmerte. »Dreißig Mark, du Saustück.« Vater spuckte auf ihn und drehte sich in Richtung Tür. Nina wich schnell ein paar Schritte zurück, sah auch Heiners Brille, die am Boden lag, aber nicht zerbrochen war. Jetzt ging sie schnell die wenigen Meter rückwärts zum Treppenhaus und duckte sich unter den ersten Absatz des Aufgangs, wo Frankes Kinderwagen stand. Sie hörte, wie Heiners Vater den Schlüsselbund im Vorhängeschloss drehte und noch einmal laut rief: »Dreißig Mark! Dieser Saukerl! Was haste denn mit dem Geld gemacht? Du bleibst im Keller, das sag ich dir, mindestens zwei Stunden!« Nina hörte, wie die Tritte des Vaters allmählich auf der Treppe verhallten. Dann war Ruhe. Sollte sie zu Heiner gehen? Sie hatte ja keinen Schlüssel für das Vorhängeschloss. Heiner würde sich schämen, wenn sie plötzlich vor dem Verschlag stünde und ihn zwischen den Briketts weinend auf dem Kellerboden sitzen sah. Sollte sie ihm etwas erzählen oder ihn trösten?

»Du hast ja gar nichts mehr zu trinken!« Martin stand vor ihr und hatte ein Glas Weißwein für sie in der Hand, das er ihr mit auffordernden Blicken reichte.

»Danke, Heiner«, murmelte Nina.

»Heiner? Da schau an, ich dachte mir schon, dass du träumst, Nina, aber dass es gerade Heiner ist?« Martin lachte. Nina dann auch, aus Verlegenheit.

»Wie lang ist es jetzt her, dass er tot ist?«

»Sieben Jahre, Martin, das war 1973, im November.«

»Vor langer Zeit.«

»Find ich nicht, kommt mir manchmal vor wie gestern.«

»Hey, Nina«, Martins Stimme hatte jetzt diesen besonderen Klang, war tief und voller Schwingungen, die eine besondere Nähe herstellten und Vertrauen hervorriefen. Jetzt kam Martin noch etwas näher auf sie zu. Sein warmer Blick traf sie, wie die Stimme, wie das feine Lächeln, das um seine Lippen spielte. Dann legte er auch noch seine rechte Hand auf ihre linke Schulter. Sie spürte sie durch den dünnen Ärmel. Nina schaute sich nach Thomas um. Zum Glück war der in der Küche.

Kurz nachdem Christian mit ihr Schluss gemacht hatte, war Martin damals plötzlich bei ihr aufgetaucht, irgendeiner hatte ihm gesteckt, dass Christian gegangen war. Martin hatte Karten dabei für das Konzert der Dire Straits, sie waren abends in die Alabama Halle gezogen, und er hatte beim Nachhausekommen ähnlich wie jetzt seine Hand auf ihre Schulter gelegt, auf die linke Schulter, auf die alten Narben der Einstiche.

Sie hatten am gleichen Abend miteinander geschlafen, zum ersten Mal. Danach war er noch zweimal nach München gekommen, beim letzten Mal hatten sie sich gestritten, dann war Manuela in Martins Leben getreten, und sie hatte beim Astaball Thomas kennengelernt.

»Du hast Examen, Nina, ein super Examen, du hast morgen Geburtstag, deine Freunde sind hier und du denkst an Tote. Cheer up, Nina.«

»Er war der Zweite von uns Furies, der starb.« Es war ihr einfach rausgerutscht, sie hatte diesen Satz gedacht, aber gar nicht beabsichtigt, ihn auszusprechen, sie wollte eigentlich auf Martins freundliche Sätze mit einem Lächeln reagieren, ihm etwas Unbeschwertes, Nettes sagen.

Martin antwortete, aber Nina verstand es nicht, weil Paula in diesem Moment die Anlage voll aufdrehte, die Sektflasche in der linken Hand hochreckte und »Das ist so saustark, da fahr ich voll drauf ab!« brüllte. Paula begann, wild zu tanzen. Martin schaute Nina in die Augen, hob sein Weinglas, seine Lippen formten ein »Prost«, das Nina auch als Kuss deuten konnte. Nina nahm einen Schluck Wein.

Alle schauten jetzt auf Paula, die Markus die Sektflasche in die Hand drückte und sich zu Jimi Hendrix' »Purple Haze« wie ein Derwisch wand und drehte, mit den Füßen kurz aufstampfte, dann trippelte sie, drehte sich um die eigene Achse, wippte, ihre Jeans war jetzt noch weiter auf die Taille hinabgerutscht, und wenn sie die Arme hochwarf und ihr weißes T-Shirt mit nach oben flog, waren Bauch und Bauchnabel für einen Moment entblößt, bevor ihre Arme wieder in Hüfthöhe wedelten. Oder schlugen die Arme gar um sich? Jetzt begann auch Biggy zu tanzen, blickte dabei auf Sebastian, ruderte mit großen Gesten auf ihn zu und wieder von ihm weg.

Nina sah ein letztes Mal ganz kurz Heiners Gesicht vor ihrem geistigen Auge, nicht mehr im Kohlenkeller, sondern vor einem weißen, nebligen, rätselhaften Hintergrund. Dann war es weg, und sie schaute auf Sebastian, der gebannt auf Biggy starrte. Scheint ja zu funken, dachte Nina.

Am nächsten Morgen wurde sie von der Wohnungsklingel geweckt. Sie war wirklich gleich wieder eingeschlafen, nachdem Thomas sie um kurz vor zehn geküsst und sich zum Repetitor verabschiedet hatte. Thomas schaffte so etwas. Er war zwar wie sie alle auch erst um fünf ins Bett gekommen, war aber schon wie die letzten vier Samstage zur rechten Zeit mit dem dicken Schrödinger unterm Arm zum Repetitorium gezogen. Wieder klingelte es. Aus Biggys Zimmer kam kein Laut. Typisch. Es war halb zwölf, wie ein kurzer Blick zum Wecker verriet. Nina stieg aus dem Bett, ging zur Tür, rief »Komme!«, zog den Bademantel an und sah durch den Spion. Martin stand davor. Nina öffnete.

»Bisschen Zeit?«, war alles, was er zur Begrüßung sagte. Nina nickte und bat ihn herein.

Sie machte Kaffee in der kleinen Küche, gab einen Extralöffel in den Kaffeefilter, sie brauchte etwas Starkes. Sie bereute jetzt, dass sie ganz am Schluss noch von Peters Wodka getrunken hatte, sie machte sich eigentlich nichts aus den scharfen Sachen, aber Peter hatte insistiert: einen für den Magister, einen zum Geburtstag. Noch immer kam kein Laut aus Biggys Zimmer.

Nina war sich unsicher, ob Sebastian jetzt bei ihr war oder ob er mit Peter und Carla gegangen war. Sie konnte sich nicht mehr erinnern.

»Was war das gestern mit Heiner?«, fragte Martin plötzlich, als sie an dem kleinen Küchentisch saßen. Martin schien ganz frisch, er hatte bei Paula und Markus geduscht, das roch sie, Martin war wie Thomas, konnte durchfeiern und war fünf Stunden später schon wieder topfit.

Nina erzählte von der Erinnerung, die sie gestern plötzlich überfallen hatte, von den Schlägen im Kohlenkeller.

»Er war ein armes Schwein«, sagte Martin, »keiner drang mehr zu ihm durch.«

»Hattest du es noch mal versucht?«

Martin nickte. Er erzählte Nina, wie er damals mit dem Fahrrad zur Gärtnerei Harsekamp gefahren war, wo Heiner eine Stelle als Lehrling bekommen hatte, wie Heiner über alles gelacht hatte und nichts an sich ran ließ.

»Es war seine letzte Chance, Nina, seine allerletzte, nachdem er die Schule verlassen hatte.«

»Verlassen musste«, verbesserte Nina.

»Er war längst 17, fast 18 und noch immer in der 10. und ewig vollgedröhnt.«

»Die hätten ihn behandeln müssen, der hätte in eine Klinik gemusst, nicht in die Gärtnerei.«

»Er war in der Klinik, Nina.«

»Er war im Landeskrankenhaus für Psychiatrie, und da war schon alles zu spät.«

»Ich hatte ihn kurz vor seinem Ende noch mal getroffen, in der Stadt, in der Stadtwaage, da tranken wir ein Bier. ʾSo günstig bin ich noch nie an Stoff gekommen wie jetzt im Krankenhausʾ, erzählte er mir da und lachte, ʾglaub mir, mir geht es endlich gut, richtig gutʾ, und er lachte wieder und ich hab's ihm sogar geglaubt. Zwei Wochen später hat er sich dann den Goldenen Schuss gesetzt, auf dem Klo vom Cassis, er hatte Freigang von der Psychiatrie. Sie haben ihn erst am nächsten Morgen gefunden.«

Martin blieb still, auch Nina sagte zunächst nichts, dann nach einer Weile: »Vielleicht ist er wirklich glücklich gestorben.«

Martin goss sich Kaffee nach und trank einen kleinen Schluck.

»Ich finde, das Thema ist viel zu ernst für deinen Geburtstag.«

Nina kannte diesen Blick und wusste, dass sie sich jetzt wappnen musste.

»Wie geht es dir denn mit Thomas? Bist du glücklich?«

Wieder diese Stimme mit ihrem besonderen Klang, dachte sie und: Vorsicht! Weil sie noch immer nicht antwortete, setzte Martin ein »Sei ehrlich!« hinterher.

Es dauerte nur ein paar belanglose Sätze, dann wurde sie viel ehrlicher, als sie wollte. Die Bilanz nach fast einem Jahr fiel durchwachsen aus, und sie war selbst überrascht von den gar nicht so wenigen Schattenseiten der Beziehung, über die sie jetzt vor Martin berichtete. Thomas' Sturheit und Dominanz, seine Ungeduld, die Arroganz des begabten Jurastudenten, der geradlinig auf sein Examen hin arbeitete, das unbedingt ein Vollbefriedigend werden musste, am besten zehn Punkte wie der Vater damals.

Ob ihr das erst jetzt auffiel?

Nein, gewusst hatte sie es schon längst, aber erst jetzt, als Martin fragte, mit diesem Blick, mit dieser Stimme, mit seiner besonderen Art zuzuhören, formte sich das Wissen zu Sprache.

Thomas konnte nicht gut zuhören. Es lag an Martins bloßer Anwesenheit und seinen kurzen gelegentlichen »Und dann?« oder »Und weiter?«, dass sie immer mehr über ihre Beziehung erzählte und immer mehr Negatives dabei erschien. Sogar über Thomas' Ordnung konnte sie jetzt lästern.

Nach zehn Minuten hatte Martin seine rechte Hand auf Ninas rechte Hand gelegt, weitere zehn Minuten später beugte er sich das erste Mal vor und gab ihr einen leichten Kuss.

Sie hatte es nicht gewollt, überhaupt nicht, aber als Martin fragte, wann Thomas denn vom Repetitorium zurück sein würde und sie antwortete, nicht vor halb zwei, war ihr schon klar, was kommen würde. Es machte Martin nichts aus, sich auf die rechte Seite des Französischen Bettes zu legen, das Thomas erst vor zweieinhalb Stunden verlassen hatte.

Danach wären sie beide nur zu gern im Bett liegen geblieben und hätten den ausgefallenen Schlaf nachgeholt. Aber das Danach war kurz. Es ging schon auf eins zu, gut dreißig Minuten würden ihnen noch bleiben. Sie hatten sich beide eine Zigarette angesteckt.

»Heiner war unser zweiter Toter, Martin. Ist ganz komisch, ich musste gestern auch an Paul denken, sah ihn wieder auf unserm Spielplatz.«

Martin sah Nina mit großen Augen an. Sie erschrak und wunderte sich, dass sie in dieser Situation an Heiners und Pauls Tod hatte denken müssen und dass sie das einfach so heraussprudelte, ganz unbedacht, wo sie doch Seite an Seite mit Martin lag, seine Wärme sich mit ihrer verband und sie keine dreißig Minuten mehr gemeinsam hatten, nein, nicht einmal zwanzig, denn natürlich würde Martin gehen, bevor Thomas zurückkam.

Zum Glück war aus Biggys Zimmer noch immer nichts zu hören, die hatte nichts mitbekommen, schlief tief und allein in ihrem Bett. Martin hatte ihr gesagt, dass er genau gesehen hatte, wie Sebastian mit Carla und Peter nach Partyende die Wohnung verlassen hatte, nein, Sebastian sei ganz sicher nicht bei Biggy.

»Nina, ich versteh dich nicht, wir hatten gerade«, Martin stutzte einen Moment, »gerade etwas ganz Besonderes, nur wir zwei, und wo bist du mit deinen Gedanken? Ganz weit weg, an einem Platz, an dem wir Kinder waren, am Spiegelberg. Was du da sagst von Paul, ist fünfzehn Jahre her, das war die große Flutkatastrophe, wir waren Kinder.« Martins Stimme schien jetzt angestrengt, etwas gepresst, sie hatte den tiefen beruhigenden Klang verloren.

»Aber warum müssen einige so früh gehen, Martin? Paul starb mit elf Jahren, wahrscheinlich, weil er zu mutig war, keiner weiß es genau, keiner hat es gesehen. So früh zu sterben ist doch ungerecht.«

Martin zog abrupt die Hand zurück, die er noch immer auf Ninas Oberschenkel liegen hatte, schob seinen Körper von Nina weg und stützte sich im Bett auf. Er nahm einen tiefen Zug von der Zigarette.

»Da gibt es keine Gerechtigkeit«, sagte er langsam, »und niemand von uns hatte Schuld, niemand.«

»Manchmal sehe ich den kleinen Paul dahintreiben in der Mitte einer mächtigen Strömung, und er will zurück und schreit, er ruft uns, er ruft dich und mich. Er schreit: »Ich will nicht sterben, Martin, ich bin doch noch so jung!«

»Hör auf, Nina, hör auf.« Martin sprang mit einem Satz aus dem Bett, drückte die Zigarette im Aschenbecher aus und griff zu seiner Unterhose, die vor dem Bett lag. »Ich kann das nicht hören, ich kann das nicht!«, rief er.

Nina war überrascht von Martins heftiger Reaktion. Sie versuchte gleich zu beschwichtigen. »Ich weiß auch nicht, Martin, warum ich gerade an meinem Geburtstag an unsere beiden Toten denken muss«, sagte sie und stieg jetzt ebenfalls aus dem Bett. »Ich wollte dich nicht damit ärgern.« Sie ging nackt um das Bett herum, kam auf ihn zu, öffnete ihre Arme, um ihm noch einmal nah zu sein.

Aber Martin hatte schon zum Unterhemd gegriffen, zog es über, stieg in die Jeans und ließ Nina stehen.

»Sorry, Martin«, sagte sie. Erst da drehte sich Martin zu ihr hin, stand ganz nah vor ihr, und sie meinte, eine Träne in seinem rechten Auge zu sehen. Jetzt gab Martin ihr einen Kuss, einen langen, heftigen Kuss, suchte ihre Zunge, zog sie noch einmal ganz dicht an sich heran, und sie meinte, er würde weinen. Sie hatte Martin nie zuvor weinen gesehen. Erst nach einiger Zeit entließ er sie aus dem Kuss.

»Manchmal bin ich selbst überrascht, Martin, wie sehr mich immer wieder diese Jahre zwischen zehn und achtzehn beschäftigen, sie ziehen mich immer wieder auf den Spiegelberg zurück. Und du, Martin, spielst dabei eine besondere Rolle. Manchmal denke ich, unsere gemeinsame Zeit kommt erst noch.«

Martin blieb still, fuhr ihr mit der rechten Hand sacht über ihren Hinterkopf, drückte sie dann noch einmal an sich und küsste sie erneut. »Ich muss jetzt gehen, Nina. Schreib mir bitte, aber nicht nach Hause, sondern an die Institutsadresse, und teil mir mit, an welchen Tagen ich dich hier anrufen kann.« Er schaute sich noch einmal im Schafzimmer um, ging dann in die Küche, blickte auch hier sorgfältig in jeden Winkel, um sicherzugehen, dass er alles dabei hatte und nichts Verräterisches hinterlassen würde. Dann öffnete er die Wohnungstür und flüsterte Nina, die im Bademantel neben ihm stand, noch zu: »Vergiss doch Heiner und Paul, vergiss sie. Das ist doch alles Vergangenheit.«

Nina schloss leise die Tür hinter Martin, zog sich langsam an, schüttelte das Bett auf, das noch warm war, öffnete das Fenster, leerte den Aschenbecher, spülte die Tassen und setzte frischen Kaffee auf für sich und Thomas.

Ja, Martin hatte recht, es war Vergangenheit, aber es war doch Teil von ihr und Teil von ihm. Dann machte sie das mittlerweile abgekühlte Bett in ihrem Zimmer und begann, im Wohnzimmer die vielen Gläser der Party aus allen Ecken einzusammeln, die Flaschen aufzulesen, die benutzten Teller in die Küche zu tragen, das Tablett für die Gläser zu holen, und sie spürte, dass es ihr gut tat, aufzuräumen.

26

Nina, 2015

Irgendwie ziemlich blöd, immer gleich das zu tun, was Martin von einem wollte. Nina hatte mittlerweile die Allee zum Alten Eingang erreicht. Was für eine verrückte Idee mit der Tochter! Tochter? Da war niemand vor ihr, der nur entfernt so aussah wie die Frau, die vor einer Stunde vor ihnen hergelaufen war. Martin war verrückt!

Doch wenn es wirklich stimmte, dann wären die Pubertätswirren mit Ili ja wohl doch etwas heftiger ausgefallen, als sie bisher vermutet hatte. Sie wusste von dieser Geschichte mit der jungen Frau in Haifa, mit dieser Daila, die alles ins Rollen gebracht hatte, bis Martin und Manu dann geschieden waren. Sie wusste auch von ein paar wenigen Storys aus der Zeit nach der Scheidung. Aber dass er früher mit Ili geschlafen hatte, hatte Martin nie erzählt. Das muss zu seinen Studienzeiten gewesen sein. Zu einer Zeit also, als auch sie beide was miteinander hatten. Aber gerade mit Ili? Die war doch da schon längst out! Nina spürte, wie ihr Ärger zunahm.

Gut, Ili war lange tot, aber dennoch. Und was würde sie jetzt dieser Frau sagen, wenn sie tatsächlich auf sie treffen sollte? Hallo, halten Sie mal an, Sie sind vielleicht die Tochter meines Lebenspartners. Aber zum Lachen war ihr nicht zumute. Sie hatte doch schon genug mit Martin zu klären, und jetzt kam noch diese Tochter-Geschichte dazu.

Sie hatte den letzten Abschnitt der Allee mit den kurz geschnittenen Platanen erreicht. Hinter dem Denkmal der Vertriebenen ging der Weg ab zu Heiners Grab. Nina hatte ihn gleich wieder vor Augen, Hühnchen, im Kohlenkeller, mit seinem Vater. Sie überlegte, ob sie nicht kurz abbiegen und vors Grab treten sollte, ganz kurz nur, statt schnurstracks Richtung Altes Tor zu rennen, nur um Martins Willen zu erfüllen und diese Frau zu erwischen.

Sie bog nach rechts ab. Sie hatte noch einmal schnell Richtung Alter Eingang geschaut, aber da liefen nur zwei alte Frauen, die ihre Räder schoben. Die Frau, die Martin suchte, war nirgendwo zu sehen.

27

Heiner, 1972

»Ist erstklassiger Stoff, ehrlich, ich krieg es aus Amsterdam, ist echt Spitze, wirste sehen!« Bärtchen zögerte noch immer. Statt mit dem Geld rauszurücken, hatte er zuerst lange und immer wieder schnuppernd am Gras gerochen, bevor er ein wenig davon aus dem Döschen nahm und es zwischen Daumen und Zeigefinger zerrieb. Jetzt sah er kritisch auf das Gebrösel, führte es auf der Spitze des Zeigefingers zur Nase.

Heiner wurde ungeduldig. Hier auf der Friedhofsbank hinter dem Flüchtlingsdenkmal war zwar niemand außer ihnen, und Bärtchen konnte mit seiner Prüfung durchaus den Profi spielen, aber gemütlich war es nicht. Heiner wollte es wie immer schnell hinter sich bringen. »Hey, mach mir meinen Stoff nicht kaputt! Das ist wertvollster Afghane, das kriegste sonst nicht.«

Er hatte ihm doch schon mal was verkauft, vor ein paar Wochen, ein paar Gramm. Er kannte seinen richtigen Namen gar nicht, das war auch nicht wichtig. Der Typ hatte ein Bärtchen über der Oberlippe und am Kinn, und damit hatte er auch einen Namen.

Bärtchen war vielleicht 20 oder auch 22, er wohnte nicht am Spiegelberg und war mit dem Moped gekommen. Die paar Gramm damals hatten sie am alten Spiegelberg getauscht, hinterm letzten Haus, da wo im Frühsommer immer dieser Baum blühte, der nach Sperma stank. Schwarzer Afghane war das gewesen, guter Stoff, aber nicht besser als das, was er jetzt dabei hatte. Warum zierte Bärtchen sich nur so?

Bärtchen hatte ihn letzte Woche abgefangen, als er mit dem Fahrrad von der Kasseler Chaussee in den Spiegelberg einbog. Plötzlich war er da, war mit seinem Moped vorgefahren und hatte ihn gestoppt. Ob er was dahätte? Heiner war erschrocken. Mitten auf der Straße hielt der einen an, nur zweihundert Meter von zu Hause entfernt, da, wo alle Nachbarn vom Bus kamen, Leute, die einen kannten und sich fragten, was denn dieser Typ mit dem Bärtchen wohl wollte. Der hatte sie nicht mehr alle.

Doch dann hatte Bärtchen gesagt, er bräuchte mindestens 50 Gramm. Heiner holte tief Luft. 50 Gramm! Ja, sagte Heiner schnell, er könne ihm 50 besorgen. Der Holländer, den sie Tulpenwichser nannten, hatte sich fürs Wochenende angesagt. Heiner wusste, der hätte genug dabei. Und er hatte schnell gerechnet. Bärtchen hatte schon letztes Mal ohne großes Verhandeln einen guten Preis gezahlt, so eine Chance gab es nicht jeden Tag. Also erklärte er Bärtchen, er solle Montagabend um sechs auf dem Friedhof sein, auf der Bank hinter dem Denkmal der fliehenden Familie, wo die drei großen Eichen stünden, da wären sie garantiert allein, da wäre nie einer, auch kein Friedhofsgärtner und schon gar nicht um sechs Uhr abends.

Heiner war die Idee mit dem Friedhof zuvor noch nie gekommen, er fand sie jetzt geradezu genial. Bärtchen fragte noch zweimal, wo auf dem Friedhof und warum überhaupt Friedhof? »Weil man da nur alte Frauen trifft, aber niemanden mit Gras in der Tasche, das ist ein todsicherer Ort«, hatte Heiner geantwortet. Dann hatten sie sich schnell auf den Preis geeinigt, denn Heiner wollte weg. Es war gerade ein weiterer Bus in die Haltebucht eingefahren.

Jetzt saßen sie auf der Bank hinter dem Denkmal, es war kurz nach sechs und Bärtchen trödelte. Heiner hatte wie verabredet 50 Gramm dabei, hatte letzten Freitag alte

Fury-Eide geschworen und sich von Martin 30 Mark und von Sebastian 20 geliehen, hatte am Samstagmorgen seiner Großmutter einen Hunderter und einen Zwanziger aus der Kaffeedose genommen, um den Tulpenwichser bezahlen zu können.

Heute Abend noch würde er seine Großmutter mit einem Besuch überraschen, Martin und Sebastian bekämen ihr Geld morgen zurück. Warum hatte Bärtchen nicht längst den ersten Hunderter rausgerückt? Warum schnüffelte er die ganze Zeit an dem Zeug, wiegte den Kopf hin und her. Heiner hasste das. Ein Deal musste schnell über die Bühne gehen, ein Säckchen mit Stoff im Tausch gegen ein Säckchen mit Geld. Und dann weg.

Bei Hanjo und Malle dauerte das immer nur Sekunden, das konnten sie bei Tracks Kiosk auf dem Tresen erledigen, so mal eben zwischen zwei Bieren. Da waren es aber auch immer nur ein paar Gramm, höchstens zehn, keine fünfzig, kein Großauftrag. Heiner hatte die 50 Gramm für Bärtchen vom Tulpenwichser zum Sonderpreis bekommen, hatte vier, fünf Gramm für sich abgezweigt und das Fehlende mit Halfzware ersetzt.

Die 170 Kröten hatten natürlich nicht gereicht, aber der Tulpenwichser hatte Verständnis. Heiner müsste dann eben in zwei Wochen beim nächsten Termin den Rest bezahlen, sagte er in seinem komischen Holländisch und fügte noch hinzu, er hätte schon so eine Ahnung, dass Heiner nicht für immer beim Afghanen bleiben würde. Er lachte. Er könnte auch mal was anderes vorbeibringen, was Großes zum Probieren, falls Heiner mal wolle. Dann hatte er auch noch was von einem Spritzenbesteck gefaselt. Heiner hatte sich bemüht, vielsagend zu lächeln.

Endlich fuhr Bärtchen mit der Hand in seine rechte Hosentasche und zog einen ersten Hunderter heraus, ein zweiter lugte schon hervor. Als Heiner den ersten Schein in Händen hielt, faltete er ihn auseinander und hob ihn gegen das Licht.

Da hörte er Schritte. Es waren schnelle Schritte, Männerschritte, die auf dem Kiesweg hinter dem Denkmal knirschende Geräusche machten. Das war kein sonntäglicher Spaziergang, sondern ein zielgerichtetes Ausschreiten.

Bärtchen hob kurz den Kopf, wie ein Hirsch, der Witterung aufnimmt, sprang mit einem Satz von der Bank und sprintete in einen Seitenweg hinein, der von hohen Grabsteinen gesäumt wurde. Als Bärtchen aufsprang, rutschte Heiner nach rechts an die Ecke der Bank, an die ein großes altes Grab grenzte. Er ließ sich auf die Erde fallen, robbte um die Thujenhecke herum, die das Grab von der Bank trennte, und duckte sich dahinter. Hier war er vorerst in Sicherheit.

Aus den Schritten auf dem Kiesweg war gleich nach Bärtchens Aufspringen ein Laufen geworden. Zwei Männer in grauen Anoraks hechteten jetzt an der Bank vorbei in Richtung Seitenweg. Heiner hörte noch, wie einer der beiden »mein Freundchen« und der andere »den holen wir uns« sagte.

Aus seiner Position hinter Hecke und Bank konnte Heiner nicht verfolgen, was geschah. Er wagte es auch nicht, über die Hecke zu lugen. Er atmete ganz leise. Es wurde bald wieder ruhig. Weder hörte er Schritte noch Laufen noch Rufe. Irgendwann würde er Bärtchens Moped hören, hoffte er.

Während er weiterhin geduckt in der Hocke blieb, fragte er sich, wo wohl das Döschen mit dem Stoff war. Es war eine ganz gewöhnliche rechteckige Dose gewesen, irgendeine Allerwelts-Pfeifentabak-Dose, in die Tulpenwichser den Afghanen gefüllt und ihm übergeben hatte. Die Dose hatte zuletzt zwischen ihnen auf der Bank gelegen, geöffnet und links von ihm. Ob Bärtchen sie noch an sich genommen hatte? Unwahrscheinlich, denn er hätte ja den Deckel draufdrücken müssen. Er war aber gleich aufgesprungen und weg. Bärtchen konnte sie nicht haben. Ob sie noch auf der Bank lag? Geöffnet, sodass jeder Vogel, jedes Eichhörnchen sich bedienen konnte?

Er hörte jetzt aus der Ferne ein Motorengeräusch, es war kein Moped, es war das typische Geräusch eines VW-Käfers, der beschleunigte, wahrscheinlich das Polizeiauto. Ob sie Bärtchen schon in ihrem Auto hatten? Der würde sicher keinen schonen, Bärtchen würde petzen. Dann hörte Heiner das Quietschen von Reifen. Das konnte bedeuten, dass sie ihn noch nicht gefasst hatten. Ob er versuchen würde, zu seinem Moped zu kommen? Er würde auf keinen Fall so dumm sein und zum Vertriebenendenkmal zurückrennen. Wenn sie Bärtchen kriegten, was wäre dann mit ihm? Würden sie den ganzen Friedhof nach ihm absuchen?

Es gab jetzt nur eine Chance: Das Döschen von der Parkbank nehmen, sofern es dort noch lag, es irgendwo gut verbergen, sich dann bis zur Dunkelheit auf dem Friedhof verstecken und gegen zehn oder elf an einer abseitigen Stelle über die Friedhofsmauer klettern. Großmutter würde er dann morgen Vormittag besuchen, den Hunderter für sie hatte er ja in der Tasche.

Er hob vorsichtig den Kopf über die Hecke, da war niemand. Er drehte den Kopf zur Parkbank hin, die Tabakdose war nicht zu sehen. Der Motor des VW-Käfers heulte im Hintergrund einmal laut auf. Heiner duckte sich wieder so tief es ging, dann wurde das Motorengeräusch gleichmäßig und allmählich schwächer. Das Polizeiauto fuhr offenbar in die Stadt zurück. Wahrscheinlich saßen die beiden Anorakmänner nicht allein in diesem Auto. Heiner wusste, er würde alles leugnen, aber Bärtchen?

Vor der Bank schimmerte etwas Metallisches. Das konnte die Dose sein oder zumindest der Dosendeckel. Heiner richtete seinen Oberkörper langsam auf, blieb aber noch in der Hocke. Nein, es war tatsächlich die Dose, die vor der Bank auf dem Boden lag. Es sah so aus, als sei sie beim Runterfallen gar nicht umgestürzt. Und wenn doch, hätte er jetzt noch Zeit, das Gras aufzusammeln, wenigstens das meiste davon.

Er ging langsam aus der Hocke, schaute dabei ängstlich nach rechts und nach links, da war das Denkmal, Mann und Frau und Kind, alle nach links gebeugt, laufend, mit schmerzerfüllten Gesichtern auf der Flucht. Über ihnen die Kronen der drei großen Eichen, die im leichten Wind gleichmäßig rauschten. Da waren die Grabsteine, zumeist einen Meter hohe schwarze Steinquader, die Koniferen, die Hecken. Nirgendwo ein Mensch.

Heiner richtete sich ganz auf, atmete einmal tief durch, ging langsam die wenigen Schritte zur Bank und hob die Tabakdose auf, in der tatsächlich noch immer mindestens drei Viertel des Cannabis lagen, der Rest war um die Dose herum verstreut. Nun suchte er noch den Dosendeckel. Als er den Blick unter der Bank schweifen ließ, sah er zwei Schuhe und graue Hosenbeine, die ruhigen Schritts hinter dem Denkmal hervorkamen.

»Nun, junger Mann, soll ich beim Suchen helfen?«

Der Anorak des Mannes war schwarz, nicht grau. Er lächelte freundlich, ließ seine Hand auf Heiners Schulter fallen und hielt sie sehr fest. An ein Weglaufen war nicht zu denken.

28

Martin, 14. Oktober 2015

Martin beschleunigte seine Schritte, es war schon mehr ein Laufen als ein Gehen. Er sah bereits den Haupteingang, den kleinen Turm der Friedhofskapelle. Die Frau, die er suchte, war nicht zu entdecken. Er überlegte, wieviel Zeit sie wohl gehabt hatte, um den Blumenstrauß in die Vase zu stecken und zurück zum Haupteingang zu gehen. Hätten Nina und er doch nicht so viele Zigarettenpausen gemacht, dann hätte die Frau keinen so großen Vorsprung bekommen! Er formulierte auch bereits einige Fragen, die er ihr stellen würde, falls er sie doch noch treffen würde.

Jetzt hatte er den Haupteingang erreicht. Der Lieferwagen eines Friedhofsgärtners versperrte den Blick auf die Straße und die Bushaltestelle. Endlich gab der Fahrer Gas. Da war sie, tatsächlich! Die Frau stand neben dem gelbgrünen Schild der städtischen Busgesellschaft, ihr Blick war auf den Fahrplan geheftet. Martin blieb für einen kurzen Moment stehen, bevor er ruhigen Schrittes auf sie zuging. Als er sich dem Schild näherte, schaute sie auf. Ihre Blicke trafen sich.

»Entschuldigen Sie«, sagte Martin, »wir sind uns eben schon auf dem Friedhof begegnet.« Dann stockte er.

»Ich weiß, Sie und Ihre Frau gingen hinter mir her, ich war auf der Suche nach einem bestimmten Grab und war mir nicht sicher, ob ich auf dem rechten Weg war.« Die Frau hatte eine angenehm warme Stimme und schaute mit offenem Blick auf Martin.

Sie hatte dunkelblondes, glattes Haar, das erst Locken zeigte, als es auf ihre Schultern fiel. Jetzt nahm er auch ihren Pony wahr, durch den ihr gesamtes Gesicht wie von Haar eingerahmt wirkte. Die feine Haut, ihre roten Lippen, die blauen Augen traten durch diesen Rahmen umso deutlicher hervor.

»Bitte entschuldigen Sie, dass ich Sie anspreche. Mich würde sehr interessieren, ob Sie es waren, die auf das Grab von Ilona Pagoda heute die gelben Astern gestellt hat.«

»Sie überraschen mich.«

Die Frau machte eine kurze Pause. »Ja, das habe ich getan und bin von dort wieder zurück hierher zum Friedhofseingang gegangen, wo mir der Bus vor der Nase davongefahren ist.«

35 mochte die Frau sein, dachte Martin, und ihm gefiel, wie artikuliert sie sprach, wie selbstbewusst sie reagierte.

»Darf ich Sie fragen, in welcher Beziehung Sie zu Frau Pagoda stehen? Ich meine«, Martin fiel jetzt auf, dass die Frage viel zu direkt war. Er sah im Gesicht der Frau, wie überrascht sie war. Sie wirkte überhaupt nicht verunsichert, eher so, als wolle sie einfach die Antwort verweigern. Warum sollte sie das auch einem wildfremden Menschen erklären?

»Das ist keine einfache Geschichte, und ich weiß wirklich nicht, warum ich sie Ihnen erzählen sollte.«

Martin nickte. Die Frau vor ihm sah ihn lächelnd an. Sollte er vorangehen und ihr seine Geschichte erzählen?

»Mein Bus kommt in sechs Minuten. Ich muss zurück zum Bahnhof. Sagen Sie mir doch, kannten Sie Frau Pagoda?«

»Ja, sehr gut.« Martin war erleichtert. Die Frage der Frau eröffnete ihm die Möglichkeit zum Gespräch. »Wir waren schon als Kinder befreundet. Wir hatten eine kleine Bande, die Furies. Übrigens, mein Name ist Martin Schrader, Professor Martin Schrader, ich stamme aus Langenheim.«

Martin war einen Moment unsicher, ob es richtig war, dass er seinen Titel angeführt hatte. Er hoffte, der Frau damit seine Seriosität zu belegen.

»Mareike Landsberg aus Berlin. Ich bin«, sie stockte ein wenig, »ich bin auf der Suche nach ein paar Informationen über Frau Pagoda, was sie so getan hat, wo sie gearbeitet hat, ob sie Familie hatte, ich habe gehört, dass sie eine Tochter hatte, aber ich weiß sonst sehr wenig über sie.«

Martin nickte. »Darf ich sie auf einen Kaffee einladen? Ich meine, wir können doch nicht hier an der Bushaltestelle im Stehen …?«

»Ich muss um 16.05 Uhr den Zug nach Berlin erreichen, sonst komme ich heute nicht mehr zurück, aber ich gebe Ihnen meine Karte. Ich würde mich gern mit ihnen treffen.«

Die Frau nahm eine Visitenkarte aus ihrer Handtasche, ohne auch nur einen Moment in der Tasche suchen zu müssen. Dr. Mareike Landsberg, Augenärztin. Und eine Berliner Adresse.

»Wie haben Sie erfahren, dass Frau Pagoda Ihre Mutter ist?«

Frau Landsberg sah ihn mit großen Augen an? »Wie bitte?«

Martin wiederholte die Frage, ohne auch nur einen Moment irritiert zu wirken.

»Woher wissen Sie das?«

»Es stimmt also!« Martin wusste, dass er jetzt nicht mehr viel Zeit hatte. Der Bus würde in drei Minuten um die Ecke biegen. »Woher wissen Sie, dass Ili, Frau Pagoda, Ihre Mutter ist?«

»Ili.« Die Frau vor ihm verweilte einen Moment, ließ den Namen ausklingen, dann fuhr sie fort. »Mein Vater, oder besser mein Stiefvater, ist vor vier Monaten gestorben. Ich habe seine Unterlagen durchgesehen. Meine Stiefmutter konnte keine Kinder bekommen. Beide waren schon über vierzig, als sie sich schließlich zur Adoption entschlossen. Als einer der Chefärzte am Urbanus Krankenhaus hatte er die Möglichkeit, die Akten derjenigen Mütter einzusehen, die bereit waren, ihr Kind zur Adoption freizugeben. Er hatte sich für Ilona Pagoda entschieden, doch davon erfuhr ich erst nach seinem Tod. Ich habe dann recherchieren lassen, wer denn Ilona Pagoda war. Vor zwei Wochen hat man mir endlich mitgeteilt, dass sie aus Langenheim stammte und hier begraben ist. Ich hatte gar nicht gewusst, wo Langenheim liegt. 1979, als ich auf die Welt kam, lebte sie allerdings schon seit einigen Jahren in Berlin. Ich denke also, mein Vater ist kein Westfale wie meine Mutter, sondern eine Berliner Bekanntschaft. Sie hat da …« In diesem Moment bog der cremefarbene Bus der Langenheimer Verkehrsgesellschaft in die Friedhofsallee ein und näherte sich der Bushaltestelle. »Sie hat da offenbar in einer ziemlich wilden WG gelebt, das hat mein Stiefvater wohl nicht so genau gewusst.«

Der Bus hielt, die Türen öffneten sich. Zwei ältere Frauen und ein Ehepaar stiegen aus, ein alter Mann mit Harke und Schaufel in der Hand und Mareike Landsberg stiegen ein.

»Ich würde mich sehr freuen, Herr Schrader, wenn wir uns treffen würden und sie mir von meiner Mutter erzählen. Ich brenne darauf, mehr über sie zu erfahren, aber ich muss heute unbedingt noch nach Berlin zurück.«

Martin nickte. »Ich melde mich bei Ihnen, gleich morgen, telefonisch oder per Mail. Ich komme nach Berlin.« Die Tür schloss sich. Der Fahrer löste die Bremsen, der Bus setzte sich in Bewegung. Mareike Landsberg nahm auf einem der hinteren Sitze Platz und winkte noch einmal kurz.

Martin war wie betäubt. Er blieb an der Bushaltestelle stehen, schaute auf die Tafel mit den Abfahrtszeiten, ohne etwas zu erkennen, und dachte nur, das ist meine Tochter, das ist Mareike, die Landsberg heißt und eigentlich Schrader heißen müsste.

Erst nach einigen Minuten griff er zum Handy und wählte Ninas Nummer. Ja, er habe noch ganz kurz an der Bushaltestelle mit ihr sprechen können. Sie hätte nach Berlin zurückgemusst und sie hätten verabredet, dass er morgen mit ihr telefonieren würde. Ja, sie sei eine weitere Tochter von Ili, sie sei ihre gemeinsame Tochter, da gäbe es keinen Zweifel mehr. Ja, er würde gern zurück auf den Friedhof kommen und sich mit ihr vor Heiners Grab treffen. Doch, doch, den Weg würde er kennen. In gut zehn Minuten sei er da, er würde sich beeilen.

29

Heiner, Martin, Sebastian, Nina, Ilona, Wolfgang, 1972

»Ne, lass mal, mach dir keine Mühe, ich spiel nicht mit, ich bleib hier sitzen.« Heiner ärgerte sich, dass er überhaupt gekommen war. Was sollte einer wie er auf dem Spiegelberg-Sommerfest? Das war doch alles nur eine Erfindung des Popen, der sich mit dem Sportverein zusammengetan hatte. Das erste Mal: »Ein Siedlungs-Fest für alle!« So stand's an dem Ständer an der Bushaltestelle, beim Metzger, beim Bäcker, am Kiosk, überall. Ein Siedlungsfest! Für alle!

Und jetzt kamen diese Typen von Teutonia, wie dieser Kurzhaartyp, der bestimmt in Teutonias erster Mannschaft Fußball spielte, und forderten jeden, der noch nicht uralt war, zum Völkerball-Turnier auf. Auch ihn natürlich, trotz seiner langen Haare. Aber er hatte den Kurzhaartyp gleich weitergeschickt, der baggerte jetzt die beiden Spanier am andern Tisch an. Warum hatte er Sebastian nicht gleich eine Abfuhr erteilt, als der heute Morgen kam und ihn fragte? Sebastian war doch bestimmt vom Popen geschickt worden. »Bring auch die irregelaufenen Schäfchen mit«, hatte der wahrscheinlich zu ihm gesagt und damit ihn gemeint, Heiner, den Drogi.

Dann war Sebastian wirklich pünktlich um vier erschienen und hatte ihn abgeholt. Er würde jetzt aufstehen und gleich wieder nach oben gehen. In die Wohnung, die bald nicht mehr seine sein würde. Dort würde er kotzen, das ganze Siedlungs-Fest auskotzen, da wo es hingehört, ins Klo.

Die Augustsonne brannte. Die Tische im Schatten der Linden, die neben dem Garagenhof standen, waren schon dicht besetzt, als er kam. Aus zwei Lautsprechern dröhnte das Gedudel von James Last. Unerträglich! Sebastian hatte ihm gesagt, er solle für sie beide schon Plätze suchen, er selbst müsse noch was erledigen.

Der war sicher zum Popen gelaufen und hatte sich einen neuen Auftrag geholt. An einem der Schattentische sah Heiner seine Eltern mit den Frankes von unten rechts. Mit denen konnte Vater gut. Mutter hatte ihn gleich entdeckt und völlig überrascht geschaut. Sie hatte wohl erwartet, dass ein Typ, der am Mittwoch seine Verhandlung vor dem Amtsgericht hat, nicht zum Fest erscheinen würde. Für diesen Blick von Mutter hatte es sich gelohnt zu kommen. Vater hatte ihn nicht angesehen, er hatte die ganze Zeit in eine andere Richtung geblickt.

Er setzte sich an einen der langen Schützenfest-Tische, die vorn zur Straße hin aufgestellt waren und von ein paar runden, viel zu kleinen Sonnenschirmen der Weissenburg Brauerei nur wenig Schatten bekamen. An diesen Tischen saßen vor allem Italiener, Spanier, die Jugos, aber auch einige deutsche Gruppen. Die Musik war hier zum Glück weniger laut. Eine schwarzhaarige junge Frau brachte ihm gleich ein Bier. Das tat gut. Wenn er hier nur irgendwo ein klein wenig Dope auftreiben könnte! Er wusste, dass einige der Jugos gerne kifften, aber er hatte sich seit der Festnahme nicht wieder zu Tracks Kiosk getraut. Einer der Jugos schaute schon zum zweiten Mal lange zu ihm hin. Das war Jarko oder Janko, vielleicht war das eine Aufforderung, vielleicht sollte er ihn mal fragen? Aber nicht hier, auf keinen Fall hier.

An einer Ecke des Nachbartisches hatten sich die jungen Brasilianerinnen zusammengesetzt, die hatte Heiner gleich bemerkt. Drei waren ziemlich dunkel, fast schwarz, mit diesem krausen Haar. Das waren die brasilianischen Schwestern aus dem Marien-Krankenhaus, auf die der Pope so stolz war. Heiner fiel auf, dass sie sehr aufeinander bezogen waren, nur untereinander sprachen und lachten, sich kaum einmal umdrehten, und wenn, dann nur kurz und wie verstohlen.

Eigentlich schade, dachte Heiner, da war eine Frau mit hochgestecktem blonden Haar in der Gruppe, manchmal sah er kurz ihren Mund, die vollen Lippen und diesen wahnsinnig schönen langen Hals, superschlank, warum die sich nicht mal voll zu ihm umdrehte? Hatte er nicht erst neulich gelesen, dass in Rio alles voll mit Dope sei, gutes Zeug aus Kolumbien? Ob eine von den Frauen vielleicht heimlich kiffte, abends wenn sie vom Krankenhaus zu-rückkommt, auf dem Bett sitzt, in Unterwäsche, sich ganz entspannt das Zeug reinzieht?

Heiner stöhnte kurz auf, alles Unsinn, die haben da zu viert oder zu sechst eine von den alten Spiegelberg-Wohnungen, da kifft bestimmt keine. Überhaupt war all dieses Spinnen Unsinn, alles vergebens, Mittwoch würde er vor Gericht stehen, Verstoß gegen das Rauschmittel-gesetz. Verbotener Handel mit Betäubungsmitteln. Am Mittwoch! Und jetzt kein Dope weit und breit! Wenn er nur kotzen könnte!

In einer Ecke war das Kaffeezelt aufgebaut, vor dem sich eine Schlange gebildet hatte. Zehn Meter weiter stand Nobbi, der alte Wirt vom Spiegelhof, hinter einem großen Grill. Er hatte gerade die ersten Würstchen auf den Rost gelegt und schon zog eine Wolke Bratwurstduft über die Tische und Bänke.

Da kam die schwarzhaarige Kleine wieder. Sie hatte ein paar frisch gezapfte Pilsner auf ihrem Tablett und schaute ihn fragend an. »Na klar doch, noch eins«, sagte Heiner. Hier gab's das Bier heute für 80 Pfennige, war wahrscheinlich vom Papst bezuschusst, aber dennoch nicht schlecht. Die Kleine stellte es ihm hin, gab ihm 20 Pfennige raus, sagte noch irgendwas Freundliches dazu, das er nur schlecht verstand.

Keine Deutsche, dachte Heiner, sicher auch 'ne Jugoslawin oder Griechin, aber ganz proper.

Ob die ihn am Mittwoch einlochen würden? Dr. Kampenhues war sich sicher: Ein paar Wochenenden Dienst im Sozialbereich, das wäre alles, wahrscheinlich im Altersheim oder bei Aktion Sorgenkind in der Werkstatt. Das konnte ja schön werden, aber alles tausendmal besser als Jugendstrafvollzug. »Sie dürfen sich jetzt nur nichts mehr zuschulden kommen lassen, nichts«, hatte Kampenhues ihm noch eingebläut, »sonst lass ich Sie allein vor Gericht! Kein Joint zwischen den Lippen, kein einziges Gramm in der Tasche, kein Versuch, von irgendwem auch nur ein einziges Gramm zu kaufen. Seit dem Friedhof im Mai sind Sie clean, völlig clean, und der Friedhof war ein Versehen, jugendlicher Übermut eines Unbescholtenen, zu diesem Ergebnis müssen wir den Richter bringen!« Die Musik stoppte.

»Herzlich willkommen zum ersten Spiegelberg-Sommerfest.« Die Stimme kannte Heiner nicht. Sie krächzte, was wahrscheinlich an der schlechten Qualität des Megafons lag. Alle reckten sich nun nach dem Mann, dessen Stimme sie gerade vernommen hatten. Er stand auf einem kleinen Podest auf dem breiten Garagenhof, wo zwei Spielfelder für das Völkerball-Turnier aufgezeichnet waren. Eine Gruppe von Jungen und Männern stand um ihn herum. Alles so smarte Sportlertypen, dachte Heiner, wahrscheinlich alle von Teutonia.

»Wir von SV Teutonia 98 freuen uns, Sie alle gemeinsam mit dem Pfarrer von Sankt Elisabeth hier begrüßen zu können.«

Die Stimme war recht leise und krächzte. Alle an den Tischen hatten ihre Unterhaltung eingestellt und lauschten dem Mann auf dem Podest. »Es ist für uns eine große Freude, dass wir heute Menschen aus vielen Ländern hier haben und dass wir gemeinsam ...« Ein fürchterlich hoher und lauter Ton peitschte in diesem Moment über den Platz und über die Tische. Die Männer um den Redner herum verzerrten die Gesichter.

Heiner mochte die Schrecksekunde, jetzt waren alle wach, dachte er. Der hohe Ton wich und der Mann auf dem Podest sprach nun in ein Mikrofon, das ihm einer der Sportler gereicht hatte. Er setzte wieder ein: »... dass wir heute Menschen aus ganz vielen Ländern bei uns auf dem Spiegelberg haben und dass wir gemeinsam Völkerball spielen werden.« Die Lautsprecheranlage funktionierte, ein erleichtertes Lächeln umspielte den Mund des Redners und die Männer um ihn herum atmeten entspannt aus.

»Der Spiegelberg hat sich in den letzten Jahren verändert«, fuhr der Redner fort. »Gastarbeiter aus Italien, Griechenland, Spanien, Portugal, aus Jugoslawien und anderen Ländern sind zu uns nach Langenheim gekommen, einige haben ihre Frauen und Kinder dabei und wohnen hier auf dem Spiegelberg.« Ein Kollege des Redners stieß ihn in die Seite und flüsterte ihm etwas zu. »Ja ganz recht«, fuhr er fort, »auch aus Brasilien sind welche zu uns gekommen, keine Gastarbeiter, sondern junge, hübsche Frauen, Krankenschwestern, das hat unser Pfarrer geschafft, und auch die wohnen hier bei uns.«

Heiner entdeckte Martin vor dem Würstchenstand. Den schickt der Himmel, dachte er. Da schaute auch Martin schon zu ihm hin, winkte und gab ihm ein Zeichen, dass er zu ihm kommen werde.

»Auch bei uns in der Teutonia hat sich seit drei, vier Jahren einiges verändert. Bei den Knaben und in der Jugend spielen unsere Jungs jetzt gemeinsam mit einigen Kameraden aus Italien, aus Griechenland und den anderen Ländern. Und die spielen zum Teil gar nicht schlecht. Wer war letzte Saison unser Torschützenkönig in der Junior-Elf? Carlo Pucciaro! Wer hätte das gedacht? Sohn eines italienischen Gastarbeiters hier vom Spiegelberg. Wenn der so weitermacht, spielt er in ein paar Jahren in der ersten Männermannschaft, da macht es gar nichts, dass er Italiener ist!«

»Hey Heiner, wie schaut's aus?«

»Gut.«

»Wie klappt's bei Harsekamps?«

Heiner zuckte mit den Achseln. Dass er die Realschule kippen würde, war schon lange vor dem Debakel am Friedhof klar gewesen. Er hatte es nur den anderen nicht erzählt. Die dachten jetzt, er wäre wegen der Drogen beim Gärtner gelandet, als eine Art Reha-Projekt. Die Arbeit in der Gärtnerei war ziemlich beschissen. Aber sollte er das Martin jetzt erzählen? Die Floristinnen und die zwei Gehilfen mieden ihn. Er war der Drogi, langhaarig und nicht besonders kräftig. Stand stundenlange Spatenarbeit an, war er der Erste, der aufgab. Er konnte von Glück reden, dass der alte Harsekamp ihn überhaupt hatte antreten lassen. Das wusste er. Er hatte den Vertrag mit ihm zwar schon im April gemacht, aber natürlich hätte Harsekamp ihn im Mai nach der Festnahme auch fallen lassen können.

Die Lautsprecherstimme meldete sich zurück: »Es war die Idee von Pfarrer Hafner: Wir machen ein großes Fest, hat er gesagt, und spielen zusammen Völkerball. Das ist ein schönes Spiel, ein leichtes, das auch unsere Mitbürger aus dem Ausland schnell begreifen werden. Wir haben jetzt für das Turnier schon neun Mannschaften beisammen: vier deutsche, eine italienische, eine griechische, eine jugoslawische, eine gemischte mit Griechen und Jugoslawen, und dann ist da noch eine, da sind drei Deutsche drin, zwei Spanier, zwei Portugiesen und auch, was ist der, Muhammad Drakovic, Bosnier? Ach so, Jugoslawe, noch'n Jugo dazu! Wir brauchen aber zehn Mannschaften, besser noch zwölf, 'ne gerade Zahl, weil immer zwei Mannschaften gegeneinander antreten. Es können sich auch Frauen melden. Wer also macht noch mit?«

»Magste 'n Stück Bratwurst, Hühnchen?«

Martin hatte wie früher Heiners alten Spitznamen verwendet.

»Lieber 'ne Fluppe, wenn du eine hast.«

Martin reichte Heiner die Packung Stuyvesant.

»Kannste auch mal was Gescheiteres rauchen als gerade Stuyvesant? Aber bist ja auch unser Jüngster.«

Martin zuckte nur mit den Schultern.

»Wenn ich bei Harsekamp rauche, darf's nur 'ne Filterzigarette sein. Als ich mir am Anfang eine drehte, wurden alle ganz nervös. 'Ist da was drin?', hat mich der Gehilfe gefragt? Ne, hab ich gesagt, Ich bin ja nicht blöd. Das würdet ihr ja alle riechen. Aber Harsekamp hat mich gebeten, bei ihm auf dem Grundstück und während der Arbeit nichts Selbstgedrehtes zu rauchen. Wegen der andern. Und weil er nicht kontrollieren könnte, was ich mir da so drehe.« Heiner begann, unter dem Tisch die Beine gegeneinander zu schlagen.

»Nach dem Völkerball-Turnier gibt's dann für alle lecker was zum Essen. Der Spiegelhof-Wirt macht Bratwurst vom Grill und Schaschlik. Die Frauen von unsern Jugoslawen haben jede Menge Cevapcici vorbereitet und die Griechen machen Pommes mit Currywurst. Die Italiener haben auch einen Stand aufgebaut, wo es Makkaroni gibt mit Gehacktes-Soße Bologna. So schön kann es sein, wenn viele Menschen aus vielen Ländern miteinander feiern.«

»Kannste mir noch einmal helfen, Martin?«

»Nicht mit Dope, Hühnchen.«

»Nur zwei Gramm. Ich halt das sonst bis Mittwoch nicht aus.«

»Schmink dir das ab, Hühnchen, und geh am Dienstag zum Frisör, so'n Schnitt wie die Fußball-Jungs hier.«

»Hat Kampenhues mir auch schon gesagt. Mach ich auch, wobei es mir leid tut, die Matte ist jetzt richtig lang. Aber Martin, im Ernst, bloß ein Gramm. Du brauchst doch nur den Charly zu fragen, der in deiner Klasse sitzt, der hat immer was rumliegen, der hat wahrscheinlich sogar gleich was dabei, wenn du fragst. Das Geld kriegste, wenn ich meinen Lohn bekomme.«

»Kannste vergessen, Hühnchen.« Martin kaute den Rest seiner Bratwurst. Die junge Schwarzhaarige kam erneut, stellte für jeden der beiden ein frisches Bier auf den Tisch und lachte sie an.

»Ich gebe jetzt das Wort an unseren lieben Pfarrer Hafner, dann beginnt das erste Völkerball-Turnierspiel. Wir haben jetzt auch schon Meldung für zwei gemischte Teams, Männer und Frauen. Zuerst spielen die Mannschaft Deutschland 1 gegen die griechische Mannschaft, Deutschland 2 gegen Spanien. Bitte jetzt schon vor den mittleren beiden Garagentoren aufstellen!«

Die Anwesenden klatschten Beifall.

Der Redner verbeugte sich etwas förmlich und reichte das Mikrofon weiter an Pfarrer Hafner, der auf das Podest stieg. Er hatte die schwarze Anzugjacke längst abgelegt, stand da im grauen Hemd mit weißem Kollar, hielt mit der Linken das Mikrofon und fuhr sich mit der Rechten noch einmal über das sorgfältig nach hinten gekämmte weiße Haar.

»Wo Pfarrer Hafner ist, kann auch Sebastian nicht weit sein. Vielleicht sollte ich ihn fragen?«

»Untersteh dich, Hühnchen, das machst du nicht!«

»Dann besorg du mir was!«

»Liebe Spiegelberger, ich freue mich sehr, dass heute so viele aus ihren Wohnungen gekommen sind und sich hier treffen. Das ist ein gutes Zeichen für unsere Siedlung. Es ist ja nicht mehr so, wie vor zehn Jahren. Heute arbeiten Menschen aus vielen Ländern in unserer Stadt und sie wohnen hier auf unserem Spiegelberg.«

Martin erblickte Nina, die winkte. Sie stand mit Wolfgang in der Schlange vor dem Kaffeestand. Jetzt winkten beide und machten Zeichen, dass sie gleich an den Tisch der beiden kommen würden.

»Ich dachte, wir Furies halten zusammen, Martin, komme, was wolle. Hatten wir uns das nicht damals bei Pauls Beerdigung geschworen?«

»Das hört bei deinen Dope-Geschichten auf, das weißt du.«

»Martin, was soll das?« Heiner nahm einen tiefen Zug von der Zigarette. »Du hast mir doch schon mal geholfen, bist'n echter Kumpel, hast den Typen angerufen, damit er dem Tulpenwichser Bescheid sagt, dass der 'nen Bogen um Langenheim machen muss. Und dann hast du bei Charly ein paar Gramm Weed für mich besorgt.«

»Das war falsch, darüber ärgere ich mich heute.«

»Falsch? Versteh ich nicht. Ehrlich! Du hast mir geholfen, wir sind Furies, und glaub mir, du kriegst das Geld, das versprech ich dir.«

»Es geht nicht ums Geld, Hühnchen.«

Nina und Wolfgang kamen an ihren Tisch. Sie hatten jeder eine große Plastiktasse mit Kaffee in der Hand und vier frische Waffeln mitgebracht. »Passt vielleicht nicht zu eurem Bier«, sagte Nina, »aber sie schmecken frisch so gut.«

Nina hatte eine hellrote Bluse an, die drei oberen Knöpfe waren geöffnet. Während Heiner irgendwas maulte, sah Martin zu Nina, sah ihren Jeans-Minirock, der ziemlich kurz war, ihre Bluse, hinter der sich der BH abzeichnete. Eine schmale Spange hielt ihr kastanienbraunes Haar zurück, das in der Sonne leuchtete. Nina hatte in den Ferien Farbe bekommen, ihr ganzes Gesicht strahlte. Wahrscheinlich hat sie gerade mit Wolfgang Sex gehabt, dachte Martin und schaute wieder auf sein Bierglas.

»Hey, was ist los mit euch?«

»Nix. Hühnchen hat Mittwoch Termin beim Amtsgericht.«

»Wissen wir, aber er ist ja Ersttäter und macht's nie wieder.« Wolfgang boxte freundschaftlich mit seiner Linken vor Heiners Brust und legte seine rechte Hand über Ninas Schulter. Sie strahlte. Klar, die haben gerade miteinander geschlafen, dachte Martin, da sitzt Ninas Mutter hier irgendwo mit den Nachbarn unter den Linden, und bei ihrer Tochter geht die Post ab. Dabei hatte Wolfgang doch gerade erst von Ili zu der kleinen Sabine gewechselt. Er hasste ihn, Fury hin oder her.

»Wir schließen niemanden aus. Wir sind eine Gemeinschaft der Christen!«

»Bravo!«, rief der Bosnier aus der Jugo-Ecke, rief es so laut, dass Pfarrer Hafner erschrocken kurz innehielt.

»Jawohl, eine Christengemeinschaft! Und so wollen wir heute feiern, wollen gemeinsam Völkerball spielen. Ich melde mich hiermit an für das zehnte oder elfte oder zwölfte Team, bitte aber für ein gemischtes Team.«

Jetzt wurde an fast allen Tischen gelacht.

»Ich meine natürlich gemischt mit deutschen und ausländischen Freunden.«

Alle klatschten, auch Wolfgang und Nina. Heiner klatschte nicht, nahm noch eine Stuyvesant aus Martins Packung und zog gierig an ihr, während die anderen drei sich über die Waffeln hermachten.

»Ich hab ein Problem«, setzte Heiner ein. Martin schaute auf. Heiner würde doch nicht etwa jetzt alle um ein Gramm Dope bitten?

In diesem Moment kam Sebastian an ihren Tisch und hatte Ili an seiner Seite. Wolfgang umarmte Ili, Nina schien das nichts auszumachen, dachte Martin. Auch die beiden Mädchen umarmten sich. »Lange nicht gesehen«, meinte Nina.

»Siehst gut aus«, erwiderte Ili.

»Du aber auch.« Ili trug eine ziemlich helle, verwaschene Jeans, dazu ein weites grünes Polo-Shirt, unter dem ihr Busen nicht verborgen blieb. Sie hatte ihr Haar zu einem Zopf gebunden, und der Blick aus ihren grün-braunen Augen wanderte geschwind von einem zum andern. Sie schien sich wirklich zu freuen, alle alten Freunde hier zu treffen, schien auch keine Probleme mehr mit Wolfgang zu haben, ihrer einst so großen Liebe, oder zumindest verbarg sie es gut.

»Sieht ja aus wie 'ne Fury-Vollversammlung«, sagte Ili und nahm lachend neben Martin Platz. In diesem Moment drang erneut Musik aus den Lautsprechern, jetzt waren es die Les Humphries Singers, zum Glück nicht allzu laut. Die junge Schwarzhaarige kam mit dem Biertablett. Sebastian und Martin dankten, auch Wolfgang und Nina schüttelten die Köpfe mit Verweis auf ihren Kaffee, doch Ili nickte und auch Heiner ließ sich ein weiteres Glas neben das noch halbvolle stellen. »Wir sollten unsere Räder rausholen und noch mal wie früher 'ne Stadtwaldrallye machen.« Alle lachten über Ilis Vorschlag. »Hart an den Hauseingängen vorbei und wenn einer rauskommt, hat er eben Pech gehabt.« Das Lachen erstarb. Für einen Moment war Stille am Tisch.

»Hühnchen hat'n Problem«, sagte Wolfgang.

»Wissen wir doch«, antwortete Ili, »weiß der ganze Spiegelberg. Ist doch jetzt bald die Verhandlung.«

»Ne, ist nicht das«, erwiderte Hühnchen, wobei er weiterhin kräftig die Beine gegeneinander schlug. »Ich brauch 'ne Wohnung. Mein Alter hat mir klargemacht, dass er mich nicht mehr in seiner Wohnung haben will. Ich weiß nicht so recht, wie ich das machen soll. Soviel zahlt mir Harsekamp nun wirklich nicht. Also wenn ihr was wisst?« Heiner drückte die Zigarette im Aschenbecher aus.

»Das ist aber schön, dass du gekommen bist.« Sie hatten Pfarrer Hafner gar nicht bemerkt. Jetzt stand er an ihrem Tisch und redete mit Wolfgang. »Es ist gut, wenn man die Gemeinschaft wahrt, auch wenn man weggezogen ist.« Dabei nickte er in die Runde. Heiner hatte den Kopf gesenkt und schaute auf sein Bier. »Wie geht's denn den Eltern, Wolfgang, da wo ihr jetzt wohnt?«

»Sie vermissen den Spiegelberg, Herr Pfarrer.« Das war sicher gelogen, dachte Martin, aber es schien den Pfarrer zu freuen. »Ich wünsche euch allen, oder muss ich schon Ihnen allen sagen?«, dabei schaute er auf Ilis Shirt, »ein schönes Fest. Und bitte macht mit beim Völkerball. Wir müssen uns hier auf dem Spiegelberg um Kennenlernen, Vertrauen, gegenseitiges Helfen und Gemeinschaft bemühen.«

»Amen«, sagte Heiner, und Pfarrer Hafner war auf seinem Weg zur nächsten Gruppe noch nicht weit genug weg, um dieses Amen zu überhören. Er drehte sich noch einmal um und schaute Heiner ernst an.

Nina und Ili kicherten aus Verlegenheit. »Dein Alter kann dich nicht einfach rausschmeißen.« Wolfgang führte die Kaffeetasse zum Mund. »Wir sind erst mit 21 volljährig, so lange muss er für dich sorgen.«

»Hast du 'ne Ahnung, was der muss.«

Nina schaute auf Heiner. Martin sah, dass es ein liebevoller Blick war. Wahrscheinlich wusste sie mehr über Heiners Vater und verstand, was Heiner meinte.

»Ich kann ja mal Pfarrer Hafner fragen, der weiß, wo Lehrlinge wohnen, vielleicht kann der dich irgendwo unterbringen.« Noch während er das sagte, merkte Sebastian, dass sein Vorschlag nicht gerade erlösend wirkte.

»Bloß nicht den Popen fragen«, kam auch gleich Heiners Antwort.

»Eins nach dem andern, Hühnchen«, sagte Nina. »Jetzt sieh erst einmal zu, dass am Mittwoch alles klargeht und dann schaun wir alle gemeinsam.«

»Darf ich um Ihre geschätzte Aufmerksamkeit bitten!« Jetzt war wieder der Mann von Teutonia am Mikrofon. »Wir beginnen mit der ersten Runde. Die ersten vier Mannschaften starten, jeweils zwei gegeneinander. Kommen Sie! Wir brauchen viele Zuschauer. Es ist ein internationales Turnier, das erste Freundschafts-Turnier auf unserm Spiegelberg!«

30

Heiner, Martin, Wolfgang, 1973

Martin hatte schon fast ausgetrunken. Es war nicht mehr viel im Glas, die Uhr über der Theke zeigte bereits auf zehn. Morgen stand die erste Lateinarbeit des neuen Schuljahrs an, er wollte eigentlich schon längst zu Hause sein. Es würde ein Tacitus-Text drankommen, da wollte er morgen sehr früh aufstehen, um vor der Schule noch einmal ein oder zwei Paragrafen aus den alten Texten zu übersetzen. Dann wäre er zur Klassenarbeit richtig gut vorbereitet. So hatte er es auch letztes Mal gemacht, und es war sehr gut gegangen. Wolfgang aber, der ihm gegenübersaß, hatte Zeit. Er hatte sein Abitur in der Tasche und bei der Sparkasse begonnen. Seit Wolfgang nicht mehr mit Nina zusammen war, lief es für Martin mit ihm wieder besser. Er griff gerade zum Portemonnaie, um seine zwei Bier zu bezahlen, als Heiner vor ihnen stand.

»Ich glaub, ich seh nicht recht. Schau zum Fenster rein, und wen sehe ich in der Stadtwaage friedlich beim Bier? Zwei alte Fury-Brüder! Toll, denk ich mir, da können wir doch noch eins gemeinsam trinken.«

»Ich wollte eigentlich …«

»Ne, ne, Martin, sei kein Spielverderber. So oft sehen wir uns ja nun auch nicht, 'ne Viertelstunde haste doch noch Zeit für 'nen alten Kumpel.«

Heiner rückte einen Stuhl an ihren Tisch, zog die Jacke aus und bestellte drei halbe Bier. Heiner sieht fahl aus, richtig grau-weiß im Gesicht, dachte Martin. Sein blondes Haar war lang, sehr lang, fiel in Strähnen kraftlos an den Seiten herunter. Er hatte eine kurze, noch frische Narbe an der Stirn, war wohl vor ein paar Tagen gestürzt, hatte einen Dreitagebart, der sich unregelmäßig über sein Gesicht verteilte, und im Gegensatz zu der kraftvollen Begrüßung waren seine Augen sehr müde. Auch sie schienen fahl. Er war noch dünner als sonst und trug ein langärmliges Hemd mit hellblauen und hellgrauen Streifen. Seine Arme wirkten wie Kinderarme.

Martin war überrascht, Heiner hier zu treffen. Er dachte, dass er zu einer langfristigen Therapie ins Landeskrankenhaus in Eickelborn eingewiesen worden war, in die geschlossene Abteilung. Nina hatte das erzählt, als sie vor Kurzem gemeinsam mit dem Bus vom Spiegelberg in die Stadt fuhren. Doch jetzt war er hier in der Stadtwaage. Martin hatte wenig Lust auf Heiner, dessen Äußeres auf eine ziemlich eindeutige Geschichte hinwies. Er spürte kein Mitleid mit ihm, aber neugierig war er schon.

»Wie geht's?«, fragte Wolfgang, nachdem die Wirtin die Bestellung aufgenommen hatte und vom Tisch gegangen war.

»Nicht schlecht. Eigentlich geht's mir besser als zuvor.«

»Im Landeskrankenhaus?«

Heiner lachte. »Glaubste nicht, aber die Versorgung ist dort besser als draußen. Wir haben ja immer wieder Landgang.« Heiner lachte erneut und kniff ein Auge zu. »An Stoff komm ich gut ran, nur an der Knete hapert's.«

Martin merkte, wie Heiner unter dem Tisch damit begann, die Knie zusammenzuschlagen. Seine alte Marotte.

»Und wo bleibst du, wenn du Landgang hast?«

»Bei meinem Bruder, bei Norbert. Ist ja immer nur für eine, maximal zwei Nächte und dann wieder zwei oder drei Wochen auf Station.«

Martin überlegte, wie das wohl liefe, wenn die bei so kurzem Landgang versuchten, Dope aufzutreiben. Und woher sie das Geld nahmen?

»Haste eigentlich deine Wochenenden bei Aktion Sorgenkind alle hinter dir?« Wolfgang war ihm mit seiner Frage zuvorgekommen.

»Ne, sechs Wochenenden von den 26 fehlen noch. Aber ich glaub, die wollen mich jetzt gar nicht mehr haben. Wenn du einmal auf der Geschlossenen bist, wollen die dich nicht mehr.«

Heiner schaute auf Martins Glaskrug, der noch zu einem Viertel gefüllt war. »Kann ich da schon mal was von haben?«, fragte er. Martin nickte. Wolfgang nahm das Gespräch wieder auf.

»Ist ja damals genauso ausgegangen, wie dein Anwalt vorhergesagt hat. Den Richter habt ihr richtig weichgeklopft.«

»Ja, lief echt gut.« Heiner lachte. »Ich hatte mir auch wirklich vorher bei Pospich die Haare schneiden lassen, sah aus wie so'n ganz lieber Sportler. Machte Eindruck. Ne, der Richter hatte Angst, er könnte mir die Gärtnerlehre zerstören, meine Chance für die vollständige Wiedereingliederung in die Gesellschaft.« Heiner hatte bei den letzten Worten die Sprache des Richters imitiert. »Ich war echt gut drauf in der Verhandlung, hab ihm klargemacht, dass mir nichts wichtiger sei, als die Lehre gut abzuschließen und dann ein guter Gärtner zu werden. War wie früher: Schultheater. Und der hat's geglaubt. Ne, ich war richtig gut, Wolfgang! Perfekt, hat Kampenhues gesagt.«

Heiner machte eine kurze Pause, trank den Rest von Martins Bier, die Beine bewegten sich im schnellen Rhythmus gegeneinander.

»Den Joint am Tag zuvor hat dir Sebastian besorgt.« Martins Stimme war kühl, präzise, wie ein Messer. »Du hast dich nicht zurückgehalten, Hühnchen, du hast dich nach dem Spiegelberg-Fest an Sebastian rangeworfen, und der hat dir prompt den Gefallen getan.«

»Hey hey Bruder, nicht so heftig! Was sollte ich denn tun? Du hast 'no' gesagt, da blieb mir doch nur noch Sebastian. Ein Gramm grüner Libanese von Charley für 12 Mark, das hat ihn nicht umgebracht.«

»Ich hab gesehen, wie Charley und er gemeinsam vom Klo kamen. Sebastian war rot im Gesicht, hatte die rechte Hand tief in der Hosentasche. Da wusste ich, er hatte für dich was besorgt.«

»Kam gerade zur rechten Zeit, Bruder. Ich hatte 'ne Verhandlung vor mir, kapierst du das nicht? Da kann ich doch nicht auf unsern Messdiener Rücksicht nehmen. Der war der Einzige, der mir blieb. Ihr andern Furies habt doch gekniffen.«

»Ne, Rücksicht kannst du natürlich nicht nehmen. Du nicht!«

Martin blickte in Heiners bleiches Gesicht, in müde Augen, und gleichzeitig auf ein spöttisches, überlegenes Lächeln, das Heiners blasse Lippen umspielte. Martin spürte, wie sein Ärger wuchs. »Aber wenn nicht ich, sondern der alte Stacki vor dem Klo gestanden und Sebastian gefragt hätte, was er denn da in der Tasche verberge? Was wäre dann geschehen? Es war doch bekannt, dass Charley dealte.« Martins Stimme wurde lauter, Wolfgangs Hände machten eine dämpfende Bewegung Richtung Tischplatte. »Und du, Hühnchen, wusstest genau: Sebastian ist ein schwacher Schüler, der es gerade eben schafft. Solche fliegen sofort, wenn sie mit Stoff in der Tasche erwischt werden.«

»Hey Martin!« Heiner blickte ihn mit großen Augen an. »Ich weiß gar nicht, warum du dich so aufregst. Spielst dich hier zum Richter auf. Scheint mir alles ziemlich selbstgerecht, Kumpel. Ist doch alles gut gegangen. Pass mal auf, dass es dich nicht irgendwann trifft.«

In diesem Moment kam die Wirtin mit drei Halbe-Liter-Krügen. »Wohl bekomm's«, sagte sie und lachte alle drei an.

Sie tranken gleichzeitig. Heiners Hand zitterte, als er sein Bier zum Mund führte.

»Bei Harsekamp ging dann nichts mehr?«, fragte Wolfgang, sichtlich bemüht, das Gespräch in eine weniger emotionale Richtung zu bringen.

»Ne, hat nicht geklappt.« Heiners Stimme wurde leiser. »Wisst ihr doch, hatte ziemlich schnell 'nen richtigen Rückfall, nicht mehr mit normalem Dope.«

»Wie kam das?«

»Wollt ihr's wirklich wissen?« Heiner schaute Wolfgang an. Wolfgang nickte. »Habt ihr 'ne Fluppe für mich?«

Martin zog die Roth-Händle-Schachtel aus der Hemdtasche.

»Schau an«, sagte Heiner, »Martin wird erwachsen, kommt auf den Geschmack.«

Martin kommentierte das nicht. Er wusste, er würde immer der Jüngste in ihrer Gruppe bleiben. Er sah, wie auch jetzt Heiners rechte Hand mit dem Streichholz zitterte. Heiner nahm einen tiefen Zug.

»Ich hatte doch noch Schulden beim Tulpenwichser. 50 Gramm schwarzer Afghane, das waren 350 Kröten zum Sonderpreis. Die Hälfte davon hatte ich ihm bezahlt. Dank meiner Großmutter und …« Heiner schaute auf Martin. »Bärtchen wollte mir 500 dafür geben, satte 150 Gewinn! Wurde aber nichts draus, wie ihr ja wisst.«

Heiner griff zum Bier, nahm einen großen Schluck.

»Schulden beim Tulpenwichser, das war nicht gut. Ich wusste, der kommt wieder, und ich wusste nicht, was ich dann machen sollte.«

»Hast es zurückgezahlt?«

»Wie denn? Nur ein paar Mark. Hatte ja nicht so viel bei Harsekamp. Da hat der Wichser mich eingeladen. War im Herbst 'ne Woche für ihn in Kopenhagen. War Urlaub und Traffic zugleich. Da geht ziemlich die Post ab, sag ich euch. War was probieren.«

Jetzt griffen auch Martin und Wolfgang zur Roth-Händle. Heiner lachte. »Ging nicht lange gut. Im Frühjahr war ich noch zweimal für ihn unterwegs. An der Grenze haben die mich nicht erwischt, aber dann war ich hier im Mai einmal so stoned, dass sie mich ins Krankenhaus brachten, mein Bruder dachte, ich würd' draufgehen.« Heiner lachte wieder. »Die haben mich an den Tropf gehängt, meine Arme betrachtet, die Einstiche gezählt, mir Blut abgenommen und mich auf Totalentzug gesetzt. Idioten!«

Alle drei nahmen einen Schluck aus ihren Gläsern. Es war mittlerweile Viertel vor elf.

»Ich muss nach Hause. Morgen Latein.«

»Das war ganz schön hart für mich. Kann ich euch sagen: Entzug ist echt Scheiße. Du denkst die ganze Zeit nur an eins: Woher krieg ich wenigstens ein bisschen Weed?« Heiner lachte, aber es war keinerlei Überlegenheit mehr dabei. Es war etwas, das Martin erschreckte. Es schien ihm, als öffne dieses Lachen einen Raum, dessen Ende man nicht sehen kann. Heiner nahm sich eine nächste Zigarette, die er zitternd entzündete.

»Ich muss gehen, Hühnchen, mach's gut. Ich hab morgen Latein-Klassenarbeit, und du weißt ja, ich hab jetzt noch zwanzig Minuten zum Spiegelberg. Wolfgang ciao, ich zahl meine Biere an der Kasse.«

Beide schauten auf ihn. Martin blickte noch einmal in Heiners seltsam farblose Augen und sah wieder den endlosen Raum. »Mach's gut, Heiner.«

»Nimm mir das nicht mehr übel mit Sebastian, Martin. Glaub mir, es ging nicht anders.«

»Es ist, wie es ist. Pass auf dich auf, alter Fury.« Martin ging zur Theke, gab der Wirtin sechs Mark und verließ das Lokal. Es tat gut, auf dem Fahrrad zu sitzen und fünf Kilometer lang den kühlen Wind zu spüren an diesem frühen Septembertag.

31

Martin, Nina, 14. Oktober 2015

»Nur Arbeit war sein Leben
Nie dachte er an sich
nur für die Seinen streben
galt ihm als höchste Pflicht

Adolf Bornekamp
1923–1999«

Nina hatte begonnen, die Inschrift auf dem Grabstein laut zu lesen, als Martin an ihre Seite trat, noch etwas kurzatmig, denn er war schnellen Schrittes vom Haupteingang zu Heiners Grab gekommen. Nina hatte Pathos in ihre Stimme gelegt, zeigte jetzt mit dem Finger auf das untere Viertel des Grabsteins und fuhr leise fort »schau, für seine Frau war nur noch eine kleine Ecke frei, kein Platz mehr für einen Spruch, nur noch:

»Marita Bornekamp
1924–2004«

und Heiner steht noch schmaler da.«

Martin sah auf den Namen, der auf einer Holztafel stand, die unten rechts an den Sockel des Grabsteins gelehnt war. Die einst weißen Buchstaben auf dem schwarzen Holz waren matt, fahl, wie bei Ili, kaum noch zu erkennen:

»Heiner
1955–1973«

Das Grab der Bornekamps war ungepflegt. Unkraut wucherte zwischen alten Tujen, deren braune Stämme kahl und lang aus der Erde ragten, bevor oben dunkles Grün die dünnen Zweige bedeckte.

»18 Jahre ist verdammt kurz«, sagte Nina, »er war nach Paul unser zweiter Toter.«

Martin war in Gedanken nicht bei Heiners Grab. Er sah Mareike vor sich, und er musste jetzt über sie sprechen. »Nina, sie ist wirklich meine Tochter. Ich habe sie tatsächlich getroffen, heute hier, das ist doch irre!« Nina nickte ein paar Mal leicht, doch Martin ließ sie nicht zu Wort kommen. »Ich habe eine Tochter in Berlin, Nina! Eine hübsche junge Frau.«

Jetzt sah er, wie Nina ihn anschaute, wie sie ihre Augen auf ihn richtete. »Martin, vielleicht bist du mal so nett und erklärst mir das alles! Dass du mit Ili eine Tochter hast, ist schon ziemlich überraschend für mich!«

»Mach ich ja, Nina, ich muss nur«, Martin stockte, »nur noch meine Gedanken ordnen. Weißt du, sie hat erst vor Kurzem erfahren, wer ihre Mutter war. Das ist alles neu für sie. Sie hat übrigens sehr schönes Haar, dunkelblond, lang, und eine Stimme wie Ili früher und blaue Augen, du hast sie ja nur von hinten gesehen. Sie hat sehr nett reagiert, ganz freundlich und selbstbewusst.«

»Seit wann weißt du, dass du mit Ili eine Tochter hast?«

»Seit einem Monat vor ihrem Tod. Sie hat mir vorher nie etwas davon erzählt.« Martin berichtete ihr von seinem Besuch an Ilis Krankenbett im Januar 2001. Er wiederholte Ilis Satz von der Rache am Spiegelberg, die nicht geklappt hatte. »Ich hielt es für ausgeschlossen, dass ich das Mädchen jemals treffen würde. Und heute ist es passiert. Sie heißt Mareike Landsberg und ist Ärztin in Berlin. Verrückt!«

»Manchmal wundere ich mich, wie wenig ich von dir weiß, Martin, obwohl wir uns seit fünfzig Jahren kennen und seit acht Jahren zusammen leben.«

Martin hörte, dass Nina verletzt klang, aber darauf wollte er jetzt nicht reagieren, das musste sie doch einsehen. Er überlegte, wie er Nina schnell wieder beruhigen könnte. »Nina, warum hätte ich dir davon erzählen sollen? Als wir zusammenkamen, war Ili längst tot. Ich hatte nie weiter darüber nachgedacht, hatte nie geglaubt, dieser Tochter einmal zu begegnen und dass es mich dann so berühren würde.«

»Dass gerade Wolfgangs Beerdigung euch zusammenführt. Nicht zu glauben!«

»Der Friedhof wird zum Treffpunkt, Nina.«

»Ja, wo wir auf all die Alten stoßen, die plötzlich sehr lebendig werden, wie deine Geliebte, unsere gute Ili.« Es klang Spott in Ninas Stimme.

»Nina, bitte nicht, ich war Anfang 20, ich habe zweimal mit ihr geschlafen, ich sah keinen Grund, dir das beichten zu müssen.«

Es schien Martin, als habe der Satz Eindruck gemacht, zumindest blieb Nina still. Es war ja so gewesen, zwei Nächte damals, die ihn durchaus bewegt hatten, die bei ihm etwas hinterlassen hatten, das er noch lange gespürt hatte, aber doch nichts, das man bei einer Frau anspricht, mit der man Jahrzehnte später zusammenkommt und die noch dazu in ihrer Jugend selbst mit Ili befreundet war. Das würde doch jeder für sich behalten, da konnte ihm Nina wirklich nichts vorwerfen.

Er wusste doch am besten, wie sehr es ihn immer wieder gestört hatte, dass Nina in Jugendtagen mit Wolfgang zusammen gewesen war und dass nach ihrer Rückkehr nach Langenheim noch mal was mit Wolfgang lief. Was Kurzes, aber dennoch. Er hatte immer wieder daran denken müssen, wenn sie Wolfgang zufällig auf dem Markt oder in der Langen Straße begegneten. Dieser schlummernde Ärger war ja einer der Gründe gewesen, weshalb er Wolfgang in den letzten Jahren nur noch selten getroffen hatte.

War ganz gut, dass sie Wolfgang jetzt begraben hatten, damit war all das Alte endlich auch begraben. Oder etwa nicht? War es nie begraben? So wie seine Geschichte mit Ili, die jetzt wieder auferstanden war, leibhaftig sogar als Mareike Landsberg? Martin schüttelte den Kopf. Das waren zu viele Fragen auf einmal.

»Wann wirst du dich denn mit dieser Mareike treffen?« Ninas Stimme klang jetzt sachlich, nicht mehr verärgert.

»Weiß nicht, Nina, aber ich denke bald. Sie will was über ihre Mutter erfahren, und ich muss mehr über sie erfahren.«

Nina nickte. »Weiß sie schon, dass du ihr Vater bist?«

Martin schüttelte den Kopf. »Noch nicht.«

Er spürte wieder, wie die Begegnung mit Mareike alles durcheinandergebracht hatte. Als sie heute morgen zum Friedhof fuhren, war es Ernestos Brief mit dem Boston-Angebot, dann hatte Paul sich in alles gedrängt, überall Paul und die Flut und das rotkarierte Hemd, und jetzt war es Mareike, seine Tochter, die wie Ili lief, wie sie sprach, die sein etwas dunkleres Haar hatte, blaue Augen wie er, die so ruhig und selbstbewusst auftrat, viel selbstbewusster als er, die ihm als verlockendes Geheimnis erschien, das er würde entschlüsseln können, denn schließlich war sie ja ein Teil von ihm, auch wenn ein Medizinprofessor sie in Berlin großgezogen hatte. Aber sie war auf der Suche nach ihrer Vergangenheit, sie hatte diese Vergangenheit heute auf dem Friedhof in Langenheim gesucht und ihn gefunden. Ernestos Brief schien ihm plötzlich weit weg. Vielleicht sollte er ihn Nina gegenüber gar nicht mehr ansprechen. Obwohl, Boston wäre ja frühestens nächstes Jahr zum Sommersemester, wer weiß, was dann ist.

»Heiner hat keine Zukunft gehabt.« Ninas Stimme klang wie von weit her. Er brauchte ein paar Sekunden, bevor er aufnehmen konnte, was sie gesagt hatte. Jetzt sah er wieder die kleine Holztafel mit Heiners Namen.

»Ich kann mich noch gut an seinen Tod erinnern, Martin.«

Er nickte. »Ja, ich hab das auch nicht vergessen.« Vielleicht, dachte Martin, würde es ihm bei all seiner Verwirrung ganz gut tun, in diesen Minuten vor Heiners Grab noch einmal intensiv an ihn zu denken, an Hühnchen, statt an Mareike. Schon hatte er ein Bild vor Augen, eine brennende Kerze, und hörte die Stimme seiner Mutter.

»Es war Adventszeit«, sagte Martin nach einer Weile. »Auf unserem Adventskranz brannte eine schmale rote Kerze. Es muss ein Sonntag gewesen sein. Meine Mutter kam aus der Kirche.« Martin machte eine kleine Pause. »'Stellt euch vor', sagte sie, 'ich hab gerade gehört, der Heiner ist tot.' Und dann erklärte sie, er habe sich den Goldenen Schuss gesetzt, Selbstmord! Eine Nachbarin habe das vor der Kirche erzählt. Und sie fragte mich, ob ich wüsste, was ein Goldener Schuss sei, denn die Bornekamps hätten doch sicher keine Waffe besessen.« Martin lächelte. »Komisch, Nina, ich höre jetzt meine Mutter, wie sie diese Frage stellt, als wäre es gestern gewesen. Ich weiß nicht, ob mich Heiners Tod damals überrascht hat. Er war unausweichlich, aber ich glaube, damals wusste ich das noch nicht.«

Martin spürte, dass es ihm tatsächlich guttat, die Gedanken an Mareike für ein paar Minuten beiseite zu schieben. Er betrachtete wieder die alte Grabtafel. »Ich hab ja erst viel später von dir erfahren, dass Hühnchens Vater ihn als Kind so hart rangenommen hat. Das haben wir unter uns Jungen eigentlich nie erzählt. Jeder bekam seine Tracht

Prügel, aber man sprach nicht drüber, außer man sah im Turnunterricht die Striemen, aber auch dann sagte man meist nichts.«

»Heute halten wir die Sportlehrer an, uns so etwas gleich zu melden. Aber die tun das kaum.«

»Ich glaube nicht, Nina, dass heute noch so viele Kinder Schläge bekommen wie wir damals, und bestimmt nicht für so nichtige Dinge wie zu unserer Zeit.«

»Da irrst du dich. Die kleine Natalie ist kein Einzelfall.«

»Aber dass die Eltern so durchgehend ihre Kinder prügeln, das ist doch unsere Geschichte, das waren unsere Eltern, die nichts Besseres wussten als zu schlagen, weil sie selbst von ihren Eltern jede Menge Prügel bekommen hatten. Mein Vater sollte schmerzunempfindlich sein, hart wie Krupp-Stahl, so'n Quatsch.« Für einen Moment überlegte er, ob Mareike wohl jemals Schläge von diesem Medizinprofessor, ihrem Stiefvater, bekommen hat.

»Wenn du dir die Lebensläufe von Drogis heute anschaust, Martin, findest du sehr oft frühkindliche Gewalterfahrung.«

»Aber nicht jede frühkindliche Gewalterfahrung muss wie bei Hühnchen gleich zum Dope führen. Das allein war es sicher nicht.«

»Mag sein, Martin, aber bei den meisten meiner Jungs finde ich immer wieder das gleiche Muster. Ein Teufelskreis ist das, damals wie heute, und Hühnchen steckte voll drin. Hätten wir was machen können?«

Martin hatte keine Lust, darüber nachzudenken. Was hätten sie als Gleichaltrige denn tun können? Er machte sogar plötzlich einen Schritt von Nina weg nach rechts. Als er es bemerkte, tat er so, als wollte er noch einmal von der Seite auf das Grab blicken.

Irgendwie war das alles jetzt zu viel. Mareike hatte sicherlich nie Dope genommen, war in geordneten Verhältnissen aufgewachsen, hatte vielleicht mal dran gezogen, wie er früher. Bloß jetzt nicht noch selbst Schuld empfinden müssen für den Bockmist, den Heiner damals gemacht hatte. Das war nicht seine Verantwortung.

Sie waren damals eine Gemeinschaft von Kindern, die sich um einen amerikanischen Fernseh-Hengst scharten. Erst viel später, nachdem er im Englischunterricht erfahren hatte, dass »fury« soviel wie Zorn und Wut bedeutet, hatte er überlegt, ob sie auch dieser Bedeutung gerecht geworden waren. Aber nicht einmal Heiners Goldener Schuss oder Ilis Ausstieg waren Zeichen von Zorn und Wut gewesen. Nein, diese Wortbedeutung traf auf sie nicht zu. Keiner war Revoluzzer geworden, keiner hatte zornig für eine bessere Welt gekämpft. Nina flickte mit ihrer Arbeit nur an der Oberfläche. Und was machte er?

Er kartografierte, machte Bestandsaufnahmen von dieser Welt. Das war sein Beruf geworden, seine Existenz als Geograf. Seit dreißig Jahren! Nichts Extremes. Immer nur Mittelmaß. Keine Daila, sondern Köln. Wenigstens kartografierte er Veränderungsprozesse, den Wandel von Hafenstädten, Industriestandorten oder Siedlungen. Wenigstens das, dachte er, das hielt er fest für immer. Hatte er mit seinem Tun etwas verändert, oder hatte er nur die Symptome beschrieben? Nein, er war ein braves Siedlungskind geblieben wie die anderen Furies.

»Lass uns weitergehen«, sagte Nina, und es klang ein wenig müde.

»Ja«, sagte Martin, »lass uns gehen.«

»Wohin?«

»Einfach nur gehen.«

»Zu Pauls Grab?« Martin nickte.

In was hatte er sich da gerade hineingesteigert? Er fühlte in letzter Zeit immer häufiger dieses Unbehagen darüber, dass er Dinge hatte laufen lassen, statt sie zu gestalten. Doch nun gab es etwas, das er nicht einfach laufen lassen würde, ganz bestimmt nicht. Aber da schoss nicht Mareike, sondern Paul durch seine Gedanken, Paul im rotkarierten Hemd mit dem Lederhosenbügel und dem gelbweiß gezackten Oval.

Martin streckte seine rechte Hand aus, Nina schaute kurz zu ihm hin und gab ihm dann ihre Linke. So gingen sie Hand in Hand schweigend den schmalen Pfad entlang, der bald wieder auf einen der breiteren Friedhofswege münden würde. Es war der kürzeste Weg zu Pauls Grab.

32

Nina, 1984

Sie hatte gewusst, dass es nicht richtig war. Sie hätte ihn nicht heiraten sollen. Gut, Julia war unterwegs gewesen. Thomas hatte sich riesig gefreut, hatte ihr nur zwei Tage, nachdem sie ihm die Schwangerschaft »gebeichtet« hatte, einen Heiratsantrag gemacht, war mit einem Strauß roter Rosen in der Wohnung erschienen, hatte sogar Verlobungsringe dabei, altmodisch, aber es tat gut. Und natürlich war es schöner gewesen, den Freunden und den Eltern in Langenheim zu schreiben, dass Thomas und sie heiraten und ein Kind bekommen, als lediglich zu verkünden, sie sei übrigens schwanger. Aber genau das hätte sie tun sollen, und sie hätte es auch allein geschafft.

Stattdessen die Hochzeit im Mai, Trauung in der Wallfahrtskirche in Dießen unter den Augen zahlloser Barockengel und Heiliger, anschließend Empfang in Herrsching im Seehof. Ihre Eltern hatten fast die ganze Zeit geschwiegen vor dem ehrwürdigen Herrn Doktor aus dem alten Münchener Advokatengeschlecht. Noch bevor sie auch bei der simpelsten Frage ja oder nein sagten, schauten sie Hilfe suchend zu Nina. Sie half ein paarmal ihrer Mutter, ihren Vater ließ sie strampeln.

Thomas' Vater hatte sich nach einigem Zögern für die größere Hochzeit entschieden, »wie's sich's halt geziemt«, hatte er in diesem Bayrisch gesagt, das ihr immer so gut gefiel, weil es so nach Heimat klang, nach wohlfühlen, nach hier bist du zuhaus. Er hatte sie dabei breit angelächelt. Sie wusste aber, dass der Stimmungswandel von »kleiner Hochzeit bei uns in Gräfelfing« zu »Dießen und Seehof für

120 bis 150 Gäste« vor allem Thomas' Erstem Staatsexamen geschuldet war, einem klaren Prädikatsexamen, nah an zehn Punkten.

Thomas schwebte, Vater und Mutter Gumbacher sahen in ihrem Sohn jetzt den wohlgeratenen Stammhalter, der in die väterliche Praxis eintreten würde und sogar – etwas zu früh allerdings – dafür gesorgt hatte, dass die Advokatendynastie der Gumbachers in eine übernächste Generation geführt werden konnte. Da musste man einfach darüber hinwegsehen, dass die Frau nicht gerade erste Wahl war, aber – so deutete Nina jedenfalls Vater Gumbachers Gedankengang – so eine Verbindung mit einer Frau aus dem Volk hat ja oft etwas durchaus Stärkendes, wirkt der Verweichlichung langjähriger Akademikerzucht entgegen, less sophisticated, but tough. Studiert hatte sie ja wenigstens, wenn auch nur Sozialarbeit, immerhin in München, nicht an irgendeiner linken Kaderschmiede.

All das ging ihr durch den Kopf, als sie im Seehof mit Thomas tanzte, den schnellen Walzer, aber nicht zu schnell. Die Kapelle wusste Bescheid. Eigentlich konnte es niemandem verborgen bleiben, auch wenn das weiße Kleid von Mutter Gumbachers Schneiderin so geschickt umgearbeitet worden war, dass Thomas' Mutter mit prüfendem Blick festgestellt hatte, die Schwangerschaft könne gar nicht bemerkt werden. Als nach zwanzig Minuten die erste Tanzphase endete, war es an Thomas und an ihr, sich bei den Eltern und allen Gästen für ihr Kommen und die Geschenke zu bedanken. Thomas hatte Stichpunkte für seine Worte bereits Tage zuvor notiert, sie hatte anschließend aus dem Stegreif allen gedankt und mit strahlendem Lächeln in den Saal hineingerufen, wie sehr sie sich auf das Baby freue, das sie in sich trage und das Anfang Oktober auf die Welt kommen würde. Es war Stille im Saal, doch die Kapelle reagierte mit einem lauten, langen Tusch, der die meisten Gäste zu einem Lächeln verführte, bei einigen eher gequält, bei anderen gar nicht.

Nein, sie hätte Thomas nicht heiraten sollen. Die Heirat war ein Fehler gewesen. Jetzt saß sie vor der Schreibmaschine und tippte ihre Bewerbung für eine Zweidrittelstelle beim Jugendamt des Landkreises Ebersberg. Ohne Kita-Platz würde das nicht gehen. Julia war jetzt drei, war am 3. Oktober 1981 auf die Welt gekommen. Es war eine schwere Geburt gewesen, neun Stunden hatte sie im Kreißsaal verbracht, Julia lag nicht richtig, wollte sich partout nicht drehen. Man war schon kurz davor, zum erlösenden Kaiserschnitt zu greifen, als sie dann doch endlich richtig lag. Welch eine Erleichterung, als die Hebamme sie hochhob und sagte: »Es ist alles gut, Frau Gumbacher, alles gut.«

Jetzt, drei Jahre später, war nichts mehr gut. Thomas hatte keine andere und sie keinen anderen. Aber sie hatten Streit, mehr als das, es herrschte Kälte zwischen ihnen. Ein Jahr zuvor waren sie zu Julias zweitem Geburtstag zum ersten Mal zu dritt nach Langenheim gefahren. Sie hatten die drei Tage in einem kleinen Hotel am Marktplatz gewohnt, was Nina so arrangiert hatte.

Brunos altes Zimmer sei doch frei, hatte Ninas Mutter am Telefon gesagt. Sie hatte überhaupt kein Verständnis dafür, dass jemand im Hotel blieb, wenn doch ein freies Zimmer zur Verfügung stand. Aber Nina hatte schon seit Langem einmal in ihrer Stadt im Hotel wohnen wollen und konnte durch nichts umgestimmt werden.

Thomas war eigentlich ganz nett geblieben an diesen drei Tagen, er hatte viel Verständnis für ihre Situation gezeigt und diese kein einziges Mal thematisiert. Sie hatten den ersten Abend bei Ninas Eltern in der Wohnung am Spiegelberg verbracht. Thomas lobte Mutters Toast Hawaii, ohne dass es übertrieben wirkte. Julia blieb quengelig. Die lange Autofahrt und die ungewohnte Umgebung hatten sie verunsichert.

Ninas Mutter versuchte sie auf ihrem Schoß zu beruhigen, doch das ging daneben und ließ eine beleidigte Großmutter zurück. Ninas Vater würdigte Julia kaum eines Blickes. Er rauchte seine abendliche Zigarre und Nina fand zum ersten Mal, dass sie stanken. Als sie ihn bat, vor dem Kind doch das Rauchen zu lassen oder dazu in die Küche zu gehen, schaute ihr Vater nur kurz auf und sagte: »Du bist doch auch mit meinen Zigarren groß und stark geworden, da wird's deinem Würstchen auch nicht schaden.«

Nina zuckte zusammen beim Wort »Würstchen«, aber sie schwieg. Endlich schlief das Kind erschöpft auf ihrem Schoß ein und wachte auch nicht auf, als Nina es in das kleine Zimmer trug, in dem noch immer ihr Bett stand, das ihre Mutter für Julia zurechtgemacht hatte. Nina war überrascht, dass kein Gefühl des Heimeligen, keine Regung von Wärme und Vertrautheit bei ihr aufkam, als sie Julia in ihrem alten Bett liegen sah. Weil dann kein rechtes Gespräch aufkam, hatten sie begonnen, Skat zu spielen. Thomas gewann die meisten Spiele, was Ninas Vater ärgerte.

Am nächsten Tag, Julias Geburtstag, kamen sie am Nachmittag zum Kaffee, und weil das Wetter schön war, hatte Thomas auf einen Spaziergang danach gedrängt. Sie waren mit dem Kinderwagen durch die Siedlung und dann in den Stadtwald gegangen und bis zu den Lippeauen gekommen.

»Hier gefällt es mir«, sagte Thomas, »hier ist es flach und friedlich und weit.« Er nahm Nina in den Arm, gab ihr einen Kuss.

Sie war sich nicht sicher, ob Thomas sie lediglich beruhigen wollte oder ob er es ernst meinte. Wie konnte eine so langweilige Gegend einem Mann gefallen, der am Münchner Südrand aufgewachsen war und dessen Großeltern eine Villa am Ammersee besaßen mit einem Wahnsinnsblick auf die Alpen, wo Thomas zahllose Wochenenden und Sommerwochen verbracht hatte. Sie fühlte sich unwohl. Thomas stand so weit über ihr, dass er jetzt ganz großzügig sein konnte. Sie glaubte ihm kein Wort. Sie spürte deutlich, dass alles hier sie in Thomas' Augen abwertete. Und sie hasste sich dafür.

»Es ist nicht immer friedlich hier«, sagte sie und löste sich aus der Umarmung.

»Du meinst in der Siedlung, unter den Menschen dort?«

»Nein, hier, ich meine hier auf den Wiesen. Vor zwanzig Jahren hatten wir in Langenheim eine Jahrhundertflut, alles war überschwemmt, die Lippe ein reißender Fluss, einer unserer Schulkameraden hat den Tod darin gefunden. Das Friedliche hier täuscht.«

Sie waren schweigend zurückgegangen. Vielleicht tu ich ihm Unrecht, dachte Nina. Sie kamen zur Straßenecke, an der die alten Häuser des Spiegelbergs standen. Vor der gelben Telefonzelle hatte sich ein junger bärtiger Südländer aufgebaut, der mit aller Kraft an die Scheibe pochte. ʼHalte Abstand!ʼ, stand ganz oben in Schreibschrift auf der Glastür. Eine ältere Frau telefonierte, drehte sich jetzt um und schaute ängstlich auf den schwarzbärtigen jungen Mann, der die Faust erhoben hatte und sie noch einmal auf die Scheibe der Tür niederfahren ließ.

Nina sah die Verachtung in Thomas' Blick, die gleiche Verachtung, die auch sie für diese Situation empfand, und das Mitgefühl für die verängstigte alte Frau. Und sie spürte Scham, diese grenzenlose, zerstörerische Scham.

Der Südländer zeigte jetzt mit dem Finger auf ein graues Schild, das im Telefonhäuschen oberhalb des Kopfes der alten Frau angebracht war. Dort stand ebenfalls in Schreibschrift: »Fasse Dich kurz!« Dann drehte er ihnen den Kopf zu. »Sie telefoniert seit über einer halben Stunde und ich muss dringend mit meinem Chef sprechen«, sagte er mit entschuldigendem Achselzucken, sagte es nahezu akzentfrei und richtete dabei seine großen, dunklen Augen hilfesuchend auf sie. Thomas zuckte mit den Achseln, Nina atmete lang aus, entspannte sich hörbar und lächelte den jungen Mann an, während sie den Kinderwagen anhob und auf den Bürgersteig schob, auf dem sie langsam zurück zum Haus Nr. 49 liefen.

»Schläft dein Würstchen?«, begrüßte sie ihr Vater an der Wohnungstür. In diesem Moment stieg die Spannung gleich wieder an. Wie konnte er Julia nur zum zweiten Mal »Würstchen« nennen?

Als sie am nächsten Tag zurück nach München fuhren, war Nina erleichtert. Sie schwor sich, nicht wieder nach Langenheim zu kommen, und sie hasste es, dass Thomas ihre Bedrückung spürte und ihr so großzügig darüber hinweghelfen wollte. Wahrscheinlich meinte er es gut und reagierte, wie er es in seiner vornehmen Familie gelernt hatte: Über Schwächen derjenigen, die man liebt, geht man souverän hinweg, man denkt sich seinen Teil. Wenn er doch nur ehrlich mit ihr über sein Erlebnis Spiegelberg sprechen würde!

Und wenn sie damit anfinge? Wenn sie ihrem Mann erzählen würde, wie sehr sie diesen gefühllosen Vater hasste, diesen Würstchen-Vater, der ihr schon als Kind klar ins Gesicht gesagt hatte, dass sie nicht auf ihn zählen könne. Warum konnte sie nicht mit Thomas darüber sprechen? Warum war sie gar erleichtert, als Julia im Auto wieder quengelte und ihre Aufmerksamkeit beanspruchte?

Ein halbes Jahr später fuhr sie doch wieder nach Langenheim. Allein im Zug und im schwarzen Kleid. Vater war gestorben, nur drei Wochen, nachdem man Leberkrebs bei ihm diagnostiziert hatte. Als sie hinter dem Sarg herging, spürte sie nichts. Es hätte ein Fremder darin liegen können. Auch Mutter war erstaunlich resolut, hatte kein einziges Mal während des Gottesdienstes geweint und weinte auch nicht, als der Sarg langsam ins Grab hinabgelassen wurde.

Wieder in München, hatte Thomas Nina gefragt, ob sie ihre Mutter einladen sollten, jetzt, wo sie allein sei. Sie hatten es aufgeschoben, es eilte ja nicht. Jetzt war es zu spät, jetzt würde Mutter zu ihrer Trennung kommen. Ein Jahr getrenntes Wohnen, dann wären Thomas und sie geschieden.

Hoffentlich klappte es mit der Bewerbung in Ebersberg. Mit dem Unterhalt, den Thomas freiwillig und ohne jede Diskussion zu zahlen bereit war, und der Stelle beim Amt würde es finanziell gut funktionieren. Er wollte ihr sogar den BMW überlassen, sie brauche doch mit Julia ein sicheres und einigermaßen großes Auto. Sogar bei der Scheidung war Thomas wieder großzügig, souverän und unnahbar.

33

Martin, Nina, 14. Oktober 2015

Martin und Nina gingen noch immer schweigend auf dem Hauptweg in Richtung alter Teil, wo den Kindergräbern ein eigenes Karree vorbehalten war. Im Westen zogen dunkle Wolken auf, die schon bald die Herbstsonne verdecken würden. Es war gut, dachte Martin, dass sie nur noch ein einziges Grab vor sich hatten, dann hatten sie tatsächlich an diesem Nachmittag alle alten Bandenmitglieder besucht.

Alle waren noch einmal auferstanden, dachte er, war sich aber nicht sicher, ob das Wort »auferstanden« wirklich das passende war. Mit dem Rauschen der Blätter im zunehmenden Wind rückte Pauls rotkariertes Hemd wieder in sein Bewusstsein, wie er vor ihm auf seinem Brett im Wasser lag, den Kopf drehte, ihn anschaute, während die Welle ihn in die Mitte des Stromes zog. Immer das gleiche Bild.

Dann aber war ihm, als würde diese Gedankenfolge mit den neuen Ereignissen um Mareike im Wettstreit liegen, denn schon driftete das Hemd hinüber zu Mareikes dunkelblondem Haar, ihren freundlichen Augen, die ihn so herrlich offen angesehen hatten. Ja, er hatte den Eindruck, dass er jetzt, als sich die ersten Wolken vor die Sonne schoben und es fühlbar kälter wurde, die Wärme, die von diesen Augen ausging, noch viel deutlicher spürte. Die Augen machten ihn neugierig, entfachten ein Feuer in ihm, das ihn irritierte. Er wiederholte für sich: Vorsicht! Diese Frau ist nicht irgendeine Frau, sondern deine Tochter! In die darfst du dich nicht, ja was, nicht – verlieben. Er hielt inne.

Was war das für ein Verbot? Natürlich würde er keinen Sex mit ihr suchen, aber warum in aller Welt sollte er nicht für seine Tochter diesen Liebesstrahl spüren, diese Ahnung, dass ihn gerade diese Frau zu neuen Erfahrungen, Erlebnissen und Einsichten führen würde. Er war sich plötzlich sicher, dass er genau das mit ihr erleben würde, dass sie ihn vielleicht gar ein Stück weit verändern würde und dass er daher gut daran tat – er mochte es kaum für sich formulieren –, gut daran tat, Ernestos Mail zu ignorieren, sein Angebot nicht aufzugreifen.

Sicher, Ernesto hatte von Einladung geschrieben, aber ganz bestimmt würde da noch ein Auswahlverfahren vorgeschaltet. Wer weiß, welche Kollegen in Europa das MIT noch alle angeschrieben hatte. Ob er am Ende tatsächlich die Gastprofessur bekommen würde, war alles andere als sicher, auch wenn Ernesto in seinem typischen Optimismus bereits von gemeinsamer Forschung in Boston geschrieben hatte. Nein, das war durchaus italienisch locker gemeint.

Warum sollte er sich dann überhaupt darauf einlassen und bei Nina alle Pferde scheu machen? Sollte er nicht besser darüber schweigen?

Für einen kurzen Moment jedoch durchzuckte es ihn. War er vielleicht nur zu bequem, zu träge, zu scheu, um sich auf das Abenteuer MIT einzulassen? War es wieder einmal seine Furcht vor dem Unvorhersehbaren, die ihm auch hier zu einem weniger anstrengenden Weg riet, zum Austausch mit seiner wiedergefundenen Tochter? Kniff er, wie damals bei der Entscheidung für Köln und gegen Haifa, für Manu und gegen Daila? Übertrieb er nicht die Bedeutung von Mareike? Suchte er in ihr, was ihm seine Söhne nicht bieten wollten? Lukas und Philipp hatten nach der Trennung unter dem Einfluss von Manu gestanden, dagegen war er als charakterloser Ehebrecher nicht angekommen. Machte er sich bei Mareike etwas vor und würde am Ende fürchterlich enttäuscht? War sie nur ein Vorwand für seine Bequemlichkeit?

Nein, das konnte er nicht gelten lassen. Mareike war auf der Suche nach Dingen, zu denen er, ihr Vater, den Schlüssel hatte. Sie war für ihn ein Geheimnis. Wie hatte dieser französische Philosoph gesagt, von dem er vor einigen Wochen im Feuilleton gelesen hatte: Einen Menschen kennenzulernen heißt, von einem Geheimnis wachgehalten zu werden.

Ja, Mareike würde ihn wachhalten. Ernesto würde er absagen, und was den Umzug nach Langenheim anging, das musste er ja nicht heute entscheiden, das hatte doch Zeit.

34

Nina, 1989

Sie gab noch einmal kurz Gas, der Wagen gehorchte prompt, jetzt bremste sie und schlug bereits beim Bremsen die Räder leicht ein. Ihr Auto hielt die Spur, schon hatte sie die Kurve durchfahren, auf der Geraden vor ihr war ein einsamer Radfahrer, den sie im Nu überholt hatte, vor ihr lag eine Haarnadelkurve links. Sie kannte die Strecke gut. Es machte Spaß, sie mit dem neuen 320er zurückzulegen. Schade, sie hatte in Kochel am Elektrizitätswerk nicht auf die Uhr geschaut. Heute war sie so gut drauf, dass sie sicher Bestzeit schaffen würde. »Nicht so schnell, Mami, die Reifen quietschen ja.«

Bisher hatte Julia nichts gesagt. Hoffentlich wird ihr nicht wieder schlecht. »Okay, Liebling. Ich fahr ja schon langsamer.«

Sie bremste im Stotterverfahren, das hatte Hartmut ihr beigebracht, die Linkskurve war wirklich eng, aber der Wagen brach hinten nicht aus. Sie beschleunigte gleich wieder. Auf der Steilstrecke konnte der BMW noch mal zeigen, was in ihm steckte. Das würde Julia doch gar nicht merken. Wenn sie erst mal in Langenheim wären, würde es mit den Steilstrecken ohnehin vorbei sein. Das war ein Nachteil, da müsste sie sich andere Herausforderungen suchen für ihren BiEmDoubleYou.

Ansonsten war das Angebot aus Langenheim wirklich gut. Stellvertretende Leitung des Jugendamtes, ein sympathischer Mittfünfziger als Chef, da könnte sie in weniger als zehn Jahren mit 45 an der Spitze stehen, nicht schlecht. Sie bremste scharf, da war doch wirklich so ein müder

Audi mit holländischem Kennzeichen, denen sollte man die Walchenseestrecke verbieten. Sie blinkte.

»Papa hat mich gefragt, ob du immer noch so schnell fährst.«

»Und was hast du gesagt, Julia?«

Julia blieb erst still. »Die Wahrheit.«

»Und was hat er geantwortet?«

»Ich soll dich ermahnen, hat er gesagt.«

Julia hatte es die letzten Wochenenden bei Thomas gut gefallen, das hatte sie gleich gemerkt, als er sie zurückbrachte. Kein Wunder. Da waren Thomas' Zwillinge, zwei Jahre alt, jedes Mädchen von acht Jahren liebt zweijährige Kinder, die gerade mal laufen können. Und Yvonne machte es offenbar ganz gut, war lieb zu Julia, wenn sie bei ihrem Vater und dessen neuer Familie war.

Auch das würde sich ändern, wenn Julia und sie in Westfalen lebten. Thomas hatte sich gleich erkundigt und war erleichtert, dass täglich drei Flugverbindungen zwischen München und dem kleinen Regionalflughafen von Langenheim bestanden, sodass Julia auch in Zukunft für einzelne Wochenenden zu ihrem Vater nach München kommen könnte.

»Schau mal nach rechts, Julia.«

»Mach ich schon.«

Unter ihnen lag der Kochelsee, rund und blau mit zwei weißen Fremdkörpern darin, den beiden Touristendampfern. Sie würde solche Wochenendausflüge in die Berge vermissen, und ihr 320er auch.

Aber es war richtig, die Stelle auf dem Landratsamt in Ebersberg aufzugeben. Das hatte nach der Trennung von Thomas alles ganz gut begonnen. Aber schon nach einem knappen Jahr, als sie ihrem Vorgesetzten erzählte, dass sie den Namen Gumbacher abgegeben hätte und jetzt wieder wie vor der Hochzeit Renker hieße, hatte sich der Ton geändert.

Sie hatte es gar nicht ernst genommen, als der alte Schaller ihr nach der Aufkündigung des Namens sagte: »Das ist aber schad, Frau Gumbacher! So a scheener Münchner Name war des. Mit Renker, wissen's, des ist was andres, des kennt hier koaner.« Schaller lachte zwar dabei, aber ihr war schon klar, was er gemeint hatte.

Und sie spürte es auch in den kommenden Monaten. Nicht, dass Schaller sie schnitt, aber die interessanteren Fälle bekam eben doch Frau Huttinger. Sie hatte nicht mehr so viel Freude an ihrem Beruf.

Sie entdeckte den Spaß am schnellen Fahren. Thomas hatte ihr in seiner unergründlichen Großzügigkeit bei ihrem Auszug den alten 316er gelassen, das ehemalige Familienauto. Bald hatte sie gemerkt, was in dem Wagen steckte, den bis dahin zumeist Thomas gesteuert hatte. Den 316er hatte sie vor einem Jahr gegen den neuen 320i getauscht. Wie der jetzt in der Rechtskurve auf der Straße lag, war einfach klasse, sie hätte gar nicht so weit abbremsen müssen.

»Mami, du rast schon wieder. Ich mag das nicht.«

Mochte sie es wirklich nicht, oder redete sie nur so, weil Thomas es ihr eingetrichtert hatte? Nachdem sich vor einem halben Jahr auch Hartmut zurückgezogen hatte, von einem Tag auf den anderen einfach nicht mehr kam und nicht mehr anrief, war klar, dass sie sich auf die Ausschreibung bewerben würde. Mutter hatte ihr die Anzeige aus dem Langenheimer Tageblatt geschickt. Erst hatte sie gelacht, nachdem sie den Brief geöffnet hatte, aber dann erschien es ihr wie eine weise Vorsehung.

Das Interview vor zwei Wochen war dann wirklich gut gelaufen. Es war seltsam gewesen, die Stufen zum Stadthaus in Langenheim hochzugehen, jetzt mit 35, fünfzehn

Jahre nachdem sie die Stadt verlassen hatte und sich so sicher war, nie wieder nach Langenheim zurückzukehren.

Es war ein kleines Amt, sie würde viel Spielraum haben als Stellvertreterin des Amtsleiters. Der suchte eine Nachfolgerin, das war bald klar. Aber was sie wunderte, war das Verständnis, das vom ersten Satz an zwischen Herrn Gosehoff und ihr herrschte. Als würden sie schon seit Jahren zusammenarbeiten.

Sie hatten lange über den Spiegelberg gesprochen, der sich zum Problemgebiet entwickelt hatte. Sie erzählte Herrn Gosehoff, dass sie dort aufgewachsen war, ihre Mutter aber nach dem Tod des Vaters fortgezogen sei in eine kleine Zweizimmerwohnung in der Stadt. Mit dem Fall des Eisernen Vorhangs würde jetzt viel Zuzug von Russlanddeutschen erwartet, erzählte Gosehoff. Die Ersten hätten bereits im alten Teil des Spiegelbergs Unterkunft gefunden. Dort habe die Stadt ein Haus zum Ausländerwohnheim umgebaut, was bei den wenigen Mietern von früher zu weiterem Ärger geführt habe.

Dann war der Stadtdirektor zu dem Gespräch hinzugekommen. Es ging um das alte Waisenhaus, das im Umbau war, um die beiden städtischen Jugendheime und um das AJZ, das Alternative Jugend Zentrum am Hauptbahnhof, das ihm große Sorgen machte, weil es bei den Ankömmlingen ein schiefes Bild der Stadt hervorrufe. Nina hatte ordentliche Antworten und gute Ideen parat. An den Blicken des Stadtdirektors sah sie, dass sie gewonnen hatte.

Auf der Langen Straße hatte sie dann Wolfgang getroffen. Was für ein Zufall! Sie war nur zwei Tage in Langenheim und traf Wolfgang eine Stunde nach dem entscheidenden Bewerbungsgespräch. Sie war noch so erfüllt davon gewesen, dass sie Wolfgang den Grund ihres Besuches in der Stadt nicht verbergen konnte.

»Das ist ja großartig!«, hatte der gleich gesagt und sie auf ein Gespräch ins Rathauscafé eingeladen. Dort war er etwas zu nah an sie herangerückt. Er nannte ihr auch eine Wohnung, die frei würde, einer seiner Sparkassenkunden würde nach Münster ziehen. Sie könne sich die Wohnung in der Friedrichstraße ja mal ansehen, drei Zimmer, renovierter Altbau, Blick auf die Lippe. Sie saß in dem Café und zuckte zusammen. Plötzlich wurde alles so realistisch. Sie fühlte sich überrumpelt, notierte sich die Telefonnummer des Kunden und rückte von Wolfgang ab, dessen rechtes Knie schon wieder ihr linkes Bein berührte. Wollte sie wirklich zurück nach Langenheim?

»Gibt es in Langenheim auch Seen, Mami?«

»Ja sicher, Julia, den Margaretensee, den Großen See, den Alberssee, den Möhnesee.«

»Sind die so schön wie der Kochelsee und der Walchensee?«

»Nicht ganz, aber man kann in ihnen schwimmen. Sie sind nicht so kalt wie der Walchensee.«

»Das ist gut.«

Julia würde das vierte Schuljahr in der Friedrichschule absolvieren, wenn das mit der Wohnung klappte. Sie würde sie nächstes Wochenende besichtigen. Julia würde mitkommen, sie würden den Wagen nehmen, 600 Kilometer Autobahn.

35

Martin, Nina, 14. Oktober 2015

Hinter dem Denkmal für die in den beiden Weltkriegen gefallenen Landesbahner bogen sie vom Hauptweg ab, Nina ging voran und übernahm die Führung. »Ich kenn den Weg zu Pauls Grab«, sagte sie, »ich hab ihn da immer mal wieder besucht.« Sie hatten zuletzt über Mareike gesprochen und gemeinsam darüber spekuliert, wie es für die schwangere Ili gewesen sein muss in dieser verrückten Wohngemeinschaft in Berlin und was es wohl für sie bedeutet hatte, das Kind zur Adoption freizugeben.

Martin versuchte sich an jedes der Worte zu erinnern, die Ili vor 14 Jahren im Krankenhaus gesagt hatte. Nina drängte es, sich bei Martin für die Schärfe zu entschuldigen, die sie in ihre ersten Nachfragen gelegt hatte. Aus der Ferne hörten sie zwei schrille Pfiffe einer Diesellok und wenige Sekunden später das vertraute dumpfe Gerumpel der Güterwaggons auf der Lippebrücke.

Martin versuchte, sich in Mareikes Situation zu versetzen, fragte sich, wie er damit umgegangen wäre, wenn er mehr als dreißig Jahre lang nicht gewusst hätte, wer seine Eltern waren. Er malte sich aus, was passieren würde, wenn er Mareike erzählte, dass er ihr Vater war. Wie würde sie darauf reagieren?

Er musste auch unbedingt erfahren, wer dieser Professor Landsberg gewesen war, der sie erzogen hat. Er würde gleich in der Wohnung seinen Laptop anschalten und ihn googeln. Martin fragte sich, ob er einen Ring an Mareikes Hand gesehen hatte, er glaubte nicht. Aber so eine attraktive Frau konnte doch nicht allein sein.

»Martin, hast du dir schon überlegt, wo du dich mit Mareike treffen willst?« Martin schüttelte den Kopf, er wollte nicht gleich Berlin ins Spiel bringen. »Darf ich dir etwas vorschlagen?« Martin war erstaunt. 'Darf ich' klang sehr vorsichtig, ungewöhnlich für Nina.

»Wir könnten sie doch zu uns nach Langenheim einladen.« Wir? Martin drehte sich zu Nina hin. »Ich weiß nicht, ob Berlin so ein guter Ort für ein erstes Treffen wäre«, fuhr Nina fort, »sie will doch sehen, wo ihre Mutter groß geworden ist, was sie geformt hat. Sie muss also nach Langenheim kommen.«

»Und dann gehen wir mit ihr durch den Spiegelberg?«

»Ja klar, wir zeigen ihr, wo Ili gelebt hat, radeln mit ihr an den Großen See, essen mit ihr im Italia eine Pizza, berichten ihr von den Jahren, als das Italia noch Spiegelhof hieß, radeln mit ihr an der Lippe entlang und erzählen von den Furies.« Martin spürte, dass Nina es ernst meinte.

»Wir werden ihr erzählen, dass ihre Mutter Putzfrau war in der gleichen Firma, in der schon ihre Mutter, also Mareikes Großmutter, Putzfrau war?« Martin hatte den Satz als Frage enden lassen.

»Ja, natürlich, sie muss doch wissen, was war, da kannst du doch nichts beschönigen.« Martin nickte langsam. »Hast du Mareike nach ihrer Stiefmutter gefragt? Lebt die noch?«

»Keine Ahnung, Nina, wir hatten nur wenige Minuten.«

»Wir laden sie zu uns ein, einverstanden?«

»Einverstanden.«

»Wir haben zwar kein Gästezimmer, aber wir können sie ja im Hotel unterbringen.«

Oh, dachte Martin, das roch gefährlich nach einem noch immer unerledigten Thema. Setzte Nina gar ihr Interesse an Mareike dafür ein, um endlich sein Einverständnis für Langenheim zu erreichen? Kein schöner Gedanke. Er wusste ja, da war dieses Fachwerkhaus in der Innenstadt, das sie so gern mit ihm erwerben und verwandeln wollte. Wahrscheinlich hatte sie längst mit dem Makler gesprochen, vielleicht schon einen Architekten beauftragt. Er kannte seine Nina. Aber wie auch immer! Ob sie nun plante oder nicht. Er hatte erst einmal für sich entschieden, dass er die Idee mit Boston begraben würde, ein oder zwei Jahre USA, das würde es nicht geben. Und das Fachwerkhaus? Falsch war die Überlegung ja nicht, und eigentlich, er stoppte kurz in seinen Überlegungen, hörte dem Pfeifen der Lok nach, das jetzt schwach aus weiter Entfernung zu ihnen herüberdrang, eigentlich war er doch schon längst wieder ein Langenheimer, eigentlich, er zögerte noch einmal, war er – wie die andern – nie ganz von hier weggekommen.

Sie hatten jetzt den Eingang des Friedhoffeldes mit den Kindergräbern erreicht, kleine schmale Gräber, eins neben dem andern. Nina ging vor ihm, Martin hatte seinen Schritt verlangsamt. Er suchte ein Holzkreuz. Er wusste, dass an der Spitze von Pauls Grab ein schwarzes Holzkreuz gestanden hatte, kein sehr großes Kreuz, vielleicht 50 oder 60 cm hoch, mit dem Namen Paul eingraviert auf dem Querbalken.

Dann standen sie vor einem ungepflegten Grab. Eine zu groß gewordene Konifere bestimmte die Mitte des kleinen Rechtecks. Am Kopf des Grabes lag ein schmales, schwarzes Holzbrett, der ehemalige Querbalken eines Kreuzes, das nicht mehr vorhanden war. Das schwarze Brett war vermoost. Nur schwer ließ sich noch »Paul« entziffern, darunter fast unleserlich »1954«, ein Strich und der Rest sollte wohl »1965« heißen, aber diese vier Ziffern waren nur noch zu erraten.

Es hatte schon lange niemand mehr das Unkraut gejätet, das hoch aufgeschossen war. Rechts hatte die Friedhofsverwaltung eine kleine Tafel in den Boden gesteckt, auf der zu lesen war: »Grab nach Ablauf der 50-Jahresfrist abgelaufen. Evtl. Angehörige bitte im Büro melden«.

Martin stand vor dem Grab. Er sah wieder Pauls Augen vor sich, sah das rotkarierte Hemd, das nass am Körper klebte, sah den Bügel des Hosenträgers der Lederhose. Der Film begann erneut. Das Kräuseln der Welle, die Martin in der Ferne erblickte und die so unglaublich schnell näher kam. Paul auf seinem Brett nur wenige Meter vor ihm. Die Welle hob das Brett an, gab Paul vollen Schub auf ihn zu, er selbst saß mit angewinkelten Beinen auf seiner Palette, die nicht mehr wackelte, sondern oben auf der Mauer sicheren Halt hatte.

Dieses Mal stoppte der Film nicht ... und er drückte mit aller Kraft seiner Beine Pauls Brett zurück in die Flut, seine Beine waren es, die diese erstaunliche Stoßkraft entwickelten, und schon ergriff die Welle das Holz, Paul wandte sich um und schaute ihn an mit weit aufgerissenen Augen, dann bestimmte der Sog der großen Flut die weitere Fahrt des Brettes, trieb es mit Macht auf die Mitte des Flusses zu ...

»Nina, ich muss dir etwas erzählen, das ich noch nie jemandem erzählt habe, das fünfzig Jahre lang mein Geheimnis war.«

Inhalt: